Macedonia, cortesana de Bizancio

FRANCIS FÈVRE

Planeta Bolsillo / 571

Macedonia, cortesana de Bizancio

FRANCIS
FÈVRE

Traducción de
Josefina Guerrero

PLANETA

Título original: Macédonia, la danseuse byzantine

Córcega, 273-279, 08008 Barcelona (España)
Diseño cubierta de Jordi Vallhonesta
Ilustración cubierta: la emperatriz Teodora y su séquito, detalle de los mosaicos de San Vital de Ravena, Italia (foto Aisa)
Primera edición en esta colección: mayo de 1995
Depósito Legal: B. 18.013-1995
ISBN 84-08-01481-1
Papel: Offset Editorial Ahuesado, de Clariana, S. A.
Impresión: Hurope, S. L.
Encuadernación: Encuadernaciones Maro, S. A.
Printed in Spain - Impreso en España

La sombra de los pórticos de la Mesé, arteria trazada en el corazón de Constantinopla, apenas lograba mitigar el calor aparecido con los primeros días del verano. Una cruda luz inundaba la avenida que dividía hasta el horizonte la masa compacta de los palacios de mármol y las esbeltas siluetas de las iglesias construidas con muros de ladrillo. Los transeúntes abandonaban poco a poco las calles, los tenderetes que se agrupaban al amparo de las columnatas iban perdiendo sus clientes: la gente se recogía en sus hogares para almorzar. Sólo algunos esclavos semidesnudos seguían atravesando la calzada, de una a otra tienda, agobiados bajo el peso de pieles y lanas.

Un carruaje de altas ruedas que transportaba un habitáculo protegido por negras colgaduras, ascendía apresuradamente por la Mesé. Algunos servidores corrían ante el vehículo armados con garrotes apartando a los curiosos que se detenían a contemplarlo. El estrépito de los cascos de los corceles resonaba entre los muros y los negros velos que ocultaban al pasajero se agitaban dejando entrever una silueta femenina recostada sobre almohadones.

El carruaje se detuvo a escasa distancia de la entrada de las termas. Un esclavo se aproximó a los cortinajes y los separó con precaución inclinándose ante su ocupante. Del interior asomó una joven que vestía una inmaculada túnica orlada de púrpura y cubría su cabeza con un velo que ciñó con cuidado en su frente simulando dirigirse hacia las columnas de mármol que señalaban la entrada de los baños. Un hombre se adelantó desde el pórtico yendo a su encuentro y señaló hacia las sombras de los tenderetes. La bella patricia le siguió y ambos se aproximaron al grupo que se había congregado al pie de una estatua que representaba a una ninfa, mientras su guía apartaba con firmeza a los curiosos.

—Como verás, no te he engañado: este extranjero ofrece hermosos objetos.

La joven se inclinó, observó furtivamente las mercancías y al populacho que se apretujaba para ver mejor los tesoros expuestos sobre una piel de cabra tendida en el suelo. Examinó acto seguido las joyas que se ofrecían a su codicia y una sonrisa iluminó su rostro.

—Te ganas merecidamente tus honorarios —susurró—. ¿Quién es este hombre? Jamás le había visto por la Mesé ni en el Hipódromo. ¿Le conoces?

El hombre se encogió de hombros.

—Sin duda se trata de un bárbaro: ningún súbdito del emperador se atrevería a vestir así.

El vendedor fijó en ellos su sonriente mirada, agitó la trenza que pendía de la parte superior de su afeitado cráneo y frunció aún más los rasgados ojos. Cogió un gran brazalete de oro labrado y se lo tendió a la joven, incapaz al parecer de pronunciar una sola palabra en griego. El acompañante de la muchacha comentó despectivo:

—Creo que nos encontramos ante un guerrero de las estepas del norte. En ocasiones los hunos acuden hasta aquí. La túnica de mangas ahuecadas que viste es la prenda característica de esos extranjeros.

—¿Cómo habrán llegado tales tesoros a poder de semejante sujeto?

—Los bárbaros saquean y asesinan incluso en las propias tierras del imperio bizantino en cuanto no se sienten vigilados por nuestros soldados. Sus tropas debieron de encontrar a algún rico comerciante a quien se le ocurriría alejarse excesivamente de nuestras fortalezas del Danubio.

Irene le contempló sorprendida.

—Pero ¿qué importa todo eso? —prosiguió el hombre—. ¡Decídete, te lo ruego! Si pasara por aquí la guardia del emperador, corres el peligro de que te prendan con ese ladrón, y tengo entendido que nuestro divino señor Anastasio no aprecia demasiado a tu familia...

Interrumpió sus reflexiones con un juramento. Un mercader acababa de dispersar collares y baratijas de un puntapié y algunas pulseras rodaron por el suelo entre las piernas de los presentes. La joven se vio apartada del grupo por su hombre de confianza y apenas tuvo tiempo de ver cómo se erguía aquel colosal huno, agarraba al griego envidioso de su competencia y lo arrojaba contra la base del pórtico mientras los mirones retrocedían apresuradamente.

—¡Regresa al coche! —exclamó su guía—. ¡Los soldados no tardarán en llegar! En estos momentos temen que cualquier altercado degenere en una revuelta.

Irene se instaló en su carruaje y asomó la cabeza entre las cortinas. Por una callejuela próxima acababan de surgir los primeros miembros de la guardia, deseosos de averiguar las causas de semejante estrépito. La joven sonrió al ver escabullirse al bárbaro estrechando sus tesoros contra el pecho. Los soldados invadieron los pórticos atropellando a los escasos individuos que habían tenido la temeridad de permanecer en aquel lugar. De pronto, Irene distinguió a una joven esbelta, cuya cabellera de áureos reflejos le cubría los hombros y que vestía una larga túnica de tosco tejido ceñida en la cintura por un cordoncillo de lino, lo que la identificaba como una esclava o una aldeana de las cercanas campiñas. La muchacha permanecía inmóvil, debatiéndose entre el temor que le suscitaba la aparición de la tropa y la fascinación experimentada al descubrir la inmensa Mesé libre de toda presencia humana. Al advertir que su carruaje se ponía en marcha, Irene ordenó a uno de los miembros de su escolta:

—¡Ve en busca de esa muchacha o la matarán!

El hombre se precipitó hacia ella, la asió sofocando sus gritos y la arrojó junto a su ama. La patricia corrió los cortinajes, se oyó restallar un látigo y los caballos partieron a galope.

La involuntaria huésped de Irene enmudeció aturdida paseando su inquieta mirada desde los cojines guarnecidos de perlas a los cortinajes agitados por la carrera. Irene la cogió por los hombros.

—No pretendo causarte daño: esa soldadesca te hubiera hecho pagar caro tu candor. ¿Por qué no te has marchado a tu casa?

—No conozco la ciudad —balbució la extranjera—. Esta mañana he cruzado por vez primera la gran puerta de las murallas.

—¿No habías estado nunca en Constantinopla?

—No.

—Pese a tu sencilla túnica, te creí la esclava de algún mercader...

—Es la prenda que solemos vestir en mi pueblo.

—Entonces debes de proceder de alguna provincia lejana del imperio y has venido como tantos otros desdichados atraída por la ciudad imperial. Con tan radiante cabellera no pareces oriental.

—Mis padres me llamaron Macedonia, el nombre de nuestro país.

—Si has nacido en las orillas del mar Egeo, por lo menos perteneces a nuestra raza helena —suspiró la aristócrata—. Constantinopla parece haberse convertido en el receptáculo de la hez del imperio.

—¿Por qué me has acogido a tu lado?

—Lo ignoro. Tal vez por tu belleza, que se adivina pese a los harapos que te cubren.

Macedonia bajó la cabeza, azorada.

—Ahora que ya estás a salvo —prosiguió Irene—, dime dónde deben acompañarte mis servidores.

La muchacha se encogió de hombros indecisa. Irene le habló sin rodeos.

—No esperes ayuda de mi parte: mi padre ya no sabe qué hacer con sus innumerables esclavos. Me dirijo al foro del Buey, te acompañaré hasta allí y luego tú verás qué haces.

La provinciana asintió en silencio, incapaz de expresar su reconocimiento.

—¿Te gusta Constantinopla? —se interesó Irene—. ¿Qué buscas aquí?

—Espero no morir de hambre... Nuestra tierra no alcanza ya para alimentar familias demasiado prolíficas.

Las jóvenes permanecieron en silencio durante el resto del trayecto. De vez en cuando Irene lanzaba una furtiva mirada por las rendijas de las cortinas y sonreía, abstraída en sus pensamientos. Macedonia, que la observaba con atención, le preguntó:

—¿Qué vamos a hacer en este lugar?

—Tú, no lo sé... Ahí, o en otro lugar de esta ciudad... ya no estás en peligro. En cuanto a mí, me propongo disfrutar de un singular espectáculo.

Macedonia observó que una sonrisa distendía el rostro de la patricia. Una sacudida del vehículo la proyectó sobre su bienhechora y ambas rodaron sobre los almohadones de seda. Irene estalló en carcajadas.

—¡Mi padre debería vender al esclavo que guía este carro! ¡Me destrozará los riñones!

La campesina examinó la plaza que aparecía ante sus ojos. Los edificios que la rodeaban eran menos altos que en el extremo opuesto de la Mesé, pero el foro tenía armoniosas proporciones. Atrajo su atención una magnífica cruz de plata de varios metros de altura que se levantaba en el centro de la explanada.

—El foro del Buey está considerado el centro de reunión de los auténticos creyentes que permanecen fieles al papa de Roma —susurró Irene.

Macedonia frunció las cejas: no imaginaba que su compañera fuese a obsequiarla con una parrafada religiosa. Al advirtir su sorpresa, Irene añadió:

—¡Sígueme! Presenciarás un acto valeroso. Prométeme que me obedecerás...

—¿En caso de peligro?

—Sí.

Macedonia asintió enérgicamente.

Irene hizo una seña a sus esclavos que la rodearon a respetuosa distancia formando un círculo invisible mientras avanzaba entre la multitud seguida de Macedonia.

—¿Habías visto algo parecido? —interpeló Irene a la recién llegada a la capital del imperio.

Una enorme cabeza broncínea de buey se levantaba en el centro, y en sus fauces hubiera podido sostenerse perfectamente un hombre.

—¿Qué es esto? —susurró Macedonia.

—El objeto que ha dado nombre a esta plaza y, al propio tiempo, un horno donde el emperador ordena a veces que sean quemados los libros y los textos condenados por el patriarca.

—¿Es ésa la razón que te ha traído hasta aquí?

—¡Aprovecharemos que hoy no monta guardia ningún soldado!

Macedonia sintió deseos de reír.

—¿Qué quieres hacer con ese buey?

De pronto se dio cuenta de que se encontraba en el núcleo de la enorme metrópoli, junto a una estatua de aspecto amenazador y en compañía de una joven enardecida por los efectos de un arrebato místico y se preguntó si estaría soñando.

Irene la cogió del brazo.

—¡Fíjate en ese hombre: es un sacerdote, un santo varón que sigue fiel a la verdadera fe! ¡Escúchale y no olvides sus palabras si deseas comprender el drama que en breve agitará a esta ciudad impura!

Un personaje ataviado con una holgada y alba túnica acababa de subirse en la cabeza del buey y alzaba los brazos en el aire. El servidor de Dios se dirigió con voz estentórea a los curiosos que se habían congregado a su alrededor.

—¡Corderos del Señor! He venido a este lugar maldito

para restituir la verdad de los Evangelios y glorificar a los Santos Padres de la Iglesia! El emperador Anastasio ha ordenado que se perpetrase en este lugar la más impía de las acciones: sus protegidos, los monofisitas, a quienes Anastasio estimula secretamente, han osado quemar los textos enviados por el papa de Roma en las fauces de este buey erigido en tiempo de los paganos. ¡Algún día Dios tomará cumplida venganza de esta ciudad sumida en la abominación que se niega a escuchar al militante de Cristo y prefiere acatar los desatinos de los hechiceros de Oriente!

Macedonia se volvió hacia Irene.

—¿Qué tenemos que ver nosotras con esas querellas religiosas?

—¿No sigues los dictados de la Santa Iglesia romana?

—Sí, desde luego, como todos los habitantes de Macedonia. ¿Quiénes son esos monofisitas? ¿Qué se proponen? ¿Destruir la obra de Cristo?

—¡No lo comprendes! Desde hace casi cinco siglos que murió Nuestro Señor Jesucristo proliferan las sectas orientales. Una de ellas, la más peligrosa, está constituida por los monofisitas, propugnadores de la teoría de que Cristo no es hijo de Dios, sino el propio Dios. ¿Te das cuenta de la blasfemia que ello significa?

Macedonia guardó silencio pues no deseaba contrariar a su compañera. Lo cierto era que jamás se había interrogado sobre la naturaleza de Cristo. Irene la miró con fijeza y prosiguió furiosa:

—¡Los monofisitas se niegan a reconocer la autoridad del papa de Roma y preconizan la revuelta contra los obispos que le son fieles en Siria o en Palestina! Desde que Anastasio se convirtió en emperador de Constantinopla, ese astuto viejo hostiga incesantemente a los orientales que utiliza para extender su poder y someter aún más a las familias nobles de la ciudad.

De pronto Macedonia creyó comprender.

—¿Te enfrentarías al emperador?

—¡Con todas mis fuerzas! Si en estos momentos le desafiamos destruyendo los escritos de sus heréticos amigos, es que el diablo ya le tira de los pies. Dicen que se encuentra en las puertas de la muerte: de ser así, pronto la verdadera fe no tendrá que seguir sufriendo las afrentas de los monofisitas, a quienes arrojaremos al desierto.

—¿Tu familia ha sido víctima de las injusticias de Anastasio?

—¡No se atrevería a enfrentarse a nosotros! Mi padre levantaría mil hombres contra él en pocas horas. Pero el emperador se apoya en la canalla y gobierna sin nosotros, algo que las familias patricias descendientes de la antigua Roma jamás tolerarán.

Macedonia calló intuyendo confusamente que no debía formular más preguntas. Si cometía cualquier imprudencia se convertiría en víctima irremisible de aquellos enfrentamientos y sería barrida como la paja. El sacerdote concluyó su arenga y fue vitoreado por el público. Aparecieron algunos fieles portadores de un montón de rollos sellados con los que llenaron la boca del horno y una acre humareda se levantó en el aire mientras los asistentes entonaban una sorda oración, sin que un solo soldado acudiese a alterar su recogimiento.

Irene levantó la cabeza, tenía las mejillas arreboladas y parecía cansada.

—Constantinopla no se entrega en un día al recién llegado —dijo a Macedonia con una sonrisa—. Ten cuidado, no has escogido un buen momento para entrar en la ciudad. Anastasio siente que se aproxima su fin y sus soldados, con o sin motivo, atacan a todos aquellos que se agitan. Procura no caer en sus manos, evita los tumultos, no prestes oídos a los oradores ni a sus discursos. Podrías salir malparada, pues las reyertas son frecuentes. ¿Qué piensas hacer?

Indecisa, Macedonia se encogió de hombros. Su interlocutora le tendió un saquito de piel.

—Separémonos. Este lugar resulta peligroso: los espías de Anastasio están por doquier. Si deseas volver a verme, me encontrarás en las termas de Zeuxippo, donde suelo acudir. Bastará con que des tu nombre a mis esclavos para que te acompañen a mi presencia. Dirígete al Cuerno de Oro, en sus orillas, por los barrios bajos, encontrarás alojamiento. Recuerda que eres una presa fácil y que Constantinopla es más peligrosa que las jaurías de lobos de los bosques.

Irene se reunió con sus esclavos y desapareció entre la multitud. Macedonia sintió que los latidos de su corazón se multiplicaban como si fuera a estallarle y tuvo la impresión de que acababa de nacer en aquellos momentos, sintiéndose inerme frente a una multitud hostil.

La joven comprendió que ya no le quedaba nada que hacer en aquella plaza. Algunas volutas de negro humo seguían escapando de las fauces inmensas del buey, los seguidores del papado habían desaparecido. Entre las numerosas calles que partían del foro se decidió por la más ancha. Macedonia creyó reconocer aquellos lugares. En breve advirtió que las grandes avenidas estaban rodeadas de pórticos y que en ellos tenían sus puestos los mercaderes de tejidos.

Aunque se sentía desfallecer de hambre, apretó con fuerza las monedas que Irene le había entregado sin atreverse a entrar en ninguna de las lóbregas tabernas que se sucedían junto a los tenderetes donde se exponían telas de abigarrados colores.

Presa de inquietud y decidida a escapar de la muchedumbre, descendió por una escalera que servía de atajo y en seguida se encontró sola. Los distintos tramos se sucedían entre casuchas de ladrillo cuyos tejados se inclinaban bajo el peso de sus mal ajustadas tejas. Un olor pestilente le provocó una mueca a su paso por el patio de una tenería. Algunas matronas, arremangadas las faldas y exhibiendo sus fornidos muslos, interrumpieron su labor para contemplarla por encima de las fosas inundadas de agua de violáceos reflejos. Macedonia no prestó atención a sus jocosos comentarios y reanudó su marcha hacia el Cuerno de Oro, cuya superficie destellaba esporádicamente entre los tejados, delimitada por los barrios de la ciudad que se levantaban sobre las colinas del Bósforo.

Alguien le tiró del borde de la túnica frenando su carrera. Junto a ella descubrió a un niño que había aparecido de repente como surgiendo de la nada. Se disponía a interrogar al pequeño mendigo, cuando llegó a sus oídos un rumor procedente de la parte baja de la ciudad que provocó la rápida huida del muchacho.

La joven helena se esforzó por seguir al niño que saltaba por los peldaños esquivando las zanjas fangosas, rodeando los muros hundidos de las casuchas que no habían resistido las lluvias invernales. Macedonia a duras penas consiguió no perderle de vista hasta llegar al pie de la escalera donde desapareció entre un grupo de personas.

El confuso rumor que había percibido desde la callejuela era originado por los gritos y juramentos que profería una heterogénea multitud congregada en una plazuela, en torno a una higuera. Macedonia se detuvo bajo la bóveda sin poder penetrar en el angosto espacio rodeado de antiguos edificios en ruinas. Un soldado que se encontraba encaramado sobre una rama muerta del árbol gritó:

—¡Echaos atrás! ¡El emperador proveerá a vuestras necesidades! ¡En vez de ladrar como perros, preparad vuestras téseras!

Una mujer demasiado vieja para poder enfrentarse a cuantos se agolpaban alrededor del oficial, fijó en Macedonia su cansada mirada.

—¡Ven, toma mi tésera a cambio de la cual te facilitarán el pan de la anona o me veré privada de sustento durante muchos días!

La anciana se enfureció ante el desconcierto y la pasividad de Macedonia.

—¿Acaso eres tonta? —insistió—. ¡Te pido que vayas a reclamar el pan que me corresponde! ¡El emperador está obligado a alimentar a los ciudadanos de la capital! La anona es un servicio sagrado que jamás ha incumplido el señor del imperio. ¡Ten, toma mi tableta de arcilla y procura que no te la roben! Sin mi tésera moriría irremisiblemente de hambre.

Macedonia no rechistó, cogió el pequeño rectángulo de arcilla en el que aparecían grabados ciertos signos y se introdujo entre el gentío sosteniendo en una mano la tableta y en la otra su bolsa de piel.

Un niño gritó al ser zarandeado por la multitud; un hombre robusto empujaba a sus hambrientos conciudadanos esforzándose por conseguir un pan redondo de mayores proporciones. Molida a golpes, Macedonia llegó ante el soldado que se detuvo a observarla.

—No te conozco —le dijo—. ¿Sueles venir por este distrito?

La joven no supo qué responderle. El guardia le sonrió; bajo su casco resbalaban regueros de sudor.

—¡Otra campesina de las provincias que se siente atraída por la capital! —exclamó. Y volviéndose a su ayudante que estaba sentado sobre un cesto lleno de pan, comentó—: Buen negocio para los proxenetas, ¿verdad?

Macedonia le tendía la tésera con insistencia. El hombre la cogió bruscamente sin lograr arrebatársela.

—¡Déjala! —repuso su compañero—. Volveremos a verla. El hambre las atrae a nosotros como las moscas a la carne corrompida. ¡Apresúrate, siempre estoy temiendo que estos desgraciados se amotinen!

Los gritos y los empujones habían extenuado a la recién llegada que estrechando el pan contra su seno y resistiéndose a las presiones de los últimos pedigüeños acudió a desplomarse junto a la anciana. Allí permaneció silenciosa tratando de recobrar sus ánimos y regular el ritmo de su respiración.

—Has sabido defenderte —dijo la vieja asiéndole la mano con sus nudosos dedos—. Sin ti no hubiese comido. Cuando no nos presentamos, esos malditos soldados no tienen ningún reparo en quedarse con el pan, naturalmente para venderlo.

Macedonia recordó la cabaña de madera donde había vivido en las altas tierras de las estribaciones de Iliria, cubiertas de nieve en invierno e insoportablemente calurosas en verano, entre los descarnados pastos de una tierra estéril.

—¿De qué te quejas? —murmuró—. Tú puedes alimentarte... En mi tierra...

—Los ciudadanos de Constantinopla merecen más atenciones que los salvajes que moran en los campos —la interrumpió la vieja—. ¿No somos acaso los habitantes de la Nueva Roma?

Macedonia se irguió furiosa mientras su compañera se inclinaba hacia ella.

—El emperador nos teme. ¿Cómo podría enfrentarse a veinte mil estómagos vacíos vociferando coléricos sobre las gradas del Hipódromo, a escasos metros de su tribuna? ¡Ni siquiera un ejército bastaría para contenernos! Pero dejemos este tema. ¡Toma, te has ganado un pedazo!

Partió el pan por la mitad y entregó un trozo a la muchacha. Macedonia mordió con fruición la espesa miga percibiendo un denso olor a moho.

—¡Este pan está mal cocido...!

—O la harina se ha podrido en el puerto de Alejandría. El trigo procede de Egipto. Tal vez algún gobernador ha ordenado que lo humedeciesen para aumentar su peso, disimulando así ante los supervisores de Anastasio la insuficiente cosecha recogida en el valle del Nilo. Sin embargo, el emperador había prometido...

Macedonia contempló el pan que tenía entre las manos y pensó en las tortas de su aldea, formada por un grupo de casuchas donde se hacinaban aquellos pobres diablos a quienes había abandonado cuando se aproximaba la época de la cosecha. La vieja le había levantado la túnica y le acariciaba el muslo. La muchacha se sobresaltó y observó el rostro afilado de la mujer, coronado por algunos mechones blancos y alborotados, y cuyos azules ojos conservaban una sorprendente viveza. Macedonia sintió que fijaba en ella su penetrante mirada.

—Eres hermosa, alta, robusta y elegante —dijo la anciana—. Constantinopla no te rechazará. Te dirigías al Cuerno de Oro, ¿verdad? ¿Acaso buscabas el barrio de los Sykes?

—No sé... Trataba de encontrar un lugar...

—Comprendo. Un lugar donde alojarte sin agotar demasiado pronto las escasas monedas de tu bolsa.

—Preferí internarme por las callejuelas secundarias: los pórticos repletos de gentes extrañas, según dicen bárbaros, me causaban pavor.

—Esos bárbaros, en su mayoría godos o hunos, no constituyen el mayor peligro: descubren las riquezas de nuestro comercio, los puertos donde recalan miles de navíos y el esplendor de los monumentos. No, la ciudad rebosa otros muchos peligros. Aguarda a que llegue la noche y en esta misma plaza verás...

Se interrumpió y volvió a posar la rugosa mano en su muslo desnudo.

—Durante algunas noches, más no me es posible, hasta que llegues a conocer semejante infierno, puedes hospedarte en mi hogar.

Macedonia dudó un instante y, cuando se disponía a expresar su reconocimiento a la anciana, ésta se levantó.

—¡Ven! —le dijo—. Si bajaste por esta calle debiste pasar por delante de mi casa.

La anfitriona de Macedonia ascendió penosamente por varios tramos de la escalera hasta detenerse ante una puerta de carcomida madera. Una vez que la joven se hubo instalado sobre un jergón de paja instalado en un rincón de la única estancia, la mujer se eclipsó alegando que debía visitar a una vecina. Macedonia, que estaba extenuada, se tendió sobre la tosca manta que cubría el jergón y se quedó adormecida. Aunque se resistía a confiar en la vieja, por lo menos se sentía segura entre aquellas cuatro paredes que la protegían de la gente de la calle.

Cuando despertó, los escasos rayos de luz que se filtraban por la angosta ventana abierta en un muro se coloreaban con los cálidos tonos del atardecer. Descubrió una figura inmóvil en la estancia e iba a proferir un grito cuando la tranquilizó la voz familiar de la dueña de la casa.

—No debes temer nada. La gente de este barrio me conoce bien y no se atrevería a faltarme al respeto, ¿no es cierto, Callinicus?

Macedonia descubrió a una figura masculina en cuclillas entre la penumbra.

—Estoy seguro de ello —repuso el hombre—. No permitiríamos que nadie lo pusiese en duda.

El desconocido se levantó y estiró sus miembros. La joven advirtió que era corpulento y que lucía ricas vestiduras: ceñía la blanca túnica en la cintura con una cadena dorada que realzaba su imponente estatura y una barba espesa y negra acentuaba sus toscos rasgos.

—Enciende una vela, Atenea: apenas logro distinguir el bello rostro de tu protegida.

La mujer se levantó con una presteza insólita para sus años, acercó un taburete y colocó la palmatoria sobre la mesa, en el centro de la estancia. El hombre se sentó y examinó detenidamente a la muchacha. La joven se removió incómoda. Callinicus se recreaba en sus piernas, sus hombros, la redondez de sus senos... Pensó en cubrirse con la manta, pero desistió al punto al advertir su suciedad. El hombre se dirigió a ella en tono melifluo.

—Ya habrás podido comprobar por ti misma cuán dura es la vida en la capital. ¿Para qué has venido a este barrio? Aquí tan sólo encontrarás hambre y la amenaza de los hombres que codicien tu cuerpo.

Macedonia no supo qué responderle. Aunque su instinto le aconsejaba actuar con prudencia, comprendía que Callinicus tenía razón y que las mujeres no podían sobrevivir por sí solas en Constantinopla.

—Callinicus siempre ha sido bueno conmigo —intervino Atenea con una sonrisa de inteligencia—. En otros tiempos le presté buenos servicios por los que ha accedido a ayudarte. Sería conveniente que te marchases de aquí.

La joven asintió. Se levantó del jergón y se aproximó al amigo de Atenea.

—¿Quién eres tú que así difundes el bien a tu alrededor? —le interpeló bruscamente—. No luces la estola de los sacerdotes. ¿Acaso formas parte de los ricos mercaderes cuyos tenderetes he podido admirar en la Mesé?

—¿Qué te importa si estás bien alimentada? —intervino Atenea en tono sibilino.

El hombre alzó la mano conminándola a guardar silencio.

—Considérame como un comerciante. Vendo la mercancía más peregrina, aquella que todos los hombres anhelan... el placer.

A la mente de la muchacha acudió un nombre.

—¡Eres un proxeneta! —murmuró—. ¡Entregas los cuerpos de las mujeres al mejor postor!

—¡Tranquilízate, no permitiré que ningún bárbaro estropee un cutis tan delicado! No tardarás en vivir en la opulencia: Constantinopla te abrirá los brazos.

Macedonia sintió deseos de correr hacia la puerta, pero la vieja se había colocado ante ella recostándose contra las planchas mal ensambladas. Callinicus apoyó la mano sobre la mesa y algunas monedas rodaron sobre la tabla.

—¡Sígueme, tengo mucho que hacer! —dijo adelantándose hacia Macedonia—. Mira en torno y aprende a apreciar el mundo donde vivirás en lo sucesivo.

La joven se echó sobre el jergón debatiéndose con pies y manos, rechazando al hombre que se inclinaba sobre ella, pero el proxeneta la inmovilizó aplastando el torso contra su seno. Macedonia gritó esforzándose por liberar sus miembros, mas no pudo evitar los golpes de Callinicus hasta recibir una bofetada que la dejó aturdida. El hombre se irguió y la examinó unos instantes, echándosela seguidamente sobre los hombros. A oídos de la casi inconsciente muchacha llegaron las palabras de Callinicus:

—Tu criterio suele ser acertado, Atenea: el negocio me conviene.

—No te fíes: la muchacha rebosa vitalidad. Dudo que tus esclavos logren retenerla mucho tiempo.

—¿Has visto que alguien escapase de mi casa?

—No... Después de todo eso es de tu incumbencia. Procura no llamar la atención de los soldados con esa muchacha en tus espaldas.

Callinicus estalló en ruidosas carcajadas.

—Continuamente vienen a mendigarme monedas o favores. No tengo nada que temer mientras haya hombres que deseen tan hermosas piernas.

* * *

Macedonia se revolvió en el angosto lecho adosado a la pared de la habitación y gimió entre sus agitados sueños. Sus labios se contrajeron y un sollozo se quebró en su garganta. La joven, que había cubierto su rostro con una sábana arrugada, habría preferido no presenciar otro amanecer en la capital del imperio.

Pero cada mañana debía enfrentarse a la monstruosa realidad: como tantas otras provincianas atraídas por las riquezas de la Nueva Roma, se había convertido en un juguete de carne en manos de los proxenetas de la ciudad.

La hija de las montañas de Macedonia ni siquiera lograba recordar ya su aldea, los amados rostros de los suyos, y revivía sin cesar las afrentosas escenas vividas durante los últimos días. Aún le parecía sentir entre sus crispados muslos el dolor que le había infligido Callinicus tras ordenar que la atasen al armazón del lecho para abusar de ella.

Pese a sus gritos y movimientos desesperados pugnando por liberarse de aquel suplicio, el proxeneta había repetido su bárbaro acto a lo largo de toda la jornada dejándola por fin inconsciente.

Durante aquellos días Macedonia se había negado a ingerir el menor alimento, tras llegar a la conclusión de que una muerte lenta era preferible a la existencia que le aguardaba en casa de su verdugo.

Aunque se hallaba despierta, se resistía a abrir los ojos: los postigos cerrados mantenían a oscuras la estancia y al pie del lecho se encontraba todavía el plato de habas que le habían servido la noche anterior.

Comprobó que la habían liberado de sus ataduras confiando que el enorme cerrojo que aseguraba la puerta bastaría para disuadirla de intentar la huida. De pronto distinguió un ruido en la cerradura y una sirvienta asomó la cabeza por la puerta entreabierta.

—¡Levántate! —ordenó—. ¡Nuestro amo quiere verte!

Macedonia no reaccionó limitándose a volver la espalda a la intrusa.

—¿Me has oído? —rugió la matrona—. ¡Si sigues comportándote con tal soberbia acabarás siendo pasto de los peces del Bósforo!

—¿Sufriste el mismo castigo cuando Callinicus te trajo aquí? —se interesó Macedonia.

—Hace más de diez años que estoy a su servicio. He tenido que soportar que bárbaros y soldados se abalanzasen sobre mí y poseyeran mi cuerpo hasta caer dormidos, ebrios de vino y placer. Incluso los propios monjes... ¿imaginas? ¡No se mostraron en absoluto remisos a disfrutar los placeres de la carne! Pero ¿cómo recordar la primera vez...? ¡Vamos, apresúrate, no pienso explicarte la vida de los barrios bajos: no tardarás en descubrirla por ti misma! Callinicus no se ha equivocado, tienes cuerpo de diosa pagana...

La voz de la sirvienta había sacado a Macedonia de su abstracción. Se levantó sin reflexionar en los propósitos del proxeneta y ambas se internaron por un largo pasillo decorado con frescos en los que se representaban escenas lascivas y que conducía hasta una entrada disimulada por oscuros cortinajes. La mujer aguardó a que Macedonia llegase a su lado y la invitó a traspasar el umbral.

La joven entró en un amplio salón en el que aparecían diseminados almohadones y asientos bajos y a cuyo extremo se veía una mesa de la que aún no se habían retirado los restos de un banquete, rodeada de sendos lechos.

—Procura hacerme quedar bien —murmuró Callinicus entre dientes—. Si no, te aseguro que sufrirás mil castigos más insoportables que mis caricias.

A una señal suya se aproximaron dos hombres. Callinicus dio una palmada y los esclavos se precipitaron a retirar el servicio de la mesa e instalaron algunos trípodes en los que ardían plantas aromáticas. En breve fueron vertidas las libaciones, el velador volvió a cubrirse de los alimentos más variados y Callinicus invitó a acomodarse a sus huéspedes.

Macedonia aguardaba aterrada ante la presencia de su amo hasta que por fin se atrevió a levantar la mirada y observar a los invitados. Un coloso tendido en su lecho sumergía la mano en una copa llena de frutas confitadas. Tras haberse atiborrado, alzó su hirsuto rostro, sacudió la cabeza para apartar una trenza que le recogía los cabellos en lo alto del cráneo y examinó detenidamente a Macedonia con sus vivos ojillos. Apoyó las gruesas manos sobre el almohadón de seda y se dirigió a Callinicus haciendo tintinear sus brazaletes de oro y las monedas que pendían de su casaca de cuero.

—¿Dónde encuentras estas hermosas muchachas? Mis soldados jamás me traen ejemplares tan deseables en las expediciones que realizan por los pueblos. ¿Debo entender que las matan sin tener la precaución de desnudarlas previamente?

Callinicus se echó a reír.

—¿Aún no has aprendido a conocer a la gente de esta ciudad? Reinan en el mundo, saben preparar los alimentos más refinados y dominan el comercio de Oriente hasta las Columnas de Hércules. ¿Acaso creéis poder rivalizar con nosotros?

El bárbaro profirió un sordo gruñido.

—Sea como fuere, esta muchacha me gusta. Cuando regrese al otro lado del Danubio, se la llevaré a mi primogénito como regalo. Mientras disfrute de su cuerpo no tratará de sustituirme al frente de la tribu.

Macedonia sintió que un estremecimiento la recorría de pies a cabeza y creyó que iba a desmayarse. Callinicus se sentó sobre su pétreo lecho y contempló a su otro invitado.

—Muy bien, hablemos, pues, de dinero. No deseo faltar a mis deberes de anfitrión. ¿Te interesa también esta joven campesina, Alejandro?

El bárbaro se volvió hacia su vecino. Su robusto torso contrastaba con la esbelta silueta de su compañero. El hombre levantó la manga de su blanca túnica e hizo señas a Macedonia para que se aproximase. La muchacha se acercó a él con lentitud. Alejandro, impaciente, se adelantó a su encuentro con pasos ágiles y elegantes. Peinaba cuidadosamente los rizos que rodeaban su rostro y sus ropas ribeteadas en oro despedían un suave perfume.

Asió a Macedonia del brazo y ésta retrocedió y se hubiese refugiado en un rincón de la sala si no se lo hubiera impedido la firmeza de aquella mano. El hombre frunció el ceño dirigiéndole una mirada que conminaba a la obediencia y Macedonia no se atrevió a moverse. Sintió cómo Alejandro le palpaba el brazo, tanteaba la firmeza de sus hombros y trataba de apartar la túnica descubriendo su seno a lo que renunció ante el sobresalto de la joven cautiva. A continuación se arrodilló y examinó largamente sus piernas musculosas por las largas marchas realizadas en las montañas de Iliria.

—No quisiera entorpecer un acuerdo establecido entre tu amigo godo y tú —dijo volviéndose a Callinicus—, pero me siento tentado por esta muchacha. Si lo deseas, podemos licitar por ella.

El bárbaro exhibió una mueca de despecho y dio un

puñetazo en la mesa. Callinicus no se inmutó y siguió mostrando una sonrisa de suficiencia.

—¿A quién debo favorecer? —preguntó—. ¿Al extranjero procedente de tan lejanas tierras que acude a nuestro país atraído por sus bellezas o al artista famoso por su compañía de ballet, una de las más célebres entre los teatros de la ciudad? Me resulta difícil resolver tan arduo dilema.

Alejandro advirtió la precaución oratoria del proxeneta.

—¡Aquí tienes diez monedas de oro! —rugió el godo—. ¡Mucho más de lo que vale esa muchacha! ¡No daría ni dos a cambio de una aldeana de Panonia! ¡Decídete, aún tengo que pasar por palacio!

—No suelo invertir tanto dinero en una mujer —murmuró Alejandro—. Pero ésta tiene cierta calidad salvaje... te ofrezco cinco monedas más.

El godo se levantó y asió a Callinicus por la túnica.

—Tu amigo se propone hacerme desembolsar todo mi oro. ¡Ve con cuidado, estoy muy bien relacionado en el entorno del emperador!

Callinicus blandió una daga que llevaba oculta en la manga.

—¡No me toques! ¡Jamás un bárbaro osó amenazarme! ¡Regresa a tus bosques, entre tu ignorante pueblo!

El hombre se marchó profiriendo imprecaciones sin mirar siquiera a Macedonia que presenciaba estupefacta semejante altercado.

Mortalmente pálido Callinicus interpeló a Alejandro:

—Supongo que hablabas en serio cuando desafiabas a ese bárbaro y que ahora no me encontraré con una prostituta de más y, por añadidura, rebelde.

—A decir verdad hubiese tenido que prolongar la situación. Mi oferta sigue en pie: soy hombre de palabra. Toma las quince monedas de oro: haces un buen negocio.

El proxeneta se precipitó sobre el dinero que Alejandro había tirado en la mesa y lo contó.

—Macedonia te pertenece —le dijo—, aunque no te garantizo un éxito inmediato. Tendrás que someterla; yo no he tenido tiempo para ello. Si necesitas mis consejos, estoy a tu disposición.

—La muchacha no se me resistirá —repuso Alejandro.

Se levantó, ordenó los pliegues de su túnica y ordenó a Macedonia:

—¡Sígueme! La vida es así: nos levantamos en casa de un amo y nos acostamos bajo el techo de otro.

La joven pasó junto a Callinicus que se encontraba absorto guardando el oro en una bolsa y estuvo observándolo con una mirada cargada de odio que él no advirtió.

Indiferente a los amenazadores nubarrones que discurrían sobre el teatro, Macedonia no apartaba de sus pensamientos la pesadilla vivida junto a Callinicus. Alejandro dio una palmada y profirió un juramento.

—¡Se interrumpe la sesión! —anunció—. Las bailarinas pueden descansar; los actores que acudan a mi presencia.

Macedonia asistía a los ensayos de la compañía de Alejandro en el inmenso escenario del teatro del barrio de los Sykes. El impacto de algunas gotas de lluvia la estremeció. Observó el cielo. Una luz plateada caía sobre las columnas de mármol rosado que constituían el majestuoso decorado del edificio, al pie de una multitud de gradas dispuestas en el hemiciclo. Una decena de individuos de rostros gesticulantes, maquillados en colores chillones, rodearon a Alejandro.

—¿Cómo queréis hacer reír a la gente de Constantinopla si no os identificáis más con la sátira? ¡Tú, aristócrata de orgulloso porte, ponte en ridículo: el pueblo merece tomarse su revancha! ¡Y tú, que personificas al colérico, no gimotees...! ¡Grita, gesticula, vocifera airado al descubrirte engañado por tu infiel esposa! Nada mejor que un viejo humillado para provocar la mofa. Actuaréis ante el público más hastiado del imperio. Mostradles la debilidad de la carne y la mezquindad de los poderosos para que se conviertan en jueces de sus amos. ¡Retiraos y venid mañana más dispuestos!

Los actores, que vestían túnicas de paño, se inclinaron respetuosamente y la extraña comitiva que representaba de forma estereotipada las pasiones humanas desapareció por los corredores que discurrían bajo el escenario.

Alejandro se sentó en un sillón de piedra de primera fila, sin duda reservado a algún mecenas, y ordenó a las bailarinas que se preparasen. A los acordes de una lira que difundía una nostálgica melodía las jóvenes se esparcieron por el escenario como una oleada sin ocultar apenas las armoniosas formas de sus cuerpos bajo transparentes velos. Las muchachas saltaron y se desplomaron al unísono permaneciendo inmóviles en el borde del escenario. La lira interrumpió sus notas sin que se advirtiera en ellas el menor movimiento hasta que oyeron la voz del comediógrafo.

—¡Eso está mejor! ¡Levantaos! Regresad junto a las columnas e interpretad la huida de las mujeres ante la aparición de sus raptores.

Alejandro dirigió su mirada hacia Macedonia y le hizo señas de que se acercase.

—¿Vas comprendiendo lo que exijo a mis artistas?

Ella asintió pensativa. Desde su introducción en la vida del teatro no había podido apartar de sus pensamientos los caprichosos vaivenes que había sufrido su destino: casi no podía dar crédito a su actual situación, cuando apenas hacía una semana se encontraba en la calle y sometida a las vejaciones de los clientes de un burdel.

En aquel ambiente todo le parecía irreal: las piedras, la música y las danzarinas. Tan sólo la voz de Alejandro le recordaba incesantemente las pesadillas vividas en casa de Callinicus.

La voz de su protector la sacó de su abstracción.

—No te he arrancado de las garras de ese canalla para que sigas autocompadeciéndote. Recuerda que es mucho lo que me debes.

Macedonia se arrodilló a sus pies para besarle las sandalias. El hombre la rechazó.

—¿Qué haces? Te escogí por tu belleza: eres como la antigua Diana, los espectadores sabrán apreciarlo. No te menosprecies de tal modo.

El hombre se interrumpió al advertir la lividez de su rostro y añadió:

—No se hable más de ello. Olvida a Callinicus. En Constantinopla existen millares de proxenetas. ¿Crees que podrás igualarte a mis bailarinas?

La joven exhibió una expresión dubitativa. Alejandro se expresó en tono más apremiante.

—Sólo te conservaré a mi lado con esa condición: la danza es lo único que me importa.

Macedonia observó los saltos graciosos y acrobáticos de las muchachas que representaban la huida ante el peligro.

—En nuestras montañas sin duda corremos con menos elegancia —repuso por fin—. Pero si me has creído capaz de desenvolverme como ellas, me esforzaré por no defraudarte. ¿Cuándo debo comenzar a ejercitarme en el escenario?

—Aguarda aún unos días. Únicamente podrás entregarte a la danza si tu espíritu se muestra más liberado. Vuelvo a repetirte que arrojes a Callinicus de tus pensamientos. De no ser así, se habrá tomado la venganza más clamorosa manteniéndote cautiva de su recuerdo.

—Desconozco por completo este arte. ¿Me orientarás tú mismo?

—Te confiaré a uno de mis ayudantes que en primer lugar te enseñará el autodominio de tu cuerpo. Creo que ya debes conocerle: ocupa una de las habitaciones del patio de las bailarinas, donde ordené que te instalasen. Puedes confiar en él.

—Le obedeceré ciegamente.

—Si todo va bien, participarás este verano en las pantomimas, pero en estos tiempos cualquier proyecto es incierto.

—¿Acaso a los habitantes de Constantinopla no les agrada tu compañía?

—El emperador está enfermo. Si llegase a morir, prefiero no exponer a mis artistas hasta que sea designado su sucesor. En épocas agitadas los teatros se convierten en auténticos campos de batalla. Temo que azules y verdes vuelvan a enfrentarse.

—Una joven me habló de Anastasio como de un ser odioso.

—Ha intentado restablecer el orden en esta ciudad ingobernable. Contentando a unos, se ha granjeado el odio de otros. El basileo carece de fuerza para gobernar por sí solo sin la ayuda de azules o verdes, los dos grupos de espectadores del Hipódromo.

—Tengo entendido que su rivalidad no se limita a las carreras de carros, ¿verdad?

—Aparte de las victorias de sus aurigas, su odio se remonta a épocas muy anteriores. Los azules son los clientes de la antigua aristocracia del imperio romano; los verdes, menos respetables pero igualmente ricos, cuentan con el apoyo de los mercaderes orientales...

—También los enfrentan sus creencias religiosas: los verdes parecen más dispuestos a obedecer al papa de Roma.

Alejandro se echó a reír.

—¡Acabas de llegar y ya conoces perfectamente la ciudad!

Macedonia sonrió.

—La metrópoli imperial me intriga constantemente: he

presenciado más villanías en ella en unos días que durante toda mi vida.

—No puedes imaginar los enfrentamientos de las facciones descontroladas. Cristo no debe querernos demasiado para consentir tantas bajezas.

—¡No blasfemes!

Alejandro exhibió una mueca de desprecio.

—Veo que los sacerdotes te han llenado la cabeza con sus axiomas. ¿También consiguen introducirse en vuestras montañas?

—¿A quién debemos creer entonces?

—Tienes mucho que aprender en Constantinopla. Tal vez aquí llegues a descubrir algunas verdades que ignoras.

Alejandro soltó a su pequeño simio cuando trataba de arrebatarle una manzana que desprendida del árbol había caído en el suelo del patio.

—¡Amigos, la cena nos espera! —exclamó.

En aquel instante acababa de aparecer un esclavo en el umbral de la mansión, construida al estilo antiguo alrededor de un jardín adornado con surtidores y jaulas en las que confundían sus trinos pájaros orientales. Los huéspedes del artista le siguieron. Los hombres vestían blancas togas y se cubrían los hombros con capas. En el bullicioso grupo figuraban algunas mujeres que se mantenían algo distanciadas, aunque de vez en cuando sus compañeros las abrazaban sin reservas.

El profesor de danza penetró en una enorme sala iluminada con candelabros dorados. La luz de las bujías se reflejaba en los espejos que cubrían las paredes multiplicando la claridad de la estancia. Unos quince lechos formaban corola alrededor de los veladores dispuestos en el centro. Dos mujeres aguardaban acodadas en sus respectivos divanes. Al ver entrar al grupo entre una cascada de risas, una de ellas se inclinó hacia su compañera y susurró:

—Como ves, no te había mentido, Macedonia: Alejandro va bien acompañado.

La joven examinó furtivamente a los comensales que se instalaban sobre sus almohadones y cogiendo la mano de Macedonia añadió quedamente:

—Manténte en guardia. No tienes nada que temer de Alejandro, pero él sí puede recelar de los antojos de algunos de esos nobles que le acompañan. Ten prudencia, creo comprender por qué razón nos encontramos aquí.

Macedonia le respondió con una señal de asentimiento. Había observado la presencia de un obeso anciano que se había dejado caer sobre una litera excesivamente estrecha para él. El hombre, al sentirse observado, se dirigió al coreógrafo.

—Tú que te jactas de ser el protegido del Apolo de los

paganos, dime, ¿has invitado a la propia Artemisa? Pues me atrevería a creer que tan excelsa diosa se ha dignado mirarme.

Al ver que Alejandro se acercaba dispuesto a presentar a sus danzarinas, los presentes interrumpieron sus risas.

—Macedonia es mi más reciente hallazgo; pienso presentarla en la pantomima que estoy preparando.

—Ahora comprendo el porqué de tu invitación. ¿Cuánto necesitas? ¿Mil, cinco mil monedas de oro?

Alejandro palideció.

—Guárdate tu dinero, no estamos entre mercaderes.

Los invitados cambiaron inquietas miradas. Teodosio vaciló un instante sin saber qué responderle y finalmente exhibió una forzada sonrisa.

—¿Qué disimulas bajo ese blanco velo? —intervino uno de los presentes dirigiéndose a Alejandro—. ¿Tal vez otra espléndida criatura?

Una frívola risa femenina le respondió como un eco mientras que todos se volvían hacia aquella forma cubierta por una sábana. El dueño de la casa se adelantó, asió con precaución el borde del tejido e inclinándose hacia Teodosio murmuró:

—Tú que aprecias el oro, contempla lo que puede hacerse con él.

Tiró bruscamente del delicado paño que cubría aquel objeto cuya visión arrancó exclamaciones de sorpresa entre los reunidos. Un águila espléndidamente tallada se posaba sobre un pedestal de mármol y sus plumas, enganchadas una a una sobre una estructura metálica, estaban bañadas en oro.

Alejandro se aproximó a aquella maravilla y acarició la cabeza del animal que tenía el pico entreabierto y cuyas alas desplegadas brillabana la luz de las velas. Macedonia se irguió admirando aquella ave que parecía dispuesta a emprender el vuelo y durante unos minutos los invitados examinaron con detenimiento la anatomía del pájaro. Alejandro paseó satisfecho su mirada entre los cortesanos y aguardó a que cesaran los murmullos.

—Nunca imaginé que los hombres pudieran crear semejantes maravillas —exclamó Pulqueria, la amiga de Macedonia.

—¿Cómo has logrado hacerte con un objeto como éste, que ni siquiera se expone en palacio, en el gran salón de los embajadores? —se interesó Teodosio.

—Sin embargo este tesoro ha sido concebido y pacientemente construido por nuestros artistas en los talleres imperiales. Como bien sabes, Anastasio carece de sentido artístico. Uno de sus allegados me lo ha regalado: esta águila había sido arrinconada en unos almacenes y se estaba cubriendo de polvo.

Uno de los presentes, el único que llevaba una daga en la cintura, se arrodilló ante la rutilante efigie y acarició el precioso plumaje. Su fascinación no pasó inadvertida a Teodosio.

—Nicéforo, entre tus manos se encuentran tus emolumentos de un año. Juraría que ese animal fundido y transformado en dinero contante y sonante te sería sumamente útil. ¿Cómo te explicas que los soldados de palacio y tú mismo, uno de sus capitanes, no perciban sus haberes en una ciudad donde el oro únicamente se utiliza para confeccionar piezas de fútil esplendor, tan sólo útiles para impresionar a los bárbaros hambrientos que se arrodillan ante el basileo?

El oficial se encogió de hombros.

—Hasta ahora Anastasio jamás ha incumplido sus deberes de emperador y el cuerpo de los *scholae*, su fiel guardia, no ha carecido de nada. Aunque es cierto que desde hace algunos meses...

Alejandro le interrumpió.

—El emperador Anastasio tiene ochenta y ocho años, está cansado de vivir y sólo espera reunirse con sus antepasados.

—En el paraíso de Cristo —especificó Nicéforo.

—Si Nuestro Señor perdona sus yerros a los monofisitas —bromeó Teodosio.

Pulqueria lanzó una significativa mirada a Macedonia y murmuró en su oído:

—Apenas acaba de caer en el lecho el emperador y todos estos dignatarios sólo piensan en su porvenir. Tratan de encontrar al señor por excelencia, a aquel que sabrá imponerse en el trono.

Alejandro cogió una jarra de vino que acababa de servir un esclavo.

—Ya basta —dijo—, olvidemos las inquietudes del imperio y saboreemos este vino frigio. El gobernador de aquella provincia ha tenido la gentileza de obsequiarme con varias ánforas.

Los servidores depositaron una bandeja de humeantes

viandas entre los invitados y éstos se sirvieron utilizando un pedazo de pan tras saborear el vino generoso. Pulqueria se volvió hacia Teodosio cuidando de extender su negra cabellera sobre sus hombros desnudos.

—Noble senador, pareces prestar más atención a ese mono que a las hermosas damas aquí presentes —le dijo.

El invitado de Alejandro dejó de arrojar migajas al animal que se había apoyado en el borde de su diván y examinó detenidamente a la danzarina antes de responderle.

—Te equivocas, lo que sucede es que no me gustaría que Alejandro se enojase si me descubriese mirándote como a una vulgar esclava...

Pulqueria se esforzó por mostrarse más comedida.

—¿Es cierto que das de comer a los desdichados de los barrios bajos en la puerta de tu palacio de la Mesé? —se interesó.

—Deseo seguir los dictados de la Iglesia... Y aún valoro más mis riquezas cuando leo la desesperación en la mirada de los mendigos.

Macedonia observó que Alejandro se volvía hacia él con expresión airada y se sintió identificada con su protector por el aborrecimiento que expresaba hacia aquel viejo envarado.

Teodosio tan sólo tenía ojos para contemplar la menuda y proporcionada silueta de Pulqueria, cuyas torneadas piernas apenas velaba la diáfana túnica. El senador tenía las mejillas arreboladas por los efectos del vino y los placeres que imaginaba.

—¿Has visitado ya mi casa? —susurró—. No puedo creerlo...

—No recuerdo haber sido invitada.

—¡Eso está hecho!

Alejandro no tuvo tiempo de intervenir. En aquel momento apareció un nuevo personaje a la luz de las velas.

—¡Celer! —exclamó sorprendido el dueño de la casa—. Ya no esperaba tenerte entre nosotros.

El hombre saludó distraídamente a los reunidos, se sentó sobre un diván vacío donde permaneció unos instantes abstraído en sus pensamientos y miró finalmente en torno.

—Leo en vuestros ojos la expectación. Tranquilizaos, nuestro emperador va mejorando, los médicos velan en su cabecera.

—¿Ha aludido a su sucesión? —preguntó Nicéforo impulsivamente.

—Si Dios decide llamar a Anastasio a su lado, el Senado de Constantinopla sabrá escoger al candidato que ofrezca mayores garantías para el imperio bizantino —repuso Celer secamente—. No te preocupes, más vale que pienses en demostrar la fidelidad de los *scholae* al trono y que evites las conspiraciones y las intervenciones de tus tropas en favor de algún pretendiente.

—¿Cómo puedes creer algo semejante?

—En estos últimos tiempos la corte me horroriza —se lamentó Celer amargamente—, me recuerda a esos animales carroñeros que acechan a las puertas de las ciudades de Oriente, aguardando la ocasión de abatirse sobre los cadáveres insepultos. Vosotros, los *scholae,* sólo pensáis en suplantar a Justino, el jefe del otro cuerpo de guardia, so pretexto de que sus excubitores disfrutan del favor imperial.

—Anastasio teme a Justino.

—Es cierto, pero manténte en tu sitio.

Alejandro ordenó a los músicos que interviniesen a fin de interrumpir la polémica. Pulqueria apenas lograba disimular su contrariedad: Teodosio la había olvidado y fijaba su atención en Celer. El momento ya no era propicio para inducir a los placeres de la carne.

Zenón parecía satisfecho. Las danzarinas que su amo Alejandro había confiado a su cuidado repetían los ejercicios sin escatimar esfuerzos. Las jóvenes parecían volar sobre las losas de mármol del patio, saltaban hasta la pared del fondo, se doblaban sobre sí mismas y volvían a distenderse por los aires. Atraía principalmente su atención Macedonia, la recién llegada, en la que ya había podido adivinar cualidades innatas. La joven poseía una gracia natural y las líneas de su cuerpo eran perfectas. En aquel patio contiguo a sus habitaciones, las danzarinas ensayaban al amparo de miradas indiscretas. Sus cabelleras ondeaban al viento ocultando en ocasiones sus hombros o su rostro.

Macedonia se sentía agotada tratando de seguir a sus compañeras. Observó que el sol se hallaba ya muy alto en el cielo y rogó interiormente por que Zenón les permitiese descansar. Tenía reseca la boca y los calambres entumecían cada vez más sus miembros. Cuando llegó a sus oídos la grave voz del instructor señalando el final de los ejercicios, se tendió en el suelo incapaz de moverse. Alguien se desplomó a su lado y las carcajadas de Pulqueria resonaron por el patio.

—¿Qué pensaría Alejandro de una artista tan lamentable?

Macedonia apoyó los codos sobre el mármol.

—¿Crees que me despediría?

Pulqueria se asombró ante la grave expresión de su amiga y trató de tranquilizarla.

—No temas... estás progresando. Alejandro te tiene en gran estima.

—Alejandro me compró a un proxeneta... ¿Se propondrá hacer de mí una danzarina o acaso oculta otros designios?

—Muchas de nosotras hemos caído en las garras de esos seres innobles. Aunque a veces solicite nuestra ayuda, Alejandro no se parece en nada a ellos.

—¡No puedo creer que se preste a tan vergonzoso comercio!

—No, pero supongo que no te habrá pasado inadvertida mi actitud hacia Teodosio.

—¡Ese carcamal me produce horror!

—Es riquísimo, posee uno de los palacios más suntuosos de Constantinopla.

—Aquí no carecemos de nada.

—En esta ciudad el dinero carece de importancia si no perteneces a un clan poderoso que goce de la estima del emperador. En el espacio de una noche corres el peligro de perder vida y fortuna cuando la guardia acude a anunciarte tu desgracia. Teodosio es uno de los miembros más influyentes del Senado: Anastasio teme sus acerbos discursos. En cuanto a Alejandro, le detesta, pero no puede prescindir de su protección.

—Un coreógrafo no tiene por qué mezclarse en los asuntos de palacio.

—Teodosio pertenece a la facción de los azules, afiliación natural para un aristócrata pese a que su fortuna familiar no es muy antigua. Sus antepasados se enriquecieron en Antioquía mediante el comercio de esclavos. Ese advenedizo ha sabido granjearse la estima de sus iguales, los mercaderes: es bien acogido entre los grandes comerciantes que dirigen los verdes y entre los nobles de la facción enemiga. Actualmente reina como dueño y señor en el barrio de los Sykes, donde se encuentra el teatro de

Alejandro... Supongo que no ignorarás que los verdes disfrutan de los favores del emperador.

—¿Y Alejandro espera que engatuses a tan triste personaje?

—No pienso esforzarme por convertirme en su dócil concubina con el solo fin de proteger a Alejandro. Me ha ayudado mucho y le estoy agradecida, pero debo reconocer que las riquezas del senador son más importantes para mí. Teodosio podría procurarme una casa, esclavos y, sobre todo, el oro que tanto necesitaré cuando las arrugas surquen mi rostro. ¿Por qué iba a dudarlo?

Macedonia se limitó a encogerse de hombros. El sol calentaba gratamente su piel y disipaba su fatiga. Se volvió hacia Zenón y contempló su divertida mirada. El ayudante de Alejandro dio una palmada y las bailarinas se pusieron en fila alzando cadenciosamente los brazos.

* * *

En las gradas del teatro de los Sykes bullían los murmullos de la multitud. Millares de ciudadanos de Constantinopla habían acudido a aquella velada estival a presenciar la nueva pantomima del coreógrafo Alejandro. Sólo las primeras filas del hemiciclo seguían vacías: los dignatarios imperiales no se habían presentado. Aquel hecho no había pasado inadvertido para los miembros de la compañía a quienes Alejandro tranquilizó con cansada expresión: asuntos de estado debían de retenerlos junto al emperador Anastasio que seguía manteniéndose entre sombras, oculto en el sanctasanctórum del palacio sagrado.

Macedonia se internó por las columnas del fondo del escenario. Las grandes lámparas de pie dispuestas en primer plano apenas iluminaban a los espectadores que comenzaban a acomodarse. Las luces, agitadas por el viento nocturno, le devolvían una imagen desvaída de aquellos rostros desconocidos, cuyo número parecía alcanzar el cielo confundiéndose con las sombras de la noche en las filas superiores.

La protegida de Alejandro observó los preparativos del ballet en un pasillo y se apresuró a reunirse con sus compañeras que se ajustaban los cinturones adornados con perlas multicolores, ocupando su pucsto entre las restantes bailarinas que se mostraban atentas a las órdenes de Alejandro. Los actores, caracterizados según sus respectivos papeles, pasaban silenciosamente entre bastidores y se detenían unos instantes en el umbral del escenario aguardando los acordes de las trompas que darían la señal convenida. Los personajes de la comedia, dispersos tras la columnata, inmóviles y ataviados con largas túnicas, se animaron de pronto e irrumpieron en la iluminada escena.

Un inmenso estallido de carcajadas brotó del graderío inmediatamente seguido de los aplausos de la multitud. Alejandro sonreía por vez primera durante la velada. Macedonia se acercó a él.

—Estarás satisfecho, vas a dar a conocer tu pantomima al público.

Alejandro la observó con la mirada entre sarcástica e indecisa que exhibía tras haber logrado superar tantas adversidades. Aunque había pasado varias semanas junto a su protector, Macedonia apenas le conocía.

—Aguarda —repuso el hombre con cierta inquietud—, aún te queda mucho por ver. Ahora entra en escena el actor que imita al patriarca del clero de Constantinopla. No te pierdas las reacciones del público.

Oculta tras un decorado, Macedonia vio aparecer a un hombre corpulento que se movía con escasa gracia. Su túnica se ceñía a un vientre protuberante y una tela estampada le cubría los hombros remedando la estola propia de los religiosos. Sus toscos rasgos, acentuados por afeites de color humo, reflejaban la seguridad del hombre acostumbrado a disfrutar de los placeres de la mesa.

El hombre se desplomó sobre un sillón y simuló las náuseas de un comensal indispuesto por un festín excesivamente copioso. Desde los bancos de los espectadores llovieron pullas e invectivas y, más tarde, cuando una hermosa bailarina se deslizó tras el religioso para masajearle el vientre, el público pateó ruidosamente. La excitación fue en aumento con la aparición de un aristócrata de rostro pálido que apenas parecía rozar el suelo del escenario, cuya exagerada mímica a la vista del religioso desplomado bajo su joven compañera provocó gran hilaridad. Los espectadores de las primeras filas apostrofaban a los actores, asignándoles los nombres de los altos dignatarios del patriarcado de Constantinopla.

Alejandro se volvió hacia las bailarinas tratando de localizar a Macedonia.

—¡Atención, ahora entraréis y rodearéis al senador!

Las componentes del ballet se prepararon para aparecer en escena. El coreógrafo ordenó la salida de la primera artista que fue acogida con una ovación.

Macedonia se concentró en los pasos de su compañera más próxima y, se disponía a intervenir, cuando los espectadores que se encontraban junto a la escalera de acceso al teatro, a la derecha del graderío, se pusieron en pie.

Las jóvenes entraron corriendo en escena y asieron por la túnica al senador que profirió intensos gritos, pero las carcajadas se habían interrumpido. El actor disfrazado de religioso se levantó del sillón y volvió su caracterizado rostro hacia Alejandro que se había adelantado hasta las columnas que constituían el decorado. Se difundió un prolongado rumor y centenares de curiosos trataron de captar retazos de los diálogos. Alejandro silenció a las liras y tamboriles. Alguien exclamó entre el público:

—¡El emperador Anastasio ha muerto! ¡La guardia de los *scholae* vigila los alrededores de palacio!

Brotaron juramentos y algunos oficiales se apresuraron a abandonar sus puestos. Músicos y danzarinas se habían quedado inmóviles en el escenario con los brazos inertes.

—¡Los verdes sabrán lo que es bueno! —se burló una mujer de la primera fila.

Su vecino la conminó a guardar silencio.

Un servidor de palacio acudió a escena e interpeló a Alejandro:

—Celer, jefe de los oficiales del palacio sagrado, te ordena que interrumpas el espectáculo: Constantinopla debe respetar la muerte de su divino señor Anastasio. Los soldados evacuarán este lugar; pon a salvo a tus artistas.

Macedonia apenas tuvo tiempo de distinguir a una cohorte armada que aparecía por las gradas superiores. Pulqueria le tiró del brazo y ambas se refugiaron tras los decorados. La multitud se precipitaba hacia las bocas abiertas en el circuito del teatro impulsada por las lanzas de la guardia y los rezagados eran atropellados despiadadamente. El estrépito, acentuado por exclamaciones hostiles, cesó paulatinamente y las lámparas tan sólo difundieron una débil y temblorosa luz. Por las callejuelas próximas al barrio de los Sykes circulaban rumores de lo sucedido.

Alejandro, que se había sentado al pie de las columnas y contemplaba el teatro vacío, se apoyó en el hombro de Macedonia que había acudido a su lado.

—Ha sucedido lo que me temía: Constantinopla será presa de la locura. Acabaré por odiar a esta ciudad incapaz de olvidar su afición a los enfrentamientos: azules y verdes no tardarán en matarse y los pretendientes intrigarán para designar al nuevo césar, sucesor de los grandes personajes de la antigua Roma. Augusto, Marco Aurelio... ¡qué escarnio! Soy un hombre amante del pasado, un nostálgico impenitente de la Atenas de los filósofos, de la omnipotente Roma. Aquí sólo encontrarás mercaderes y advenedizos o fanáticos religiosos... la escoria de todas esas criaturas mediocres. ¡Y pensar que este imperio víctima de la ambición y del odio se considera elegido de Dios!

—¿En qué mundo vives? —exclamó Macedonia.

—En los tiempos antiguos, siglos de oro para siempre olvidados.

Fijó en el vacío su triste mirada y prosiguió:

—¿Qué sabrás tú de esas glorias caducas, pequeña salvaje de las tierras ilirias? Aunque tal vez tengas razón, quizá debería considerarme afortunado por no haber sido acusado de herético y verme sometido a tortura en los calabozos del palacio sagrado por mi afición a las prácticas ya prohibidas del culto de nuestros antepasados paganos. Celer es un viejo amigo con cuya protección cuento y divierto al influyente Teodosio, por tanto... ¡Que la divina Atenea me inspire ánimos para ejercer mi arte!

Acarició la mejilla de la asombrada Macedonia y concluyó:

—Ve a reunirte con Zenón y las danzarinas. Celer ha enviado una escolta entre bastidores: poneos a salvo antes de que sea peligroso transitar por las calles. Yo permaneceré en el teatro.

* * *

Pulqueria asomó la cabeza por la puerta entreabierta y sorprendió a Macedonia trenzándose los cabellos.

—Temía que estuvieses durmiendo —dijo.

—No olvides que soy una campesina. Mis actividades se desarrollan durante el transcurso del día, no de noche, a diferencia de los ciudadanos de Constantinopla que se divierten a estas horas y duermen cuando brilla el sol.

—No te enojes, te ofrezco la ocasión de asistir a un espectáculo insólito, quizá único en su género, que acaso jamás volverás a presenciar en tu vida. ¡Arréglate en seguida! ¡Teodosio nos servirá de cicerone!

Macedonia mostró expresión de disgusto.
—Sabes muy bien que ese individuo me resulta repugnante.
Pulqueria dejó de sonreír.
—No te pido que seduzcas a ese cerdo: para eso me basto y me sobro. ¡Quédate si lo prefieres!
—Aún no me has dicho de qué se trata.
—Serás la única habitante de Constantinopla que deje de asistir al recinto del Hipódromo.
Macedonia la miró desconcertada.
—Antes de una hora la Nueva Roma, capital del mundo, elegirá un emperador —anunció triunfante Pulqueria—. ¿Acaso lo ignoras?
La protegida de Alejandro olvidó a Teodosio, sus dedos cubiertos de anillos y sus equívocas miradas e imaginó al emperador rodeado de su guardia y a sus súbditos aclamando al nuevo heredero del imperio, y a su mente acudió la imagen de su pequeña aldea natal perdida entre landas y bosques. Se levantó impulsivamente, asió un velo al azar y se reunió con su compañera.
—Espero que por lo menos no te habré ocasionado ningún retraso —se excusó.
—Nos aguarda una escolta facilitada por Teodosio. La facción de los azules nos ha reservado algunos asientos en el Hipódromo.
Cuando llegaba al umbral de la puerta Macedonia comprendió que Constantinopla viviría una jornada llena de agitación. Apenas advirtió la mano firme del esclavo que la conducía hasta un carruaje. La calle estaba llena de gente; algunos discutían en voz baja espiando su entorno; otros interrogaban a sus vecinos haciendo circular las últimas noticias de uno a otro grupo. Nadie se atrevía a sugerir en voz alta a un posible candidato. Cualquier error podía resultar fatal en el instante en que se impusiera un rival en el trono imperial. El vehículo se abrió paso a latigazos entre las masas enfebrecidas y cuando alcanzó la Mesé los caballos dispusieron de más espacio y emprendieron el trote. El cochero los obligó a remontar la avenida y finalmente frenó su carrera entre un enorme griterío. Macedonia se encontró al aire libre. Alzó la cabeza: una pared enorme coronada de esculturas se recortaba contra el cielo, la multitud separaba a las recién llegadas de los grandes y sombríos huecos de acceso, tratando inútilmente de penetrar en el Hipódromo rebosante ya de público. De pronto Teo-

dosio surgió junto a ellas, tras abrirse camino entre una lluvia de bastonazos.

—¿Desde cuándo hacen aguardar las damas a un senador y por añadidura en un día como éste? —exclamó.

Pulqueria fue en seguimiento suyo apoyándose en su hombro, siendo imitada por Macedonia, y el grupo se precipitó por una oscura escalera precedido por la guardia de corps provista de garrotes. El foco de luzque se distinguía en lo alto de los peldaños deslumbró a Macedonia como si se encontrase en el extremo de un túnel. Cuando logró vislumbrar su entorno se encontró con un océano de seres humanos que bullía a su alrededor extendiéndose en torno a la inmensa pista del Hipódromo. La amiga de Pulqueria se apoyó en una balaustrada de piedra. Entre los millares de espectadores que se escalonaban sobre aquel crisol infernal, junto a la tribuna imperial, el *kathisma*, apareció una extensa mancha verde. Un impresionante estruendo respondió al desafío de los verdes y otro sector del público, más denso en las proximidades de Macedonia, agitó sus pañuelos azules. Teodosio descendió apresuradamente un tramo de escalera entre una hilera de guardianes armados con sus lanzas.

—¡Seguidme! —ordenó volviéndose hacia ellas—. ¡Es conveniente que nos encontremos cerca de los nuestros!

Pulqueria cogió a Macedonia de la mano y la arrastró hacia los puestos de honor reservados a los ediles de los azules, las familias de la antigua nobleza patricia de Constantinopla cuya genealogía se remontaba hasta la mítica Roma. Macedonia advirtió la calma que reinaba en las primeras filas, así como entre algunos individuos de aspecto inconfundible que se hallaban apostados tras los opulentos invitados, exhibiendo una daga en la cintura y observando los movimientos de la plebe instalada en las gradas superiores.

Las amigas de Teodosio se acomodaron sobre sendos cojines de color azul. El estrépito aún era más ensordecedor que en lo alto del estadio. Decenas de miles de gargantas gritaban alrededor de Macedonia. Ni siquiera la perspectiva de la larga pista central, cubierta de arena, y de la hilera de estatuas que se levantaban en su eje, lograba hacerle olvidar la impresión de haber sido proyectada en el núcleo de una batalla, en el instante de iniciarse el asalto.

Un enorme clamor invadió la arena, los gritos se fueron distanciando y los órganos de plata retumbaron nuevamente conminando al público a guardar silencio. Los ciudadanos de la Nueva Roma se levantaron al unísono sin apartar sus ojos del *kathisma*. La tribuna imperial seguía vacía: en su galería sembrada de columnas se adivinaba la presencia invisible de los guardianes, que se mantenían a la sombra de la puerta que conducía al palacio sagrado, a través de un pasadizo secreto. Por fin aparecieron los senadores, luciendo sus togas inmaculadas. Un murmullo circuló entre la multitud. Teodosio lanzó una exclamación incontenible:

—¡Fijaos, los oficiales de los excubitores también se encuentran en el *kathisma*!

Macedonia forzó su mirada y logró distinguir a algunos hombres armados que cubrían su torso con corazas de bronce. El patriarca acababa de aparecer en la tribuna, pero ambos grupos de dignatarios seguían separados por un espacio vacío. Los órganos desgranaron las primeras notas del himno triunfal de los soberanos y en el *kathisma* apareció una silueta que se apoyó sobre el borde de hierro forjado. La luz de la mañana iluminó los rasgos cansados de un hombre de edad avanzada que se cubría los anchos hombros con la túnica de los jefes del ejército. Teodosio se levantó y anunció exultante:

—¡Cristo está con nosotros! ¡Justino ha sido nombrado basileo, señor del imperio!

Los espectadores próximos a Macedonia abrazaban y arrojaban a la pista sus azules velos. El nuevo emperador permanecía inmóvil. Macedonia se inclinó hacia su amiga y le preguntó en un susurro:

—¿Se trata del oficial a quien se refería Celer, el jefe de los oficiales?

—Olvida su pasado: el Senado acaba de escogerlo como nuestro guía, basileo de Constantinopla y representante de Dios en la tierra.

Pulqueria se interrumpió al advertir que sus vecinos habían vuelto a sentarse. Un senador se dirigía al público desde lo alto de la tribuna:

—¡Ciudadanos del imperio! ¡He aquí a Justino, valeroso general, conde de los excubitores, cuyo brazo ha protegido durante años la salvación de nuestras provincias, a quien hemos juzgado digno sucesor del llorado Anastasio! ¡Vitoreemos al emperador!

Entre las filas de los azules surgió un clamor. Comenzaban las aclamaciones imperiales.

—¡Gloria al augusto, siempre vencedor!

Una voz desconocida entre la multitud, profirió una alabanza destinada a Justino que inmediatamente fue coreada por todos los ciudadanos. Macedonia percibía el fragor que surgía del seno de aquel pueblo bullicioso. Otros gritos acudieron en breve a aumentar la confusión, enriquecida por el fragor de órganos y trompas. Teodosio empujó a sus invitadas y ordenó que acudiese un servidor.

—¡Sabía que los verdes no aceptarían fácilmente a Justino! —exclamó—. Ve en busca de los excubitores que se encuentran al pie del *kathisma* y entérate de cuáles son sus consignas.

Y con el rostro lívido, rugió:

—¡Desde hace años estamos sufriendo vejaciones, pero los verdes nos lo pagarán! Los patricios de Constantinopla ocuparemos el lugar que en justicia nos corresponde junto al emperador y todo el oro de los mercaderes orientales no bastará para protegerlos de nuestra ira!

Macedonia sonrió recordando las confidencias que le había hecho Pulqueria a propósito de Teodosio y volvió a abstraerse en el espectáculo fascinante de los vaivenes de la multitud que se encontraba en el extremo opuesto del Hipódromo. Grupos de espectadores parecían dispuestos a descender a la pista blandiendo pañuelos verdes, dagas o estacas. Los primeros amotinados saltaron al pequeño canal excavado al pie de las gradas, avanzaron por la arena de la pista y, una vez allí, se inmovilizaron. Los verdes, estupefactos ante semejante audacia, no se arriesgaban a cruzar los centenares de metros que los separaban de sus contrincantes y permanecían frente a la loba de Rómulo tallada en piedra entre tantas obras maestras alineadas en la arista central de la arena.

Los amotinados alzaron sus armas contra el impasible Justino y sus injurias fueron sofocadas por las aclamaciones de los azules. Macedonia distinguió ruido de pisadas entre bastidores del Hipódromo: los verdes se reunían llenos de inquietud. Algunos soldados surgieron en la pista, auténticos gigantes protegidos con cascos y armaduras, que parecieron aún más corpulentos blandiendo enormes hachas dobles.

—¡Los excubitores de Justino! —exclamó Pulqueria—. ¡Los aniquilarán!

Macedonia sintió que una delicada mano se posaba en

su hombro. Se volvió y descubrió a Irene que acababa de sentarse tras ella.

—¿Recuerdas que te anuncié el fin de Anastasio y el castigo vaticinado en nombre de Cristo? —preguntó su amiga.

Macedonia, emocionada, la cogió del brazo. La joven le sonrió.

—¡Celebro verte con vida y entre nosotros, en las filas reservadas a las familias de la nobleza...!

El rostro de la joven patricia expresaba asombro.

—Este lugar no es propicio para confidencias —susurró Macedonia—, en otro momento te contaré mis aventuras. El senador Teodosio nos ha invitado a acudir en su compañía.

—¡No es precisamente persona muy recomendable! —se alarmó Irene—. ¡Ve con cuidado!

—El coreógrafo Alejandro me ha incorporado a su compañía.

El rostro de Irene se ensombreció aún más. Las voces de las muchachas quedaron sofocadas por el griterío. Macedonia se inclinó hacia la pista del Hipódromo: los soldados perseguían a los amotinados, cuyas mazas resultaban impotentes contra las aceradas hojas de las hachas que comenzaban a teñir de sangre la arena. Algunos trataban de refugiarse en las aguas del canal; otros, suplicaban a los verdes que permanecían en las gradas que los ayudasen a subir.

Justino había desaparecido del *kathisma*. Una doble hilera de excubitores entró en la pista del Hipódromo, por el extremo opuesto del estadio. Entre las filas de los azules se multiplicaron las aclamaciones y los vítores: todos se habían levantado al descubrir la minúscula silueta del emperador acompañado de sus soldados. La guardia se desplegó hasta el eje central, dos hombres se asieron a un escudo y se inclinaron ante el soberano. Éste contempló a la multitud que se hacinaba a ambos lados de la pista y, haciendo caso omiso de los rebeldes que habían sido degollados al pie del graderío, recibió las insignias propias de su majestad: el patriarca le cubrió con el manto de púrpura y ciñó la corona en su frente, un oficial le tendió la lanza y el escudo y Justino recibió asimismo un pesado collar de oro de manos de un veterano, en prueba del poder del ejército que consagraba a uno de los suyos. Así ataviado, el basileo se asemejaba a las estatuas de los emperadores de la antigua Roma, cuyas efigies aparecían erigidas en el centro de la pista, a pocos pasos. Justino fue invitado a subir al pavés y los excubitores le elevaron a la vista de todos. Los órganos de plata emitieron por última vez sus estridentes sones en el Hipódromo y se desplegaron cánticos y alabanzas en loor del hombrecillo que aparecía erguido por encima de su guardia, tendiendo al azul lanza y escudo como en desafío a las fuerzas hostiles al imperio bizantino. La multitud se resistía a abandonar el Hipódromo. Teodosio interpeló a sus invitadas en voz baja:

—¡Queridas mías, ofrezco una gran fiesta en palacio en la que espero contar con vuestra compañía!

Macedonia miró instintivamente a Irene que permanecía inmóvil a su lado y en sus ojos leyó una mirada reprobatoria. Pulqueria la apremió con una sonrisa:

—¡Vamos, Macedonia, acompáñame: serás la voz de mi conciencia! —Y, en voz baja, añadió—: ¡No seas huraña! ¡No olvides cuánto aprecia Alejandro mis consejos y que continuamente me consulta acerca de la elección de sus bailarinas!

Macedonia no supo qué responderle. Pulqueria la observaba con aire glacial.

—Teodosio desea contar con tu presencia —añadió—, los dignatarios de los azules se proponen festejar su victoria y no puedo dejar escapar esta ocasión.

Macedonia asintió evitando mirar a su compañera. Observó que un grupo de verdes huía por el graderío perseguidos por soldados de la guardia imperial. Se quedó petrificada: entre el grupo de los fugitivos había creído reconocer a Callinicus.

—Reflexiona —murmuró Pulqueria—, Alejandro es un hombre bueno y animoso, pero quién sabe qué sucederá si Justino se convierte en defensor acérrimo de la Iglesia. De todos son bien conocidos los pensamientos heréticos de nuestro maestro de ballet. Deberías encontrar algún protector entre las filas de los azules.

Macedonia se asió a la túnica de su compañera y salió en pos de ella a la calle.

* * *

Los colosos rodearon a Teodosio. Pulqueria y Macedonia se refugiaron tras él. Repentinamente, consciente del peligro, el senador exclamó:

—¡Id en busca del oficial de la facción! ¡Soy el patricio Teodosio, muy conocido en esta ciudad!

Los soldados vacilaron un instante y seguidamente cambiaron impresiones. Macedonia no podía apartar sus ojos de aquellos gigantes cuya estatura casi alcanzaba los siete codos. El casco coronado de plumas, la armadura metálica y la pesada doble hacha que llevaban sobre el hombro contribuían a aumentar la impresión de fuerza irresistible emanada del grupo que acorralaba a los tres intrusos. Un individuo se abrió paso entre la hilera de guardias y señaló a Teodosio con el dedo.

—¿Cómo habéis entrado en el palacio sagrado? ¿Acaso estaban abiertas las puertas del patio? —interrogó.

El senador se envalentonó.

—La guardia me conoce: soy un cabecilla de los azules, pero tus excubitores no me han reconocido.

—Perdónalos, las tropas fieles a Justino no suelen abandonar su acantonamiento y la ciudad no parece muy segura: sin duda tú mismo lo pudiste comprobar ayer con el triunfo de nuestro emperador en el Hipódromo. ¿Qué es lo que deseas?

Teodosio se engalló.

—Los ediles de los azules celebraron en mi casa la victoria de nuestro pretendiente. En su nombre acudo a saludar a Justino, cuyo nombre sea glorificado.

El oficial desapareció, los excubitores volvieron a instalarse en los bancos que separaban las distintas puertas abiertas en torno a la sala de guardia. Teodosio se inclinó hacia Macedonia y murmuró:

—¿Todavía sigues dudando de mi poder? Os he traído aquí para que puedas valorar debidamente mi persona. Si accedieses a vivir bajo mi techo, te convertirías en una de las primeras damas de Constantinopla...

En aquel momento Pulqueria se acercó a ellos.

—Teodosio, has ganado la apuesta. Tus amigos se equivocaron ayer al arriesgar tanto oro creyendo que el palacio sagrado permanecería hostil a tus súplicas.

—Habían bebido demasiado; les perdono de buen grado que dudasen de mi influencia.

El senador enlazó por el talle a la menuda muchacha y sonrió a Macedonia por encima de su hombro.

Sobre las losas de mármol de la inmensa sala resonaron unas pisadas; los excubitores se irguieron en espera de recibir órdenes. El oficial se aproximó a Teodosio.

—El emperador acaba de entrar en la sala del trono con algunos allegados y te ruega que acudas a su encuentro. ¿Conoces el camino que conduce al consistorio?

Teodosio pareció incómodo.

—A decir verdad, no lo recuerdo. ¿Nos acompañarás?

—Debo vigilar la puerta del palacio sagrado; uno de mis guardias os precederá. ¡Apresuraos, no debe hacerse esperar al emperador!

A una señal de su amo, un coloso se separó del grupo y abrió una puerta. Los huéspedes del basileo le siguieron a través de un dédalo de salas con los muros revestidos de mármol y decorados con frescos. Las colgaduras de púrpura recordaban por doquier la presencia del soberano del imperio bizantino. Los visitantes fueron conducidos a la linde de un parque inmenso, sembrado de árboles desconocidos. Con su sombrío follaje salpicado de motas amarillas, algunos planteles de limoneros recordaban el delicado verdor de las praderas. El excubitor se internó bajo una columnata. En el fondo del parque un grupo de edificios escalonaba sus terrazas sobre la Propóntide.

El soldado se detuvo, se aclaró la garganta y, expresándose torpemente en griego, anunció:

—El consistorio se halla al final de la avenida; el emperador debe encontrarse allí...

Macedonia olvidó la impresión de paz y belleza que la había invadido a la vista de aquel campo rodeado de muros, presencia inimaginable en una ciudad tan bulliciosa y activa, y fijó su mirada en el coloso de barba rojiza y ojos claros, cuyo tosco acento evidenciaba su origen bárbaro. Recordó al godo que había intentado comprarla y se estremeció. Ante la proximidad de los huéspedes de palacio algunos grupos de servidores surgieron de la espesura y siguieron a Teodosio a respetuosa distancia, sin pronunciar palabra. Algunos habían encendido fuego bajo un árbol y en una marmita guisaban la comida de la tropa, un grupo de lanzas se arracimaba contra el tronco de un árbol. Macedonia comprendió que Justino aún no había tomado posesión de su nueva residencia: el palacio sagrado se asemejaba a una ciudad invadida por un ejército conquistador.

Una de las puertas del consistorio, de doble batiente de marfil labrado, aparecía entreabierta y del interior llegaban rumores de voces. Apareció un mayordomo que hizo señas a Teodosio y a sus acompañantes para que entrasen en la sala del trono. Al penetrar en aquel espacio reservado al emperador, Macedonia acarició la cortina de seda que ocultaba la salida. Una luz irisada se filtraba por unas ventanas de cristales multicolores y nimbaba a los visitantes en una atmósfera acogedora, casi irreal.

—¡Augusto emperador de la Nueva Roma! —anunció un chambelán—. ¡El senador Teodosio acude a saludar tu divina presencia!

Los cortesanos que rodeaban a Justino se habían quedado inmóviles recordando la solemnidad del lugar en que se hallaban y el protocolo de la corte bizantina.

El hombre recordó en tono imperioso:

—¡Adorad al basileo como es debido!

Imitando a Teodosio, Macedonia y Pulqueria se arrodillaron en el suelo alzando los brazos a modo de plegaria. Justino se adelantó, agitó los pliegues purpúreos de su manto imperial y se inclinó asiendo a Teodosio por el brazo.

—¡Ya basta! —dijo—. No estamos ante el pueblo reunido y todavía no he adoptado los modales de la corte. ¡Levantaos!

Entre la asamblea de senadores y de patricios que rodeaban al basileo circularon algunos murmullos aduladores. Tratando de dominar la emoción que la embargaba, Macedonia se irguió y se encontró frente al anciano que había visto en el *kathisma* del Hipódromo. En su rostro arrugado, marcado por las huellas de una vida entregada a las campañas del imperio bizantino en defensa de las invasiones bárbaras, se adivinaba la expresión decidida del oficial, pero su mirada inquisitiva seguía atentamente a aquellos que le rodeaban. El poderoso torso del soldado aún no se había encorvado por el paso de los años; la púrpura imperial que pendía de su cota de cuero le incomodaba visiblemente.

—Según la costumbre el nuevo señor de Constantinopla ha de ser adorado en su trono. —Justino se volvió y añadió—: El pavés que llevaban mis excubitores me resultaba más familiar.

El grupo de aristócratas formó un círculo alrededor del trono. Macedonia se abrió camino entre las mujeres ataviadas con blancas túnicas ribeteadas de ricos bordados. Admiró a Justino sentado en un trono de pórfido instalado sobre tres gradas y engastado en un aderezo de oro: el basileo ya no se parecía al anciano afable que había entrevisto hacía unos instantes. Únicamente su cabeza emergía de las aparatosas vestiduras, inmóvil bajo la corona incrustada de piedras preciosas. El oro resplandecía en el trono y las columnas que sostenían la cúpula. Las gemas refulgían en el conjunto tallado en el precioso metal, cuyo resplandor cegaba a la concurrencia.

El chambelán ordenó una nueva adoración. Macedonia observó que los cortesanos inclinados cambiaban algunas sonrisas. Una mujer que se encontraba ante el trono alzó los ojos hacia Justino, estrujó el manto de púrpura que le cubría los hombros y mostró un pliegue del mismo al emperador sin decir palabra. Su robusta figura y su tosco rostro recordaban extraordinariamente a las campesinas de las provincias balcánicas.

—Es Eufemia, la esposa de Justino, nuestra nueva emperatriz —murmuró Pulqueria al oído de Macedonia.

A sus espaldas un desconocido murmuró en tono burlón:

—¿Cómo deberán saludar los cortesanos a su nueva señora? ¿Seguirá siendo Lupicina, la pequeña loba que acompañó durante décadas a Justino a todo lo largo del Danubio, o sabrá responder al nombre cristiano de Eufemia, con el que la han bautizado muy recientemente los obispos para borrar su pasado de oprobio y servidumbre?

Macedonia mostró una expresión asombrada; Pulqueria le dio un intencionado codazo.

—Ha seguido durante toda su vida militar a su marido, como cualquier esclava complaciente. Los méritos y la promoción de Justino la trajeron a Constantinopla, pero hasta ahora él jamás se había atrevido a presentarla ante tan noble concurrencia.

—¿Una esclava?

—Los soldados las compran para proveer a la intendencia de los campamentos. Justino es un hombre considerado y, pese a que su concubina no le había dado hijos, la retuvo a su lado cuando el emperador Anastasio le destinó para que desempeñase funciones más elevadas.

Macedonia observó a la emperatriz y la imaginó vistiendo una túnica de burdo paño y ciñendo su gruesa cintura con un cordel. Salió de su abstracción al verse empujada por los cortesanos que se apartaban para dejar paso a un grupo de oficiales. Sus cascos ornados de plumas formaban un rojo y ondulante mar sobre sus cabezas y sus corazas tintineaban chocando entre sí. Teodosio les aplaudió entusiasmado siendo imitado por los cortesanos que le rodeaban.

—¡Ven! —exclamó excitada Pulqueria—. ¡Quiero mostrarte a alguien!

Macedonia la contuvo.

—¿A quién te refieres? ¿Qué ha sido de Teodosio? Él nos ha traído hasta aquí.

—¿Ves a ese oficial que se arrodilla en los peldaños del trono?

—Se parece a Justino: es robusto como él y tiene la tez rojiza de los campesinos del norte.

—Se trata de Justiniano, sobrino del emperador, que ha contribuido muy eficazmente a la victoria de su tío. Le consideran el consejero del basileo.

El grupo de cortesanos estrechó su respetuoso círculo en torno al trono. Los patricios observaban a Justiniano y a su tío. El oficial murmuró algunas palabras al oído del soberano. Éste hizo una señal de asentimiento y manifestó a la concurrencia:

—Ha concluido toda resistencia: Teócrito, el candidato de los heréticos monofisitas, acaba de ser capturado por la guardia palatina de Justiniano.

Los senadores felicitaron a Justino calurosamente, éste se volvió hacia el público y paseó su altiva mirada entre los presentes. Macedonia y Pulqueria se encontraban a sus pies y la joven campesina no apartaba su mirada de él. A Justino no le pasó inadvertida la curiosidad de la muchacha.

—La corte cambia constantemente... No recuerdo haberte visto antes.

—Es la primera vez que entro en el recinto del palacio sagrado —balbució.

Los cortesanos sonreían; Justiniano observó atentamente a Macedonia.

—¿Acaso procedes de nuestras tierras ilirias? Tus cabellos me recuerdan a los de mi madre.

—Procedo de una aldea de las montañas de Macedonia, en los confines de la provincia.

Justiniano parecía haber olvidado a la multitud que le rodeaba. Sus severos rasgos se iluminaron.

—¡Bien venida a Constantinopla! —exclamó—. ¿Quién te ha traído aquí?

—El noble Teodosio, soy una bailarina...

—La vida no es fácil para las jóvenes en esta ciudad —la interrumpió Justiniano.

Macedonia no supo qué responder. No apartaba los ojos

del sobrino del emperador, impresionada por su estatura y sus anchos hombros, realzados por la armadura que lucía. De su persona emanaba una expresión voluntariosa y dulce a un tiempo. El hombre se quitó el casco y sacudió sus negros y rizados cabellos que enmarcaban un rostro algo rudo, pero de rasgos regulares, y contempló nuevamente a Macedonia.

—Una ocasión más para apreciar los buenos servicios de Teodosio. Espero que vuelvas por aquí. Soy Justiniano, hijo de Vigilancia, hermana del basileo Justino.

—Lo sé —repuso Macedonia con una sonrisa.

La joven apenas advertía los murmullos de los cortesanos, no podía apartar su atención del sobrino de Justino. El emperador acababa de levantarse y se aproximaba a sus oficiales.

—¡Nobles patricios! —anunció el chambelán con voz potente—. El augusto soberano de Constantinopla os autoriza a retiraros. El maestro de ceremonias anunciará la próxima audiencia del Senado, que se celebrará dentro de pocos días. ¡Gloria a Justino I!

Los asistentes corearon las alabanzas, hicieron profundas reverencias y se retiraron mientras cambiaban impresiones en voz baja.

Resonaron pasos precipitados en el patio del edificio donde se encontraban los aposentos de las bailarinas de Alejandro. Un grito interrumpió el silencio de aquellas horas matutinas. Macedonia se incorporó en su lecho y aguzó el oído: había reconocido la fuerte voz de Zenón a la que respondieron algunos juramentos y el estrépito sonó más próximo. Alguien abrió su puerta y un hombre, espada en mano, apareció en el umbral, se quedó mirándola y volvió a cerrar sin darle tiempo a reaccionar. Macedonia salió apresuradamente al exterior: el patio había sido invadido por tropas armadas que registraban la casa de arriba abajo. La joven observó que sus compañeras se agolpaban sobre un cuerpo humano tendido en el patio. Haciendo acopio de valor se acercó a ellas y descubrió que se trataba de Zenón que yacía en el suelo con la cabeza ensangrentada.

—Han sido los hombres de la facción de los azules que están buscando a Alejandro —le dijo Pulqueria—. Ya te advertí que el maestro no podía estar muy tranquilo con la entronización de un soberano como Justino.

Macedonia recordó con qué insistencia le había recomendado su amiga que tratase de encontrar un protector entre los vencedores cuando Justino apareció en el Hipódromo.

—¿De qué crimen acusan a Alejandro que tan sólo vive entregado a su arte?

Se interrumpió sofocada por los sollozos. Los ojos muy abiertos de Zenón estaban fijos en ella y su frente aparecía surcada de arañazos.

—El patriarca ha accedido a consagrar a Justino a condición de que Constantinopla se someta a la autoridad del papa de Roma. Desde hace varios días circula por la ciudad el rumor de que los jefes de los monofisitas han sido sometidos a tortura y arrojados al Bósforo y que los dignatarios que permanecían fieles a su religión han huido a Oriente. Un hombre tan famoso como Alejandro no puede hacer alarde de su fidelidad a los antiguos cultos paganos sin desafiar a la Iglesia.

—¿Dónde se encuentra? Confío que...

Macedonia alzó la mirada hacia las galerías del piso superior.

—Déjame hacer, es preferible que ignores su paradero por si estos brutos trataran de hacerte confesar. Tienen todos los derechos: son incontables los cadáveres que aparecen por las callejuelas de Constantinopla al amanecer.

—Entonces...

—Confío que me ayudes. Me consta el respeto que sientes hacia Alejandro... Y no olvides que te arrancó de las garras de un proxeneta.

Macedonia se enfureció.

—¿Por qué me lo recuerdas? —exclamó fuera de sí—. ¿Acaso me crees una desagradecida?

Pulqueria le cubrió la boca con la mano y susurró:

—Durante nuestra visita a palacio te estuve observando. Justiniano se fijó en ti y tú también parecías interesada por él. Ve a su encuentro e implórale el perdón de Alejandro. El exilio sería un castigo menos cruel. Temo que los azules inicien un prolongado dominio sobre el imperio y las provincias de Oriente están menos sujetas a los dictados de las facciones del Hipódromo de Constantinopla.

Macedonia asintió en silencio. Pulqueria la dejó en libertad y la acompañó hacia la puerta principal de la casa. Con mirada insinuante y encantadora sonrisa apartó a uno de los guardianes allí apostados y empujó a Macedonia fuera del patio. La joven se volvió hacia Pulqueria que la despidió en tono amargado y sibilante.

—Esfuérzate por superar tus mezquinos escrúpulos que de nada servirían a Alejandro y procura hacerte indispensable para el noble Justiniano hasta que pierda la razón por ti.

Macedonia se detuvo un instante ante las olas de la Propóntide que destellaban al pie de la callejuela. No conocía el barrio de Hormisdas y le era imposible localizar la morada de Justiniano. Recordó a Pulqueria y pensó que el tiempo apremiaba y que Alejandro sería cruelmente castigado si le descubrían antes de que interviniese el sobrino del emperador. En aquellos tiempos agitados se dispensaba justicia con la punta de la espada. La bailarina distinguió a un grupo de hombres sentados a la sombra de un arco. Al verse descubierta comprendió que no le quedaba otra opción que recurrir a ellos.

—¡Por favor, indicadme dónde vive el patricio Justiniano!

Un individuo que había aparecido repentinamente tras ellos se acercó a interrogarla.

—¿Perteneces a los azules? Es la primera vez que te veo.

—¿Acaso te niegas a informarme? ¡Guárdate de la cólera de Justiniano!

El hombre sonrió.

—Justiniano está demasiado necesitado de sus partidarios: las calles de Constantinopla nos pertenecen. Te acompañaré, pero si me has mentido y Justiniano te rechaza, te consideraré como si fueses de mi propiedad.

Los presentes estallaron en ruidosas carcajadas. Macedonia saltó por encima de los cuerpos tendidos en el suelo y se internó por un estrecho pasadizo. Vagaron por callejuelas y escaleras recónditas y Macedonia comprendió hasta qué punto su vida dependía de su acompañante. Apresuró sus pasos y le siguió más de cerca. El hombre se detuvo.

—No temas, mis soldados deben considerarme más cruel que ellos. Justiniano pretende hacerse dueño de los distritos populares a costa de su ciega obediencia. Soy un oficial de la guardia palaciega. Intérnate por este callejón, abre sin temor la única puerta que hallarás y te encontrarás en el jardín de la morada de Justiniano.

Macedonia penetró en un recinto descuidado, altos hierbajos ocultaban parterres floridos que habían retornado a un estado salvaje mientras que algunos árboles exhibían hermosos frutos. En aquel lugar nada recordaba los fastos del palacio sagrado. La joven se aventuró hasta la casa, que constaba de planta baja y un piso y se levantaba al fondo del jardín. Ante un velador situado en el umbral de un hermoso salón, se encontraba un hombre sentado: era el propio Justiniano.

—Disculpa mi atrevimiento —murmuró.

El hombre se levantó sorprendido temiendo al parecer la presencia de otros intrusos y por fin se tranquilizó.

—De nuevo te doy la bienvenida, en esta ocasión en mi casa. No te invito a compartir mi comida pues me parece demasiado frugal para ti.

Macedonia dirigió su mirada hacia la mesa. Junto a un

cántaro de agua se veían algunas frutas y un plato de hortalizas.

—Más bien te imaginaba celebrando un festín con tus soldados —bromeó la muchacha.

—Te agradezco que no me hayas olvidado. ¡Siéntate!

Observó que Justiniano vestía una sencilla túnica. Su robusto cuerpo y sus sencillos modales le recordaban a sus hermanos. Cobró ánimos y se dispuso a abordar el asunto que la había llevado hasta allí.

—He venido a hablarte de un amigo, una persona a la que aprecio extraordinariamente...

El rostro de Justiniano se ensombreció.

—No soy el emperador.

—¡Escúchame, te lo suplico! ¡A cambio de este favor puedes pedirme lo que quieras!

El patricio le respondió con rudeza. Al parecer se había irritado.

—¡Explícate de una vez, temo haberme equivocado contigo!

—¿Conoces al coreógrafo Alejandro?

—Me han hablado muy bien de sus dotes artísticas, pero no suelo frecuentar los teatros. Mi oficio de soldado me obliga a permanecer lejos de esos lugares. Y, cuando dispongo de cierta libertad, me agrada disfrutar de la paz hogareña. Mi preceptor, el sacerdote Teófilo, me inclinó hacia la literatura y la religión.

A Macedonia la avergonzó verse obligada a confiar el destino de su amigo a un hombre tan distinto de Alejandro, pero ya no podía retroceder.

—Alejandro ha sido acusado de profesar creencias paganas...

Justiniano la miró fijamente.

—¿Perjura conscientemente de la fe de Cristo?

La bailarina se enfureció ante la obstinación del patricio.

—Soy cristiana, hija de la Iglesia de Roma, pero Alejandro respeta mucho mejor sus preceptos religiosos que la mayoría de los habitantes de esta ciudad pecadora.

—¿Entonces qué podría temer de parte del emperador Justino? —se burló su interlocutor.

—Los azules sólo piensan en difundir el terror en nombre del papa y de las autoridades imperiales. En realidad, se comportan como saqueadores insaciables del botín que arrebatan a sus víctimas.

Macedonia se había levantado y paseaba de un lado a

otro del patio. Justiniano apenas disimulaba su incomodidad. Permaneció inmóvil en su asiento, contempló sus manazas cruzadas y suspiró.

—¿Qué quieres de mí? Trataré de ayudarte si no es demasiado tarde.

La joven se había detenido delante suyo. El hombre se acercó a ella y la cogió por los hombros.

Macedonia retrocedió asustada sin poder contener un grito. La exclamación había brotado instintivamente de su garganta como si fuese un animal acorralado, sin comprender siquiera el súbito temor que la había invadido. Se representó mentalmente el rostro de Callinicus, recordó el peso de su cuerpo y su violencia y volvió a sentirse mancillada, herida en lo más profundo de su vientre.

Justiniano se había quedado como petrificado, sobrecogido ante tan brutal reacción. Observaba a Macedonia que estaba temblando y apenas lograba mantenerse erguida. La joven se había cubierto el rostro con las manos y sollozaba presa de una confusión que le resultaba incomprensible. El patricio volvió a acercarse a ella y pronunció su nombre con dulzura. Macedonia descubrió su rostro lívido, se apartó de su lado y finalmente se desplomó entre las altas hierbas del jardín.

La joven campesina distinguió el zumbido de los insectos y por un instante creyó contemplar la cumbre de las colinas que rodeaban su aldea. Observó su entorno: altos muros cercaban el jardín. Suspiró y dejó caer la cabeza. El sol proyectaba las sombras deformes de los árboles. Comprendió que habían transcurrido las horas. Haciendo un esfuerzo se incorporó apoyándose en un codo y miró al otro extremo del jardín. Sentado sobre un tocón, a pocos pasos, Justiniano no apartaba la vista de ella. Una sonrisa se dibujaba en sus labios. Su anguloso rostro no mostraba huellas de su anterior irritación y los claros ojos tan sólo expresaban la dulzura de una persona solícita, prendida en los encantos de la mujer que yacía a sus pies.

Macedonia no trató de esquivar aquella mirada en la que se leía ternura y avidez, una curiosidad mitigada por la desconfianza. Los jóvenes permanecieron largo rato inmóviles contemplándose. La protegida de Alejandro se sintió invadida de una calma bienhechora: parecía haberse liberado de su tormento y ya no trataba de refrenar aquella emoción que le atenazaba la garganta cada vez más haciendo palpitar su pecho e impulsándola a invitar a Justiniano a que acudiese a su lado.

El hombre la estuvo observando mientras se levantaba, le hacía una señal vacilante y le tendía una mano y luego la otra agitando por fin su cabellera. Acudió a su encuentro, se arrodilló ante su compañera, examinó por vez primera sus delicados rasgos y acarició las esbeltas y firmes piernas y las venas que se dibujaban bajo la blanquísima piel. Macedonia desprendió la fíbula que sujetaba un pliegue de su túnica y ambos se tendieron sobre la hierba. La bailarina recordó a Alejandro y pensó que tendría que volver a implorar a Justiniano por su salvación. Siguió pensando en él unos instantes y luego se entregó al placer que le brindaban las caricias de su compañero.

* * *

Desde un rincón de la estancia Macedonia, con las rodillas dobladas contra el pecho, observaba el ajetreo de los esclavos. Justiniano, que lucía una túnica blanca, estaba rodeado de sus servidores. Un criado cubrió sus hombros con un manto bordado de púrpura mientras el chambelán vigilaba las idas y venidas de aquellos hombres. Uno de ellos le ofrecía la pesada espada y el cinturón; otro, las insignias de comandante de la guardia de Constantinopla. Justiniano sonrió a Macedonia con el embeleso de una criatura cuando se cumplen sus sueños más preciados. La joven le miraba con atención pensando en las semanas que había pasado en la tranquila mansión del barrio de Hormisdas.

«Pulqueria se moriría de envidia si me viese. Daría gustosamente diez monedas de oro por tenerla delante de mí en estos momentos. Habrá tenido que consolarse con Teodosio de mi felicidad. Aunque tal vez crea que he cedido a los avances de Justiniano por enriquecerme.»

Ante semejante pensamiento, Macedonia frunció el ceño. Se hallaba admirando a su amante que se disponía a acudir al palacio sagrado, donde sería nombrado nobilísimo por el emperador Justino. Justiniano le tendió la mano invitándola a acompañarle. Macedonia negó brevemente con la cabeza y frunció los labios dejando escapar un beso. El sobrino de Justino despidió a sus servidores y salió de la casa. La joven contempló la suave luz otoñal, los rayos oblicuos del sol que iluminaban los mosaicos negros y blancos del suelo, y se tendió de nuevo sobre los almohadones que se amontonaban en un ángulo de la estancia.

«No he salido de casa desde hace una semana y Justiniano me visita diariamente mostrando cada vez mayor solicitud. ¿Quién podría imaginar que vivo de este modo en Constantinopla yo, una insignificante bailarina de la compañía de Alejandro?»

Se levantó y fue a acodarse en el alféizar de mármol de la ventana. Aplastó con el dedo las gotas que habían quedado tras la aparición de las primeras lluvias procedentes del Ponto Euxino y su mirada se perdió en la contemplación del jardín, en su agreste espesura y en los árboles cargados de frutos. Echaba de menos a Justiniano. En aquellos momentos lamentó no haberle acompañado a palacio. Recordó sus manos, de suaves gestos, torpes a fuerza de reprimir su rudeza. A la joven le gustaban principalmente sus ojos, cuya claridad se veía a veces turbada por la nube de alguna inquietud. Únicamente tenía la impresión de poseerle en los fugaces instantes en que se unían; el patricio adoptaba al punto una reserva que raras veces abandonaba. Macedonia sonrió imaginando que acaso Justiniano también estaría deseándola. Pese a la serena atmósfera que la rodeaba, sufrió un estremecimiento: gustosamente le hubiese estrechado entre sus brazos.

«Irene no censuraría mi elección: Justiniano tiene un noble espíritu», pensó.

Su dicha se disipó instantáneamente.

«Qué será de nosotros cuando Justino le asocie aún más estrechamente al ejercicio del poder? ¿Cómo podré yo, una sencilla campesina, retener al heredero del imperio en esta corte donde abundan tan hermosas patricias?»

Recordó a Eufemia y se echó a reír.

Las grandes puertas de la torre de las caballerizas se abrieron y los carros salieron disparados por la pista del Hipódromo. Los aurigas, lucieran indistintamente casacas verdes o azules, fueron acogidos con ovaciones. Justiniano oía a los espectadores que junto a él compartían la terraza del *kathisma,* vociferando tan desaforadamente como los miles de asistentes plebeyos que se acomodaban en el graderío. Paseó su mirada en torno y se sintió complacido. Justino había sabido hacer las cosas: el Hipódromo rebosaba de público. El sobrino del emperador escudriñó entre las filas de los azules, se inclinó sobre la barandilla de la tribuna y una nube de pañuelos de color azul se agitaron saludándole.

Resonaron las trompas con estrépito y Justiniano miró a Macedonia que se encontraba a su lado. Había obligado a la muchacha a acudir porque deseaba presentarla a la emperatriz Eufemia. El patricio le indicó el mejor lugar para disfrutar del espectáculo. Las cuádrigas se alineaban a lo largo del eje de la pista, bajo un gran obelisco que un emperador de tiempos pretéritos hiciera traer de Egipto. El silencio reinó en el Hipódromo. Alineados, los seis carruajes aguardaban la señal del heraldo. Los aurigas ajustaron sus tocas bordadas de plata, se enrollaron las riendas en el puño derecho y levantaron los látigos. De repente hicieron restallar las correas de cuero y los cascos de los caballos golpearon la arena que cubría el suelo.

Justiniano se sentía poderoso: tenía al pueblo a sus pies; a lo lejos, una sucesión de terrazas descendían hasta el mar. El senador Teodosio le observaba a hurtadillas, simulando estar absorto en la marcha de las cuádrigas.

Un penetrante griterío acogió la caída de un auriga azul que había sido proyectado con su carro contra el ángulo de piedra de la *spina*, situada en el centro del Hipódromo. El hombre se estrelló al pie de una columna excesivamente ornamentada con serpientes de bronce y quedó inerte. Los restantes carros se habían agrupado y los látigos de los cocheros apuntaban por igual a los caballos cubiertos de blanca espuma que a sus adversarios más próximos. Cada vez que pasaban ante las gradas donde se encontraban los miembros de su facción, los contrincantes rivalizaban en audacia esquivando el confuso amasijo de carros y caballos. Algunos, heridos por una rueda, se encabritaban y caían sobre la grupa de otras bestias. Tras rodear varias veces el circuito, destacaron tres carros, dos verdes encuadrando a un auriga de los azules. Teodosio gritaba, pateaba, se arrancaba sus pulseras de oro y las ofrecía al auriga, ridículamente insignificante entre la grandiosidad del Hipódromo, exhortándole inútilmente a la victoria.

Justiniano observaba despectivamente al senador con una cínica sonrisa. Macedonia le oyó murmurar:

—Si triunfasen los malditos verdes, Teodosio y los azules exigirían las cabezas de cien miembros de esa facción...

Olvidó la carrera y centró su atención en el patricio.

Su expresión estupefacta no pasó inadvertida para su compañero.

—Los azules se vengan de este modo de largos años de exacciones y el basileo no podría gobernar sin contar con el Senado, que está dirigido por las familias nobles, consagradas por completo a la victoria de los azules.

—¿Qué ganaréis con esas muertes? —preguntó impulsivamente Macedonia.

—Olvida esos politiqueos... ¡Ah, el azul se separa del grupo!

Macedonia centró su atención en la pista. El auriga de los azules había logrado empujar a uno de los caballos del carro rival en el foso lleno de agua que se encontraba bajo las gradas. El desdichado animal había arrastrado en su caída a los restantes corceles del carro y el auriga blasfemaba y azotaba infructuosamente a los caballos inmovilizados. El último competidor de los verdes parecía que no lograba impulsar su cuádriga mientras que el azul erguía victorioso el látigo en el aire entre un espantoso tumulto. Los patricios de la tribuna respondieron a su saludo. Los guardias se desparramaban por la pista, a lo largo de las bocas de acceso, dispuestos a repeler cualquier enfrentamiento entre las facciones rivales.

—El verde no ha defendido su causa —susurró Macedonia al oído de Justiniano.

—Me importa demasiado el humor del público que asiste al Hipódromo para permitir que dependa de las patas de unos caballos... Tenía que ganar el azul.

La favorita de Justiniano se volvió confundida al comprender su ingenuidad y, despechada, se apoyó en la barandilla observando al público. Ante su presencia aparecieron algunos pañuelos verdes. La joven se quedó inmóvil un instante y luego se apartó bruscamente. Justiniano la asió del brazo.

—¿Por qué huyes? El pueblo sabe apreciar mi buen gusto. Te ha reconocido y desea hacértelo saber.

La joven se resistía a creer que aquel tumulto estuviese dedicado a ella.

—Tu facción parece muy satisfecha con el triunfo de su color... y en su ofuscación saluda a cualquiera... No me harás creer que están al corriente de nuestras relaciones...

—Los servidores de mi mansión no son ciegos ni mudos.

—Sin ti, yo no existiría.

Justiniano fijó su mirada en Macedonia con repentina gravedad.

—Tales son las leyes que rigen la corte de Constantinopla. Muchos logran acceder a los peldaños del trono, pero pocos están seguros de su porvenir.

—¿Y si solamente fuese una concubina para ti, bastante bella para durarte un invierno?

—Deja de atormentarte. Más vale que te vuelvas y veas quién trata de saludarte. Ni siquiera te has fijado en él, ingrata.

Macedonia reconoció la obesa figura del senador Teodosio antes de distinguir su rostro. El aristócrata se adelantó con las manos unidas y la saludó con una leve inclinación.

—Macedonia, me siento muy reconocido por tu invitación. Jamás había asistido a las carreras de carros desde el *kathisma*.

La bailarina de Alejandro no supo qué responderle. Adivinó la intervención de Justiniano y trató de cambiar una mirada con su amante renunciando a explicar la verdad al obsequioso senador. Justiniano se adelantó a su compañera, aguardando a que finalizase la profunda reverencia que Teodosio le había dedicado.

—Mi amiga no se ha equivocado: ha sabido apreciar hasta qué extremo has abrazado nuestra causa. A aquellos que por primera vez frecuentan el *kathisma* les complace disfrutar de esta magnífica vista... Aunque me parece haberte visto aquí en alguna ocasión acompañando a Anastasio.

—Quizá una vez... ¿Cómo iba a rechazar una invitación del emperador?

—No te equivoques de protector: necesito contar con servidores fieles. Constantinopla aún se muestra rebelde y los azules deben limpiar esta ciudad de la plaga monofisita.

—Mis hombres acatarán tus órdenes.

—Te confío la protección de Macedonia.

Teodosio exhibió una radiante sonrisa. Justiniano rió burlonamente y añadió:

—En la corte es bien sabido que mora bajo mi techo. La ciudad alberga gran número de monjes orientales que podrían reclutar un ejército de asesinos y atacarme a través de ella.

Macedonia sintió que el corazón le latía con fuerza. Teodosio se apresuró a tranquilizar al patricio.

—Dormiré ante su puerta.

—Confórmate con ordenar a tus esclavos que vigilen el barrio.

Justiniano despidió al senador.

—¡Vamos! —ordenó a Macedonia—. ¡Eufemia desea conocerte!

La pareja se introdujo entre las filas de los cortesanos. Macedonia apenas reconoció el arrugado rostro de la esposa de Justiniano. La emperatriz, maquillada y luciendo una diadema, sólo exhibía sus toscas manos entre la túnica de seda con que se cubría. Al ver a Justiniano abandonó la compañía de sus solícitas acompañantes y le tendió los brazos.

—Hace muchos días que no se te ve por palacio —exclamó.

—He acudido en distintas ocasiones, pero me han acaparado los responsables de los distintos negociados: los asuntos del imperio no deben descuidarse.

—Espero que no olvides a quien podría ser tu madre.

Eufemia observaba a su sobrino aguardando sus disculpas con expresión divertida.

—Tanto es lo que te debo que jamás podré olvidarlo. Tal como te prometí, te presento a Macedonia.

La joven sostuvo la inquisitiva mirada de la emperatriz hasta que por fin ésta la obsequió con una sonrisa que surcó su arrugado rostro. De nuevo tuvo la joven la impresión de haberse encontrado en múltiples ocasiones con aquella mujer envejecida, al girar la tapia de un campo o en las avenidas de cualquier mercado de su provincia. La mujer parpadeaba molesta examinando a la compañera de Justiniano.

—Acércate, el sol me deslumbra y no te veo bien —ordenó acompañando sus palabras con un leve ademán.

Macedonia se arrodilló a sus pies aguardando alguna palabra reconfortante. Eufemia suspiró.

—¡Vamos, ya está bien de cortesías! ¡Yo no las hacía mejor que tú!

La bailarina levantó la cabeza y lanzó una carcajada espontánea, sin fingimientos. Eufemia dudó un instante y añadió:

—Prefiero que mi sobrino se haya enamorado de una campesina que de una altiva aristócrata.

E inclinándose sobre ella la interrogó:

—¿Por qué te encontrabas en la compañía de Alejandro?

—Llegué a esta ciudad acuciada por la miseria y Alejandro me liberó de las garras de un proxeneta...

Macedonia se interrumpió. Acababa de darse cuenta de cuán insensatos eran sus propósitos. La instintiva familiaridad que experimentaba en compañía de aquella anciana la había confundido. Eufemia palideció intensamente y se echó hacia atrás recostándose en el respaldo de su asiento.

—No era el mejor sistema para entrar en contacto con el heredero del trono —exclamó dirigiéndose a Justiniano con los labios fruncidos.

El patricio inclinó la cabeza confundido.

—Olvidémoslo —balbució—. El pueblo aclama a Justino y él exige tu presencia.

—El pasado de Macedonia no me era desconocido —le interrumpió Eufemia—. Y, en el fondo, si el asunto se mantiene con discreción, no me importa. También yo era una esclava a quien Justino adquirió por el valor de un caballo. He visto los campamentos de soldados poblados de bárbaros y Cristo siempre me ha concedido su misericordiosa protección. Él me trajo aquí, pero sé que mis días y los de Justino están contados. Mira estas manos, Macedonia: han ordeñado cabras, masajeado el cuerpo cansado de mi dueño... Jamás conseguiré imponer respeto en la corte sin suscitar sarcasmos.

Macedonia y Justiniano guardaron silencio. El rostro de Eufemia mostraba una cerúlea palidez. Cerró un instante los ojos y se dirigió a Macedonia:

—No puedo predecir qué será de vosotros, pero te concedo mi confianza. Pese a su valor en el combate y toda su ciencia latina, Justiniano no sabe distinguir a una mujer honrada de una concubina venal. Protégele de sí mismo y confía en tu destino: Dios ama a sus más humildes criaturas.

Se interrumpió pensativa y siguió interrogando a Justiniano:

—¿Tienes noticias de Vigilancia, tu madre?

—En breve llegará de Iliria. Justino ha ordenado que preparen una hermosa mansión en la Mesé para su hermana.

La emperatriz asintió complacida.

—Echo de menos a los míos. Cuídate, Justiniano, y vigila a tu tío. Aún creo estar viviendo un sueño...

Estrechó la mano de su sobrino y ambos, él y Macedonia, observaron cómo se nublaba la penetrante mirada de la anciana.

* * *

El chambelán dudó un instante antes de permitir el paso a Macedonia. Reflexionó brevemente y luego se decidió a responder a su solicitud.

—Mi señor me ha ordenado...

La intrusa se enfureció.

—¡Justiniano no tiene por qué darme órdenes! ¡Condúceme hasta él! ¡Sabes perfectamente quién soy!

—Así lo haré si tú lo ordenas, Macedonia, pero...

—¡Apresúrate! Ignoro qué le parecerá a él pero, por mi parte, deseo estar presente, a su lado.

Macedonia siguió al dignatario que en ocasiones se volvía, observaba a hurtadillas a la concubina de Justiniano y seguía su camino, evidentemente cada vez más absorto en sus pensamientos.

Atravesaron pórticos y pasillos y siguieron por los pasadizos que conducían a los patios secretos del palacio sagrado hasta llegar a un angosto y sombrío reducto. De entre las sombras surgieron las figuras amenazadoras de dos excubitores que, ante un gesto de connivencia del chambelán, enfundaron sus espadas. Macedonia comenzaba a dudar de lo acertado de su visita. Desde hacía algún tiempo, Justiniano la dejaba de lado. A su memoria acudían incesantemente las severas palabras de Eufemia a propósito de su sobrino. ¿Acaso el favorito del emperador se había cansado de ella y la había sustituido por otra concubina? Macedonia intentaba autoconvencerse de que estaba equivocada y que el rostro de Justiniano seguía mostrando idéntico placer cuando se reunían en su habitación de la casa de Hormisdas y descansaba junto a ella perdiendo su expresión atormentada.

Pero la joven no había podido resistir por más tiempo. Sus esclavas la vistieron, maquillaron y perfumaron y un carruaje la condujo hasta palacio.

La amante de Justiniano se encontró ante una puerta con incrustaciones de bronce. El chambelán acababa de escabullirse tras negarse a acompañarla más allá del patio. Golpeó con todas sus fuerzas los labrados batientes. Desde el interior llegaban a sus oídos risas y fragmentos de conversaciones. Macedonia sintió que se le formaba un nudo en la garganta y se aferró al cuello de una gorgona que ornamentaba la madera. Unos pasos precipitados anunciaron la llegada de un servidor. La puerta se entreabrió y Macedonia descubrió a un soldado con la espada en el cinto y pensó que jamás había asistido a una fiesta galante ni a un festín en semejante compañía. La amante despechada deseaba interrogarle, sintiéndose repentinamente confusa, aunque ya convencida de la fidelidad de Justiniano.

—¡Anúnciame al patricio Justiniano! —susurró—. ¡Dile que Macedonia desea verlo!

El militar desapareció sin decir palabra y la joven penetró en la estancia llena de ansiedad. En una vasta sala coronada por una cúpula a través de la cual se filtraba la luz, se encontraba una veintena de hombres y entre ellos no se veía una sola concubina, ni siquiera una esclava. Los comensales reían satisfechos. Justiniano estaba tendido en un lecho y la mayoría de los invitados se acomodaban en bancos de piedra. Las copas vacías habían rodado por el suelo y, bajo los veladores, algunos trozos de carne ensuciaban las losas de mármol rosado. Macedonia se detuvo desconcertada, tranquilizándose al descubrir el rostro tenso de Justiniano. El patricio permaneció en silencio: le hubiera sido difícil hacerse oír entre los eructos de los soldados y el estrépito de las piezas de vajilla que los comensales lanzaban por el suelo; se limitó a hacer una seña al guardián que acompañaba a Macedonia que tiró con fuerza de su brazo al tiempo que exclamaba:

—¡Mi amo no deseaba la presencia de otras personas!

Macedonia, sorprendida, se dejó conducir hasta una robusta columna. Justiniano observó al comensal más próximo, un oficial silencioso, de porte altivo, que desde su aparición no había perdido de vista a Macedonia. El sobrino de Justino se levantó con deliberada lentitud disponiéndose a abandonar la mesa. Su invitado iba a hacer lo mismo, intrigado por la conducta de su anfitrión cuando, de pronto, Justiniano exclamó con voz potente:

—¡Soldados, exterminad a estos intrusos! ¡Matadlos a todos!

Macedonia se sobresaltó: se abrieron cuatro puertas con estrépito y la tropa invadió la sala empuñando espadas y lanzas con las que atacó a los presentes. Bajo la bóveda resonaron gritos enfurecidos que en breve se confundieron con los lamentos de los heridos. El vecino de Justiniano se había subido a una mesa situada en el centro de la estancia y se defendía rodeado de algunos fieles.

—¡Apoderaos de Vitaliano! —exclamó Justiniano a sus soldados—. ¡Debe morir! ¡Así lo ha ordenado el emperador Justino!

El hombre contempló desdeñosamente a Justiniano, apartó a sus hombres y se enfrentó a su adversario. Alguien le asestó un lanzazo que traspasó su cuerpo. Permaneció un instante en equilibrio con los brazos separados y el rostro convulso hasta que la lanza se quebró. Los excubitores celebraron la muerte de Vitaliano y remataron su siniestra tarea. Cuando el último cuerpo se derrumbaba de bruces en el suelo, los partidarios de Justiniano permanecieron inmóviles empuñando sus ensangrentadas armas.

La tensión del combate cedió y un dulzón olor a sangre invadió la estancia. Macedonia seguía apoyada contra la columna, aplastada bajo el busto del soldado que la cubría con su cuerpo. El hombre la dejó en libertad y la joven estalló en sollozos cubriéndose el rostro con las manos. La sala estaba atestada de cadáveres y entre las desgarradas vestiduras manaba la sangre. Vitaliano yacía entre los suyos. Justiniano se acercó a él y le arrancó el pedazo de lanza que se le había hincado en la espalda. Volvió su cuerpo con el pie y le estuvo observando con burlona sonrisa.

—Por lo menos eras un buen cristiano. Tal vez Cristo se apiade de tu alma, aunque no de tus compañeros, esos bárbaros recién salidos de sus profundos bosques.

Macedonia contempló horrorizada la alegría que se reflejaba en el rostro de su amante y se aproximó a él con lentitud.

—Justiniano... —murmuró.

Al principio él no pareció oírla. Finalmente, al advertir su presencia, palideció presa de súbita cólera.

—¿Con qué derecho has entrado en palacio sin mi permiso? He creído que Vitaliano iba a levantarse antes que yo para acudir a saludarte con sus oficiales, lo que hubiese dado al traste con el efecto de sorpresa que yo deseaba provocar, y los excubitores hubieran tenido que vérselas con un grupo de guerreros dispuestos a hacerles frente. Ese guardia merecería...

—¡Perdónale, no se ha atrevido a impedirme el paso y me ha protegido! ¿Qué ha sucedido? ¿Qué significan todos esos cadáveres?

—Son traidores: la escolta y los oficiales de esa víbora de Vitaliano.

—¿Le temías? —insinuó Macedonia.

Justiniano había olvidado su cólera y la presencia de su amante.

—Justino no hubiese sido elegido basileo por el Senado sin ayuda de Vitaliano —repuso exultante—, su ejército acampaba en Tracia, en las proximidades de Constantinopla, y las familias nobles temían su violencia. ¡Contempla su cadáver! ¡Ya no volverá a molestar a nadie!

—¡Pero ordenar semejante carnicería...!

—¿Quién eres tú para juzgarme? ¿Qué sabes de las razones del emperador ni de las mías? ¡Confórmate con celebrar tu suerte! ¡Muchas viven todavía sometidas al yugo de los proxenetas!

Macedonia se sintió desfallecer ante semejante insulto. Justiniano, siempre en tensión, prosiguió:

—Consciente de su poder, Vitaliano obligó a Justino a confiarle el mando supremo de los ejércitos del imperio, dignidad que me correspondía por derecho. En adelante, nadie podrá vanagloriarse de precederme en los peldaños del trono. ¡Únicamente Justino podrá darme órdenes sin temer un trágico fin!

A continuación se volvió hacia sus hombres que se habían sentado sobre los lechos vacíos y les ordenó:

—¡Cuando llegue la noche arrojaréis los cadáveres al Bósforo...! Incluso el de Vitaliano. Ninguna sepultura señalará su presencia. ¡Así acaban aquellos que tratan de derrocar el poder imperial!

—¿Cómo te atreves a hablar de este modo? ¿Has olvidado las lecciones del religioso que te sirvió de preceptor?

Los soldados se apoderaron de los cuerpos ensangrentados y los arrastraron fuera de la sala. Justiniano apartó de una patada una espada rota y susurró:

—Me pregunto qué te impulsa a discutir conmigo. Te expresas como un emisario del patriarca. ¿Acaso no te gusta la vida que te ofrezco?

—Por segunda vez había conocido a un ser humano en el que podía confiar. Me acogiste y tu mirada me inspiró confianza al punto. Y de pronto descubro que eres un ser sanguinario, movido únicamente por el ansia de dominar a tus semejantes... ¿De tal modo pude equivocarme, Justiniano?

—¡Márchate! ¡Luego me reuniré contigo! Si temes descubrir la naturaleza humana, manténte lejos del palacio sagrado. Debías haberte quedado en tus montañas de Macedonia, entre los campesinos, seres muy apacibles a juzgar por tu aparente ofuscación.

Macedonia se encogió de hombros y estrujó la manga de su túnica. Alzó la cabeza y trató de localizar a Justiniano, pero éste ya había salido de la estancia. En aquellos momentos los esclavos retiraban el último cadáver de la sala y sus pies dejaban un rastro de sangre en el mármol. Macedonia, que se había quedado sola, vomitó contra una columna y seguidamente se tendió en un banco. Sobre su cabeza, un mosaico de fondo dorado representaba a Cristo conduciendo un rebaño de ovejas. Un rictus deformó su boca, se levantó y abandonó la sala evitando la sangre que cubría el suelo.

La plaza del Augusteón estaba desierta a aquellas horas matinales. Algunos curiosos permanecían ante la entrada del palacio sagrado. Macedonia se había detenido en el umbral de la sala de guardia, en lo alto de la escalera que conducía a la ciudad imperial, y respiraba a pleno pulmón tratando de dominar los fuertes temblores que la agitaban. Una pareja de provincianos admiraba el recinto de palacio. Sus sencillas túnicas de tosco tejido y sus gastadas sandalias los identificaban como naturales de alguna comarca lejana. Macedonia creyó verse reflejada en ellos. Se ciñó el cinturón de plata labrada y recordó el sucio cordel que sujetaba su túnica a su llegada.

La campesina asió a su compañero por el cuello, le señaló una estatua que adornaba la parte superior de un muro y ambos permanecieron silenciosos, abrumados por la profusión de mármol y oro que aparecían diseminados en los frontones de las iglesias. Macedonia se dio cuenta de que los estaba observando sin ningún recato. La mujer la miró a su vez intimidada. La amante de Justiniano la saludó y se encaminó hacia la plaza del Augusteón sofocando un sollozo en su garganta.

Al llegar allí se detuvo junto a la columna de donde partían todos los caminos del imperio. Desde su llegada a Constantinopla jamás había experimentado tanta nostalgia por su tierra natal. Se imaginó un instante entre los campos de trigo, aquella vasta extensión que se desplegaba al pie de las casuchas de su aldea. La antigua protegida de Alejandro dejó atrás el mojón situado en el centro de la plaza y se detuvo frente a un edificio de vastas proporciones cuya fachada, adornada con columnas de mármol y mosaicos, resplandecía a la luz del sol. Un grupo de hombres que salían riendo del inmueble se concentraron en el vestíbulo para proseguir su conversación. Uno de ellos, que había reparado en Macedonia, exclamó en voz alta para hacerse oír por sus compañeros:

—¡Con mucho gusto volvería a las termas contigo, pero acaban de echarnos los vigilantes para dar paso a las mujeres!

Macedonia sostuvo su mirada sintiendo irresistibles deseos de abofetearle y descargar en él el antagonismo que sentía hacia Justiniano.

—¿Acaso son éstas las termas de Zeuxippo? —preguntó.

—Exactamente, hermosa, las más bellas del imperio. ¡Que mi ausencia no te impida admirar los tesoros acumulados en estos baños por nuestros emperadores!

Macedonia subió la escalinata reparando en las estatuas de Apolo y las Gracias que aparecían distribuidas por el vestíbulo. Vaciló un instante tímidamente, pero al punto recobró su autodominio recordando su nueva condición. ¿Quién se atrevería a impedir la entrada a una cortesana vestida de seda y cubierta de piedras preciosas? La muchacha provinciana estaba bien muerta: había sido aniquilada por las desilusiones y afrentas que le habían infligido los hombres de la ciudad.

Un amplio vestíbulo iluminado por candelabros conducía a las pilas donde se tomaban los baños. Unas jóvenes pasaron por su lado apresuradamente, ansiosas de disfrutar de los placeres acuáticos concedidos al pueblo de la Nueva Roma por la magnificencia del basileo. Macedonia avanzaba con lentitud, impresionada por la hilera de cuerpos modelados en mármol cuya carne lechosa parecía ligeramente animada a la pálida luz de las lámparas. El pasillo concluía en una amplia sala cuya cúpula presentaba distintos orificios que iluminaban una gran piscina en la que se salpicaban ruidosamente las primeras nadadoras. Macedonia sintió de pronto deseos de depositar sus ropas junto a una columna y sumergirse en el agua fresca. La animación de las bañistas la disuadió de ello; no se sentía con ánimos para entablar relaciones con nadie.

Se internó por un pasillo que asomaba a la izquierda agradeciendo la sombra que le ofrecía y se sentó junto a la fresca pared. El pasadizo daba acceso a otra sala más silenciosa. La bailarina descubrió una cavidad redonda rodeada de un pórtico en la que vertía sus aguas una enorme cisterna. Tres esclavos vigilaban junto al acceso para impedir la posible llegada de algún intruso.

Macedonia se aproximó y tan sólo distinguió a una mujer que se deslizaba por las aguas cubiertas de espuma, que al advertir su presencia hizo señas a uno de sus esclavos para que se acercase. El hombre se quedó estático sin atreverse a impedir el paso a una patricia. Aquella silenciosa amenaza despertó la curiosidad de Macedonia que observó con mayor atención el cuerpo que seguía inmóvil en las aguas.

—¡Por los santos de la Iglesia, pero si es Irene! —exclamó.

La bañista se irguió sorprendida.

—¿Eres tú, Macedonia? Jamás te había visto por las termas. ¿Acaso me buscabas?

La joven iliria movió negativamente la cabeza.

—No, lo cierto es que estaba admirando las estatuas, no suelo venir a los baños públicos: me siento intimidada ante tan bulliciosa multitud.

Irene se echó a reír.

—¡La amante del patricio Justiniano teme al populacho! Ve con cuidado: si propalase tus palabras toda la corte se burlaría de ti.

—Nada me importa: esta camarilla cubierta de oro y afeites pocas lecciones puede darme: sus sonrisas no bastan para ocultar la mezquindad de su espíritu.

—Te expresas con mucha amargura, Macedonia. ¿Qué te sucede? La vida te ha colmado de dichas, mis amigas me hablan constantemente de ti: tu existencia alimenta sus ociosas jornadas. Nadie te conoce, no has servido durante años de comidilla para consolidar tu posición. Te aseguro que eres un auténtico misterio para ellas, aún más inquietante a causa de tu belleza.

—Sería preferible que las hijas de familias nobles tratasen de mejorar las costumbres de su estirpe.

Irene frunció el entrecejo.

—¡No olvides tu origen! Los aristócratas representan la tradición de la antigua Roma. ¿Qué tienes que reprocharles?

—He presenciado cómo Justiniano y sus oficiales asesinaban a Vitaliano acompañado de su guardia... Si hubieses sido testigo de semejante carnicería comprenderías mi abatimiento —repuso pasándose la mano por la frente con ademán cansado.

Irene se removió incómoda.

—Me alegro de que el destino te haya conducido hasta mí. Me consta que careces de malicia y que no eres calculadora, pero tu obcecación es inconcebible.

—¿Qué quieres decir?

—Justiniano es un ave de presa, no procede de una antigua familia y está sediento de poder. Mi padre me ha asegurado que Justino, que se siente incapaz de atender a los asuntos del imperio, ya le deja gobernar. ¿Conoces la anécdota que circula acerca del basileo?

Macedonia no respondió.

—El viejo soldado se ha hecho grabar una placa de madera agujereada con sus iniciales por la que pasa la pluma con dificultades para firmar las actas imperiales con su augusta rúbrica.

Irene estalló en ruidosas carcajadas. Macedonia sonrió con acritud.

—¿Crees que yo sé escribir perfectamente?

—No, estoy segura de que no, pero no administras el palacio sagrado. ¿Comprendes?, esta anécdota lo resume todo: Justino es un valiente, pero aquí concluyen sus cualidades. Justiniano demuestra estar mucho más capacitado: estoy segura de que no tardará en ceñir la corona imperial.

—¿Llegaría a matar por conseguirla?

—¿A su tío Justino? No lo creo. Los suplicantes acuden a su puerta, no al pie del trono. No debe sorprenderte su rudeza, trata de consolidar su poder... No compartes precisamente el lecho de un santo varón. ¿Es eso tan desagradable?

A Macedonia no le pasó inadvertida la ironía de su amiga.

—No me lamento de ello, pero me siento más solitaria en la corte de Justino que en los bosques de mi país.

—Siempre podrás contar con mi ayuda. Me agrada tu franqueza y pienso que Cristo te ha colocado bajo mi protección. ¿Acaso no te salvé aquel día bendito en que Anastasio inició su larga agonía? Para mí, es toda una señal...

—¿Cómo encontrar el camino que conduce a Dios en esta ciudad corrompida?

—Un día Él te llamará y no tendrás duda alguna. Sabrás reconocer su voz... Aún no ha llegado tu hora. Ten paciencia.

A Macedonia le pareció que Irene había perdido su aire divertido.

—Ya ves, mis esclavos creían encontrarse ante una joven de buena familia —bromeó su amiga—. No se han atrevido a ahuyentarte y, sin embargo, no ignoran hasta qué punto detesto codearme con la gente.

Macedonia la ayudó a salir de la piscina.

—Regreso a casa de Justiniano... —le confió—. Ya nos veremos.

—Estoy segura de ello. No olvides que cuentas con amigos.

El asno resbaló por el piso húmedo y de la frágil carga amarrada a sus flancos se desprendió un ánfora que fue a estrellarse en el suelo desparramando un líquido viscoso. Una lluvia de golpes cayó sobre la grupa del animal y los gritos del conductor resonaron entre los muros de la empinada callejuela. El hombre alzó la cabeza poniendo a toda la ciudad por testigo de su infortunio, pero en aquellos fríos meses de invierno Constantinopla se encontraba desierta. Sólo una mujer que ocultaba su rostro tras un chal presenciaba inmóvil la escena apoyándose contra la puerta de una casa, asustada por el ruido y las coces del animal. El dueño de los asnos ajustó las cuerdas de la albarda y chascó la lengua; ante semejante orden la pequeña caravana reanudó su penosa marcha hacia la parte alta de la ciudad.

Unas nubes bajas se posaban sobre los bosques que rodeaban Constantinopla, las piedras de los edificios de pisos relucían bajo un sol descolorido. El viento del norte se precipitaba por la callejuela en la que Macedonia acababa de internarse. Había salido decidida a escapar durante algunas horas de casa de Justiniano, cada día menos animada desde que el sobrino del emperador había decidido pasar la mayor parte de su tiempo en el palacio sagrado y tan sólo frecuentaba el distrito de Hormisdas el tiempo necesario para realizar alguna breve visita a su amante. Macedonia esquivó los fragmentos del ánfora y se arrebujó en la capa de lana que cubría sus hombros. Le agradaba escuchar los ruidos callejeros sin ser reconocida bajo aquella prenda vulgar. La bailarina apresuró sus pasos por la interminable escalinata que serpenteaba entre los ciegos muros, hacia la orilla del mar. Deseaba distraerse con el espectáculo del puerto, siempre lleno de vida, incluso en la estación invernal. Su sirvienta le había informado de la llegada de la flota egipcia cargada del trigo necesario para confeccionar los millones de panes de la anona de todo un año.

El muelle pavimentado se extendía al otro lado del recinto amurallado que rodeaba la ciudad siguiendo la línea costera que Macedonia franqueó por una pequeña poterna. Algunos marinos paseaban junto a los navíos cuyas velas aún tensas se hinchaban a impulsos de viento. Los descargadores transportaban el trigo, insensibles a los bandazos de los barcos, agitados por los remolinos de las olas de la Propóntide. Algunos fardos habían reventado y dejaban caer los dorados granos por el suelo. Macedonia se inclinó, cogió un puñado de trigo y recordó aquellos tiempos en que espigaba recogiendo los restos de las cosechas. Las murallas de la ciudad erguían sus poderosas torres sobre su cabeza.

La ciudadana sonrió para sí. ¿Qué pensarían sus hermanos de la nueva vida? Se entretuvo en dibujar su nombre sobre el trigo esparcido por el suelo. Justiniano se había visto obligado a acceder a sus deseos: la antigua campesina se había empeñado en aprender a leer en griego y latín, a cuyo fin habían destinado a un sacerdote de la corte para que la instruyese. La favorita del patricio pensó con tristeza que durante los últimos meses había pasado más tiempo en compañía del religioso que en brazos de su amante.

El vaivén de los marinos había cesado y algunos se agrupaban al borde de las aguas y se apostrofaban entre sí. Macedonia se acercó a ellos sin que nadie le prestase atención: la escena que se desarrollaba ante sus ojos les interesaba mucho más. Un hombre y su compañera ricamente vestidos intentaban maniobrar una barca, pero su torpeza no auguraba nada bueno sobre aquel mar proceloso. Al principio Macedonia se sintió divertida ante aquel espectáculo insólito, pero comprendió que el frágil esquife que se agitaba entre los abultados cascos de los buquesde la flota corría el peligro de estrellarse contra el muelle y quedar destrozado a merced de sus oscilaciones. El remero se esforzaba denodadamente por alejar la embarcación, hasta que logró franquear el obstáculo de las naves amarradas internándose por las encrespadas olas.

Algunas exclamaciones de despecho brotaron sobre el puente de uno de los barcos y las risas de los marinos les respondieron como un eco. Macedonia distinguió una tropa que se apretujaba contra el empalletado, que en nada se parecía a una tripulación bizantina: coronaba sus cráneos afeitados un mechón de cabellos y no vestían la túnica griega sino, al estilo de los bárbaros, una camisa de mangas ahuecadas y bragas, pese a que sus rasgos no recordaban la fisonomía asiática de los hunos. Aquel ridículo atavío hubiese provocado la irrisión si los individuos no estuvieran blandiendo amenazadoramente sus espadas con las que amenazaban a la pareja fugitiva.

Un oficial se aproximó a los marinos y a Macedonia, que creyó reconocer en él a aquel que en otra ocasión la había conducido hasta la residencia de Justiniano y que en aquellos momentos lucía la coraza de los soldados de la guardia imperial. El recién llegado interrogó a los marinos en tono iracundo:

—¿Qué hacen esos hombres en vuestro barco? ¿Acaso no habéis descargado todo el grano? El puerto de Eleuterio está reservado a la flota egipcia, no al jolgorio de esos borrachos.

—Sin duda disfrutas de la confianza de Justiniano puesto que luces las insignias de la guardia —repuso uno de ellos sarcásticamente—. Ordena, pues, a esos aristócratas aburridos disfrazados de bárbaros que abandonen el puente y te ayudaremos.

—Por una vez me gustaría ver a un oficial de palacio castigando a esos arrogantes azules: tú serías el primero.

El oficial guardó silencio, observó al grupo que desde el navío seguía vociferando imprecaciones hacia los tripulantes de la barca que se adentraba dificultosamente en dirección a alta mar y miró en torno tratando inútilmente de encontrar refuerzos militares por el muelle.

—Esperemos que se cansen —comentó por fin desalentado—. Acabarán por marcharse del barco.

Un marino atrajo su atención señalando hacia el buque: habían echado una embarcación a la mar maniobrada por seis remeros que se dirigía en persecución de los fugitivos. El oficial se adelantó hacia el borde del muelle sintiéndose impotente. Los intrusos le observaban desde el puente simulando temor con exagerados aspavientos.

—En tiempos de Anastasio jamás se hubiese comportado con tanta desfachatez una facción del Hipódromo —murmuró alguien—. Esos hijos de los poderosos pasan las noches bebiendo, viven rodeados de prostitutas y ridiculizan a sus familias disfrazándose de ese modo. Son peores que los propios bárbaros. Nadie se atreverá a intervenir y harán lo que quieran con esos desgraciados.

—¿Quiénes son esas gentes? —se interesó Macedonia volviéndose hacia el que así se había expresado.

—Lo ignoro —repuso el marino—. Desde luego, en modo alguno enemigos del trono. Acaso uno de esos bandidos habrá fijado sus ojos en la joven cuando salía de alguna taberna y su compañero habrá tratado de protegerla.

—¿Y van a...? —insistió Macedonia.

—Me temo que sí. Nadie se les resiste: los azules dominan la ciudad, aunque el emperador, según parece, intenta limitar su influencia.

—¿Y por qué no interviene Justiniano? —exclamó la muchacha.

—¡Pero si están a su servicio! —repuso irónico—. ¿O tal vez ignoras el terror que tan sólo su nombre inspira en Constantinopla?

Una exclamación brotó del puente del navío: la barca de los azules había dado alcance a los fugitivos. Dos de los perseguidos saltaron al esquife espada en mano, se abalanzaron sobre el hombre y le pusieron en el cuello la hoja del arma. Los otros se acercaron a la joven y la arrojaron a su chalupa. La mujer lanzó un grito terrible que penetró en los oídos de Macedonia la cual se oprimió las sienes con las manos. La cautiva había sido derribada en el fondo de la barca y uno de aquellos individuos comenzaba a arrancarle las ropas a tirones entre las risotadas de sus compañeros. El oleaje estuvo a punto de volcar la embarcación, los pasajeros cayeron y la desdichada fue la primera en levantarse. Al descubrir que su compañero había quedado inmovilizado, se arrojó a las aguas sin vacilar antes de que sus asaltantes hubiesen podido dominarla. Los hombres se inclinaron sobre la borda e intentaron asirla por los cabellos, pero desapareció inmediatamente dejándolos perplejos. A una orden de su jefe seccionaron la garganta del prisionero y su cuerpo fue a reunirse con el de la joven entre las olas de la Propóntide.

Los marinos profirieron juramentos y uno de ellos intentó adelantarse, pero se contuvo al serle señalada discretamente la presencia del oficial. Los azules regresaban remando enérgicamente. Uno de los asesinos saltó al muelle entre los vítores de sus compañeros que se encontraban en tierra. Macedonia se precipitó hacia él incapaz de seguir dominándose. Cuando se encontró ante el joven aristócrata advirtió su aspecto distinguido y sus delicados rasgos que desentonaban con su vulgar tocado. La iliria aguardó tranquilamente a que alzase los ojos hacia ella y le abofeteó. El hombre se quedó momentáneamente aturdido y la miró sin reaccionar, pero de pronto dejó caer la mano sobre el hombro de Macedonia, la obligó a arrodillarse y desenvainó el puñal que llevaba en la cintura. La joven comprendió inmediatamente lo insensato de su acción y permaneció inmóvil aguardando el golpe mortal mas, de repente, su verdugo contuvo el impacto. Macedonia levantó la cabeza asombrada de aquel acto de clemencia: un chorro de sangre brotaba de la nariz y boca del bruto y su mirada vidriosa se perdía en el vacío. Detrás de él se recortaba la silueta del oficial.

—¿Puedes caminar? ¡Apresúrate, no se atreverán a hacerme frente!

La joven emprendió la huida con su salvador y ambos se introdujeron por una callejuela. Entonces recordó su primer encuentro con el oficial, mucho antes de que se aventurase a introducirse por el barrio de Hormisdas en busca de Justiniano. Aquel soldado había estado cenando en casa de Alejandro: precisamente se trataba del dignatario que se había quedado deslumbrado ante el pájaro de áureo plumaje. El hombre se recostó un instante contra el muro para descansar.

—¡Nicéforo! —exclamó Macedonia.

—Me preguntaba cómo no me habías reconocido.

—¿Qué haces al servicio de Justiniano? ¿No fuiste tú quien me guiaste el año pasado a la morada del patricio?

—Sí, y también yo dirigía la facción de los azules por estas calles.

—¿Tú, uno de los jefes de los *scholae*, la guardia de Anastasio?

—Justino no ha desdeñado los servicios de oficiales valerosos, aunque fuesen fieles al antiguo emperador. Es un soldado y sabe apreciar nuestro valor. En cuanto a los azules, Justiniano paga bien.

—Debías haberlos felicitado por su travesía por el puerto.

—Esas atrocidades me asquean; los azules se vuelven cada día más abyectos.

—Abandona el servicio de Justiniano.

—¿Y qué otra cosa podría hacer? El sobrino del emperador está enterado de las exacciones que comete su facción y no me condenará.

Macedonia aguardaba un sincero arrepentimiento.

—Informémosle de cuanto sucede: yo te apoyaré.

—No, Justiniano sabe sacar partido de todas las situaciones. Esperará a que los azules intenten vengarse si son bastante valientes para enfrentarse conmigo... Entonces los halagará y aún reforzará más su dominio sobre ellos. Si los reduzco al silencio, aprovechará el retorno de la calma para convertirse en un auténtico pacificador de la ciudad.

Macedonia suspiró.

—Nuestros caminos se separan. Te doy las gracias... Ten cuidado con Justiniano.

* * *

Las ráfagas de lluvia inclinaban las altas hierbas del jardín. Macedonia se recostaba inmóvil contra el muro de la casa de Justiniano, insensible a los regueros de agua que caían del techo y al paso del tiempo. Su espíritu erraba pasando de la dulce quietud que le inspiraba la naturaleza a la tristeza de la amante abandonada. Aguardaba a Justiniano que desde hacía tres días había anunciado su regreso a la mansión de Hormisdas. Se oyeron unos pasos en el gran salón. Ladeó levemente la cabeza y en breve sintió su presencia. Su amante le puso la mano en el hombro.

—Disculpa mi retraso. Justino me pidió que aceptase el cargo de cónsul este año y debo preparar los juegos destinados al público que asiste al Hipódromo... Serán los mejores que tendrán ocasión de presenciar desde hace mucho tiempo. ¿Qué has estado haciendo últimamente?

—Nada. Te esperaba. No existe mejor ocupación para la amante de un patricio... Anhelar su retorno, temer la existencia de rivales...

Justiniano intentó enlazarla por el talle. Ella le dejó hacer a regañadientes. El hombre se mostraba tenso e inquieto.

—¿Qué nuevas faltas he cometido? Constantinopla me necesita; no puedo abandonar el servicio del trono por tu causa.

—Tienes razón. Cuando te conocí ya sabía que eras sobrino del emperador; luego, de jefe de la guardia, te has convertido en aristócrata aureolado con el título de nobilísimo, y ahora me anuncias el honor supremo: el consulado. Deja que me arrodille a tus pies...

Justiniano tuvo que esforzarse para no rechazarla brutalmente.

—Comprendo tu inquietud, pero puedes confiar en mí. Nadie ocupa mayor lugar en mi corazón. Vivo cerca de ti, fiel a los preceptos cristianos.

—Olvida mis temores. Trataré de no preocuparme tanto. Me volveré ciega y sorda y agradeceré tus escasas visitas... Pero ¿cómo ignorar los lamentos de todas esas gentes que martirizan los azules, las horribles escenas que se suceden en el puerto de Eleuterio? Supongo que no olvidarás todo eso.

—Ya he sido informado del incidente: Nicéforo será recompensado.

—No le premies con oro: se condenaría por conseguirlo.

—No pienso ir descalzo a la basílica para expiar los crímenes cometidos por una partida de borrachos.

—Oblígalos a entregarse por su cuenta, antes de que les corten la cabeza.

—Temes que te deje y el miedo te hace perder la razón.

—Prefiero no dormir a tu lado; verte descansar apaciblemente alteraría mis pensamientos.

—He permitido que vieras demasiadas cosas desde que fuiste presentada en la corte, la importancia que has alcanzado te ofusca... y, sin embargo, Eufemia te aprecia. ¿Con qué derecho te atreves a exigirme tanto?

—No simules contrición. Aunque todavía te amo, me han abierto los ojos.

—¿Tus amigos? Paganos, gentes de teatro... No se privan de arrojar su hiel en las sombras. Si sigues así, acabarás lamentándolo.

—Son muchos los que ven claro y comienzo a creer que mi ceguera es muy singular.

—Escúchame: me gusta encontrarte aquí, no te pareces a las mujeres de la corte ni perteneces al mundo de las cortesanas...

—Pero lo he sido. No debías haberte interesado por una antigua prostituta.

—¡Acaba ya con esa comedia! Te he ofrecido mi casa y mis tesoros, te soy fiel... ¿Qué más esperas de mí? Los celos te enloquecen.

—Sueño con la noche en que vivas a mi lado, no sólo en una unión momentánea en tu lecho, durante unas horas, al azar de un atardecer cuando el palacio sagrado se queda vacío, sin embajadores ni cortesanos agitándose en torno a tu persona. Quisiera estar cerca de ti como tu esposa, aunque el patriarca no nos haya unido ante el altar de Santa Sofía.

—Los verdes no encontrarían mejor arma que tú para reducirme a la impotencia. Tengo casi cuarenta años y desde hace muchos he insistido a Justino para que se preparase a asumir la sucesión de Anastasio. Ese pensamiento me quitaba el sueño por las noches hasta que por fin se hizo el milagro. ¿Y ahora me pides que renuncie a lo que imaginaba a solas en la sala de guardia del palacio sagrado?

—Jamás te he dicho algo semejante, pero tengo la sensación de que sólo te importa el trono... Serías capaz de aplastar esta ciudad si representase un obstáculo para tus logros.

—¡Dios está conmigo! ¡Él me dará fuerzas para ceñir la corona cuando llegue el momento, el día que falte mi tío! Y nadie me lo impedirá.

—¿Sin mí? ¡Atrévete a manifestar tus pensamientos!

—Si mi casa te parece una prisión, nadie te obliga a permanecer en ella.

Macedonia suspiró, miró en torno y comprendió que había llegado el momento tan temido.

—No tengo nada que hacer aquí... Tal vez Alejandro me acoja.

—Tranquilízate: sigue con vida. Ordené que respetaran su vida. Mis servidores llevarán tus cosas al hogar de ese pagano.

—Déjalo para mañana: me siento cansada. Aún seguiré contigo esta noche.

Macedonia encontró sin dificultades los caminos que en otros tiempos había seguido, como si tan sólo un sueño la hubiese alejado de aquellos parajes que rodeaban la casa de Alejandro. Empujó la puerta de su antigua habitación, en el patio destinado a las bailarinas, atribuyendo el silencio allí reinante a lo prematuro de la hora. Al pasar por aquellos lugares revivía el recuerdo de Zenón. Nada había cambiado en la habitación: sus tarros de maquillaje permanecían abiertos sobre el tocador y la cama estaba hecha. Un intenso olor a cerrado la obligó a abrir los postigos de madera labrada. Se sentó en el lecho asombrándose de la sencillez de la estancia y recordando los tesoros que albergaba la mansión de Justiniano. El patio se caldeaba con los rayos del sol y allí acudió para reconfortarse descubriendo la presencia de una mujer que se hallaba inmóvil, escudriñando las galerías superiores donde se encontraban los apartamentos de Alejandro, y en la que reconoció a Pulqueria.

—¡Estaba segura de encontrarte aquí, de que seguirías siéndole fiel...!

Se interrumpió al observar la larga túnica de seda drapeada y los pendientes y pulseras de oro que lucía su amiga.

—Por lo visto eres una artista famosa. Cuando te dejé no mostrabas tanta opulencia.

Pulqueria sonrió con amargura.

—Hace meses que no danzo, es más, la compañía de Alejandro tan sólo existe en las quimeras de nuestro querido coreógrafo. El emperador le perdonó la vida, pero nadie se atreve a contratar sus espectáculos, el patriarca tan sólo espera la ocasión de prenderle. De todos modos, gracias, lograste diferir la amenaza.

—Desconocía la situación —balbució Macedonia—. Entonces este patio vacío...

—Las bailarinas se han dispersado; algunas han caído bajo las garras de los proxenetas; otras, más afortunadas, han encontrado protectores ricos.

—¿Y tú? ¿Cómo vives?

—Lo has adivinado. Un senador provee a mis necesidades. No podía esperar nada mejor... Aunque debo confesar que echo de menos la danza.

—¡Dame noticias de Alejandro!

—Apenas puedo hablarte de él. Hace semanas que no le veo. Ésa es la razón de mi presencia aquí; de día los azules merodean por estos parajes. A estas horas esperaba forzar su puerta y hablarle. Según dicen, casi nunca sale.

—¡Vamos, intentemos encontrarle!

Las dos amigas subieron la escalera de piedra que conducía a la galería protegida por la sombra del pórtico. Ningún servidor acudió a anunciar su visita: las puertas estaban cerradas. Por una ventana entreabierta, al fondo de una galería, Macedonia percibió la pálida luz de una lámpara de aceite. Apremió a Pulqueria, descorrieron el cerrojo y se encontraron en una sala casi vacía. En aquel espacio en sombras sólo se veía una gran mesa iluminada por la luz de una lámpara que estaba apunto de extinguirse. Macedonia se sintió intrigada por los rollos de papiros que se veían sobre la mesa, algunos de ellos desgarrados y, otros, parcialmente calcinados: todo inducía a creer que alguien había tratado de destruirlos y renunciado a ello. Se inclinó sobre una de las páginas y descubrió un texto griego. Pulqueria, que se había acercado a su lado, estalló de pronto en sollozos y se precipitó hacia un ángulo de la sala. Alejandro se balanceaba en el extremo de una cuerda que pendía de una viga. Pulqueria intentó levantarle con ayuda de Macedonia. Conscientes de la inutilidad de sus esfuerzos, dejaron oscilar ante sus ojos el cadáver ya rígido. Temblorosa, Pulqueria se arrodilló sin que Macedonia se sintiera con ánimos para reconfortar a su compañera. El cadáver sostenía entre los dedos de una mano una página arrugada. Macedonia entreabrió suavemente su mano, tomó la hoja y la introdujo entre los pliegues de su túnica, junto a su seno.

* * *

Teodosio se masajeó el hombro contemplando la costa de Asia Menor sumergida entre la bruma y una sonrisa iluminó su rostro. Por encima de su cabeza la tripulación acababa de arriar la vela mayor y la enrollaba en las jarcias. El viento del sur dificultaba la navegación del buque bizantino, agitando las olas del mar Egeo. Hacía varias semanas que el navío se había hecho a la mar y la marejada hacía peligrar el periplo. La proa levantaba surtidores de agua, pero Teodosio, pese a lo poco propicio de la estación, no lamentaba haber precipitado su marcha hacia la lejana Antioquía, donde disponía de vastas propiedades.

El capitán de la galera se reunió con él tras haber prodigado palabras de estímulo a su tripulación.

—Te saludo, senador. Confío en que hayas descansado bien.

—Ya me conoces... Nada como un viaje por mar en grata compañía para hacerme olvidar mis preocupaciones.

—Jamás habías sido tan afortunado. Es una joven muy hermosa.

—Reconozco que no es una mujer vulgar, pero su encanto no tiene nada que ver con las tribulaciones y paciencia que he tenido que desplegar para hacerla caer en mis redes.

—Las bellas cortesanas no acostumbran a resistírsete.

—No la he adquirido a ningún proxeneta de los barrios bajos del Cuerno de Oro. ¿Te resulta realmente desconocido su rostro?

El marino hizo una mueca dubitativa. Teodosio sonrió, tranquilo y seguro del efecto que iban a producir sus palabras.

—En tu navío se encuentra la amante de Justiniano...

—¿Te burlas de mí?

Teodosio se enojó.

—Soy senador, inmensamente rico y puedo colmarla de tantos presentes como el sobrino de Justino.

El capitán intentó apaciguarlo.

—Pensaba en el patricio. ¿No ha reaccionado?

—Tal vez me haya dejado llevar por mis deseos... Justiniano envió a todos sus hombres en su busca por la ciudad sin que nadie adivinase a quién perseguían. Tengo fieles servidores que me advirtieron inmediatamente del peligro que amenazaba a Macedonia.

—No era ella la que más expuesta se hallaba.

—Eso te explicará mi marcha precipitada y el cargamento de ánforas de vino que en absoluto precisaba en Antioquía.

—Ahora me explico tu generosidad —comentó el capitán.

—¡Mantén sujeta le lengua o labrarás tu ruina!

—Soy un verde como tú: no venero a Justiniano.

Teodosio se burló.

—¡Adulador! Sabes perfectamente que desde hace algún tiempo me he convertido en el más adicto de los azules. A decir verdad, no soy verde ni azul, me parezco al cielo de Constantinopla, que cambia según la mudanza de los tiempos.

El capitán se encogió de hombros, intrigado ante la silueta que surgía tras ellos de un refugio de lona.

—Ve a proa a vigilar la travesía —ordenó Teodosio empujándole.

El hombre acudió a reunirse con los remeros mientras Teodosio daba la bienvenida a su compañera.

—Quería darte las gracias —dijo en tono casi obsequioso—. Esta noche...

Macedonia le respondió con expresión cansada:

—No me debes nada; soy yo quien te está reconocida. Si Pulqueria no me hubiese conducido hasta ti y hubiera surgido este providencial viaje a Siria, Justiniano me habría encontrado.

—No denigres el retrato de nuestro futuro basileo pues su proceder es razonable. Aunque si llegase a descubrir nuestra huida...

—¿Acaso necesitas tranquilizarme? Justiniano te haría desollar si sintiera el menor antojo, pero serénate, no cometerá ningún crimen por mí; no le intereso.

Ante el regocijo de Macedonia, Teodosio se tornó lívido.

—La recompensa a tu generosa ayuda aún no ha sido totalmente satisfecha: durante esta travesía, todas las noches podrás disfrutar de mi compañía.

La muchacha guardó silencio, sometida a enorme tensión.

—No soy un perro que mendiga placer, Macedonia —murmuró Teodosio—. ¡Cuán grande es tu desdén!

La joven se acercó a él.

—Cometería una injusticia atribuyéndote los defectos comunes a tus congéneres —repuso—. No me pidas que crea en tu buena fe por muy sincero que seas. Dejemos este tema, ya estamos lejos de Constantinopla. Espero que Pulqueria no sufra la ira de los azules.

Teodosio recuperó su aire bonachón.

—Mi amigo la escondió en su casa poco antes de que los azules entraran a saco en casa del coreógrafo.

—¿Un amigo?

—Un aristócrata a quien presenté a Pulqueria cuando ella dejó la danza. Pulqueria distraía sus jornadas y hacía sus noches más largas que nunca.

—Tal es tu sueño, ¿verdad? No poseo el talento de las grandes hetairas. ¿Por qué no te decidiste conquistar a Pulqueria? Ella no habría rechazado tus presentes.

—¡Justiniano no ha debido aprovechar semejante felicidad! —se encolerizó Teodosio—. Si tu carácter resultase tan agradable como tu cuerpo...

—¿Has pasado la noche pensando en mis encantos?

El hombre movió la cabeza preocupado. Macedonia se acercó a él.

—Alejandro, el único hombre que no defraudó mis esperanzas, se suicidó obsesionado por su porvenir. Es un mal ejemplo. Imita a tus semejantes, aprovéchalo todo. Sigue las leyes del vulgo, escucha la voz de tus sentidos y no busques las inútiles pasiones del corazón.

El buque se adentró por las lejanas riberas del río Orontes y remontó durante horas sus fangosas aguas. En aquel punto comenzaban las tierras sirias, en un apacible horizonte de colinas boscosas sobre las que se había erigido la ciudad de Antioquía. A Macedonia le hubiera sido indiferente fondear en cualquier ciudad a condición de poder eludir aunque fuese por un día la asidua compañía del senador. A una y otra parte del río los muelles acogían a panzudos navíos y buques de guerra, drómonas de líneas estilizadas. El capitán ordenó que interviniesen los remeros, el piloto apoyó todo el peso sobre el timón situado en la vertical de popa y el barco se desvió con lentitud de su itinerario. Macedonia distinguió a un grupo de personas próximas al lugar donde se disponían a atracar. Teodosio las saludó, seguro de sí mismo, y anunció a Macedonia:

—La drómona que encontramos hace unos días ya ha advertido a mis amigos de nuestra llegada: aquí no careceremos de nada.

—Te repito que no tenías nada que temer del palacio sagrado. Justiniano ya no se preocupa de mí; no se molesta en albergar sentimientos inútiles.

El senador hizo caso omiso del desengaño que encerraban aquellas palabras.

—Puedo contar con ellos —susurró.

—¿Están a tu servicio?

—Algunos; otros me deben su fortuna o seguir aún con vida.

—¿Debo elogiar a verdes o a azules cuando estemos en su compañía?

—¡A los verdes, a los verdes! Estamos en Oriente, en tierras monofisitas. ¡Los azules se muestran muy discretos en Siria!

—¡Y todo eso con un solo Dios! —suspiró la antigua bailarina.

Teodosio, que estaba de buen humor, exclamó en tono docto:

—Si fuese necesario los verdes aceptarían el dogma del patriarca de Roma: admitirían a un Cristo moldeado a imagen del hombre en lugar de la divinidad igual al Padre concebida por los monofisitas. En realidad, Oriente no soporta que una Roma caída en manos de los bárbaros le hable en ese tono.

Macedonia enarcó las cejas sorprendida.

—Verás, los sirios sólo se quieren a sí mismos —prosiguió Teodosio—. Constantinopla está muy lejos y estas tierras han visto nacer muchos imperios ya desaparecidos mientras que...

—¡Si te oyese Justiniano!

—No sabe nada de Oriente: es latino, no griego. No olvides que mi familia nació aquí y siempre ha apoyado a los verdes. Si presté adhesión a los azules...

—Lo sé —le interrumpió Macedonia pensando en Irene. El recuerdo de su amiga la transportó a los primeros tiempos de su llegada a Constantinopla y a su mente acudió el encuentro con Teodosio. ¿Cómo iba a imaginar entonces que aquel hombre que le resultaba tan repugnante estaría un día a su lado? La joven rechazó aquellos pensamientos con un gesto de impaciencia, el navío llegó al muelle y los amigos de Teodosio acudieron rápidamente a su encuentro. El senador se apresuró a desembarcar para abrazar a sus allegados. Macedonia, que iba en pos suyo, se detuvo un instante en la pasarela. Teodosio cambió unas palabras con su interlocutor e hizo señas a la bailarina para que se aproximase. La fugitiva sintió centrarse en ella todas las miradas, bajó los ojos y pisó tierra firme enfrentándose a los curiosos. De pronto se quedó estupefacta ante la visión de un rostro que eclipsaba a todos los demás: entre los compañeros de Teodosio, detrás de todos, se encontraba Callinicus. Asombrado por la presencia de la joven, el hombre no se había atrevido a volverse y la miraba fijamente. A sus oídos llegaba lavoz de Teodosio expresándose como en un eco lejano. A ciegas se dejó guiar hacia la ciudad, sin poder liberarse de la pesadilla que la presencia del proxeneta había resucitado en ella.

* * *

El senador despidió con impaciencia al esclavo que le servía y se irguió en su asiento frente a Macedonia.

—Desconocía esta faceta de tu pasado. Pero, de todos modos, ¿qué podría hacerte Callinicus? Todos los verdes saben que vives bajo mi techo.

—Conoces mejor que yo la situación —repuso Macedonia—. No hubiese tenido que mencionarte esta antigua historia.

Teodosio trató de mostrarse conciliador.

—No te preocupes: Callinicus evitará cualquier provocación. Alejandro te rescató y ese proxeneta sin duda ha debido enterarse de cuánto has representado para Justiniano.

La danzarina contuvo una carcajada.

—¡Ah, el temor al amo!

Teodosio desechó un sombrío pensamiento.

—No se hable más: mantendré alejado a Callinicus.

Macedonia se había quedado como petrificada.

—Sobre todo no... —comenzó. Pero reaccionó rápidamente—. No me molesta. Haré caso omiso de él.

Había decidido no seguir confiándose a Teodosio. La reacción de éste cuando había acudido a hablarle de lo sucedido con el proxeneta le había confirmado sus presentimientos. Teodosio no podía ayudarla, por lo que trataría de vengarse de su antiguo verdugo sin la colaboración de aquel hombre excesivamente débil.

El senador, que aguardaba ansioso una acre observación, pareció aliviado y no se irritó ante la negativa de Macedonia de sentarse a su lado. La muchacha salió de la estancia, pasó bajo un pórtico que bordeaba la terraza de la mansión del aristócrata y se entretuvo contemplando la ciudad siria. Los ruidos callejeros se remontaban hasta la residencia de Teodosio, encaramada sobre una colina poblada de árboles. Los techos cubiertos de tejas se posaban sobre las últimas pendientes de las montañas costeras, hasta el horizonte. Los diversos distritos se diferenciaban mejor que en Constantinopla: las mansiones de piedra y ladrillos formaban conjuntos visibles separados por murallas construidas en el interior del recinto de la ciudad. Macedonia pensó que Antioquía era tan importante como Constantinopla. Trató de localizar con la mirada los muros del teatro, pero renunció ante la extensión de las construcciones. Únicamente las imponentes fortificaciones dibujaban con claridad sus límites protectores.

La iliria pensó en Alejandro y se juró a sí misma utilizar el poder de Teodosio para iniciar una nueva carrera. Pensó que tal vez el coreógrafo desaparecido la estuviera observando desde lo alto de su paraíso pagano. Aquella idea la hizo sonreír.

La multitud rió estrepitosamente ante los afectuosos gestos que el mimo prodigaba enfáticamente a su compañera.

Macedonia observaba a los espectadores: a los habitantes de Antioquía los apasionaba aquel género teatral y el graderío estaba lleno de público. Dos filas más arriba descubrió al oficial que había conocido en casa de Teodosio hacía unos días. Recordó su encuentro junto a las termas. El hombre la había conducido a su casa, situada en la parte baja de la ciudad, y allí habían pasado la jornada. A Macedonia la divirtió verlo charlando con Teodosio y tratando al mismo tiempo de hacerle signos de complicidad. No había querido hacerle abrigar falsas esperanzas: sólo había sido el instrumento utilizado para infligir sufrimiento al senador. Algunas personas la saludaron: desde hacía varios meses Teodosio la llevaba a todas partes, orgulloso de exhibir su conquista. Macedonia se había convertido en una de las mujeres más admiradas de la ciudad oriental y valoraba disfrutar de tal posición cuando por casualidad coincidía con Callinicus. Su odio seguía inflexible y todas las ocasiones en que podía darse a conocer en el círculo de los poderosos, aumentaban su seguridad para poder enfrentarse al proxeneta.

Olvidó a la gente que la rodeaba y se distrajo viendo gesticular a los artistas. El personaje principal había abandonado el primer plano dando paso a su compañera que simulaba una gran aflicción. Pese a sus gestos grotescos, la actriz no lograba ocultar su gracia natural. Era menuda y se movía con extraordinaria delicadeza. Macedonia se interesó por ella y ya no la perdió de vista. Antes de que los actores sustituyeran a los mimos en escena, Teodosio invitó a su amante a reunirse con el productor que financiaba el espectáculo, un comerciante enriquecido por el negocio de los granos. Mientras seguía a su protector hasta la parte inferior del graderío, Macedonia comprendió hasta qué punto había perdido su propia estima.

«Esta noche Teodosio me deseará como tantas otras veces y yo me abandonaré derrotada. Pensaré en mis engaños, en mis amantes de un día, esas pequeñas victorias inútiles contra su desconfiada presencia, sus atenciones demasiado obsequiosas y sus deseos que me inspiran náuseas. ¡Justiniano, ésta es tu revancha!»

La parte inferior del escenario había sido invadida por los espectadores. Teodosio llamó al comerciante y dedicó elogios de circunstancias a una mujercita morena, de mirada penetrante, que se había reunido con ellos y en la que Macedonia reconoció a la actriz que interpretaba la pantomima. Teodosio reía a mandíbula batiente. Al verla, deseoso de llamar la atención del anfitrión, exclamó:

—Macedonia, que fue bailarina de la compañía de Alejandro, debería ponerse de acuerdo con esta joven para entretenernos con su arte: la comedia y la danza.

La cortesana observó que la actriz examinaba con aire calculador el rostro rubicundo del senador. Su aguda mirada y sus labios fruncidos sugerían una voluntad firme y una innata astucia.

—Sólo depende de vosotros que estemos a vuestro servicio —respondió—. Ignoro qué opinará tu protegida pero, por mi parte, estoy de acuerdo.

—Macedonia, podrías tomar lecciones de buena voluntad de nuestra amiga —bromeó Teodosio.

La desconocida observó a su vez a Macedonia, pasando de uno a otra su atenta mirada, no a impulsos del miedo, sino para comprender mejor quién era el dueño o el esclavo, cuál de aquellos personajes estaba en condiciones de imponer la fuerza o poseía la fortuna. Macedonia corrigió su primera impresión: aquella mujer no era más que una cortesana deslumbrada por la riqueza de los comerciantes, en busca de un protector o de mejorar su suerte. La bailarina recogió el desafío.

—No estoy dispuesta a exhibirme de este modo. Alejandro no me enseñó a desempeñar el papel de doméstica. Mantén tu promesa: busca un coreógrafo y te mostraré de qué era capaz el ballet de Alejandro en el escenario del teatro de los Sykes.

La actriz de mimo se apartó sonriendo de sus compañeros.

—Me llamo Teodora, me gustaría verte bailar. Mi hermana mayor también practicaba este arte... en Constantinopla. Quisiera hablar contigo a solas.

Macedonia dudó un instante. La viva expresión de los ojos de Teodora le recordaban los de Pulqueria. No pudo resistirse.

—Dirígete a la colina más alta y pregunta por la casa de Teodosio, es un gran hombre de todos conocido.

El senador se volvió al oír su nombre y Teodora le envió un beso. Macedonia experimentó un vago sentimiento de celos. Teodosio le importaba poco, pero se había acostumbrado a apreciar las miradas que los hombres de su entorno le dirigían y a jugar con sus rivalidades y con los mal contenidos deseos que revelaban sus ojos.

Teodora, que se había hecho anunciar en el umbral de la mansión patricia, se encontró ante una aristócrata ataviada con larga túnica que se adornaba con joyas y ceñía sabiamente su tocado con una diadema de perlas, en la que apenas logró reconocer a Macedonia, la bella joven cuyo aire distante e inquieto la había intrigado en su primer encuentro. Su anfitriona despidió a los domésticos que se habían congregado en el patio y Teodora se internó en el pórtico en seguimiento suyo acomodándose en los mullidos almohadones dispuestos alrededor de la fuente. La actriz observó el entorno que la rodeaba.

—Teodosio parece rodearte de todas las comodidades.

—No se atrevería a negarme nada: tal es el pacto que establecimos para decidir mi permanencia aquí, en Antioquía.

—La ciudad es agradable. ¿Acaso te sientes extranjera en ella? Te expresas en griego sin el acento ronco de los orientales.

—He vivido durante más de un año en Constantinopla.

Teodora se irguió con viveza y sus manos se crisparon.

—¡Es mi ciudad natal! ¡Allí me crié con mis hermanas, casi en el Hipódromo! Dime, han cambiado mucho las cosas en estos últimos tiempos, ¿verdad?

La actriz se permitió apoyar familiarmente la mano en la rodilla de Macedonia que abandonó sus reservas ante tan espontáneo impulso.

—No desciendo de familia noble, como supongo que tampoco tú. El Hipódromo es fiel reflejo tanto de la miseria del pueblo como de las extravagancias de los ricos.

Teodora asintió en silencio. Macedonia, que seguía sintiendo el peso de su mano, la informó de la entronización de Justino y, olvidando a Justiniano, se extendió sin reservas sobre las exacciones de los azules. Su invitada se mostraba más relajada. Macedonia comprendió que se sentía tranquila a su lado.

—Mis palabras parecen haberte satisfecho. Ahora cuéntame por qué has venido aquí.

Teodora pareció agitada.

—En primer lugar debes saber que detesto a los verdes. Mi padre era guardián de osos en el Hipódromo, al servicio de esa facción. Su muerte nos dejó en la miseria a mi madre y a mis hermanas, debiendo valernos por nuestros propios medios y quedando a merced de los proxenetas. Mi madre se unió a un compañero de mi padre, pero los verdes se negaron a emplearlo y nos humillaban cruelmente cuando les implorábamos en la pista del Hipódromo, entre las carreras de caballos. Los azules le facilitaron trabajo. ¡Ojalá Justiniano pudiera exterminar a los jefes de los verdes!

A Macedonia la impresionó tanto odio.

—¿Te echaron de Constantinopla?

Teodora se echó a reír.

—¡No! Mi vida se asemeja a la tuya: ambas apelamos al mismo recurso: a los viejos aristócratas o mercaderes enriquecidos que aún no han consumido sus últimos ardores. No voy a enseñarte nada nuevo: aquí tampoco faltan las busconas. Hecébolos, un rico sirio, me deslumbró con el oro de la Cirenaica, donde Anastasio acababa de nombrarle gobernador. Por él abandoné mi ciudad con la idea de convertirme en la primera dama de aquellas orillas de las Sirtes, ¿comprendes?

—Cuando llegué a Constantinopla tú ya estabas en África.

—¿Nadie me ha nombrado en tu presencia? —se asombró Teodora algo molesta.

—No recuerdo.

—¿Quién era tu protector? ¿Un senador o un obispo? Eres muy bella, los hombres habrán perdido la cabeza por ti.

Teodora se echó a reír al observar la expresión pensativa de Macedonia. Le acarició la mejilla y prosiguió:

—Me gustas, pero pareces ajena al ambiente en que se desenvuelven las cortesanas. ¿Qué haces aquí con Teodosio?

Macedonia le contó la trampa en que la había hecho caer Callinicus y la ayuda recibida de Alejandro. Teodora seguía sus explicaciones con cierta superioridad, como si se tratase de una historia vulgar, sobradamente conocida, hasta que Macedonia pronunció distraídamente el nombre de Justiniano.

—¿Te refieres al patricio, el sobrino del emperador? —la interrumpió Teodora—. ¿Quién te condujo hasta él?

—Teodosio...

Teodora sonrió con aire de suficiencia. Macedonia, exasperada, no consentía verse degradada a la categoría de una prostituta ambiciosa.

—Lo cierto es que Justiniano ha sido mi amante durante varios meses. ¿Lo ignorabas realmente?

En el asombrado rostro de Teodora se leía claramente la respuesta. La joven sintió una oleada de orgullo desorbitado que trató de reprimir avergonzada.

—¿Y has abandonado semejante sueño por seguir a Teodosio? —exclamó Teodora—. ¡Tú estás loca! ¡A menos que Justiniano te haya repudiado!

—Justiniano me despidió de su lado —prefirió explicarle Macedonia—, una concubina sustituye a otra.

Teodora movió dubitativa la cabeza.

—Yo jamás he logrado interesar a un príncipe; tan sólo a senadores. Sin embargo me consideraban la mejor actriz de la ciudad; el teatro estaba lleno cuando yo actuaba y los aristócratas me invitaban a cenar con otras compañeras y bailábamos para ellos.

—Ignoro las costumbres de Constantinopla.

—¿Conoces bien la corte de Justino? —se interesó Teodora.

—La emperatriz Eufemia me dispensó una excelente acogida. Justino, sin embargo, apenas reparó en mí.

—Puedes considerarte afortunada. Hecébolos me abandonó en la Cirenaica sin una moneda. Debo mi salvación al puerto de Alejandría, no lejos de esta provincia. Allí corre el dinero a raudales y sus habitantes saben disfrutar de los placeres de la vida, pero siento como si Constantinopla estuviera al fin del mundo.

—¿Por qué has venido a Antioquía?

—Me propongo conquistar a algún viejo rico, bastante entrado en años, que pague con largueza su felicidad. ¿Me ayudarás a encontrarlo?

Macedonia se mostró evasiva.

—Veremos.

Le agradaba la espontaneidad de su invitada, la decisión y la energía que emanaban de su frágil personilla, y aunque la iliria adivinaba en ella una falta de escrúpulos impresionante que la hacía sentirse molesta, sentía despuntar en lo más profundo de su ser el desprecio y la desilusión que inspiraba a los demás.

Macedonia se recostó contra una columna del pórtico y cerró los ojos sin poder resistir la idea de que acababa de pasar otro año junto a Teodosio. La amante del senador se quitó la diadema, destrenzó sus cabellos y acarició las piedras preciosas engarzadas entre hilos de oro, pensando cuántos cargamentos navales debía haber costado tan espléndido presente.

Con gesto nervioso depositó la diadema sobre la cabeza de una Diana de mármol blanco y estalló en carcajadas al contemplar a la diosa con tan curioso tocado.

La bailarina percibió unos ruidos en el vestíbulo y sus rasgos se endurecieron. Recogió la corona de la estatua y se refugió a la sombra de una puerta. Junto a ella pasó Teodosio con aire torpe. Macedonia le vio alejarse, preguntándose si la piedad que le inspiraba aquel hombre que se obstinaba en amarla pese a sus desplantes, superaría algún día el desprecio que le inspiraba. La cortesana, que no lograba vencer la apatía que la estaba invadiendo, trató de abstraerse en sus recuerdos, algo que le sorprendía realizar cada vez con mayor frecuencia. En sus pensamientos aparecía como siempre la familiar presencia de Teodora que había partido a reconquistar Constantinopla hacía ya varias estaciones. La joven se preguntaba cómo viviría y si le habría sido útil la carta de recomendación que le facilitó.

Había dudado mucho antes de decidirse a apelar a Justiniano, pero al fin había sucumbido a las súplicas de Teodora, sin atreverse a revelarle su huida.

—Justiniano tendrá que vérselas con ella: es de su misma calaña. ¿Habrá llegado a recibirla? ¡Abundan tanto las ambiciosas!

Teodosio jamás había querido regresar a la capital del imperio. Aunque no se atrevía a confesarlo, temía una posible venganza del todopoderoso sobrino del emperador. Macedonia se burlaba de él en este sentido y adivinaba asimismo las aprensiones del aristócrata, temeroso de la libertad que disfrutaba su protegida.

Macedonia trató de desterrar a Teodosio de sus pensamientos y se dedicó a rememorar su pasado, aquellos meses transcurridos tan rápidamente en compañía de su amiga Teodora y las representaciones que juntas habían ofrecido. Teodosio había sucumbido a su seductora insistencia, financiando un espectáculo de pantomima en el que ambas artistas habían demostrado todo su talento.

Recordaba aquellos tiempos dichosos con la sonrisa en los labios. Las graderías estaban atestadas de público. Al son de flautas y tamboriles y entre una endiablada bacanal, las danzarinas, dirigidas por Macedonia, habían hecho las delicias de los presentes.

Seguidamente había surgido Teodora de entre bastidores vistiendo únicamente su cinturón. Su presencia hacía olvidar a las restantes actrices, pues sabía captar la atención del público mediante sus gestos. Aquella noche se había aproximado a los presentes con deliberada lentitud, a los melodiosos acordes de una lira. La amiga de Macedonia había comenzado a bailar en primer plano del escenario poniendo en juego todo su cuerpo. Los bailarines que la rodeaban la rozaban ligeramente. Los habitantes de Antioquía olvidaron el argumento de la pantomima, concebida sobre el tema vulgar de la mañana y las estaciones. Por el escenario soltaron algunas ocas para dar mayor verosimilitud al ambiente rural. De pronto Teodora distinguió a las aves e hizo señas a uno de sus compañeros que tiró al punto sobre ella un saco de trigo. La actriz se tendió en el escenario adoptando una graciosa postura mientras que las aves, atraídas por el ruido de los granos que caían en el suelo, se precipitaron para picotearle la piel, buscando sin limitaciones el alimento que tan providencialmente había aparecido para provocar su glotonería. A la vista de semejante espectáculo los hombres se levantaron de sus asientos excitados ante una representación de naturaleza tan sugestiva, ora aclamando o aplaudiendo a Teodora, muy satisfecha de la escandalosa reputación que se había granjeado en el espacio de unos meses, con el deseo de triunfar en Antioquía tal como lo había logrado en Constantinopla.

Macedonia había disfrutado extraordinariamente viendo a los hombres primero embobados y luego transportados, tras aquella provocación tan descarada. Cuando apartó la mirada de la multitud de admiradores descubrió que Teodora también la contemplaba con maliciosa sonrisa.

Desde aquella memorable velada, Teodora había vuelto a repetir la escena cada día con las aves que se saciaban de grano y cada vez acudía mayor número de curiosos que aguardaban aquella escena, sin apenas prestar atención al resto del espectáculo. Macedonia jamás llegó a abrigar celos hacia su compañera; una vez olvidado el primer encuentro, ambas habían llegado a apreciarse. Teodora se había empeñado de tal modo en imponerse a su entorno que la joven se resignó a aceptarlo, acuciada por el recuerdo de los tiempos difíciles vividos en Constantinopla.

La iliria descubrió que estaba riendo con todas sus fuerzas en el patio de la mansión y volvió a la realidad abandonando su abstracción. De pronto aquel lugar le pareció frío y vacío, la fuente destilaba una frescura que helaba los miembros. Subió apresuradamente a su habitación, que se encontraba en el primer piso, recogió un amuleto procedente de Egipto que le había regalado Teodora y lo estrelló contra una pared. La piedra azul se hizo añicos que Macedonia recogió malhumorada. ¿Cómo perdonar a Teodora que la hubiese abandonado, ella que había encontrado nuevas energías en el desaforado apetito de su amiga por la vida y sus placeres? Teodora había sido capaz de hacerle soportar a Teodosio y su existencia de cortesana mimada, exhibida por un comerciante que regresaba al país cargado con la fortuna que había amasado en lejanos países.

Aquella noche Teodosio recibía a los ediles de Antioquía. La aguda voz del senador se confundía con las de sus invitados. Macedonia echó la cabeza hacia atrás e intentó olvidar el bullicio que reinaba en la sala donde se celebraba el banquete. Teodosio, que la estaba observando, la apostrofó sarcásticamente:

—Nuestra amiga no soporta que hablemos en estos términos de Teodora. Pero os conjuro a que me digáis qué calificativos serían más oportunos para designar el oficio que ejerce esa hermosa mujer.

Volvieron a estallar las carcajadas.

—Mientras se encontraba entre nosotros os arrastrabais a sus pies —exclamó Macedonia—. Todo os parecía poco para ella. Se marchó agobiada con vuestros presentes.

—No debes estar celosa de ella —intervino uno de los comensales—. Teodosio se muestra pendiente de tus menores deseos.

Macedonia sintió arder la cólera en su pecho.

—Nadie puede superar tu hipocresía: tú eras el primero en suplicarle que te concediera sus favores y en escarnecer a tus rivales. Teodora no tenía secretos para mí y me hizo muy sabrosas confidencias de todos vosotros.

Algunos cambiaron miradas inquietas. A Macedonia la divirtió observar cómo se espiaban entre sí.

—Adivino que os consumís de impaciencia por conocer las indignidades de vuestros compañeros —prosiguió—, pero tranquilizaos: ese género de chismorreos me disgusta... ¿O acaso os los confiaré de uno en uno, cuando refresquen las veladas invernales? Precisamente está iniciando la triste letanía de los meses lluviosos.

—¡Cállate, por Cristo! —rugió Teodosio.

Macedonia se sintió tentada de levantarse y abalanzarse sobre el viejo aristócrata muellemente recostado entre almohadones, pero se contuvo al advertir el disgusto que reflejaba su rostro. A Teodosio le resultaba insoportable la angustia que acumulaba día tras día aconsecuencia de la libertad de que hacía gala su joven amante ante la vida y sus circunstancias. Teodosio también podía convertirse en testigo de capital importancia si por casualidad Callinicus llegase a estar indefenso, expuesto a su venganza. La bailarina se tranquilizó, simuló obedecerle e incluso sonrió ante las acres observaciones del senador.

—¿Os ensañaríais de igual modo conmigo si me encontrase en lugar de Teodora? —los zahirió nuevamente.

—Macedonia, tu amistad con Teodora te ciega —le respondió uno de los presentes moviendo la cabeza disgustado—. Te conocemos bien, el patricio Justiniano no te hubiese distinguido...

Teodosio se atragantó con su copa de vino; Macedonia pasó por alto aquella alusión.

—Teodora no os rechazó, no reneguéis de ella.

El hombre le respondió en tono desafiante:

—Los teólogos lo expresan bien claramente en sus escritos: mujer y pecado son sólo uno.

—Entonces ¿por qué has pasado las noches con ella?

—Teodora ha llevado a sus últimos extremos el arte de seducir... Sin duda he tenido momentos de debilidad, pero ello no me impide ver claro y adivinar las huellas del diablo en mi vida.

—¡El diablo...! Un diablo muy hermoso —se burló Macedonia.

—Tus ironías en nada alteran la reputación de tu amiga que, por añadidura, ha abandonado esta ciudad.

—Sin duda asustada ante vuestros remordimientos.

—No, abrumada por el peso de la plata y de las joyas.

—¿Qué otra cosa podía esperar de vosotros?

Teodosio trató de intervenir, pero Macedonia le conminó con un gesto a guardar silencio y aguardó las frases burlonas del aristócrata que se enfrentaba a ella.

—Los ejemplos de cortesanas tocadas por la gracia no son insólitos y en la provincia de Antioquía abundan los conventos donde hubiese podido recogerse. A menos que algún hombre poco aprensivo accediese a llevarla al altar y conquistado por su encantadora mirada la hubiese convertido en su esposa.

—¿Su mirada? ¡No desprecies los méritos de nuestra amiga! —bromeó otro de los comensales.

—Teodora hubiese tenido que hacerse valer más con vosotros antes de que su belleza dejase de atraeros como la miel a las moscas. Pero es mucho su temple. Advertía vuestro desprecio y os lo ha devuelto con creces. Os ha utilizado para regresar a Constantinopla, su ciudad natal: eso es todo.

—¿Y qué hará allí? —intervino otro de los presentes.

Macedonia vaciló sorprendida.

—Lo ignoro... Supongo que criar a su hija.

Los reunidos guardaron silencio.

—Pero ¿qué os importa a vosotros esa criatura? —prosiguió Macedonia—. La pequeña nació en Alejandría. A Teodora no le agradaba mencionar su existencia y hasta poco antes de su partida no me habló de ella. ¿Acaso os hubierais compadecido de ella sabiendo que era madre?

Teodosio se esforzó por tranquilizar los ánimos. Macedonia apuró de un trago su copa de vino y permaneció callada, sumida en una grata somnolencia. Olvidó a los nobles de Antioquía y le pareció volver a sentir a su lado la presencia de Teodora.

«No hubieses debido marcharte —la increpó mentalmente—. Tú me inspirabas el valor de cada día. ¿Qué has encontrado en Constantinopla? ¿Otros ricos endiosados dispuestos a ignorarte después de sus ágapes? ¿Acaso no los conocías ya, tras tantos años de vivir en su entorno? Las mujeres somos objeto del deseo, pero los hombres constituyen el instrumento esencial. Ellos siembran el odio y la disolución. ¿Con qué derecho te echaría yo entonces la culpa? Esos aristócratas me han abierto los ojos desde mi exilio en esta ciudad. No merecen seguir conservando su oro en las arcas, por lo menos las cortesanas tienen el mérito de saber despojarlos de sus bienes. Es un hermoso espectáculo ver a un patricio de rodillas, suplicando como un perro.»

Observó a los invitados que habían vuelto a concentrarse en los alimentos. La túnica de Teodosio se ceñía más que nunca a su enorme vientre, exageradamente resaltado por un cinturón de cuero.

«Con éste no ejercitaste tu ingenio para conquistarlo: tuviste la gentileza de respetarlo. No me atreví a pagarte para que me librases de él... Aunque nunca sabré si hubieses aceptado...»

Macedonia esquivó a sus invitados y se levantó dispuesta a marcharse. Se sentía mareada y estuvo a punto de caerse entre las carcajadas de los presentes. La danzarina ensayó burlonamente una graciosa reverencia y abandonó la estancia.

* * *

El cálido viento del desierto sirio soplaba a ráfagas sobre Antioquía. La suave temperatura primaveral se desvanecía ante la humedad que no tardaría en abatirse sobre la ciudad oriental. Tras las montañas costeras algunos filamentos nubosos dispuestos en corola anaranjada anunciaban el amanecer de una hermosa jornada. Ningún sonido alteraba aún la tranquilidad de las calles pavimentadas, entre los pórticos de las casas sumidas en letargo. Un perro aulló lúgubremente y su lamento fue diez veces coreado resonando entre las murallas que rodeaban el barrio. Ningún pájaro saludó con sus trinos la aparición del disco solar que había asomado sobre una colina boscosa. Antioquía yacía inerte, su cuerpo de piedra aparecía disperso sobre las tierras abruptas de los confines de Asia.

Algunos habitantes madrugadores creyeron distinguir el retumbar de un lejano trueno. Antes de que se repitiese aquel estrépito llenando la atmósfera, la ciudad se tambaleó sobre sus cimientos. El sol tembló durante largos minutos que parecieron una eternidad a los pobladores sorprendidos en sus sueños, los cuales se arrojaron de sus lechos aplastándose contra el suelo de sus viviendas. Las baldosas se desplazaron precipitando a sus víctimas en el vacío, sumergiéndolas entre aquellas mandíbulas de piedra que se cerraron inmediatamente en sus carnes mediante otros movimientos de aquel universo enloquecido. Antioquía ya no era más que una almadía que se enfrentaba a un mar invisible y desencadenado; el suelo se abría en profundas grietas que derribaban los tabiques más resistentes y creaban nuevas arterias de incoherente trazado en los islotes de monumentos centenarios, negados por una naturaleza que se había convertido en dueña de sus elecciones. Algunos bloques estallaban despedazados bajo las múltiples presiones provocando el desplome de las paredes y convirtiéndose, entre otros, en instrumentos de las fuerzas que se ensañaban en destruir la ciudad.

En un instante cayeron derribadas las mansiones patricias y las columnas de los pórticos se hicieron añicos dejando escapar los tambores de sus fustes como ruedas monstruosas que rodaban por las calles. Las torres del recinto de la ciudad parecieron animarse repentinamente, se tambalearon y sus paredes de piedras desprendidas resbalaron contra la muralla. Aquellos colosos dejaron de titubear y se derrumbaron en el suelo recubriendo un grupo de casas que ya habían sido reducidas a una masa informe. Los gritos de los supervivientes se confundían con el aullido de los perros viéndose superados por el choque de los muros devastados: unos minutos habían bastado para que aquella ciudad de medio millón de habitantes quedase destruida.

Los hombres y las familias milagrosamente aparecidos entre las ruinas comenzaban a errar por las calles de Antioquía. De las tiendas familiares, de las callejuelas que recorrían cada día, únicamente quedaban montones de escombros que interceptaban el paso. Alguna fachada intacta llamaba la atención, como presencia incongruente entre aquel caos y que aún parecía más insólita entre el vacío que la rodeaba.

Cada vez era mayor el número de desdichados que aparecían por las calles, incapaces de pronunciar palabra. Se tocaban hoscamente descubriendo sus heridas, cubiertos de polvo y sin poder apartar sus miradas del amasijo insólito de las viviendas en ruinas.

Los rayos del sol naciente iluminaron aquel paisaje de pesadilla. La tierra había dejado de temblar. El retumbar del trueno había cesado, pero su fuerza había sido tal que los habitantes de la ciudad aún creían distinguir su rumor lejano. De vez en cuando se desplomaba un bloque de piedra o se hundía una pared cobrándose nuevas víctimas. Una luz anaranjada coloreaba las sombras errantes; los rayos del sol estaban empañados por el polvo que se levantaba muy por encima de las murallas que permanecían intactas, delimitando un gigantesco campo de piedras que hubiese parecido ausente de toda vida humana si no hubiesen surgido de vez en cuando un palacio, una tienda o las estatuas mutiladas de una mansión, en un postrer desafío a las fuerzas telúricas.

Los distritos de las colinas habían sufrido aún más que la parte baja de la ciudad, las tierras se habían deslizado proyectando las mansiones por la pendiente, unas contra otras. Los escasos supervivientes no reconocían su entorno, el trazado de las calles había desaparecido y el suelo estaba cubierto por un caparazón uniforme de tejas y ladrillos mezclados. De algunas quintas patricias surgía de vez en cuando un muro salvado del desorden, que había resistido gracias a su densidad, mientras que los pisos y el maderamen habían desaparecido. Algunos seres humanos se congregaban en medio de lo que en otro tiempo fuera una plaza que aparecía dominada por una fachada llena de grietas, y en el hueco de la puerta se acumulaba una oleada de cascotes y escombros. El senador Teodosio contemplaba angustiado las ruinas de la mansión de sus antepasados. Macedonia se acercó a su lado.

—Si el perro de la cocina no hubiese ladrado tanto rato...

El aristócrata movió la cabeza abatido.

—Yo no estaba dormido y distinguí perfectamente el rumor, pero jamás se me hubiese ocurrido... ¿Cómo has llegado hasta aquí?

—No había puertas, sólo lienzos de paredes despedazados. He saltado por la ventana.

—¿Dónde están los esclavos?

Macedonia advirtió que no los acompañaba ninguno de sus sirvientes.

—¿Se encontrarán quizá bajo los escombros? Dormían en las habitaciones de la planta baja.

—Es imposible que hayan perecido todos —exclamó Teodosio—. ¿Qué vamos a hacer solos aquí? No queda nada. ¡Gran Dios!, ¿por qué semejante castigo?

La joven observó una enorme mancha de sangre que empapaba la túnica en el hombro del patricio.

—¿No te duele? Mira, has debido herirte con alguna piedra.

Por toda respuesta Teodosio se ajustó las ropas. Sin conseguir apartar los ojos de lo que fue su vivienda, se había desplomado en el suelo y sollozaba, incapaz de reaccionar. Macedonia le palpó los miembros, esforzándose por tranquilizarle. Pero ¿qué decirle al anciano? De repente la iliria había comprendido que el hilo de su destino acababa de romperse. Aquella calamidad que había sobrevenido había decidido por ella: Antioquía ya no sería su tumba, su existencia se reanudaría en otro lugar.

Intentó levantar a Teodosio que respondió con un gemido.

—Bajaré de la colina e intentaré encontrar ayuda —le dijo esforzándose por expresarse con dulzura, como si hablase con un niño.

Se interrumpió bruscamente. ¿A quién esperaba encontrar? ¿Tal vez a algún esclavo? Y, en tal caso, ¿aceptaría regresar en aquellos momentos que entre el caos reinante ya no significaba nada la obediencia al señor ni la amenaza de los decretos imperiales? En el fondo poco importaba, bastaba con abandonar aquel lugar para experimentar la sensación de seguir existiendo todavía, pese a las ruinas, los lamentos de los mutilados y los montones de escombros. Macedonia se alejó sin dirigir una última mirada a Teodosio que seguía en el suelo y se internó por la única brecha abierta en torno a la plaza, cruzándose con una anciana de rostro huraño cubierta de harapos. La mujer hizo caso omiso de ella siendo imitada por Macedonia, insistentemente preocupada por escrutar el horizonte disimulado tras montones de piedras acumuladas.

La protegida de Teodosio trató de escalar las ruinas de una casa cuyos adoquines se amontonaban pareciendo ofrecer cierta seguridad. La joven se hirió los pies descalzos entre los escombros y las astillas haciendo rodar un bloque inestable, pero alcanzó lo alto del improvisado montículo desde donde divisaba la mayor parte de la ciudad.

El polvo comenzaba a disiparse a impulsos del viento y ante sus ojos surgía una perspectiva uniforme que se sumergía en el ocre matiz del paisaje del entorno. Las colinas estaban sembradas de montones de residuos rocosos, como semillas removidas por un monstruoso arado que acabase de revolver la tierra, mientras que los campos de los alrededores presentaban su aspecto habitual.

Abandonó su punto de observación, descendió tomando mil precauciones y se internó por una calle menos obstruida que las colindantes hacia la parte baja de la ciudad. Los supervivientes eran cada vez más numerosos y concentraban sus esfuerzos en levantar vigas y abrirse camino en el mundo subterráneo donde quizá podían encontrarse sus parientes. Con expresión obstinada se enfrentaban a los obstáculos, desistiendo en ocasiones y volviendo seguidamente a la carga, por sí solos, deseosos de encontrar aunque fuese un cuerpo sin vida para huir de su soledad y reanudar su anterior existencia. Macedonia no se explicaba el enrojecimiento que presentaban las ruinas a lo lejos. Observó que el sol se encontraba en lo alto del cielo y que algunas volutas de humo ascendían hacia el horizonte. Un grupo de personas pasó corriendo por su lado, Macedonia tropezó contra una columna despedazada que se hallaba en el suelo. Junto a ella un hombre se precipitaba gritando:

—¡No te quedes ahí! ¡La ciudad está ardiendo!

La joven se levantó y percibió el acre olor que el viento impulsaba hacia ella. Tras los escombros acababa de aparecer una barrera de llamas que se precipitaba por otros distritos atizada por la brisa. Macedonia distinguió minúsculas formas que ascendían por las laderas de la colina: los habitantes de la ciudad huían del fuego que amenazaba con exterminar a los últimos seres humanos de aquel paraje infernal. Entonces comprendió la magnitud del desastre: el incendio formaba una línea continua, saltaba por las callejuelas, sobre los montones de escombros, se demoraba en una casa que aún permanecía intacta y, algo más allá, se propagaba a otros objetivos. El humo enrarecía de tal modo el ambiente que el Orontes había desaparecido del paisaje y sus orillas, devastadas por las aguas torrenciales, se ocultaban tras una negra cortina de varios centenares de metros de altura. Macedonia corrió como enloquecida hacia la casa de Teodosio, presa asimismo de la angustia de su insoportable soledad en compañía de tantos cadáveres.

Encontró el camino con grandes dificultades. Las ruinas de la mansión habían sido invadidas por decenas de fugitivos de aspecto espectral, vestidos apresuradamente, cubiertos de un polvo gris y con aspecto derrotado. Antes de que pudiese localizar a Teodosio la sorprendió una voz tonante que resonaba llenando el espacio y la joven distinguió a un hombre que se había encaramado sobre una columna truncada.

—¡Ciudadanos de Antioquía! ¡El dedo divino ha caído sobre nosotros y nos ha sumergido en las tinieblas de nuestros corazones impuros! ¡Escuchad la voz de Cristo y arrepentíos! ¡Ha llegado el Apocalipsis!

Algunas mujeres estallaron en sollozos, sus compañeros se arrodillaron y en breve un murmullo de oraciones se levantó de aquel grupo de infelices. Un prolongado gemido distrajo un instante la atención de los presentes que Macedonia aprovechó para deslizarse junto a Teodosio que se recostaba en un bloque de mármol.

—¡Vamos, anímate! —dijo zarandeándole—. ¿No has visto a ningún conocido?

Teodosio movió la cabeza desanimado y murmuró:

—Estas gentes han surgido como fantasmas de las ruinas de sus hogares. El monje tiene razón: los cadáveres de otros tiempos no tardarán en salir de sus tumbas y nos rodearán, y los ángeles...

Macedonia le obligó a callarse.

—¡Deja de lamentarte! Ese monje no es un profeta. Y, a propósito, ¿de dónde ha salido?

Teodosio señaló hacia un punto del horizonte.

—Ahí abajo había un convento. El religioso se ha presentado profiriendo gritos y la gente le ha escuchado. De todos modos, no podemos hacer nada: es imposible retirar esos bloques de piedra y en estos momentos los heridos ya deben de haber muerto.

El monje proseguía su arenga con terrible aspecto:

—¡Gentes de poca fe! ¡He aquí a lo que os ha condenado vuestra disoluta existencia! ¡Expiad, confesad vuestras faltas y aguardad la paz de Dios, que os será concedida tras la destrucción de la carne! Justino ha ofendido a Dios, ha perseguido la auténtica religión, de los monofisitas, y Cristo jamás tolera que un cristiano cause daño a otro. ¡Antioquía sucumbe hoy; la Nueva Roma no tardará en caer!

Un acre olor a fuego se remontaba hasta la colina, el servidor de Dios alzó la cabeza sorprendido.

—Se ha declarado un incendio en la parte baja de la ciudad —advirtió Macedonia a los allí reunidos—, en estos instantes ya debe de encontrarse al pie de este distrito. ¡Huid antes de quedar rodeados o me temo que no escaparéis al infierno en esta tierra!

El monje rechazó sus palabras, temeroso de perder el ascendiente que había alcanzado sobre aquel auditorio.

—¡Qué importan las llamas! ¡Unid vuestras plegarias y el martirio será más soportable! ¡Redimid vuestras culpas: los salmos no necesitan de los muros de una iglesia para elevarse hasta el Creador! ¡Alabad a Dios!

—No permitas que perezcan aquí —le imploró Macedonia asiéndole por los jirones de su manto—. Su muerte no serviría de nada: no son éstos los súbditos más corrompidos del imperio. El vicio se extiende por doquier, pero en ningún lugar tanto como en la corte imperial y Justino no ha sufrido la ira divina. ¡Sálvalos, llévate a estos desdichados fuera de la ciudad ahora que estás a tiempo!

El hombre vaciló unos instantes ante la mirada expectante de Macedonia. En su rostro la exaltación cedió lugar a la desesperación. Por fin se impuso en él el espectáculo patético de la ciudad y comprendió que su fe no bastaría para contener los sufrimientos.

—Tienes razón, debemos escapar de este infierno y luego podremos dar testimonio de la cólera divina a nuestros semejantes. No lejos de aquí puede franquearse el recinto amurallado: confío que no tardemos en alcanzar ese punto.

Y, dirigiéndose a los supervivientes, exclamó:

—¡Auxiliad a los heridos! ¡Trataremos de refugiarnos en una capilla próxima!

Macedonia pasó el brazo bajo la axila de Teodosio y advirtió que la sangre coagulada había cerrado su herida. El anciano se levantó ayudado por uno de los presentes. La mísera comitiva abandonó aquel lugar ya oscurecido por una nube de cenizas y trató de orientarse entre el espantoso caos sin que nadie se volviera para atender los quejidos que brotaban nuevamente de entre las ruinas: la noche del incendio se enseñoreó de aquellos lugares.

Los fugitivos se detuvieron al pie de la muralla, algunos torreones se habían desmoronado y el muro presentaba diversas fisuras, pero el conjunto se alzaba casi intacto en los límites de la ciudad. Una puerta monumental daba acceso al campo y sus nichos vacíos, sin la presencia de estatuas, se escalonaban a uno y otro lado de las columnas, constituyendo un imponente acceso a la ilustre ciudad. El grupo pasó bajo el recinto levantando la cabeza y se detuvo en la linde de los olivares. Allí, aparte de aquel silencio absoluto impuesto a la naturaleza por la cólera de la tierra, nada había cambiado.

—¡Vamos! ¡La capilla no está lejos de aquí: ya se distinguen los cipreses que la rodean! —exclamó el monje interrumpiendo el recogimiento de sus seguidores.

Una nube de polvo ardiente los dispersó: el incendio había alcanzado los extrarradios. Macedonia tosió, incapaz de respirar entre aquel horno. Dejó a Teodosio apoyado contra el tronco de un árbol y siguió ascendiendo por la pendiente cultivada. En breve la nube prosiguió su camino y el cielo sereno reapareció por encima de los sembrados. Los fugitivos alcanzaron el santo lugar. De la capilla únicamente quedaban bloques desunidos, vigas quebradas bajo un montón de tejas. El religioso se apartó de los fieles para registrar los escombros mientras Macedonia observaba la ciudad. Antioquía era una inmensa extensión de brasas encendidas, el incendio se cebaba en los últimos hogares que habían permanecido intactos tras el seísmo. Rememoró las palabras del sacerdote y pensó en los meses vividos en la corte de Constantinopla.

* * *

El patio de la casa de Teodosio parecía el campamento salvaje de una tropa de bárbaros instalados ante una caverna. Los esclavos, que habían regresado buscando la protección de su amo, habían levantado una tienda de lona tensada entre las destrozadas columnas del pórtico; la fuente había enmudecido: tan sólo un tenue hilo de agua brotaba de la pila desportillada. Aquel habitáculo, por precario que fuese, protegía al senador y a sus allegados de los rigores de la estación invernal. Los servidores se hacinaban bajo las ciegas bóvedas que ya no soportaban los pisos de la mansión, destruida hasta sus cimientos. La fachada disimulaba a la vista de los escasos transeúntes la visión de las ruinas y, por lo menos, evitaba la intrusión de los roedores que, a la sazón, pululaban por Antioquía.

Un amigo de Teodosio que había acudido desde la parte baja de la ciudad a visitar al patricio, se apresuró a abandonar aquel refugio.

—Aún no ha anochecido —dijo el senador intentando retenerle—. ¿Qué recelas? ¿Es posible temer peor suerte que la nuestra?

El hombre sonrió y se inclinó de nuevo sobre el viejo que se hallaba tendido en una litera. Teodosio se recuperaba pésimamente de su herida infectada y apenas tenía fuerzas.

—No existe seguridad en las calles y por toda escolta sólo cuento con uno de mis guardias. Llevo encima toda mi fortuna —le mostró una pesada bolsa de cuero que colgaba de su cinturón, bajo el manto—, es el único lugar donde me consta que está segura.

Teodosio movió la cabeza afirmativamente.

—Algunos esclavos han regresado para servirnos, más impulsados por el hambre que por sentimientos de deber, pero tampoco me fío de todos ellos.

—¿Qué ha sido de Macedonia? Me pareció verla cerca de las ruinas del teatro.

El anciano se encogió de hombros.

—Me conformo con que esté cerca de mí: no puedo exigirle más. Ella dirige mi hogar; por lo demás, vivo entre mis recuerdos.

El invitado se despidió de nuevo. Teodosio volvió a la realidad.

—Cuídate y protege bien tu oro —le dijo—, las cohortes del emperador no tardarán en reconstruir las ruinas de nuestra hermosa ciudad.

El visitante advirtió la presencia de Macedonia bajo el porche, ya libre de desechos.

—El cansancio te hace dudar de todo —dijo a Teodosio—. Tu amiga no se olvida de ti. ¡Mírala, ahí está!

El herido se irguió y su compañero advirtió cuán rápidamente se serenaba su rostro. Macedonia desató el pesado manto de lana con que se cubría los hombros, saludó al desconocido que por fin se escabulló sintiéndose liberado, y se acercó a Teodosio.

—¿Qué quería? ¡No habrá subido de los barrios bajos impulsado tan sólo por el deseo de verte!

El senador hizo un gesto dubitativo.

—Azules y verdes se enfrentan continuamente para hacerse con el dominio de la ciudad. Justino acaba de enviar centenares de soldados y obreros así como subsidios al gobierno. Antioquía resucitará de entre sus ruinas, pero ¿cuándo sucederá eso? Me temo que para entonces ya estaré muerto, Macedonia...

La joven se encogió de hombros, aflojó el cuello de la gruesa túnica del herido y le destapó la base del cuello. Sus carnes abotagadas aparecían estriadas de venillas azules; la herida, descuidada durante varios días, se había cerrado mal sin que nadie hubiese sabido remediar el daño. En aquellos momentos la gente estaba obsesionada por alimentarse y tratar de salvar la vida evitando ser víctima de la navaja de cualquier saqueador mientras dormía. Muchos habían huido de la ciudad y Macedonia no había podido encontrar a ningún experto capaz de atender a Teodosio.

La cortesana suspiró, las lluvias invernales habíanse reanudado y entre las losas se formaban charcos de agua. Teodosio acababa de adormilarse. Macedonia palpó el collar que solía llevar bajo la camisa, pero recordó que había desprendido de él varias perlas, algunas de las cuales había entregado en depósito a un capitán que conociera en el puerto, el cual se había comprometido a conducirla a Constantinopla en primavera, cuando regresase parte de la flota imperial, tras los crudos temporales que azotaban las costas del Egeo sometido al viento del norte durante la estación invernal. Macedonia, que se recriminaba por haber depositado tan rápidamente su confianza en aquel oficial, se mordió los labios pensando en el futuro.

«¿Qué otra cosa podía hacer para huir de este infierno? —se preguntó—. Teodosio cada día está más débil y ya no puede protegerme de los peligros de la calle.»

Se esforzó por desechar tan sombríos pensamientos. A decir verdad, su marcha a la capital del imperio quedaba relegada a segundo término ante la obsesión que sentía por deshacerse de Callinicus, a quien no había vuelto a ver tras la destrucción de la ciudad. Desde hacía varias semanas Macedonia se pasaba jornadas enteras buscándole inútilmente.

Teodosio ignoraba en qué empleaba su tiempo y la interrogaba, ora burlón ora colérico, acerca de sus ausencias. La cortesana prefería despertar sospechas en su protector a revelarle sus propósitos. Sabía que el viejo senador se hallaba a su merced y no esperaba nada de él, sino la certeza de hallarse a salvo en medio de las ruinas de su residencia durante aquel invierno, a cubierto de las bandas de salteadores que pirateaban por las calles y que sin duda la hubiesen sumado a la lista de las víctimas que asesinaban por arrebatarles una moneda de oro.

Macedonia llamó al esclavo dedicado en otros tiempos al abastecimiento de las provisiones domésticas y que como tantos otros había regresado incapaz de proveer a sus propias necesidades. La protegida de Teodosio había descubierto a aquellas personas, que antes del seísmo se veían reducidas a no ser más que las sombras mudas de sus amos, y mientras registraban juntos los escombros de los muros desplomados, tratando de encontrar alimentos y ropas en condiciones, sus lenguas se habían desatado describiendo algunos episodios de sus vidas que explicaban destinos comunes: juventudes rotas por la servidumbre, último refugio de los desdichados, a cambio de un puñado de monedas entregadas a un padre liberto. Aquellas gentes habían preferido convertirse en esclavos de un aristócrata rico a seguir sufriendo hambre, agolpándose a las puertas de la ciudad como espectros en espera de una muerte que dejaría indiferentes a sus habitantes.

El hombre se sentó a su lado.

—Teodosio necesita ser atendido. ¿Deseas que vaya en busca de un curandero?

Macedonia declinó su oferta con un movimiento de cabeza.

—¿Te gustaría volver a ver los bosques de Dardania?

A la joven no pareció sorprenderle el sobresalto de su interlocutor. Éste había confiado a la amante de Teodosio que procedía de una provincia danubiana, no lejos de sus propias tierras montañesas, y desde entonces, sin otros motivos, le había considerado persona de confianza.

—No es razonable que me hagas imaginar semejante futuro. ¡Mira a tu alrededor!

La joven sonrió segura de sí misma.

—Júrame guardar un secreto y acaso te facilite el modo de regresar a tu pueblo.

El hombre asintió inseguro. Macedonia prosiguió en voz baja:

—Dentro de unas semanas un navío nos conducirá a Constantinopla. Yo pagaré el precio de mi pasaje y también del tuyo a condición de que me hagas un servicio. Los dardanios tenéis fama de valientes y en las fronteras del Danubio se producen múltiples enfrentamientos, ¿no es cierto?

—Sé manejar la espada. Espero serte útil.

—Más de lo que imaginas.

—¿Temes a los saqueadores?

—No; quiero la vida de un hombre. Deberás matarle en el momento oportuno siguiendo mis órdenes.

El esclavo la miró desconcertado.

—No se tratará de Teodosio, ¿verdad?

Macedonia se ofuscó ante la inquietud de su servidor. Sin embargo tenía demasiada necesidad de él por lo que fingió indiferencia.

—A Teodosio le queda poco tiempo de vida. No se trata del senador, sino de uno de sus amigos. Un verde que vivió en Constantinopla.

—¿Dónde podré encontrarlo?

—Lo ignoro; intentaremos descubrir si aún sigue con vida.

—Parece inspirarte un odio muy especial.

—No puedo partir sin tener la certeza de que me cobro una antigua deuda.

—¿Cómo puedo estar seguro de que no me entregarás a los soldados del gobernador?

Macedonia se echó a reír.

—Cada día se cometen mil crímenes por un pedazo de pan. Tendrán de transcurrir meses hasta que se instaure el orden en esta ciudad corrompida. ¡Es el momento oportuno!

El hombre sonrió.

—Te seguiré; acabas de inspirarme unas esperanzas insensatas. No me decepciones. Los esclavos nada tenemos que perder cuando nuestras ilusiones son destruidas. Al amanecer iniciaré mis pesquisas.

—Tenemos tiempo, el barco aún no está en condiciones de zarpar. ¡Te encargarás de dar su merecido a Callinicus cuando estemos a punto de partir!

—¿Está Teodosio al corriente de este asunto?

—Olvídate del patricio; no es más que una sombra.

El servidor miró furtivamente a su amo que estaba tendido sobre unas pieles e hizo una señal de asentimiento.

Macedonia sintió que una mano se apoyaba sobre su brazo y un soplo cálido le rozaba el rostro y reconoció al dardanio que murmuraba en su oído:

—Callinicus está vivo: se halla al servicio de un jefe de los verdes. Se ha refugiado en un convento no lejos de aquí, acogiéndose a la protección del patriarca.

La joven se dejó caer en su lecho esforzándose por contener un grito de alegría. La marcha estaba próxima y desde hacía días el esclavo buscaba infructuosamente al proxeneta.

—No me equivocaba al confiar en ti. Ve a reunirte con

tus compañeros: todos duermen. Cuando amanezca, hablaremos; está presto a seguir mis instrucciones.

El hombre se marchó y Macedonia pasó las últimas horas de la noche profundamente agitada, recordando el martirio que le había infligido el proxeneta y exaltada ante la idea de poder disponer de su vida y aniquilarlo.

Teodosio despertó dificultosamente de sus sueños: se había pasado la noche gimiendo ininterrumpidamente. La herida infectada le había gangrenado el brazo y las aplicaciones de cocimientos de plantas no aliviaban en modo alguno aquel mal que se extendía implacablemente. Macedonia le observó: le parecía inútil advertirle de la petición que iba a dirigir a Callinicus en su nombre: el enfermo hubiese sido capaz de hacer fracasar el complot haciendo causa común con su enemigo, con la vana esperanza de ser socorrido. La bailarina se deslizó fuera de la cabaña de planchas mal ajustadas que había sustituido al refugio de lona en el patio de la quinta en ruinas y acudió en busca de su cómplice a quien encontró atizando una hoguera bajo una de las bóvedas.

—Hoy es el primer día que me siento dichosa desde la destrucción de la ciudad. A partir de ahora la suerte nos sonreirá. Toma este sello que pertenece a Teodosio, que utiliza para autentificar sus papiros y que seguramente Callinicus reconocerá, y dile que venga, que Teodosio quiere hacerle algunas confidencias acerca de las rivalidades existentes entre los dignatarios de los verdes.

—¿Y si no bastara con ese cebo?

—Mejor será que logres convencerle. En caso contrario, deberías matarle y tratar de ocultarte en lugar de buscar refugio aquí.

—Imagínate que Callinicus intuye la trampa y me convence para que le ayude.

—¿Por qué me haces esa pregunta?

—Quería saber hasta dónde llega tu seguridad.

—Callinicus es un proxeneta: no confíes jamás en un hombre que practica el comercio de sus semejantes, sobre todo tú, que eres un esclavo.

El servidor sonrió y echó una rama en el fuego. Ocultó una daga en su cintura y desapareció en la penumbra.

La mañana discurrió entre las ocupaciones habituales: los criados se procuraron las escasas provisiones que ofrecían los campesinos de los alrededores. Los esclavos más fuertes seguían retirando los montones de escombros diseminados por doquier. En breve alcanzarían el subsuelo, donde se acumulaban las ánforas de vino y los cereales, y los servidores se apresuraban a retirar los últimos adoquines que obstruían la entrada del sótano. Macedonia iba de un lado a otro, indiferente a la agitación general, sin apenas mirar a Teodosio, que en aquella ocasión había salido del sombrío barracón.

La danzarina olvidó al viejo al descubrir a su emisario en el extremo opuesto del patio. El hombre acudió apresuradamente a su encuentro.

—¡Callinicus ha aceptado! —le dijo.

Y ante la alegre expresión de Macedonia se apresuró a añadir:

—El proxeneta ha sonreído muy significativamente cuando le he mencionado la casa de Teodosio y me ha confesado que agradecía la ocasión de venir aquí.

Pero Macedonia ya no escuchaba al esclavo. Estaba inspeccionando los alrededores, tratando de encontrar el lugar ideal donde consumar su venganza.

—No creo que demore la visita —le recordó el dardanio—. Aunque ignoro si se presentará con escolta.

—¿Por temor a Teodosio? ¡No temas! En cuanto a mí, sólo imagina que le desprecio o, como máximo, que desconfío de él.

—¿Qué tengo que hacer?

—Cuando llegue, debes ocultarte. Yo me cuidaré de conducirle hasta Teodosio. Seguidamente le haré salir con cualquier pretexto y le guiaré hasta donde tú te encuentres para que acabes con él. Espía mis gestos y sabrás cuándo debes descargar tu golpe mortal sobre él. Actúa rápidamente para que no le oigan.

—¿Y después?

—He vuelto a entrevistarme con el capitán del navío. Le he entregado otras perlas de mi collar y ansía poseer el resto. El barco zarpará dentro de tres días y, durante ese tiempo, nos ocultará. Callinicus debe tener amigos. Ahora ocúltate tras una de esas bóvedas semiderruidas mientras que los restantes esclavos se abren camino hacia el sótano.

El hombre no pudo contener la risa ante el espectáculo de sus compañeros afanosamente entregados a arrancar los bloques de piedra. Macedonia se sentó en el umbral de su refugio provisional tratando de controlar el ritmo de su respiración y apaciguar los latidos de su corazón. Teodosio, que había vuelto a tenderse en su lecho, advirtió su presencia, pero Macedonia ni siquiera volvió la cabeza hacia él.

La joven tampoco trató de fingir sorpresa cuando la silueta de Callinicus se recortó en el porche, en el instante en que el proxeneta se disponía a introducirse en el recinto donde tendría lugar su suplicio. Macedonia escudriñó con ansiedad las sombras y descubrió aliviada que el hombre se había presentado solo. Callinicus avanzó por el patio, examinó los últimos montones de escombros y se detuvo ante Macedonia dominando a la joven con su estatura al tiempo que una sonrisa iluminaba su severo rostro. La muchacha observó que se había afeitado la negra y espesa barba que lucía en otros tiempos.

—Si hubiese sabido que seguías viviendo bajo el techo de Teodosio te habría traído algún obsequio: un pedazo de carne o algo de pan. En estos días las concubinas se venden por un plato de comida, es lamentable.

Macedonia esquivó la mirada divertida de su antiguo verdugo y le invitó a entrar en la estancia donde se encontraba Teodosio a quien sabía dormido. El proxeneta intentó descubrir el cuerpo de su amigo entre la penumbra.

—¿Se halla en peligro de muerte? —exclamó preocupado ante su inmovilidad—. Ignoraba que estuviese tan mal. ¿Qué quiere de mí? Es mejor que no se interfiera en los asuntos de la ciudad: que viva en paz sus últimos días.

Macedonia simuló ignorancia.

—Ignoro cuáles son sus propósitos. Dejémosle.

Callinicus examinó su entorno, las planchas mal ensambladas, el suelo cubierto de paja y pieles, y movió conmiserativo la cabeza siguiendo a la cortesana. Macedonia, que le precedía, buscaba el modo de atraerlo hacia un rincón del patio donde algunos tablones liberados de las ruinas y dispuestos en hilera disimulaban un pequeño espacio a la vista de los esclavos que seguían enfrascados tratando de abrirse camino hacia las reservas del sótano.

—¡Por todos los santos! —exclamó de pronto una débil voz—. ¡Los ediles de los verdes no me han olvidado!

Macedonia se volvió sorprendida. Teodosio se encontraba de pie junto al tabique de madera y miraba estupefacto al visitante. Callinicus dudó un instante antes de saludarle mientras observaba con atención el patio de la casa.

—¿Por qué no me has anunciado tu visita? —inquirió Teodosio.

—¡Vamos! —gritó Macedonia—. ¡Acaba con él en seguida! ¡Te lo suplico!

Tras el refugio de Teodosio surgió una sombra. Callinicus no tuvo siquiera tiempo de levantar el brazo para protegerse de la hoja que cayó sobre él proyectándole en el fango. Algunas mujeres chillaron. El cómplice de Macedonia se levantó y se secó las ensangrentadas manos en la túnica: Callinicus yacía a sus pies, encogido sobre la daga que acababa de empalarle en su caída. Macedonia se aproximó a él, asió la cabeza del moribundo por los cabellos y la soltó de golpe cuando éste profirió un ronco estertor.

—¡Huyamos! —suplicó el asesino—. Tal vez sus amigos no se encuentren lejos de aquí.

Los esclavos habían abandonado sus tareas y Teodosio avanzaba vacilante hacia la víctima.

—¡Macedonia!, ¿qué has hecho? ¡Los verdes nos castigarán! ¡Hubiera tenido que advertirte! ¡Tendremos que huir! ¿Adónde me llevarás?

La amante del senador retrocedió y miró al pobre viejo minado por la gangrena sin experimentar ninguna compasión hacia él. Recordó cuánto se había pavoneado en el teatro ante sus amigos y sintió deseos de reírse de él. Sabía que Teodosio moriría indefectiblemente y pensó que tal vez su fin sería menos doloroso bajo las armas de un verde que con la putrefacción de sus carnes. El senador, a su manera, había exigido demasiado de ella, del modo más brutal, y en aquellos momentos expiaba su suficiencia. Por un instante la protegida de Teodosio estuvo a punto de pedir a su cómplice que abreviase sus sufrimientos, pero consideró que aquella decisión no dependía de ella. Cerró sus oídos a los gritos del enfermo, procedentes de un pasado que deseaba olvidar ante una vida que recomenzaba.

Macedonia concluía su periplo forzoso en Oriente sin que ningún escrúpulo le impidiese franquear la puerta de aquella vivienda acompañada del esclavo que, despidiéndose con un ademán de sus compañeros de servidumbre, siguió a la iliria, la cual ya se había internado por una callejuela que conducía a la parte baja de la ciudad.

Irene sintió deseos de maldecir a su sirvienta que se había perdido de vista al transmitirle su mensaje. La patricia permaneció inmóvil, fijando sus ojos en el vacío. Con el espíritu aún abrumado por el sol ni siquiera trataba de indagar qué razones podían haber impulsado a una desconocida a acudir de aquel modo a su puerta. La joven se levantó con dificultades y pensó en la velada que había pasado rezando con sus amigas, guiadas por un monje empeñado en salvar sus almas en aquella época pascual. Irene se recriminó por detestar a otros cristianos. Trató de olvidar su mal humor, se echó un velo sobre la túnica y partió en seguimiento de la esclava.

La aristócrata se detuvo en la puerta de su habitación encontrándose ante una figura femenina que se había detenido en el pasillo, cuyos rubios cabellos le caían por los hombros cubiertos por un pesado manto que llegaba hasta el suelo. Irene se aproximó a ella y un rayo de luz iluminó los rasgos de su visitante permitiéndole identificarla al punto. La patricia le tendió los brazos y ambas se fundieron en estrecho abrazo.

—Me he pasado toda la noche errando por las calles sin poder encontrar tu casa —susurró la recién llegada—. Todos los rincones de Constantinopla me son familiares y, sin embargo, aquí me siento extranjera. No sabía dónde ir y pensé que tú no me negarías tu ayuda.

—Has hecho bien. Me preguntaba quién osaba molestarme a estas horas, pero el destino no podía ofrecerme mayor alegría. Aunque hace años que no nos vemos, tengo la impresión de que nos separamos ayer. ¿En qué país te habías refugiado? ¿Tanto echabas de menos a Constantinopla?

Macedonia esbozó una tenue sonrisa.

—Evidentemente jamás hubiera hollado las riberas de la Propóntide si la pasada primavera no se hubiesen desencadenado los elementos contra la ciudad de Antioquía.

—¿Ahí fue donde te refugiaste huyendo de Justiniano?

—Olvidemos esa antigua historia en la que hace lustros que ya no pienso. Heme aquí al fin tan pobre como en nuestro primer encuentro. ¿Lo recuerdas?

—Sí, contemplabas embobada la multitud de la Mesé. Espero que desde entonces habrás aprendido a conocerla.

—¿Sabes? Anoche me sentí de nuevo dichosa al descubrir las colinas de la ciudad sobre el horizonte marino.

Irene la observaba en silencio. Macedonia prosiguió:

—La atmósfera estaba teñida de un resplandor rosado. Constantinopla brillaba bajo esa luz y sus casas descendían hasta el mar como los peldaños de una escalera. Había olvidado cuán imponente es la Nueva Roma.

—Dime, ¿vienes directamente de Antioquía? —se interesó Irene en tono vacilante.

Macedonia asintió. La patricia la cogió del brazo y la condujo hasta una amplia estancia destinada a los invitados.

—Imagino que a una provincia tan lejana no deben de llegar rumores sobre los asuntos de la corte.

—La ciudad está en ruinas —murmuró tristemente la iliria—, las carroñas han extendido la peste durante semanas por aquellos lugares. Como comprenderás, los supervivientes no estaban muy interesados por las edificantes existencias de los cortesanos. Por fortuna, un incendio asoló gran número de islotes distanciados por los temblores de tierra, consumiendo los cuerpos putrefactos, lo que evitó que se propagasen epidemias. El imperio parecía encontrarse terriblemente lejos.

—Esa pesadilla ha concluido —le dijo Irene abrazándola—. Aquí podrás vivir el tiempo que sea necesario. En esta época de Pascua Cristo reúne a su rebaño. ¡Quédate con nosotros!

Macedonia se sintió aliviada.

—Sabía que encontraría refugio; jamás desesperé. Si no te hubiese hallado, habría intentado localizar a una amiga de Antioquía que regresó a esta ciudad. Durante estos últimos años mi vida no ha sido muy dura... A mi modo, también allí era una patricia.

—¿Quién te protegía? —preguntó Irene frunciendo el entrecejo.

—Teodosio.

—Entonces no aprendiste nada frecuentando las orgías de la corte de Constantinopla. ¿Por qué le seguiste?

—Yo no tengo un padre que me proteja ni disfruto de fortuna. Me vi precisada a huir; Teodosio me ofreció su ayuda y fue una bendición para mí en aquellos tiempos difíciles.

—Apuesto a que tuviste que pagar cara la travesía.

—Todo cuanto puedas imaginar. Pero no quiero recordar el pasado. Teodosio ya debe de haber muerto en estos momentos: no pudo resistir a sus heridas y aún menos a la idea de ver su influencia reducida a la nada. En el fondo, acaso fuese mejor que la mayoría de sus semejantes.

Irene escrutó el rostro de su amiga.

—¿No trató Justiniano de encontrarte?

—Sin duda. Pero ¿de qué sirve hablar de aquel tiempo pasado?

—El sobrino de Justino comparecerá dentro de dos días ante el pueblo, en Santa Sofía, acompañado de su esposa para ser asociado al trono.

Macedonia se sorprendió al comprobar que no experimentaba emoción alguna ante aquella noticia. Recordó el jardín de la mansión de Hormisdas y rememoró los tiempos pasados junto a aquel hombre tan imbuido de sí mismo que había logrado extinguir en ella poco a poco el amor que sentía hasta llegar a abandonarle con absoluta indiferencia. A la bailarina la preocupaba conocer el nombre de la nueva elegida preguntándose si le sería familiar. Recordó la desconfianza de la emperatriz Eufemia e interrogó a Irene en ese sentido.

—La mujer de Justino hace dos años que murió, ¿verdad?

—Tres. ¿Conociste bien a la esposa del emperador?

Macedonia hizo una señal de asentimiento.

—En mi familia la considerábamos como el símbolo de la decadencia de la Nueva Roma —bromeó—. En realidad, bajo sus cansados rasgos se escondía una gran dosis de sentido común. El futuro no se anuncia mejor.

—Eufemia veló por Justiniano, y creo que nunca le fue hostil.

—¿Sabes de qué mal pereció la valiente Lupicina que había resistido tan rudos inviernos en los campos militares? De pesar... al ver a su sobrino, el hijo que ella no pudo tener, condenarse por fin para unirse a la peor de las cortesanas.

—¿Hasta ese punto? Sin embargo Justiniano respetaba a Eufemia.

—Pero ha cambiado mucho. Justino no tardará en reunirse con la emperatriz en su tumba. Dicen que está muy enfermo, una antigua herida de guerra le paraliza un pie y su mal empeora por momentos. Precisamente para no correr el menor riesgo de una lucha dinástica es por lo que Justiniano y su esposa aparecerán en Santa Sofía para ser asociados al trono con Justino. El Senado y los principales oficiales aclamaron ayer al príncipe heredero en el palacio sagrado. Mi padre, que figuraba entre los senadores, me lo ha contado todo: ¡Justiniano es emperador y Teodora le seguirá en el trono!

Macedonia palideció: el nombre de la actriz resonó en su cerebro.

—¿Qué he dicho que pueda conmoverte? —la interrogó Irene acercándose a ella—. Justiniano ya no significa nada para ti. ¿Acaso aún temes su rencor?

La cortesana balbució:

—¡Teodora... emperatriz! ¿Se trata de una antigua artista de mimo? ¿Llegó procedente de Antioquía?

Irene no comprendía la emoción que demostraba su amiga.

—Se ha hecho especialmente famosa por sus costumbres algo extravagantes —repuso pensativa—. Por los espectáculos lamentables y vulgares que daba en los teatros y por frecuentar festines a los que asistían los jóvenes senadores para distraerse. Allí fue donde Justiniano la conoció. Pero esa historia viene de antiguo. Eufemia se opuso a su unión hasta su muerte y, como podrás adivinar, Justiniano no le hizo caso. Vigilancia, madre del patricio, también intentó oponerse a ella, pero fue en vano. Incluso, según dicen, el propio Justino aprecia el humor malicioso de la nueva señora de Constantinopla. ¿Qué te sucede? Pareces haber visto al diablo en persona.

—¡Teodora...! ¡Ella y Justiniano! ¿Cómo creerlo? —murmuró Macedonia con aire ausente.

—¿La conoces? Si viene de Antioquía...

La bailarina prosiguió llena de ansiedad:

—Es una mujer pequeñita, morena, muy vivaz... Ya había triunfado en los escenarios de Constantinopla antes de ser seducida y luego abandonada por un gobernador sirio a quien acompañó a su mansión de la Cirenaica. Tras una breve estancia en Antioquía, la cortesana pudo regresar aquí y crearse de nuevo un nombre.

—Sí, sin duda alguna la conoces y sin embargo muy pocos están al corriente de estos hechos. ¿También crees que debes temerla?

Macedonia se echó a reír.

—Sería el colmo: la envié a Justiniano recomendándole que no se pusiera en contacto con él hasta asegurarse de que me concedía su clemencia. ¿Cómo no se me ocurrió semejante posibilidad? Teodora me había acostumbrado a tantos éxitos fáciles que hubiese tenido que prever esto.

—Te ayudaré.

—Nada tengo que temer de Teodora, pero me he quedado tan sorprendida...

Macedonia movió de nuevo la cabeza sintiéndose confusa, incapaz de creer semejante jugada del destino. Por momentos crecía en ella la desagradable impresión de haber sido engañada. Aunque Justiniano ya no le importaba, el insolente éxito de Teodora le hacía lamentarse de los sentimientos nostálgicos y de la inquietud que la habían obsesionado tras la marcha de la actriz. Irene no se atrevía a interrumpir los pensamientos de su amiga. Macedonia tenía fijos los ojos en un punto indefinido, mirando sin ver, y le parecía oír aún las ruidosas y alegres carcajadas de Teodora. La bailarina imaginó a los esposos reunidos y la invadió la amargura. Había confiado ampliamente los recuerdos de su desengaño a Teodora en las conversaciones sostenidas en Antioquía ¿y qué había hecho su protegida sino utilizar sus confidencias para aprender el mejor modo de conquistar a Justiniano y fijar sus ambiciosas miras en lo más alto?

Macedonia decidió mostrar una expresión más serena y trató de esbozar una sonrisa en atención a Irene que adivinaba confusamente las emociones experimentadas por su amiga.

—Si conoces a Teodora y, como presiento, no ha mudado sus sentimientos hacia ti, ve a su encuentro; ella no te rechazará, a menos que Justiniano la obligue a condenarte al exilio.

La antigua amante de Justiniano estuvo a punto de manifestar su rencor, el sentimiento de haber sido traicionada que experimentaba respecto a Teodora. El temor a demostrar excesiva debilidad hacia su compañera de infortunio, a quien evidentemente detestaba Irene, la disuadió de ello.

—Tal vez debería decidirme en ese sentido.

Macedonia no pudo añadir más: las palabras no habían traicionado sus temores a enfrentarse a los dos amantes que adivinaba bien compenetrados, unidos por una ambición desmedida. Su fingida alegría sería tan penosa para ella como una franca hostilidad y, sin embargo, aquella angustia no lograba intimidarla ante semejante prueba. Macedonia era incapaz de odiar en un instante a Teodora; para ello hubiese tenido que destruir los sueños que le habían inspirado los ánimos necesarios para huir de Antioquía, en la seguridad de encontrar en la capital a una amiga dispuesta a ayudarla.

* * *

El coro masculino entonó el himno con gravedad subrayado por los recitados de los ayudantes de la misa. El salmo resonó bajo el armazón de madera de la basílica construida por el emperador Teodosio y dedicado a santa Sofía. Aquel día solemne de Pascua la multitud se apretujaba en la estrecha nave y una bandada de sacerdotes y obispos con los hombros cubiertos por blancas estolas en las que aparecía la cruz, se atareaban ante el altar. Los asistentes, puestos en pie, respondieron a la plegaria del oficiante; las mujeres, con las cabezas inclinadas, sólo mostraban sus hermosas cabelleras aderezadas de perlas y diademas y observaban cual discretas sombras disimuladas bajo sus capas de fino paño, como una cohorte de elegantes figuras. Frente a ellas, los hombres ocupaban el ala opuesta del edificio y la nave lateral. Las insignias militares de los jefes de la guardia se confundían con los aparatosos ropajes de los senadores. Las altivas miradas y el estudiado porte de los aristócratas indicaban la presencia en Santa Sofía de todos los dignatarios de Constantinopla. Ningún miembro de la plebe hubiera podido infiltrarse en la iglesia atestada de público y rodeada de soldados; el pueblo había sido mantenido en el exterior, sólo llegaban hasta él los cantos de contrición y esperanza por las puertas abiertas, sobre el atrio enmarcado por columnas.

Las casullas verdes de los arzobispos rodeaban al patriarca al otro lado del presbiterio, la balaustrada de piedra cuidadosamente labrada destinada a separar a los vulgares mortales del altar reservado al oficio. El silencio se impuso entre los fieles que aguardaban el momento solemne anunciado en la corte desde hacía algunos días en que Justiniano y Teodora harían su primera aparición en majestad durante la jornada pascual, coincidiendo con la celebración de la santa misa en Santa Sofía. Macedonia sintió las presiones de sus vecinas que trataban de no perder de vista los movimientos de los sacerdotes ante la masa de cortesanos.

De pronto el coro llenó la nave de un cántico de gloria. El basileo y dos sombras pasaron tras las columnas que sostenían los muros cubiertos de mosaicos, deslumbrantes bajo la luz. Las voces se ahuecaron y un chambelán comenzó a enumerar los títulos del nuevo basileo. La iliria no pudo evitar una sonrisa al pensar en Justiniano, pero el corazón le latía apresuradamente temiendo la aparición de la pareja imperial al pie del altar, bajo los rayos irisados del sol.

La joven se esforzó por no volver la vista hasta que los soberanos impusieron solemnemente su presencia rodeados por el clero. Entonces intentó olvidar el estrépito, los prolongados vítores y las aclamaciones que designaban a Justiniano como el brazo todopoderoso de Dios en el mundo.

—¡Larga vida a Justiniano, don divino al pueblo de Bizancio!

Algunas patricias agitaban sus chales; otras se arrodillaban absortas en sus oraciones con riesgo de ser atropelladas por las presiones de la multitud. Algunas lloraban. Macedonia oyó gemir a una dama:

—¡Señor, ruega por mí! ¡Trae la curación a mi hogar! ¡Dios te dispensa su amor y no te negará nada!

Los hombres demostraban igual entusiasmo; algunos alzaban sus espadas al aire montando guardia y las improvisadas cruces brillaban en el aire enrarecido por el incienso.

Macedonia no podía apartar los ojos de los soberanos: veía a Teodora como siempre, su expresivo rostro apenas reflejaba la tensión que debía de experimentar en aquellos momentos. Sus finos rasgos contrastaban con el aparatoso traje de ceremonia que exhibía ridículamente en tal ocasión y parecía lucir una máscara de cera cuidadosamente trabajada sobre su manto de color de púrpura. Cascadas de perlas dibujaban un casco luminoso bajo su corona, hasta cubrirle los hombros. Macedonia observó la atención que despertaba la nueva emperatriz entre el pueblo y la examinó con insistencia recordando tiempos pasados.

«Los observas como una actriz en escena. En estos momentos te ofrecen el más hermoso homenaje y la oportunidad de desempeñar un gran papel. ¿Cómo lo interpretarás? ¿Cuál será mi función a tu lado sino hacer las veces de la esclava dócil e insignificante? ¿Nos encontraremos tú, la divina, y yo, la cortesana errante? ¡Acuérdate de Antioquía, Teodora, donde yo te tendí la mano!»

Las lágrimas nublaban su vista. Volvió un instante la cabeza y observó que el patriarca se acercaba a Justiniano, que se mantenía a cierta distancia de su esposa. El anciano dignatario levantó con dificultad un globo dorado coronado por una cruz y lo entregó a Justiniano. Una explosión de alegría saludó aquel gesto simbólico: el basileo acababa de asir el mundo entre sus dedos convirtiéndose en el rey del universo, que se enfrentaría a las fuerzas diabólicas con la bendición divina. A Macedonia no la sorprendió el aire ausente del monarca ni lamentó haberle dejado que anduviese a solas aquel camino sembrado de villanías. El hombre estaba más grueso, pero su tosco rostro, de rasgos angulosos, apenas había cambiado durante los últimos años. Pensó que su antiguo amante tenía más de cuarenta años.

La pareja imperial permanecía inmóvil, atenta a las alabanzas entonadas por el coro y repetidas por los asistentes. Macedonia también se sentía vibrar. Los obispos se inclinaron ante el emperador y los esposos avanzaron por fin ante los cortesanos en plena majestad.

Macedonia los perdió de vista entre una muralla de cabezas femeninas en movimiento que ocultaban la avenida central de la nave. Se sentía presa de vértigo, mareada... los mosaicos azules y áureos bailaban ante sus ojos entornados. La amiga de Teodora trató de abrirse camino entre las mujeres que la rodeaban, se debatió enérgicamente y consiguió por fin ganar un espacio en el que era menos intensa la presión de la multitud. Cuando por fin hubo recobrado la lucidez, miró en torno y comprobó que su impetuosidad la había situado en primera fila de los fieles y apenas tuvo tiempo de retroceder instintivamente para evitar verse rechazada por la guardia palaciega que abría el cortejo. Decenas de manos se tendieron a su alrededor deseosas de alcanzar un pliegue de los ropajes de púrpura de Teodora o Justiniano. Macedonia permaneció impasible: el príncipe que había poblado sus noches y sus días de ensueños ilusorios y la mujer cómplice de aquellos meses sombríos y cansados de su existencia, se encontraban a pocos pasos de ella, avanzando con deliberada lentitud.

Justiniano pasó indiferente a los seres humanos que le

aclamaban, aislado en el pináculo de su gloria, perdido en un monólogo interior.

«Ahora ya estarás tranquilo —pensó Macedonia—. Nadie te supera entre las criaturas del mundo, pero sé que eres bastante inquieto para poder predecirte un futuro menos halagüeño cuando Constantinopla te pida cuentas de tus acciones si Dios no lo ha hecho antes.»

La impresión de sentirse observada interrumpió el hilo de sus pensamientos. Observó que la emperatriz se había detenido un momento. Una mujer aprovechó aquella ocasión para arrojarse a sus pies y besar el borde del manto de púrpura. La iliria alzó la cabeza. Teodora fijó en ella sus asombrados ojos. Sus miradas se cruzaron y una sonrisa se dibujó en la boca de la compañera de los tiempos de infortunio de Macedonia, que reanudó su marcha hasta las puertas abiertas de la basílica y la joven tan sólo distinguió los largos y negros cabellos de Teodora constelados de joyas. En el exterior, el estrépito de la multitud que expresaba su alegría recordaba el fragor de una tempestad comparada con los cánticos de los cortesanos y de los oficiantes de la misa. A la bailarina se le formó un nudo en la garganta ante la idea de ver a aquellos dos seres enfrentados a la multitud. Algunas patricias la empujaron: los asistentes fueron en pos de los soberanos hasta la plaza invadida por el pueblo. Entre la muralla de la guardia, último vestigio del sueño que Macedonia había creído vivir despierta en aquellos instantes de aturdimiento, sólo se distinguía la corona con doble hilera de perlas de Teodora y otra más maciza que lucía Justiniano. Irene se acercó a ella que permanecía inmóvil junto a una columna de mármol e interrumpió bruscamente el aislamiento de la cortesana.

—Tus deseos han sido cumplidamente satisfechos: Teodora te ha reconocido, ¿no es cierto?

Macedonia asintió en silencio.

—¿Qué piensas hacer? —le preguntó su amiga.

—Presentarme en el palacio sagrado lo antes posible: no puedo resistir las dudas que me corroen. Teodora tendrá que decirme sin ambages si me acepta junto a ella.

—¿Y Justiniano? Es el emperador...

—Correré el riesgo de verme desterrada para siempre de la ciudad. ¡Qué importa, mi vida carece de importancia!

—Mi padre cursará la solicitud de audiencia a los silenciadores encargados de presentar a quienes desean ser recibidos en palacio.

Macedonia accedió a ello sabiéndose ajena a la etiqueta palaciega, como si hubiese regresado al punto de partida. La iliria estrechó la mano de Irene y pensó que Dios la había puesto providencialmente en su camino.

—De todos modos, debes desconfiar —añadió Irene en voz baja—, no sabría decirte cuál de ambos esposos tiene el corazón más duro.

Macedonia rechazó impulsivamente aquellos recelos.

—No espero nada de Justiniano, pero confío que Teodora me dispensará una buena acogida. ¡Es imposible que se haya olvidado de Antioquía! Y, además, ¿qué le costaría hacerme ese favor? ¿Acaso no es la dueña de la Nueva Roma y de sus tesoros?

Irene observó a su protegida y murmuró:

—No son riquezas lo que tú buscas sino el calor de los recuerdos. ¿Te agradaría recibir una bolsa llena de oro si Teodora te echaba después de palacio, lejos del círculo de sus allegados?

Macedonia bajó los ojos confundida: Irene adivinaba hasta el menor de sus pensamientos.

—Tienes razón, esa idea me obsesiona y me mantiene en vela por las noches. Sería peor que la muerte: no guardo ningún rencor a Teodora por haber sabido conquistar el corazón de Justiniano, pero no tiene derecho alguno a olvidar nuestra amistad. No le perdonaría jamás que se consagrara a ese hombre sin ni siquiera concederme un poco de atención.

—¡No esperarás vengarte de los meses pasados cerca de Justiniano!

—¡No, tranquilízate! Él me arrojaría al Bósforo sin ningún miramiento. Ese príncipe me es ahora totalmente indiferente, al igual que sus semejantes. Haré todo cuanto desee mientras me permita acercarme a su mujer.

—Es una sabia decisión. ¿Quién puede prever la suerte que esos monarcas reservan al imperio de nuestros padres? Ven, vamos a contemplar al pueblo extasiado a los pies de sus amos. Es uno de los espectáculos que me reafirman en mi decisión de ingresar un día en un monasterio, con la sola compañía de Dios.

El silenciario contempló con aire de reprobación a dos senadores que murmuraban apoyados contra una pared de la salita y éstos guardaron silencio inquietos cambiando una mirada de inteligencia por la que acordaban aplazar momentáneamente sus confidencias. Todos estaban pendientes de cualquier ruido de pasos o posibles murmullos que pudieran indicar la presencia de la soberana tras la puerta maciza adornada con una cruz.

Macedonia aguardaba a que comenzase la audiencia real entre un nutrido grupo de personas que aspiraban asimismo a ser recibidas por la emperatriz. El padre de Irene le había asegurado que su solicitud había sido aceptada en los negociados imperiales, pero la cortesana no se sentiría tranquila hasta que un dignatario la condujese por fin a presencia de la emperatriz. Recordaba con tristeza sus primeros pasos por el recinto del palacio sagrado, hacía ya muchos años, en compañía de Teodosio y Pulqueria, y trataba de imaginarse a su amiga, revestida de todos sus atributos, majestuosamente sentada en un trono con peldaños de pórfido. Para ella, la actriz seguía siendo una joven traviesa, vivaz, atractiva y enérgica, capaz de comportarse con los modales más inconvenientes y estallar al instante en infantiles carcajadas.

Los cortesanos comenzaban a sentirse fatigados, la mañana avanzaba sin que se advirtiese señal alguna que alentase sus esperanzas. Algunos confiaban sus inquietudes a sus compañeros de infortunio: muchos de ellos habían acudido ya a aquellos lugares en distintas ocasiones solicitando audiencia sin que los silenciarios los hubiesen autorizado a entrar. ¿Significaría aquel olvido los inicios de una caída en desgracia o cuando menos de una pérdida del favor real?

Macedonia comprendió hasta qué punto era inaccesible la emperatriz, incluso para los súbditos procedentes de buenas familias. ¿Qué haría la antigua protegida de Teodosio si la esposa de Justiniano no le tendía la mano? De pronto lamentó haberse presentado allí y trató de olvidar su inquietud observando a sus vecinos, en cuyos alterados rostros se leía la esperanza y el temor. Justiniano y Teodora acababan de ceñir la corona hacía unas semanas y sus nombres ya inspiraban miedo.

El silenciario, acostumbrado a percibir en seguida el menor murmullo, se adelantó hacia la puerta enfrentándose a la acometida de los recién llegados. Macedonia distinguió una sala de vastas proporciones. Avanzó hasta el umbral con el resto de los asistentes y se encontró frente a los componentes de los círculos más allegados de los soberanos que habían accedido a la sala por el lado opuesto.

Los patricios que formaban parte del cortejo real observaban a los recién llegados, conscientes de su privilegiada posición por la que se les permitía acompañar cada día a las sagradas personas de los señores del imperio. Los murmullos cesaron ante la aparición de Teodora en el extremo de un pasillo que había quedado libre. Algunos soldados montaban guardia alrededor del trono de oro colocado sobre un pedestal. A partir de aquel momento, Macedonia sólo tuvo ojos para ella. La emperatriz, impasible, alzó los pliegues de su manto de púrpura y tomó asiento irguiendo la cabeza bajo el peso de la corona; sus menudos pies, calzados con escarpines de piel de áureo color, asomaban de modo incongruente bajo la rica tela. A una señal suya, un silenciario se precipitó hasta el trono, se arrodilló y tras haber humillado su frente en el suelo, permaneció a la expectativa. Macedonia no apartaba sus ojos del rostro de su amiga, esforzándose por encontrar en ellos recuerdos del pasado: una sonrisa, una mueca familiar que la hubieran tranquilizado, pero la soberana se mantenía impasible, como si luciese la misma máscara que ella ya había tenido ocasión de apreciar en la basílica, el día en que fue presentada al pueblo.

Un movimiento de su vecino la arrancó de su contemplación. El hombre se adelantó con pasos vacilantes. Pertenecía a la mejor sociedad: su porte y los anillos que ostentaba en la mano diestra no permitían albergar la menor duda a ese respecto. Sus compañeros le observaban sin disimulo a medida que avanzaba por el estrecho camino embaldosado de mármol entre dos hileras de cortesanos. Los presentes fijaron sus miradas en Teodora; Macedonia se puso de puntillas. El aristócrata se detuvo ante el trono, se inclinó y se apresuró a asir un pliegue de la capa de la emperatriz.

Arrodillado sobre los peldaños del trono, el demandante susurró unas palabras al silenciario que permanecía a su lado para que éste, a su vez, las transmitiera a la soberana a la que nadie podía dirigirse de viva voz. Macedonia seguía angustiada el desarrollo del ceremonial, preguntándose si Teodora la reconocería una vez se humillase a sus pies. Un murmullo de la multitud la hizo estremecer: el silenciario acababa de transmitir una orden al senador que estaba postrado ante la emperatriz. El hombre contempló asombrado a la señora del imperio. El dignatario le asió por el cuello obligándole a tocar el suelo con la frente y a posar sus labios en el escarpín de púrpura que calzaba Teodora.

—¡Ningún soberano, ni siquiera Teodosio, había exigido tales muestras de sumisión por parte de un senador! —murmuró alguien a su lado—. ¿Cómo se atreve a algo semejante cuando Justiniano no está a su lado?

—Me habían dicho que sucedían tales cosas, pero creí que se trataba de los infundios de algún envidioso o un verde —aseguró su irritado interlocutor.

El cortesano seguía desplomado en el suelo, sorprendido y avergonzado a un tiempo por haber sido humillado de tal modo en presencia de la corte. Teodora hizo de nuevo una seña a su servidor que ayudó a levantarse al senador y le comunicó la respuesta de la soberana. Seguidamente el hombre se apresuró a saludar a aquella que le había degradado a la categoría de un esclavo y abandonó la sala escoltado por dos guardias. Macedonia, que presenciaba alterada la escena desde el fondo de la sala, no había visto acercarse a ella a un silenciario de aspecto militar y se sobresaltó al sentir su firme mano. La joven le siguió asustada, siendo observada por los nobles, algunos de los cuales sonreían intrigados, creyendo que iban a presenciar alguna nueva exigencia despótica de la emperatriz. Más muerta que viva, Macedonia se detuvo ante una orden de su acompañante y se desplomó de rodillas agotada por la espera y la inquietud, convencida de la imposibilidad de reanudar sus relaciones en semejante lugar con aquella amiga que tanto había añorado.

La antigua protegida de Teodosio se irguió repentinamente y abrió los ojos sin que Teodora desviase de ella su mirada. De pronto, aunque sus apretados labios no profiriesen ningún sonido, Macedonia comprendió que su amiga no la había olvidado. La emperatriz asomó la mano entre su manto de púrpura, hizo señas al silenciario de que se aproximase y le susurró sus órdenes brevemente y en tono apenas audible. Antes de que Macedonia pudiera besar el escarpín de Teodora, el servidor encargado del protocolo la ayudó amablemente a levantarse y la condujo lejos de la multitud, tras unos cortinajes que disimulaban un estrecho pasillo. A la joven no le pasó inadvertida la sorpresa que exteriorizaban los asistentes de las primeras filas. Una vez el hombre comprobó que se había tranquilizado, le transmitió el siguiente mensaje:

—Su divina majestad perdona tu desconocimiento de la etiqueta palaciega y te comunica que mañana te recibirá a solas en el palacio sagrado. Preséntate en la sala de guardia donde acudiré a recogerte. ¿Conoces el lugar?

Macedonia asintió en silencio. El hombre la miró asombrado y añadió:

—Hubieses podido pagar cara tu audacia: Teodora no se muestra siempre tan generosa. ¿Quién eres?

—Me llamo Macedonia: vengo de Antioquía.

El silenciario se encogió de hombros, estupefacto ante semejante misterio.

—Hasta mañana, y que no se te ocurra faltar de nuevo al respeto a mi señora.

—No temas.

Macedonia se había quedado sola. El chambelán acababa de desaparecer en compañía del silenciario. El sordo rumor de sus pisadas resonaba por el pavimento del pasillo. Los muros que la rodeaban no despertaban en ella ningún recuerdo: jamás había penetrado en aquellos aposentos reales. Percibió un leve roce y, antes de que pudiera volverse, dos manos se posaron en sus hombros con la suavidad de una caricia; Macedonia se estremeció al sentir que una cabeza se apoyaba en su espalda y apenas pudo balbucir:

—¿Eres tú, Teodora?

—¡No te equivocas! ¡Cállate, me siento muy dichosa de que por una vez te hayas atrevido a dar este paso! Temía que hubieses huido lejos de palacio y de Constantinopla.

—No, desde que me enteré...

—Me maldijiste. Y con toda la razón.

Macedonia estrechó la mano de su cómplice de otros tiempos en Antioquía.

—Nada tengo que reprocharte: antes de encontrarte había decidido olvidarme de esta ciudad y de su nuevo amo.

—De todos modos, no me dirás que la noticia te dejó indiferente.

—Me conoces demasiado para que pueda mentirte. Encontrarte era esencial para mí.

Teodora se echó a reír y acarició la mejilla de Macedonia.

—Creo haber cometido todos los pecados de este mundo, pero ¿por qué iba a olvidarte?

Macedonia exhibió una expresión fatalista.

—Vienes de Antioquía, ¿verdad? —añadió Teodora adoptando un aire más grave—. ¿Cómo es que Teodosio te ha permitido partir?

—Debe de haber muerto; la ciudad es un amasijo de escombros.

—Lo sé; los oficiales imperiales nos han informado de la magnitud del siniestro. Justiniano hará renacer una ciudad aún más bella.

La bailarina se estremeció al oír el nombre de su antiguo compañero. A Teodora no le pasó inadvertida la emoción experimentada por su amiga.

—¿Qué temes? Créeme, Justiniano no es hombre que recuerde un amor herido. Desde que huiste de su casa de Hormisdas no ha cambiado...

—¿Es eso lo que te ha dicho?

—Poco importa. No suele recordar ese aspecto de su pasado y a mí no me interesa hablar del mío. Los cortesanos ya se cuidan bastante de recordárselo.

Macedonia hizo una señal de asentimiento. Teodora la sacudió riendo.

—¡Libérate de ese aire entristecido y dispónte a celebrar nuestro reencuentro! Vivirás en la corte hasta el fin de tus días, convertida en dama de compañía de la esposa del basileo, ¿comprendes? ¿Habías llegado a imaginar alguna vez semejante futuro en tus sueños más fantásticos? Y yo... ¡emperatriz al frente de la Nueva Roma! ¡Macedonia, si supieras...!

Teodora se apartó de su compañera y comenzó a pasear por el saloncito profusamente decorado con la mirada fija en un punto indefinido del espacio y una sonrisa extasiada en los labios. Macedonia permaneció inmóvil, preocupada por la actitud de su amiga, que de repente se volvió hacia ella.

—¡Hace tanto tiempo que no te veía...! Tengo la impresión de haber vivido dos veces y, sin embargo, te encuentro como en Antioquía.

—Y, en cuanto a Justiniano... —se atrevió a insinuar Macedonia.

Teodora cambió una mirada de inteligencia con ella.

—Prefiero hablarte yo misma de ello a dejar que prestes oídos a las calumnias que difunden los miembros de las familias patricias.

—¿Ya tienes enemigos?

—¡La soberana de Bizancio sólo tiene súbditos!

Teodora había pronunciado aquellas palabras en tono acre. A continuación añadió con cierta dulzura:

—Constantinopla me prendió entre sus redes, aquí volví a encontrarme con mi vida de cortesana y de actriz de mimo. Tu carta no me sirvió de nada; cuando conocí a Justiniano me guardé mucho de mostrársela. Por otra parte, sólo me exigía sumisión y placer, como sus amigos de francachelas.

—¡Pero lograste casarte con él!

—Al principio jamás pronuncié una palabra que pudiese irritarle; debió de creerme muda. Pasaron los meses y me instaló bajo su techo. No pretendo explicarte nada nuevo sobre él, pero apreció mis juiciosos consejos y Justino me dispensó una buena acogida. Entonces...

—Ningún mortal se hubiese atrevido a separaros —la interrumpió impulsivamente Macedonia.

—No lo tomes a mal, pero eso ya no te concierne. Hace años que no le veías. Mi matrimonio se aplazó hasta la muerte de Eufemia, que se oponía a nuestra unión. Justiniano tiene muy enraizada la piedad filial y no quiso saber nada hasta entonces, y si aquella bárbara hubiese tenido el valor de hacerme arrancar el corazón, no habría vacilado un instante en obedecerla. El sobrino de Justino accedió entonces a casarse conmigo, hace ya tres años de ello. Estos últimos meses Justino fue víctima de los efectos de la edad y los senadores se precipitaron a los pies de Justiniano suplicándole que aceptase ceñir la corona. El imperio tiene ahora dos basileos. Los espíritus carroñeros tratan de halagar a su futuro monarca; esos ambiciosos ignoran que aun después de la muerte de Justino tendrán que respetar a dos amos exigentes. ¡Constantinopla tendrá que contar conmigo!

—Supiste desempeñar tu papel en Santa Sofía.

Teodora sonrió.

—La fiesta en el palacio sagrado aún fue más hermosa: el Senado y los oficiales de palacio reunidos nos aclamaron. ¡La hija de un guardián de osos del Hipódromo recibió la corona de la Nueva Roma! ¡Qué prodigio! ¿Cómo íbamos a imaginar semejante destino entre bastidores de aquel teatro de Antioquía, Macedonia?

—Para mí sigues siendo la misma.

—Eres la única o casi la única a quien permito semejante actitud —comentó Teodora.

La emperatriz se adelantó hacia una ventana abierta sobre la Propóntide y observó unos buques que se adentraban en el mar.

—Justiniano me ha prometido dar mi nombre a una ciudad en cada provincia —añadió absorta—. ¿Me acompañarás en un periplo dedicado a descubrirlas? ¡El imperio es tan vasto!

Macedonia no supo qué responderle, emocionada al reencontrarse con aquella voz relegada en los recuerdos de otros tiempos dichosos.

Teodora advirtió sus vacilaciones.

—De todos modos, te conservaré a mi lado cubierta de seda, perlas y oro. Aún serás más bella que en Antioquía, elegante como una estatua pagana, y deslumbrarás a los senadores, inaccesible al fin como yo.

Macedonia asintió sin querer reflexionar en las palabras de su compañera de exilio. La bailarina tenía la impresión de haber obrado acertadamente y se reía de los temores que la habían asaltado antes de su encuentro con Teodora. Teodosio y Callinicus se habían convertido en efigies estereotipadas de una lejana pesadilla; las poses estudiadas y la traviesa expresión de Teodora volvían a embelesarla.

La señora del imperio abandonó la contemplación del idílico paisaje. Mostró intención de aproximarse a su amiga, pero repentinamente pareció mudar sus propósitos y anunció:

—Sólo faltabas tú para que el reencuentro fuese perfecto.

Macedonia comprendió que alguien se había introducido en la estancia, alguien que quizá debía de haberlas estado observando desde hacía algún rato porque no le había oído llegar.

—No quería interrumpir vuestra alegría —dijo una voz masculina.

La bailarina se cubrió la boca con la mano, tratando de disimular una emoción demasiado evidente, y se dispuso a enfrentarse al recién llegado, presa de profunda agitación, con la sensación de haber caído en una trampa. Justiniano, que se encontraba a la entrada de la sala luciendo la púrpura imperial, la observaba con expresión impenetrable.

—Bien venida a la corte de Constantinopla —la saludó adelantándose con lentitud—. Teodora me había anunciado tu visita y no he tenido nada que objetar. El pasado ha muerto y deseo que olvidemos nuestros malos entendidos. ¿Estás de acuerdo con ello?

—Sin duda alguna... —comenzó.

Y, creyéndose obligada, añadió una frase de reconocimiento:

—Me siento dichosa de encontrarme en este palacio gracias a vosotros.

Justiniano la observó con atención.

—Teodora necesitará a todos sus amigos —concluyó.

En la costa asiática, las orillas de la Propóntide conservaban el encanto salvaje de la naturaleza virgen. Olas menudas se estrellaban en la blanca arena y en las cenagosas ensenadas proliferaban densos cañaverales. Únicamente el pórtico de mármol del recinto imperial que se alzaba frente al mar sobresalía en aquel horizonte apacible; a lo lejos se adivinaban las pobladas colinas de la Nueva Roma, al otro lado de un mar minúsculo, totalmente cercado.

Macedonia se detuvo un instante a contemplar el azul profundo del mar marchando seguidamente a reunirse con Teodora en el vasto prado que se extendía hasta las colinas que señalaban los límites de la residencia real de Hieria. A la sombra de una magnífica higuera descubrió a un grupo de cortesanos dispersos sobre la hierba e hizo una seña al oficial que la escoltaba para que se retirase. El hombre se inclinó ante ella, pero aún continuó siguiéndola con la mirada hasta que otro servidor acudió a su encuentro para acompañarla junto a la emperatriz. La amiga de Teodora observó a los guardianes dispuestos de trecho en trecho, dedicados a observar la orilla del mar o el campo.

—¡Ven con nosotros! —gritó Teodora—. ¿Qué haces ahí observando los árboles o el cielo? Se diría que jamás has salido de las calles de Constantinopla.

Macedonia apresuró sus pasos hasta alcanzar por fin la sombra protectora de los árboles y se inclinó para rozar el hombro de su bienhechora que posó la mano en su frente con aire satisfecho.

—Amigos míos, ésta es Macedonia, una antigua amiga. ¿No os había hablado de ella?

—¿Quién pretende lo contrario? —intervino alguien en tono burlón—. Tú no sueles olvidar a las humildes criaturas que conociste antes de tu consagración: podemos dar testimonio de ello.

Teodora se volvió para examinar a la mujer algo madura que acababa de responder a sus palabras.

La desconocida impresionó a Macedonia por la audacia con que se expresaba, como si no temiese a nadie.

—Te presento a Antonina, la esposa del general Belisario, el mejor defensor de nuestras fronteras.

—Una jovencísima desposada —añadió Antonina entre mohínes y aspavientos.

Los asistentes se echaron a reír.

—Y a quien voy a conferir el cargo de intendente del guardarropa real, con rango de patricia —concluyó Teodora—. Tu designación ya no podía esperar.

—¿No es eso un milagro? —exclamó un hombre acercándose a ellas—. La hija de un auriga del circo elevada a categoría tan ilustre. ¡Antonina, es como una bendición!

—Si debiese tan insigne honor a otro protector que no fuese Teodora, debería dirigir al diablo mis alabanzas y no a Dios.

Teodora rió de buena gana y abrazó a su amiga. Seguidamente susurró fingiendo transmitirle una confidencia:

—Narsés está celoso de los amantes que han pasado por tu lecho, ¿no te has dado cuenta? ¿Cómo demostrarle que la ciencia del amor será de gran utilidad a mi mejor espía?

Antonina cogió por la mano al único contertulio masculino en prueba de alianza. Teodora explicó a Macedonia:

—Narsés es mi eunuco, el más fiel de mis servidores. Justiniano aún no se ha dado cuenta del regalo que me hizo cuando lo vinculó a mi persona. Gracias a Narsés nadie se atreve a faltarme al respeto sin pagar cara su afrenta...

El dignatario sonrió enigmáticamente. Con su escasa estatura y su aspecto reservado hubiera podido pasar inadvertido si no hubiese tenido la audacia de burlarse de su vecina. La emperatriz enlazó a Macedonia por el talle obligándola a levantarse y seguidamente se dirigió a todos los presentes:

—Vosotros, personas de poco bien, prostitutas y ladronzuelos que me habéis seguido en mi prodigiosa ascensión, he aquí a una de las nuestras: bailarina y cortesana, supo colmar el amor de los ricos sin mostrarse servil, e incluso ordenó asesinar al proxeneta que la había violado inicuamente.

Macedonia se sobresaltó, incrédula y mortificada, mientras que Teodora proseguía con aire travieso:

—Tu esclavo confesó sin que fuese necesario forzarle.

Tranquilízate, nadie te lo tendrá en cuenta. Fue sorprendido por la guardia de la ciudad cuando realizaba un robo de poca monta y creyó conveniente explicar ese crimen esperando obtener así un posible perdón a cambio de su secreto. ¡El muy idiota...!

—¡Cuéntanoslo! —exclamó una de las amigas de la soberana.

Teodora tranquilizó a los asistentes.

—Nada hay que añadir: el proxeneta está muerto. Que ello os sirva de lección. No subestiméis a Macedonia ni la envolváis en vuestros manejos. Macedonia, todos mis amigos proceden de la hez de la Nueva Roma, y tan sólo deben su envidiable fortuna a la indignidad de su espíritu y a la gloria de mi nombre. Constituyen la más eficaz guardia palatina, aquella que opera en la sombra, e interpretan el papel de nobles patricios para mi mayor dicha y la gloria de mi nombre. Confúndete con ellos, hazte amiga suya. Créeme, más vale estar en paz con estos chambelanes y otros dignatarios de mi entorno. Y vosotros, mis fieles, ¿la aceptáis?

—¡Sí, que brille en la corte! —exclamaron unánimemente.

Teodora interrumpió sus efusiones con un ademán.

—A fin de celebrar la presencia de Macedonia a mi lado, os concederé un favor a cada uno. Confiadme vuestros deseos y me esforzaré por satisfacerlos, pero os suplico que conservéis el buen gusto.

Algunos estallidos de risas y miradas de complicidad acogieron las frases de la emperatriz. Una encantadora joven se arrodilló a los pies de Teodora y, respetando la nueva etiqueta que Justiniano y la soberana habían implantado en la corte, le imploró humillando la frente en el suelo y tendiendo los brazos a lo alto:

—Señora, vivir junto a ti regocija mi corazón, pero me siento languidecer.

—¿Por qué?

—Quisiera fundar una familia.

—Te dotaré de tal modo que ningún noble podrá sentirse avergonzado de desposarte. ¿Te bastará con eso?

—Personificas la propia bondad. Aspiro a casarme con el descendiente de una poderosa dinastía de patricios.

—¿Acaso tiene la audacia de considerar a mis seguidoras como hijas de la calle?

—A decir verdad ignora mis propósitos.

Los reunidos cambiaron sonrisas maliciosas. Teodora frunció el entrecejo.

—¡Explícate! —ordenó.

—Desde hace un año está comprometido con una joven aristócrata sin que por ello haya renunciado a mis encantos.

Antonina profirió sonoras carcajadas.

—¿Has comprendido, Teodora? ¡Se propone destrozar el corazón de esos jóvenes! ¿Qué decides? ¡El asunto es delicado!

La soberana lanzó una iracunda mirada a la esposa de Belisario y de nuevo se dirigió a la cortesana:

—Me limitaré a escuchar a mi conciencia. Ese noble se ha aprovechado de ti, de tu candor —contuvo una carcajada—, y te debe una reparación. Pero la gente tomará partido por su prometida. ¿Qué debo disponer? Macedonia, aconséjame...

La iliria se mordió los labios. Las damas de Teodora no parecían sentirse muy cómodas con sus túnicas bordadas en oro y remedaban torpemente los modales de las patricias; las revelaciones de la emperatriz no hacían más que confirmar la primera impresión desfavorable de la recién llegada. En aquel grupo, sólo Narsés hallaba gracia a sus ojos. El eunuco mantenía cierta reserva, observaba a Macedonia y comprendía las dudas que la asaltaban. La joven se preguntaba cómo podría evitar enfrentarse a las cortesanas, puesto que era evidente que Teodora se complacía con sus soeces bromas y viendo que aquellas criaturas, gracias a ella, disfrutaban de providencial fortuna.

—¿Vale la pena ese hombre para que se remueva tierra y cielo?

La solicitante le lanzó una fulminante mirada.

—¿Y si yo deseara convertirme en su esposa por su rango, su posición y su fortuna?

Teodora interrumpió la disputa.

—No he dicho que no. Ten paciencia... Si la familia de la prometida o de tu amante cometen una falta, te prometo que el pretendiente será para ti. Les perdonaré la vida a cambio de que renieguen de las promesas de matrimonio que cruzaron ante el obispo: nadie se resiste a semejantes argumentos.

—Pero, divina señora, ¿qué sería de él en caso contrario?

—¿Tan necia eres? ¿Has visto que se me escape alguna vez una presa? ¡Deja de importunarme con tus pequeñas miserias! Es hora de entrar en el palacio de Hieria... Macedonia, necesitarás volverte más astuta y más sinuosa si deseas imponerte a mi lado.

De pronto pareció ablandarse.

—Pero ¿por qué temer tu debilidad cuando fuiste capaz de enfrentarte a Justiniano?

Antonina fijó su mirada en Macedonia, pareció estar a punto de formular una pregunta y luego mudó de opinión e inició la descripción de una aventura galante mientras el grupo ascendía por la pendiente del prado.

* * *

El embajador se postró a los pies de la pareja imperial aguardando la señal del dignatario encargado del protocolo para levantarse. Con un ademán mostró a Justiniano los presentes que se desparramaban a su alrededor: la vajilla de oro, las armas cinceladas y los cofres llenos de piedras preciosas que rodeaban los tronos de los soberanos. Las defensas de los elefantes habían atravesado sus fundas de cuero. Un silenciario trataba de establecer cierto orden en aquel caos de maravillas y amontonaba los trofeos. Justiniano declaró con voz poderosa que aceptaba los regalos del rey de Persia y recibió un rollo que contenía el mensaje de su poderoso vecino oriental. Un oficial retiró el lacre del documento e inició la lectura para el basileo ante la corte reunida.

Todos los senadores habían procurado asistir a la recepción del enviado del monarca sasánida, que por su modesto porte y flaco rostro, semiescondido tras una luenga barba, no los hubiese impresionado a no ser por la hermosa capa de rutilante seda con que se cubría.

Justiniano aprobó en repetidas ocasiones las declaraciones de buena voluntad del enviado del monarca sasánida. Teodora se esforzaba por no demostrar su impaciencia, pero sus dedos recorrían arriba y abajo los brazos de madera labrada del trono. Sólo se había mostrado complacida en el momento en que el diplomático la reverenció al pie del trono, y la corte no pudo reprimir un murmullo de admiración y complicidad. La emperatriz había paseado entonces su mirada en torno en el colmo de la satisfacción. Irene no había dejado de advertir la complacencia de la señora del imperio y desde aquel instante se había apoderado de ella una sorda cólera. Aunque los invitados la empujaban incesantemente esforzándose por ver mejor, la patricia no había querido aproximarse a la pareja real. Hacía varias décadas que no se recibían semejantes embajadas en Constantinopla y la cabalgata del séquito y las mulas cargadas con presentes y equipajes despertaban la curiosidad de toda la capital. Rabiosa, Irene se apartó abriéndose paso a codazos entre la multitud que la oprimía, sin distinguir apenas la cúpula que dominaba el trono y las coronas de laurel que sostenían dos estatuas aladas.

Teodora y Justiniano habían desaparecido, perdidos tras la masa de cuerpos amontonados. Entre la multitud surgió una figura femenina que se adelantó hacia ella.

—Irene, de nuevo te encuentras en la corte y ni siquiera tratas de interesarte por tu vieja amiga.

La joven esbozó una sonrisa. Había distinguido perfectamente a su antigua protegida junto a la emperatriz, pero no había querido llamar su atención. La desconfianza que sentía hacia la soberana la hacía dudar de la sinceridad de Macedonia.

—No te había visto —balbució incómoda—. Los cortesanos se comportan como la plebe del Hipódromo.

La iliria sonrió alisándose los pliegues de su túnica.

—No creas que te he olvidado. Teodora exige mi presencia constantemente a su lado y no me siento capaz de negarle nada; las damas de compañía no disponen de su tiempo...

—¡No me dirás que lamentas el pasado, tus vagabundeos, el exilio de Antioquía o al viejo Teodosio!

—¿Por qué te burlas? ¿Hasta tal punto te he humillado por no visitarte durante estos últimos meses? ¡Perdóname!

La patricia negó con la cabeza sintiéndose desalentada.

—No, nada de eso. He pensado en ti con frecuencia y me alegra saber que estás a salvo, aunque...

—¡Habla, nadie nos presta atención! Están estupefactos ante los tesoros que los rodean. ¡Vamos, no me ocultes tus pensamientos!

—¿Qué podría decirte? El temor de los cortesanos ante las exigencias del basileo y de su esposa, la reputación escandalosa de quienes rodean a la emperatriz y de la que tú tampoco escapas...

—¿Crees que he cambiado por el simple contacto con esos advenedizos?

—Sé que eres buena cristiana, pero en cuanto a los demás... todos son ladrones o rameras.

—No me dices nada nuevo: con sólo abrir la boca ya denuncian su procedencia.

—Es cierto, no debería entregarme a la superstición pagana. Compréndeme, como todos los nobles, tengo miedo. Mi vida depende de la buena voluntad de esa mujer.

—Por mi parte trataré de protegerte pues has sido muy caritativa conmigo. Tranquiliza a tus amigos, estoy segura de que la altivez de Teodora no debe preocuparnos en exceso. Está haciendo realidad sus sueños: hasta ahora la vida no había sido fácil para ella. Tampoco hay que sorprenderse ante sus amigos: vosotros no le hubieseis inspirado confianza. No creo que se deje engañar por su perfidia.

—¿Cuál es tu juego? ¿No te das cuenta de lo que sucede? En la época de tus relaciones con Justiniano ya eras excesivamente crédula.

Macedonia se sintió herida por la desconfianza de Irene y la atribuyó a los temores que la joven sentía. La dama de compañía de la emperatriz se proponía interesarse por los propósitos de su amiga, cuando una mujer se interpuso entre ellas.

—¿No te parecen confusos y a decir verdad complicados los asuntos del imperio? —la abordó—. ¿Qué querrá de nosotros el rey de Persia? Le consideran tan poderoso como al basileo.

Antonina aguardaba respuesta, encantada de haber interrumpido sus confidencias. Macedonia recobró su autodominio.

—¿Te interesa realmente conocer mi opinión sobre la alianza entre Persia y nuestro emperador?

—Justiniano no es tan sólo un monarca para ti, según dicen, y yo tendría empeño en olvidarlo. Teodora te aprecia y debe de tener buenas razones para tratarte con tanta consideración.

Irene simulaba no haber advertido la presencia de la cortesana.

—Macedonia —se le escapó a Antonina—, ignoraba que te relacionases con las familias nobles de la Nueva Roma. ¿Está enterada esta bella patricia del asunto del proxeneta?

Antonina observaba con fijeza a Irene que exclamó:

—Conocí a Macedonia cuando acababa de atravesar el recinto de nuestra ciudad. Si tratas de espiarnos, debes saber ante todo que mis antepasados pertenecían al Senado de Roma y que de ellos he heredado el orgullo de clase y el sentimiento de temer únicamente la cólera divina.

¿Cuántos patricios pueden vanagloriarse de semejante herencia? Transmite mis palabras a tu ama. En cuanto al pasado de mi amiga, vale más que el tuyo. Tu reputación ha franqueado los gruesos muros de los tugurios del Cuerno de Oro.

Antonina palideció y se contrajeron las arrugas de su rostro, mal disimuladas pese al maquillaje.

—Os encontráis en la corte —intervino Macedonia—, interrumpid esta ridícula disputa. ¿Qué querías de mí, Antonina?

—Teodora te busca: desea estar acompañada de sus amigas.

Irene sonrió con aire de suficiencia, la iliria se enfureció ante su actitud.

—¿Por qué me has apoyado durante estos años para acabar reprochándome que ahora viva rodeada de riquezas y honores? ¿Buscabas una esclava fiel, una desdichada con la que hubieses podido ensayar fácilmente los preceptos cristianos? Hoy soy respetada sin tener que sufrir la presencia humillante de un protector, uno de esos senadores imbuidos de su fortuna y su nombre. ¿Es eso un crimen a tus ojos? Gracias a Teodora he aprendido a conocer a mis semejantes y estoy decidida a aprovechar la ocasión que el destino me había negado hasta ahora que, a mis ojos, no tiene precio.

—No hagas esperar a tu amiga —murmuró irritada la aristócrata—. El embajador debe de haber acabado de prosternarse. En cuanto a mí, ya he visto bastante.

* * *

El basileo estrechó los dedos crispados del difunto y sus manos palidecieron a la vez exangües. El cuerpo rígido del emperador reposaba sobre un lecho, rodeado de gran pompa. Justiniano permaneció inmóvil, inclinado sobre el cadáver, cuyas mejillas hundidas evidenciaban los sufrimientos experimentados por el anciano, que acababa de sucumbir aquel día, primero del mes de agosto del año 527, al término de una lucha prolongada e inútil. Sus antiguas heridas habían acabado con él. Justiniano revivía los últimos instantes de la vida de su tío, cuando aquel que le había cuidado como el hijo que no llegó a tener, le llamara a la cabecera de su lecho.

—Uprauda —había susurrado el moribundo en un soplo apenas audible—, permíteme que te dé el nombre ilirio que Vigilancia escogió para ti cuando eras niño, escucha, ha llegado el momento. Tengo prisa por franquear las puertas del paraíso; la pierna me duele terriblemente y tengo el vientre lleno de fuego.

Justiniano se había aproximado al lecho del enfermo, situado en el centro de su cámara. El anciano prosiguió:

—Desde mi acceso al trono, me has secundado perfectamente. Algunos incluso pretenden que sin ti hubiese sido incapaz de dirigir los asuntos del imperio. Serás un gran basileo. Te dejo solo, con este último consejo: gobierna con prudencia. Yo odiaba a Anastasio, pero en el fondo obramos en concierto conservando la paz de las fronteras. Ni él ni yo teníamos tu fuerza y tu sabiduría ni tampoco a una esposa como Teodora que nos aconsejara y, pese a ello, durante nuestros reinados la Nueva Roma no ha vuelto a ver acampar a los bárbaros vencedores al pie de nuestras murallas. Conozco tus ambiciosos proyectos; desconfía de los pueblos de las estepas, que jamás se han enfrentado contigo en el campo de batalla. Has vivido tu juventud en palacio, a mi lado, y ahora lo lamento. Hubiese tenido que enviarte a guerrear contra los bárbaros en el Danubio o a perseguir a las tribus del desierto de Arabia.

—Seguiré tu camino, que me conducirá a Roma. Reconstruiré el imperio de nuestros antepasados y tu dinastía podrá parangonarse con las de los tiempos antiguos. Bendíceme, te lo suplico.

El emperador trazó torpemente el signo de la cruz sobre la frente de su sobrino y guardó silencio sumiéndose en sus pensamientos.

Tras su tranquila agonía que sobrevino al anochecer del día anterior, los médicos de la corte se habían esforzado por mitigar todo lo posible las huellas del sufrimiento que contraían el rostro del difunto. Justiniano sonrió amargamente pensando cuán vanos habían sido sus intentos pues Justino seguía exhibiendo su expresión característica de soldado curtido en mil batallas. La inquietud de su tío no había dejado de preocuparle. Trató de desechar la angustia que le invadía y cruzó las manos de Justino en su pecho alejándose seguidamente de su lado. Los *scholae* formaban una especie de muralla erizada de acero rodeando la sala del difunto donde, según la costumbre, había sido expuesto el cadáver del soberano que en breve recibiría cristiana sepultura en el recinto sagrado de una iglesia de la ciudad. Los cortesanos no tardarían en aparecer silenciosos para rendir un último homenaje al basileo, que había sido revestido de sus más lujosos atavíos y de la púrpura imperial. Teodora vigilaba en la puerta de la sala respetando por unos instantes el aislamiento de su esposo. En cuanto éste se alejó del cadáver de su tío, se aproximó a él con aire preocupado.

—¡Justiniano, debes apresurarte! —le dijo con impaciencia—. ¡Todos te aguardan: el clero del patriarcado y los senadores reunidos!

—Justino ha muerto... —murmuró el basileo—. ¿Qué queda de sus nueve años de reinado en la memoria de esos cortesanos tan apremiantes?

—Aún eres joven, nadie se atreverá a poner en duda la magnitud de tus futuras obras. Ahora tan sólo existe un basileo, como es de rigor.

Justiniano asintió.

—Sí, únicamente un basileo para enfrentarse al mundo de los hombres y guiarlo bajo la justicia de Dios. Por las noches suelo despertar angustiado...

—No se te ocurra demostrar cualidades o defectos que revelen tu naturaleza humana. ¡No olvides tu posición!

—Contigo a mi lado me atrevo a someterme a cualquier prueba. Fundaremos un nuevo imperio y la era de las afrentas sufridas por los bárbaros se olvidará para siempre.

—No temas que Constantinopla trate de entorpecer esa empresa. Tus oficiales te seguirán a África si es preciso y yo me encargaré de la corte.

—No actúes a la ligera; yo soy el soberano titular.

—Y yo seré tu látigo...

—Hazlos pasar... Deseo verlos llorar ante Justino. Vigilancia y Eufemia no tardarán en acogerlo en los cielos, donde reinará por toda la eternidad.

Teodora pensó en ambas mujeres ya desaparecidas: en aquellos momentos el imperio le pertenecía, el último obstáculo que se oponía a su poder acababa de extinguirse. Los cortesanos invadieron el triclinio, encabezados por los ministros y las damas de compañía de la emperatriz: nadie dejó de acudir a la llamada.

Una letanía de plegarias salmodiadas en voz baja se elevó entre los gigantes armados que montaban la guardia.

Macedonia admiraba el collar que Teodora acababa de ponerle en el cuello y cuyas láminas de oro le cubrían la garganta hasta el borde del escote. La bailarina comprendió la razón de que la emperatriz le hubiese ordenado que acudiese a sus aposentos. Acarició las finas hojas del precioso metal y, cuando se disponía a mostrar su reconocimiento a su amiga, ésta se llevó un dedo a los labios conminándola a guardar silencio. Teodora observó a su protegida y le confió:

—Tardaré algún tiempo en poder devolverte los favores que me hiciste en Antioquía, no me impidas obsequiarte con estos pequeños presentes. El imperio es rico, ¿no es cierto, Justiniano?

El basileo, que acodado en la balaustrada de la terraza contemplaba los jardines del palacio sagrado, salió de su abstracción.

—Así es, por la gracia de Justino. Es conveniente que los embajadores bárbaros admiren nuestros tesoros y teman el poder del emperador. Ese oro que adorna los escotes de nuestras bellas cortesanas produce un efecto magnífico.

Macedonia advirtió cierto sarcasmo en sus palabras.

—Justiniano, si sientes algún rencor...

—No pienso obcecarme contra la voluntad de una mujer: esta vida no te complacía y escogiste la huida. Constantinopla me acaparó en exceso tras tu desaparición para que tu recuerdo me obsesionara. El azar te situó en el camino de Teodora y ella ha considerado oportuno conservarte a su lado sin que yo pensara ni por un momento privarla de ese placer; después de todo, tu sorprendente retorno acaso sea un signo divino. No te confundas: aquí sólo eres una dama de la emperatriz, ningún otro motivo justifica tu presencia.

—Justiniano, te muestras de muy mal humor —intervino Teodora—. ¿Qué demonios ha podido alterar tus sueños?

El emperador perdió su hosca expresión.

—Los hombres me causan bastantes preocupaciones; los fantasmas no me atormentan. He recibido noticias del ejército del norte.

—¿Qué es de Germanos, tu valiente sobrino?

El emperador hizo caso omiso del tono burlón de la emperatriz.

—Contiene a las tribus bárbaras con dificultades, sus mensajeros hablan de millares de hombres que, en incesantes oleadas, se lanzan al asalto de nuestras fortalezas.

—¿Por qué no se enfrenta a ellos? Nuestra caballería es muy superior a esas hordas salvajes.

—Teodora, tendrías que iniciarte en las sutilezas de la estrategia —repuso el emperador con cierta acritud—. Germanos merece toda mi confianza. No puede abandonar las ciudadelas so pena de perder el control de la región del Danubio si los bárbaros llegasen a vencerle en abierta campaña. ¿Imaginas las consecuencias de semejante derrota?

—A decir verdad...

—En dos meses las hogueras de sus campamentos, en mayor número que estrellas tiene el cielo, rodearían las murallas de Constantinopla.

—¿Estás muy convencido del valor de Germanos? —insinuó Teodora—. ¿Ha emprendido campañas difíciles? Contamos con valerosos oficiales. Narsés, por ejemplo, me parece digno de dirigir un ejército y, en cuanto a Belisario...

El emperador se levantó.

—Mantengo a Belisario en reserva por si el rey de Persia lanzase sus tropas sobre Siria. No confío demasiado en sus embajadas, al parecer tan tranquilizadoras. ¿Por qué desconfías de Germanos? ¿Temes que conceda demasiados honores a mis parientes? ¿Todavía no has alcanzado bastante ascendiente en la corte? ¿Qué más quieres? Los senadores te temen más que al propio diablo y tus amigos obran a su antojo. Los generales dependen únicamente de mí; los guiaré yo solo hasta la gloria o la destrucción de la Nueva Roma. ¡Seré el fundador del imperio de la Roma rediviva, desde las Columnas de Hércules al Ponto Euxino!

Teodora cambió una mirada de inteligencia con Macedonia dándole a entender que valía más no contrariar al irritado monarca y murmuró al oído de su esposo:

—Mis incesantes exigencias a propósito del protocolo mantienen a los aristócratas constantemente ocupados, sin que se atrevan a levantar cabeza. De este modo te hago buenos servicios y mis amigos te informan con mayor eficacia que los agentes de tus servicios de espionaje.

—Es cierto, eres sumamente valiosa para mí: no podía haber hecho mejor elección.

Teodora sonrió satisfecha e hizo un guiño de complicidad a Macedonia mientras que Justiniano abandonaba con pesar la terraza.

—Los dignatarios de palacio me aguardan y el patriarca desea contarme las nuevas medidas que se propone emprender contra los últimos paganos. En Egipto algunos grupos de letrados persisten en sus impías creencias.

Macedonia pensó en el coreógrafo Alejandro. La insistente mirada que le dirigía Justiniano la hizo removerse incómoda: sin duda también él debía recordar su primer encuentro.

Teodora aguardó a que el basileo se retirase rodeado rápidamente por la guardia que le acompañaba a todas partes.

—¿Le has visto alguna vez tan inquieto, preocupándose por los elementos adversos que podrían contrariar sus proyectos? —se sorprendió.

—Tal vez... Yo no recuerdo exactamente, era demasiado joven y fue mi primer amante.

Al oír aquellas palabras, Teodora se echó a reír.

—Me sorprendiste extraordinariamente cuando me contaste esa historia en Antioquía.

—Dejemos este tema, ya son demasiados los que investigan en mi pasado tratando de airear aquellos tiempos sombríos.

—¿Qué quieres decir con eso? ¿Por qué muestran tal curiosidad?

—A los aristócratas no les gusta encontrarse con nuevos elementos en su seno sin haber sido admitidos por ellos.

—¿Quién se ha permitido hablarte de ese modo? —se exaltó Teodora—. ¡Te ordeno que me lo digas!

Macedonia se arrepintió de haber aludido a los rumores que circulaban entre sus criadas: Irene y otras jóvenes nobles se reunían en las residencias acomodadas de la ciudad y no se privaban de criticar la presencia en la corte de los protegidos de la emperatriz. Teodora se adelantó hacia la iliria dispuesta a enfrentarse a ella.

—¡No se te ocurra ocultarme nada! ¡Nadie se me resistirá! Poco me importa que esos patricios te denigren. Yo incluso considero que no aprovechaste bastante los encantos de tu juventud. ¡Por mi parte no hubiera dejado escapar a Justiniano! Ya has visto qué ascendiente tengo sobre él. Pues bien, esto sólo es el principio. Será conveniente que los cortesanos lo recuerden: su esclavitud puede ser prolongada y rigurosa. No te avergüences de tu pasado.

Deseo que te enfrentes a esas familias llena de altivez, con absoluta despreocupación. Los fundamentos de la auténtica nobleza deben desaparecer; en adelante sólo habrá una fuente de riqueza y honor: el servicio de la emperatriz... y del basileo.

—Teodora, tú has sido mi compañera en los tiempos difíciles. Juntas recobramos la confianza y nos prometimos no sucumbir al destino que nos aguardaba. Una vez hubiésemos envejecido y perdido nuestros encantos, habríamos ido a engrosar las filas de los mendigos...

—No se hable más de ello, Macedonia. Compréndelo, a través de ti los nobles se burlan de mi vida.

Macedonia asintió. No podía transmitirle la desazón que la invadía: Teodora seguiría siendo siempre para ella la joven actriz de mimo llena de voluntad que había sabido devolverle el placer de vivir. La soberana imbuida de su legitimidad, aparecía de pronto ante sus ojos como una desconocida. La obstinación de su amiga por superar un destino adverso la había ayudado a enfrentarse a Teodosio y sus compañeros. En la corte, aquella búsqueda siempre incansable la dejaba perpleja. Teodora, adivinando al parecer su inquietud, interrumpió sus pensamientos.

—¿Echas de menos Antioquía y la apacible existencia en la capital siria? ¿Acaso habrías encontrado un muelle nido, incluso en medio de las ruinas?

—¡No, gran Dios, no! Pero no sólo huí de Antioquía, actualmente pertenezco a la corte imperial. Aquí tengo la impresión de haber descubierto un paraíso cuya puerta había entreabierto a mi pesar hace mucho tiempo, en compañía de Justiniano. Gracias a tu protección no me veo obligada a ganarme el techo y el sustento; los senadores ahora me ofrecen la perspectiva de sus cabezas inclinadas en profundas reverencias. ¿No podríamos disfrutar de nuestra buena suerte sin estar rodeadas de este cerco obstinado de envidias? Perdona mi inocencia, si te hablo con tanta franqueza es porque el tiempo y las pruebas que pasamos juntas me permiten expresarme con confianza, pero aún me siento extranjera en esta corte.

* * *

Las estelas del cementerio se levantaban a centenares, erigidas sobre pequeñas elevaciones de terreno. Las blancas piedras empapadas por las lluvias destellaban entre la luz del amanecer. Tras una de aquellas losas se removía un personaje. El hombre suspiró incapaz de seguir disfrutando de la tranquilidad de aquellos lugares. Se sentó y se pasó una mano por su rostro rascándose seguidamente los enmarañados cabellos. El pobre diablo se había refugiado entre las tumbas para pasar la noche: su túnica debía de haber sido hermosa antes de que la suciedad y el uso la convirtiesen en harapos.

Una espesa hierba cubría los montículos de tierra. El refugiado de la necrópolis se instaló en el suelo, recogió un pedazo de pan que había mendigado en la ciudad y se disponía a dar buena cuenta de su parco alimento cuando un ligero ruido le impulsó a ocultarse tras la estela. Una mujer cubierta con un chal avanzaba entre el dédalo de sepulturas. El mausoleo de un rico notable la ocultó un instante y seguidamente reapareció aproximándose a él.

El hombre contuvo el aliento: sus temores se habían disipado. No temía enfrentarse a la recién llegada, pero se resistía a dejarse ver. La desconocida alzó su velo y leyó uno de los epitafios prosiguiendo después su búsqueda. La mujer parecía indecisa, tratando de localizar alguna inscripción que le resultase familiar, pero sentía decaer sus ánimos. De pronto el vagabundo se irguió, trastornado al reconocer aquel rostro conocido.

—¡Señora! ¡Macedonia! —exclamó.

La dama de compañía de la emperatriz se sobresaltó asustada, pues la presencia del mendigo no era en modo alguno tranquilizadora, y hubiese huido al instante si su nombre no hubiera resonado como un eco entre los muros de la iglesia.

—¿Me conoces? —se sorprendió.

El hombre le tendió las manos en ademán de súplica sin responderle. Macedonia le observó con detenimiento tratando de descifrar el enigma de aquellos rasgos ocultos por una espesa barba. Una gran marca roja le cercaba la frente. La cortesana se acercó a él intrigada.

—Soy tu esclavo —susurró el hombre—. ¿Me recuerdas? El dardanio de Antioquía.

Los claros ojos y las mejillas prominentes del desdichado despertaron sus recuerdos y Macedonia creyó encontrarse de nuevo en casa de Teodosio, cuando el puñal de su servidor se hundía en el torso de Callinicus. Pensó que aquel encuentro era muy extraño y a su mente acudieron las palabras de Teodora durante su estancia en el palacio de Hieria.

—Te creí muerto. ¿No fuiste detenido y condenado por robo?

El dardanio, confundido, asintió en silencio.

—Veo que estás al corriente. Sí, derroché el oro que me diste y me vi obligado a buscar los recursos necesarios para viajar hacia el norte. Lo cierto es que fui sorprendido por los esclavos de un mercader cuando intentaba forzar la puerta de su vivienda. Estuve a punto de morir antes de que me entregaran a la guardia del prefecto de la ciudad.

Macedonia recordó las burlonas alusiones de Teodora respecto a Callinicus.

—No vacilaste en delatarme. ¿Cómo te atreviste a ello?

—¿Qué otra cosa podía hacer para salvar la vida? No tenía nada más que ofrecer a cambio cuando me condujeron ante un oficial de palacio.

—¿Fue entonces cuando decidiste vender mi secreto? ¿Lo hiciste por dinero? No lo comprendo.

—Presencié la coronación de la emperatriz en Santa Sofía confundido entre la multitud y te descubrí entre su séquito, en la plaza del Augusteón. Desde aquel instante comprendí que habías logrado reunirte con tu amiga.

—Yo no te había hablado de mi vida en Constantinopla.

—Teodosio no se privaba de ello y Teodora frecuentaba vuestro hogar. Sin haber recibido las confidencias del viejo senador ¿crees que hubiera aceptado asesinar a un hombre a cambio de una vaga promesa de retorno a mi patria?

—¿Qué esperabas de mí?

El dardanio se encogió de hombros.

—Nada. Te sabía influyente, o por lo menos dispuesta a reintegrarte al círculo de Justiniano, y pensaba que podías ayudarme a establecerme en un terreno. No sentía deseo alguno de convertirme en esclavo de ningún campesino de Dardania. Al llegar a Constantinopla me quedé tan estupefacto como tú al enterarme del matrimonio de Justiniano con tu amiga. En adelante tuve dos buenas razones para encomendarme a semejante señora.

—Y de vender cara la confesión del asunto del proxeneta.

—Mi vida no valía tanto. El oficial que escuchó mi confesión se rió de buena gana y seguidamente me envió al servidor del palacio sagrado quien anotó mis declaraciones sin decir palabra. Yo no me detuve a reflexionar: las palabras brotaban de mi garganta obsesionado por los instrumentos de tortura que tenía ante los ojos, pegados a los muros de la sala. Jamás hubiese imaginado...

Su mirada se perdió en el vacío, absorto en espantosos recuerdos.

—Tu traición no te sirvió de nada —le interrumpió bruscamente Macedonia.

El esclavo hizo una señal de asentimiento.

—Cuando el hombre concluyó sus anotaciones llamó a los guardianes que vigilaban la puerta de aquella estancia subterránea, que me arrastraron por el suelo, me encadenaron, azotaron y quemaron las piernas en un suplicio que se prolongó durante horas y, antes de dejarme suspendido en el aire, cargado de grilletes, empaparon de agua una tira de cuero y me ciñeron la frente con ella. Tengo la sensación de haberme desvanecido a causa del agotamiento, pero poco después me despertó un dolor terrible. Sentía el cráneo apretado por aquella banda que se encogía al secarse. Grité como enloquecido sintiendo que los ojos se me salían de las órbitas, de tal modo que mis alaridos atrajeron a los guardias y éstos, cansados del estrépito que armaba, me soltaron y me dejaron en el suelo. No debían considerarme una presa importante porque acudieron algunos soldados a buscarme que me abandonaron en una callejuela desierta.

—¿Son ésas las señales del martirio que sufriste aquella noche? —se interesó Macedonia señalándole la frente.

—Me temo que las conservaré para siempre. Luego estuve vagabundeando por la ciudad, mendigando o robando para poder subsistir. Y lo cierto es que nada he hecho para merecer tantas desdichas. ¿Creería alguien que somos dos fugitivos de la misma especie viéndote tan lujosamente ataviada?

Macedonia trató de disimular su disgusto.

—¿Sueles dormir aquí?

—Este lugar me resulta más tranquilizador que los calabozos del palacio sagrado. Tampoco a ti parece desagradarte, no se entra por casualidad en un cementerio.

—Trato de encontrar a un amigo desaparecido.

—¿Falleció durante tu estancia en Antioquía?

—No, antes de marcharme descubrí que se había ahorcado, pero no pude ocuparme de su sepultura.

—En el extremo del recinto descubrí tumbas muy hermosas que sin duda estarán llenas de tesoros. Desde que me refugié a la sombra de esta iglesia se suceden continuamente los enterramientos. En estos momentos los sepultureros trabajan de modo ininterrumpido. Tal vez se deba a que las prisiones y las salas de tortura de palacio rebosan de huéspedes.

—Se tratará de bandidos de tu calaña.

El hombre se echó a reír confiando que Macedonia no se mostraría inflexible con un mendigo que únicamente había tratado de librarse de una muerte segura.

—Desengáñate, en los subterráneos encontré muchos hombres e incluso mujeres encadenados, algunos de los cuales lucían ricas joyas que evidenciaban su posición social. Justiniano impone su justicia con idéntico rigor: no me atrevería a atribuirle parcialidad alguna en este sentido.

Macedonia hizo caso omiso de aquellas palabras, sabedora de que Teodora había comenzado a poner en práctica sus amenazas. El refugiado de la necrópolis interrumpió sus pensamientos.

—¿Cómo se llamaba el desaparecido? —se interesó.

—Alejandro, era coreógrafo y el mejor de los hombres.

—Teodosio tampoco era mal amo. ¿Crees que habrá logrado superar su mal?

—Poco me importa —repuso Macedonia, irritada ante los remordimientos del dardanio—, alguna alma caritativa le habrá dado cristiana sepultura.

El esclavo suspiró. Macedonia observó su rostro detenidamente: el cansancio y las privaciones habían dejado en él su impronta. De repente se acordó de Irene. ¿Se encontraría también ella en los calabozos imperiales?

—Cuando te referías a los cautivos, a esos nobles que se amontonaban en las prisiones, ¿recuerdas haber visto a alguna joven entre ellos?

El vagabundo hizo un ademán de impotencia.

—Lo ignoro. Pero observé que se trataba en su mayoría de hombres. ¿Por qué deseas saberlo?

—Constantinopla ya no ofrece seguridad para nadie. No es algo que te importe, pero te aconsejo que trates de huir de esta ciudad.

—¿Cómo voy a conseguirlo? ¿Saqueando las tumbas?

Haciendo un esfuerzo por dominar su cólera, Macedonia contuvo su impulso de abofetearlo. Su antiguo cómplice la observaba con aire derrotado. Pensó qué habría hecho Irene en su caso, si hubiese vacilado en ayudarle, y recordó la bolsa de oro que la patricia le entregó el día que llegó a la ciudad imperial. Buscó instintivamente en su cintura hasta dar con la bolsita que solía llevar consigo. La cortesana dejó caer el chal sobre la losa de una tumba, soltó la banda que le ceñía la cintura y extrajo el objeto que tendió al esclavo. El hombre lo observó con detenimiento. Abrió ligeramente la bolsa de cuero y una expresión radiante iluminó su rostro al contacto de las monedas de oro que acababan de rodar entre sus dedos.

—Te entrego este presente en nombre de una mujer que sabe demostrar su amor al prójimo —murmuró su bienhechora—. No me des las gracias: a ella debes tu salvación. Desaparece para siempre: bastaría una sola palabra mía para que te despellejaran vivo en castigo de tus faltas. Todos aquellos que osan ofender a las amigas de la emperatriz corren peligro de muerte. No te demores en regresar a Dardania. Si por azar volviésemos a encontrarnos, no te concedería de nuevo mi perdón.

Antonina se levantó, intrigada ante la irrupción de una desconocida en los aposentos de la emperatriz. Al comprobar que se trataba de Macedonia, la esposa de Belisario se tranquilizó enfrascándose de nuevo en las animadas conversaciones del grupo de cortesanos. La iliria se aproximó; los allegados de Teodora se apartaron y la bailarina descubrió a la señora del imperio sentada en un sillón con expresión ausente. Los comentarios que se cruzaban en su entorno, que en breve se vieron seguidos de solicitudes más o menos disfrazadas, eran cada vez más apremiantes. La soberana impuso silencio y seguidamente anunció:

—Te estábamos aguardando. ¡Callaos y escuchadme! Dejad de disputar entre vosotros por alcanzar honores; en estos momentos tengo preocupaciones más importantes. Ningún servidor más idóneo para la misión a que me refería que la bella Macedonia. Si debo dar crédito a mis adivinos, Justiniano necesita más que nunca de mis consejos.

La emperatriz se levantó. Antonina le sonrió cambiando con ella una mirada de inteligencia y una señal de asentimiento.

—¡Id a divertiros con los juegos de azar! Sólo me acompañarán Narsés, Antonina y, como es natural, Macedonia.

La iliria acomodó sus pasos a los de sus compañeros, sin llegar a comprender la razón de su presencia en los pasillos del palacio sagrado a aquellas horas tan intempestivas. Sin atreverse a interrogar a Teodora, cuya expresión reconcentrada no invitaba a las confidencias, se decidió a murmurar al oído de Narsés:

—¿Sabes qué quiere de mí? Sus esclavas me han sacado del lecho... ¿Por qué me distingue de tal modo?

El eunuco mostró expresión de recelo y seguidamente pareció cambiar de idea.

—Vamos a asistir al consejo. Justiniano no tomará decisión alguna sin contar con su esposa.

—¿Ha sido amenazado el trono?

Su interlocutor se encogió de hombros.

—Limítate a escuchar al emperador.

El grupo se aproximaba a la cámara del basileo, los miembros de la guardia eran cada vez más numerosos y se mostraban alerta al menor ruido de pasos. Los allegados de Teodora penetraron por fin en una sala redonda, iluminada por una enorme araña de hierro llena de lámparas de aceite. Tres hombres conversaban en voz baja, Justiniano acentuaba sus expresiones con ademanes nerviosos, mal reprimidos. Ante la presencia de la emperatriz, pareció sentirse más relajado.

—¡Por fin te has decidido a venir...! Aunque, según veo, acompañada de tu séquito.

Teodora se justificó:

—Narsés me parece un servidor de extraordinaria sensatez y que me aconseja en su calidad de gran chambelán. En cuanto a Antonina, no quería mantenerla demasiado tiempo alejada de Belisario.

Justiniano se echó a reír ante el aire contrito de su general.

—Ellas siempre tienen razón, Belisario —comentó.

El soberano dirigió una significativa mirada hacia Macedonia, pero se abstuvo de hacer ningún comentario.

—Hermógenes, ya estamos todos reunidos y dispuestos a escucharte —comenzó dirigiéndose a su segundo dignatario—. Estoy convencido de que a la emperatriz le gustará oír tu relato. Repítele tus palabras y guárdate de cambiarlas: no debemos ocultarle nada.

El hombre se inclinó ante Teodora observando rigurosamente el protocolo. Macedonia advirtió la dignidad y mesura de su saludo. Cuando se levantó, la cortesana se sintió intrigada ante aquel rostro de tez cetrina, cuyos prominentes pómulos y párpados ligeramente rasgados acentuaban su aire extranjero.

—¡Maestro de oficios, apresúrate a informarme de lo que de tal modo irrita al emperador! —se impacientó Teodora.

Macedonia comprendió la importancia del servidor de Justiniano, que tenía a su cargo la dirección de la casa imperial, y la impresionó la arrogancia de aquel personaje al que Teodora no parecía apreciar demasiado. Hermógenes inició su relato:

—Como bien sabes, señora, el basileo se ha dignado encomendarme una empresa difícil. Tal vez hubiese sido más lógico que se hubiera designado a un general al frente de la embajada que ha decidido enviar a los bárbaros...

—Tus orígenes justifican tal honor —replicó Teodora—. El hijo de un jefe de los hunos era el bizantino más adecuado para comprender a los bárbaros.

Hermógenes se envaró ostensiblemente: aquella filiación le resultaba incómoda.

—Durante mi periplo por las tierras del norte he comprendido hasta qué punto se halla amenazada la Nueva Roma: los pueblos de las estepas y de los bosques se proponen lanzarse sobre nosotros: entre los oficiales de las fortalezas del Danubio nadie duda de ello.

—¡Justiniano, dame tres mil jinetes y aplastaré a esos salvajes! —exclamó Belisario.

Hermógenes se volvió hacia el estratega, un coloso que lucía la armadura de los jefes del ejército, que acababa de expresarse con tanta vehemencia.

—¿Y entretanto qué harás con los persas que se concentran en Oriente, más allá del Éufrates, y de las tribus árabes del desierto? Estos últimos en otro tiempo eran fieles a nuestros gobernadores de Siria, pero en la actualidad se sienten tentados por el oro de los reyes sasánidas y amenazan con unirse a los persas. Justiniano, tus ejércitos jamás podrían enfrentarse a tres enemigos...

Belisario se adelantó, dispuesto a interrumpir de nuevo al diplomático. Justiniano se lo impidió.

—¿Cómo reprocharte tu franqueza? Tus orígenes... —el emperador lanzó una significativa mirada a Teodora— me demuestran cuánto has llegado a amar y a servir a tu nueva patria. Teodora, ¿qué opinas de tales afirmaciones?

—Hermógenes merece el rango que ostenta. Sin embargo, todavía no nos ha explicado qué milagro podría salvar a la Nueva Roma.

El huno no se inmutó ante aquella nueva andanada de la emperatriz.

—Los persas pueden ser vencidos... con un ejército bien dirigido; los nómadas árabes desean oro, que podemos entregarles para comprar la paz. En cuanto a los bárbaros del norte, los godos, temen tanto como nosotros a las hordas de los hunos instalados en las proximidades de los bosques donde moran. Algunos sirven en las filas de nuestros soldados federados en la frontera del Danubio. Los jefes de los godos aceptarán una alianza si les hacemos el honor de acudir a solicitarla. Quedan los ejércitos de caballería procedentes de Asia, los hunos. Aunque me haya criado en la corte de Constantinopla, entregado en prueba de amistad a un soberano vecino, los conozco bien. Yo representaba entonces la prenda de una alianza que nuestros respectivos pueblos simulaban creer eterna.

—Será necesario contar con un general para el combate, tal vez Narsés... —intervino la emperatriz.

Justiniano no la dejó concluir su frase.

—Belisario irá a Oriente al frente de nuestros mercenarios y sabrá hacer entrar en razón a los persas.

El general se arrodilló a los pies de su amo, humillando la cabeza entre sus escarpines de púrpura: Macedonia sorprendió una mueca de desprecio en el rostro de Antonina. Teodora, que no guardaba rencor alguno ante su fracaso, añadió:

—Nadie se atrevería a oponerse a tu voluntad, Justiniano: sabes escoger excelentes servidores. ¿No sería preferible que Hermógenes regresara al Danubio y procurase reunirse con los príncipes de los hunos a fin de hacerles propuestas de paz?

Justiniano pareció aliviado ante aquellas palabras.

—Me congratulo de que aprecies los méritos de mis colaboradores. Así será. Hermógenes, dispónte a partir allende nuestras fronteras. Narsés te preparará una escolta. ¿Bastará ello para reconocer el talento de tu protegido, Teodora?

La emperatriz se inclinó con aire impasible.

—Permite que me retire. Una mujer no puede pasarse las noches agobiada por las responsabilidades del imperio; mis cortesanos me acompañarán; que la guardia custodie la puerta.

Macedonia tendió una cesta llena de limones a la sirvienta que la acompañaba al pie de la escalera. Antonina, que acababa de reunirse con ellas en aquel instante, asió por la cintura a la bailarina y, pese a sus exclamaciones de protesta, la obligó a bajar entre risas.

—Hermosa criatura, basta ya de juegos bucólicos. Olvida la recolección y los recuerdos de tu juventud. Teodora no te ha invitado a su parque para que refresques a un escuadrón de sedientos.

Sorprendida al verse levantada como un haz de leña seca, Macedonia aguardó a recibir más información. La esposa de Belisario despidió a la esclava y aguardó hasta verla desaparecer tras el huerto antes de proseguir con sus aclaraciones.

—La otra noche Teodora no pudo ponerte en antecedentes del papel que te tiene destinado... Se trata de una misión delicada. El encuentro con Justiniano no se desarrolló como ella había previsto y la emperatriz ha tenido que revisar sus planes. La esposa del basileo me ha encargado que te informe de que no quiere verse excluida de los negocios del imperio, ni siquiera los relativos a la diplomacia. Como habrás visto, Justiniano cuenta con servidores leales, Belisario y Hermógenes entre ellos, y la emperatriz desea granjearse la confianza de esos dignatarios. Belisario no se atreve a negarse a ninguno de mis deseos y nuestra señora ha intervenido para que sea designado jefe del ejército de Oriente —al llegar a este punto Antonina rio de buena gana—, con la única presencia de Narsés a quien Justiniano detesta. Por esa parte estamos tranquilas, podré controlar todas sus acciones. Pero, en cuanto a Hermógenes...

—¿Se propone corromperle?

—Te queda mucho por aprender: Hermógenes es el único mensajero aceptable para los hunos puesto que pertenece a su pueblo. Teodora se conformaría con obtener su adhesión secreta. El imperio cuenta con dos cabezas: la una ha sido consagrada y reina en majestad; la otra debe usar de astucias e imponerse en la sombra. Nosotras la ayudaremos a ello con todas nuestras fuerzas.

—Creo adivinar tus pensamientos.

—Esto te ayudará a comprender la decisión de nuestra soberana. Antes de la entrevista había decidido confiarte al general designado para combatir los pueblos del norte con el pretexto de que te acompañase a Iliria. El hombre no hubiera podido negarse pues tu lugar natal es punto de paso obligado hacia el país de los godos. Mas ignorábamos quién sería el elegido por el emperador. La exposición de los hechos realizada por Hermógenes hizo cambiar de opinión a Justiniano que, ante la descripción de los peligros, sintió arder su ímpetu guerrero. Al escuchar a Hermógenes, Teodora pensó en ti. Hemos sorprendido a ese hombre mirándote en varias ocasiones y la emperatriz cree que no te será difícil engañarlo. Entonces impulsó a Justiniano a renovar la embajada sin concretar que tú formarías parte de la misma. No ha resultado fácil convencer al maestro de oficios, por ello no te ha advertido

Teodora previamente de sus proyectos. Partirás de Constantinopla dentro de pocas semanas, ansiosa de regresar a tu provincia, pero mudarás de opinión por el camino y suplicarás a Hermógenes que te proteja...

—¿Deberá colmarme de tesoros o bastará el precio de mi cuerpo para pagarle su fidelidad a Teodora? —repuso secamente Macedonia.

—Haz lo que creas más oportuno para el servicio de la emperatriz. Teodora desea conocer lo mejor posible a ese nuevo maestro de oficios cuya sumisión obtendrá oportunamente. Su voluntad de paz estimulará los proyectos de la soberana; ya llegará el momento de eliminarlo si contraría nuestros planes.

Macedonia se dejó caer en el suelo y arrancó un puñado de hierba.

—¡Cómo saboreas tu victoria...! Te resentía verme ajena a vuestros manejos y a las bacanales que celebráis con advenedizos insaciables. Teodora ha sucumbido a tus consejos, necesitaba una cortesana y me ha escogido...

Antonina observó a la joven que se encontraba postrada a sus pies.

—Piensa lo que quieras y obstínate en no abrir los ojos —repuso finalmente.

A continuación se acercó a su compañera y prosiguió en un murmullo:

—No luches contra el sentido de tu vida y juega tus mejores bazas: la emperatriz te protege, nada puede oponerse a tu voluntad.

—Aparte de los deseos de nuestra señora.

La esposa de Belisario suspiró.

—Hubiera sido mejor que no hubieses regresado. ¡Qué ceguera la tuya, día tras día...! No cuentes conmigo para traicionar las órdenes de Teodora.

—No te he pedido semejante cosa, infórmame de la marcha de la embajada.

—Hermógenes no es un proxeneta, yo he tenido que esforzarme por complacer a rústicos de otra ralea. El propio Belisario, tras sus modales tan corteses...

—¡Basta ya! ¡Ve a confiar tus remordimientos a Teodora!

* * *

Atrás había quedado Constantinopla, en el sur, y la caravana de carros remontaba los caminos de tierra que se dirigían al Danubio. A las praderas tracias habían sucedido inmensos y sombríos bosques escasamente atravesados por senderos fangosos bordeados de calveros. El jinete encargado de abrir la marcha detuvo su montura y sacudió los copos de nieve de su pelliza tratando de orientarse en el paisaje de colinas boscosas cubiertas de una blanca aureola. La tropa del emisario de los soberanos de Bizancio moderó a su vez el paso. No se distinguía ninguna huella humana en aquel horizonte silvestre; algunos pájaros echaron a volar por el cielo bajo.

Hermógenes acudió a su encuentro. Había cambiado sus vestiduras cortesanas por el equipo propio de los hombres de las estepas: de su capa de oso asomaban los pantalones y una burda toca ceñía el contorno de su casco.

—¿No era en este lugar donde debíamos reunirnos con los godos? ¡Esos federados a quienes el emperador autoriza a permanecer en Mesia deberían respetar la palabra empeñada!

El soldado inspeccionó el bosque que los rodeaba y comentó:

—¿Quién se atrevería a arrojarlos de este país? Sólo nos pertenece en los mapas que se conservan en el palacio sagrado.

Hermógenes pareció divertido ante aquella observación que revelaba un gran desengaño.

—No andas muy equivocado, pero si perdemos estos hostiles parajes, nada quedará del imperio. Vamos, intenta atravesar el valle y regresa con esos malditos bárbaros. No puedo adentrarme más en Mesia sin contar con una protección digna de tal nombre, pues incluso una banda de forajidos nos vencería. No informes de nuestros proyectos a los godos y recuerda que en esos carros viajan mujeres. Manténte mudo a ese respecto: ya lo descubrirán llegado el momento.

El bizantino partió al galope y desapareció entre la sombría masa de abetos. Hermógenes se arrebujó en su capa, acarició las crines heladas de su caballo y se aproximó a un carruaje cubierto cuyas ruedas estaban semiatascadas. El maestro de oficios renunció a poner pie a tierra, separó una colgadura y trató de localizar a Macedonia. La amiga de Teodora estaba tendida sobre pieles, aterida de frío. La irrupción de Hermógenes la sacó de su espantoso aburrimiento. El enviado de Justiniano se hubiera confundido perfectamente con sus hermanos asiáticos si su exótico rostro no hubiese estado enmarcado por unos cabellos cortos y correctamente cortados.

—Desesperaba por ver una presencia humana —comentó con vehemencia la cortesana—, ¿acaso vienes a informarte de mis deseos?

Hermógenes apenas se había preocupado de su huésped desde su marcha, considerando que le bastaba con sus sirvientas para hacerle compañía. Aquella carga impuesta a su embajada le había irritado en principio y luego malhumorado en extremo cuando Macedonia decidió proseguir el viaje en su compañía hasta Mesia.

—Tan sólo te preocupan tus caprichos; podrías regresar a Iliria sin privarme de gran parte de mi escolta. Pagarás muy cara tu curiosidad en sufrimientos y privaciones; Mesia no es un país muy agradable al principio del invierno. Ya te lo advertí...

La joven se encogió de hombros.

—Poco importan este u otro lugar —comentó.

—¿Acaso ya no toleraba Teodora tu presencia en la corte?

—¿Quién sabe? Así podría creerse viéndome de tal modo relegada...

Hermógenes decidió hacer más averiguaciones.

—Iliria no ha sido nunca el fin de tu viaje, ¿verdad? —inquirió.

—No trato de molestarte, déjame en paz.

—¿Por qué iba a temerte, sobre todo encontrándonos lejos de Constantinopla, en estas soledades glaciales? Aunque es cierto que al regresar a la corte...

—¿Prefieres los bosques de Mesia?

—Sin duda alguna.

Macedonia sonrió, Hermógenes jamás la había visto tan relajada.

—Te comprendo; si pudiera, algunos días también huiría hacia un refugio apacible.

Los carros estaban rodeados de una imponente tropa de bárbaros, la escolta de los godos que por fin habían acudido al encuentro de la embajada, en los confines de las colinas de Mesia. Desde hacía semanas los caballos arrastraban ya sus carros por una llanura infinita. Macedonia se había decidido a abandonar su habitáculo y cabalgaba junto a Hermógenes observando inquieta a las hordas.

—¿Te inspiran confianza esas tribus? —preguntó a su compañero—. Los godos me aterran.

Hermógenes trató de inspirarle confianza. Había llegado a conocer bien a Macedonia y apreciaba la espontaneidad de su trato.

—Teodora hubiera debido escoger otra espía menos impresionable. Reconozco que el aspecto de los guerreros bárbaros no es muy tranquilizador. Sus greñas hirsutas y esas pieles llenas de miseria me repugnan, pero te aseguro que la mugre de los godos sólo se ve superada por su valor frente a los hunos. Son los únicos que resisten en estos tiempos difíciles: esos jinetes acostumbrados a una vida penosa han sabido conservar una energía indomable en el combate: son auténticos lobos cuando se encarnizan con una presa... Confía en los godos; yo duermo mejor desde que han llegado.

Macedonia asintió poco convencida.

El sol alcanzaba el horizonte iluminando la llanura danubiana con su postrer resplandor. Los carros se detuvieron al llegar el crepúsculo y se levantaron las tiendas destinadas a los soldados bizantinos. Los bárbaros se instalaron algo más lejos, plantaron sus estacas cuidadosamente para mantener sujetas a sus monturas y se dedicaron a liberar el suelo de su capa de nieve a fin de que las bestias pudieran alimentarse con los escasos restos de vegetación helada. Y, sin más preparativos, se envolvieron en gruesas pieles y se reunieron en torno a sus hogueras. Macedonia dejó a sus esclavas preparando su lecho en el carro y se adelantó hasta el límite de los timones encabestrados desde donde contempló el campamento de aquellos salvajes. La bailarina jamás había visto a jinetes tan rudos: su Iliria natal estaba poblada por aldeanos en quienes predominaba la influencia romana. La enviada de la emperatriz murmuró:

—Ni siquiera tienen cabañas, parecen una manada de fieras...

—Sin embargo tú sabes reconocer el valor de los hombres sin considerar si visten túnica de púrpura o collares de oro —murmuró alguien junto a ella—. Desconfía de tus juicios de patricia.

La joven se sobresaltó. Hermógenes se encontraba junto a ella.

—Me has sorprendido —protestó Macedonia llevándose la mano al corazón—, pero prefiero sentirte cerca de mí.

—¿No te asustan mis orígenes bárbaros?

—No olvides tu categoría de maestro de oficios.

Hermógenes asintió pensativo.

—Aquí ese título tiene escaso valor. Háblales de ello a esos godos...

—Aprecio tu modestia, que tanto escasea actualmente en la corte.

—¿Acaso estamos en nuestro lugar? Algunos días creo que más me hubiese valido no vivir jamás en Constantinopla. Tú debes de sentir algo parecido, ¿verdad?

Macedonia eludió la respuesta. El título de patricia la había halagado.

—Tú no tuviste otra opción que convertirte en rehén principesco.

—Mi padre tenía numerosos hijos y mi preceptor, un monje cristiano, era un sabio que me fascinaba con sus relatos nostálgicos de la Nueva Roma. Cuando llegó el momento, no rechacé el exilio.

Macedonia le observó, los años no habían dejado su huella en aquel rostro de finos rasgos. Los negros ojos de Hermógenes revelaban la divertida desconfianza del diplomático enfrentado a las marrullerías de la corte, pero Macedonia también había descubierto en él a un hombre sereno, que desdeñaba las frivolidades y mezquinos intereses de las banderías imperiales. Desde hacía poco había comprendido que pertenecían a la misma raza, libre y desamparada a un tiempo.

Algunos godos gritaban. Macedonia retrocedió. Unos brazos le rodearon los hombros.

—¿Adónde huirías? Constantinopla está muy lejos.

La joven no intentó liberarse de aquel abrazo y se dejó conducir hacia su carro. Hermógenes la levantó y la depositó sobre una litera. Macedonia conservó prisionera su mano y le atrajo hacia sí, sin prisas. El huno rechazó los montones de ropas y se tendió a su lado procurando no abrumarla con sus caricias. El emisario del basileo deslizó sus manos bajo la gruesa túnica de la bailarina recorriendo las curvas de su cuerpo hasta sus ocultas tibiezas. Macedonia apartó su capa y se descubrió mientras que Hermógenes se tendía sobre ella buscando sus labios. Los amantes se hundieron en las pieles allí amontonadas, confundiendo sus cuerpos en febril apresuramiento.

Macedonia sintió un frío impacto en las mejillas y apartó

suavemente a su compañero dormido rememorando aquellos instantes de locura.

«Hace tan sólo diez días eras el último a quien hubiese querido ceder. Teodora se reiría de nosotros si nos viese. Habías dudado de mis intenciones, pero jamás te las confesaré. ¡Si por lo menos pudiera parecerte siempre una patricia y nada más...! Sigue mintiéndome con tanta gentileza: ¡me siento tan dichosa a tu lado!»

Y se sumergió en los ruidos de la estepa, consciente de que se hallaban rodeados por un desierto glacial. La joven oriunda de los hermosos campos de Iliria tembló de pronto, tanto por los efectos del frío como por los espasmos de la pasión.

El godo desanduvo su camino para reunirse con sus hermanos que le aguardaban sobre una prominencia del camino desde donde se divisaba el curso majestuoso del Danubio. Las altas aguas habían inundado las orillas cenagosas y el grupo que constituía la embajada aguardaba a lo largo del río para embarcar en los panzudos barcos amarrados en la parte alta de la corriente. El jinete se reunió con el maestro de oficios.

—La orilla no está muy fangosa: los carros podrán circular por ella sin correr peligro. Tus marinos pueden venir a recogernos.

Hermógenes hizo sonar una trompa y la flotilla, enviada desde el puerto de una ciudadela bizantina a petición del embajador, inició sus maniobras con precaución. El huno lanzó una ojeada a Macedonia, como si se propusiera tranquilizar a aquella que compartía sus duras jornadas y colmaba sus noches de dicha.

—¡Dime!, ¿hemos llegado ya a tu tierra? —exclamó la iliria.

—¡Ya estamos en ella!

—¿Temes ser víctima de alguna venganza?

—No, mis hermanos son caudillos de guerra. Si no fuese por ti, me alegraría de atravesar estas estepas, pero debo considerar los riesgos: sois súbditos del basileo, vais escoltadas por guardias bizantinos. Constituís presas valiosas...

—No irás a abandonarme estando tan próximo el fin, Hermógenes...

—Prométeme regresar a Constantinopla, o a Iliria, si te lo pido.

—No me queda otra elección.

—Aquí las mujeres carecen de importancia y desconocemos los complots que se fraguan por los pasillos del palacio sagrado: tan sólo la espada y el arco aseguran el derecho del vencedor. Como ves, la vida en Constantinopla también tiene sus ventajas.

Las pesadas embarcaciones alcanzaron la costa rozando sus inmediaciones y los marinos se apresuraron a subir a bordo a los inquietos caballos. Los carros fueron amarrados y los godos ocuparon sus puestos y poco después golpeaban cadenciosamente las aguas con sus remos. La flotilla atravesó el Danubio viendo demorado su avance a causa de los grises remolinos. Hermógenes se situó en la proa de una de las barcas y escrutó el horizonte de la llanura. En ocasiones un árbol enredaba sus ramas en un cielo preñado de nubes. Macedonia, atemorizada en aquel extremo del mundo, se aferró al brazo de su compañero. El enviado de Justiniano susurró con aire ausente:

—No deben de estar lejos. Los oficiales de las fortalezas me han indicado que sus patrullas recorren constantemente las orillas del río.

—¿Por qué no franquean sus aguas?

—¿Quién lo sabe? Las tribus de los godos tal vez constituyan una defensa eficaz. Observa a nuestros protectores: no les agrada demasiado internarse en la llanura, donde no escasean las ocasiones de entablar batalla.

Los bárbaros se habían reunido rodeados de sus caballos y mantenían un conciliábulo. Uno de ellos acudió a presentarse a Hermógenes.

—En cuanto nos encontremos con los hunos, te abandonaremos —le anunció—. Nuestros clanes no desean enfrentarse a esos diablos.

El coloso, al parecer tranquilizado, se alisó la barba y volvió a reunirse con los suyos.

Los carros reanudaron su camino en la orilla opuesta atravesando la extensión de hierba cubierta de nieve. Los bizantinos vieron cómo los barcos soltaban sus amarras y remontaban la corriente, minúsculas presencias prendidas entre el cielo y la tierra.

Los campamentos se sucedían al ritmo monótono del viaje, apenas animado por algunas aldeas que se percibían a lo lejos. Un amanecer la negra humareda de un incendio atrajo la atención de la embajada y de sus guardianes. Todos los jinetes se pusieron en vanguardia y los carros cambiaron de ruta y siguieron como pudieron a la escuadra que partía a galope. Macedonia se había quedado con sus sirvientas y, al ponerse el sol, los soldados bizantinos se reunieron con Hermógenes y los godos ante las casuchas incendiadas de una aldea fantasma.

Los bárbaros amontonaban de cualquier modo jarrones, vestiduras y útiles, ante la indiferente mirada de Hermógenes. Macedonia acudió a reunirse con él.

—¿Qué hacen? —se interesó—, ¿se trata de un poblado enemigo?

—No, se limitan a apoderarse de los restos.

La cortesana examinó el amasijo de oropeles y pobres utensilios.

—¿Por qué les habrán infligido tamaño castigo?

—Deberás preguntárselo a los hunos, fíjate...

El maestro de oficios le señaló las primeras casas de tierra y madera, derrumbadas bajo el peso de las vigas calcinadas. En una callejuela yacían algunos cadáveres. Se aproximaron a ellos y descubrieron que tenían el torso erizado de flechas. Allí había perecido toda una familia.

—No han debido de pagar tributo —aclaró Hermógenes—. Quizá ya no tuviesen nada que ofrecer tras verse sometidos a tantas rapiñas. En fin, esto por lo menos nos indica que seguimos un buen camino. ¿No te arrepientes de no haber seguido la ruta de Iliria?

Macedonia permaneció en silencio. El embajador gritó a los hombres:

—¡Nos quedaremos aquí! Nuestros amigos nos encontrarán fácilmente.

Al llegar la noche los carros no formaron cerco, protección que hubiera resultado irrisoria si los hunos hubiesen decidido hacer sufrir un destino similar a los extranjeros que se habían aventurado en sus tierras.

El amanecer surgió entre una bruma procedente del sur que había recubierto poco a poco la llanura, mientras el sol dibujaba un disco descolorido sobre las ruinas. El acre olor del incendio impregnaba las ropas de Macedonia que abandonó el campamento para dar un paseo seguida de Hermógenes. Tras un tabique que aún se mantenía en pie aguardaba un grupo de jinetes. Hermógenes, que se había quedado inmóvil, ordenó a su amante:

—Dile al jefe de los godos que se reúna conmigo y avisa al oficial de mi guardia.

La bailarina se apresuró a seguir sus instrucciones; algunas siluetas surgían a cada instante confusas e informes, encorvadas sobre el cuello de sus monturas, unos caballos pequeños y nerviosos.

Los godos ya se habían reagrupado; los bizantinos montaban guardia en torno a sus carros. Macedonia partió de nuevo flanqueada por un soldado y por el coloso; Hermógenes conferenciaba con los hunos. Un caballo resopló en la espalda de la joven que se volvió sobresaltada encontrándose frente a un nómada. El hombre lucía una casaca de cuero adornada de pieles, había tensado su arco y no apartaba su penetrante mirada de Macedonia. Hermógenes los llamó.

—Hemos hecho bien en permanecer cerca de la aldea. Ayer la sometieron a pillaje y hoy regresaban a recoger el resto del botín...

A continuación se dirigió al godo:

—Creo que sería prudente abandonar este lugar.

El bárbaro asió la empuñadura de su espada e hizo una señal de asentimiento. El maestro de oficios atrajo a Macedonia a su lado.

—Nuestros caminos deben separarse: recuerda tu promesa. Afortunadamente estos guerreros pertenecen como yo al clan de los hunos sabir. Su reina, Boarex, no forma parte de mi familia, pero siempre hemos ejercido cierta influencia entre los combatientes. Intentaré convencerla de que se disocie de las restantes tribus antes de que la horda se lance al otro lado del Danubio. En esta tierra no hay lugar para ti; el jefe de la tropa garantizará tu protección y la de los godos hasta que lleguéis al río. No te demores; regresa inmediatamente a Constantinopla: si llegaran a unificarse, sus bandas asolarían el imperio y los carros de la retaguardia se entregarían al pillaje. Tampoco Mesia escaparía al saqueo: Ya has podido comprobar que no existe ninguna muralla de piedra ni un cuerpo de tropa que separe Constantinopla de esta vasta llanura... Manifiéstalo así ante Justiniano y Teodora: tu mensaje me será sumamente útil cuando regrese en primavera.

Macedonia se adelantó dispuesta a abrazar a Hermógenes, pero éste retrocedió.

—Les he dicho que eras una esclava como las demás que había adquirido a los godos. No les des a conocer tu auténtica personalidad: los hunos se sentirían muy satisfechos de saberte una persona distinguida. ¡Podéis partir!

Macedonia se quedó desconcertada. A una señal de Hermógenes, el godo la asió, se la echó al hombro y la condujo hasta el carro, anhelando salir cuanto antes del país. La enviada de Teodora fue arrojada al fondo de aquel habitáculo y apenas se enteró de que el vehículo se ponía en marcha.

* * *

La emperatriz se enfrentó a Macedonia. Contuvo su ira y se esforzó por repetir su pregunta:

—Hace varias semanas que has regresado con nosotros y nada o casi nada hemos deducido de esa embajada por tierras bárbaras. ¿Acaso no has salido de tu carruaje? ¿Te ha desdeñado Hermógenes? Si así hubiera sido, no dejarías de comunicármelo, ¿verdad? Tal vez tu misión fuese excesivamente difícil.

Macedonia suspiró. Ciertamente que no se había precipitado a los pies de su ama para darle cumplida cuenta de los avatares de su peligroso periplo por Mesia y allende sus fronteras. Un oscuro temor la impedía confiarse a ella, pues la preocupaba comprometer a su amante con cualquier sencilla confidencia, sintiéndose incapaz de calibrar el alcance de la más inocente de sus manifestaciones.

La esposa del basileo trataba inútilmente de obtener alguna revelación más importante que las meras impresiones del viaje parcamente reveladas por Macedonia.

La amiga de Hermógenes percibió la exasperación de la emperatriz y se dio por vencida.

—No te he ocultado nada: Hermógenes temía por nuestras vidas y nos despidió en las fronteras del país de los hunos. Ya te he explicado que nos encontramos con esos jinetes de las estepas cuando merodeaban cerca de sus víctimas. Será preciso que aguardes el regreso del maestro de oficios para tener más noticias. Tan sólo me confió un mensaje, pero para darte mi testimonio no precisaba de ello pues la realidad salta a la vista: la frontera de Mesia está abierta, inmensos espacios aparecen desprovistos de cualquier defensa. ¿Sabía Justiniano que nuestros únicos defensores son también bárbaros, pertenecientes a los clanes de los godos? Mas su buena voluntad es tan sólo aparente, me cuesta creer en la alianza de esos bárbaros, tan distintos de nosotros. Debías haber visto su campamento... Constituyen una horda salvaje. Algunas de sus bandas federadas vigilan las orillas del río y rompen el aislamiento de nuestras ciudades. Sin embargo, a la menor oportunidad correrían a reunirse con sus hermanos instalados al otro lado del Danubio. ¿Acaso no te he informado debidamente de esta situación?

Teodora examinó a su amiga con aire divertido.

—¿Seguirás tratando de engañarme durante mucho tiempo? No eres un oficial de la guardia: deja esas sutilezas estratégicas para ellos. Tu campo de batalla se reducía al muelle lecho del carruaje. ¿Qué sucedió allí, hermosa mía? ¿Se rindió el bárbaro a tus asaltos? Relátame ese episodio con todo detalle.

—¿Qué otra cosa hubiese podido hacer? —repuso Macedonia presa de suma tensión—. Únicamente con ese fin me enviaste tan lejos de la corte. Pues bien, tranquilízate, juntos pasamos las noches —vaciló un instante y adoptó un tono frívolo—, y apuesto a que él hacía tiempo que no disfrutaba de tal solaz a juzgar por el apetito que demostraba.

La iliria se interrumpió y observó a la emperatriz: a toda costa deseaba evitar demostrarle los tiernos sentimientos que en ella había despertado Hermógenes. ¿Conseguiría engañar a Teodora con sus escasas aptitudes histriónicas?

Mas la esposa de Justiniano parecía saborear su victoria.

—Has cumplido perfectamente tu misión. No es tan difícil brillar en la corte si uno se lo propone; en breve te concederé un título importante en mi entorno y podrás encontrar un buen partido. ¿Has pensado ya en ello?

Macedonia se estremeció incrédula.

—No, he sufrido excesiva esclavitud y vivo a gusto en la corte sin estar sometida a nadie. Por otra parte no he conseguido complacerte totalmente en tus deseos adueñándome del espíritu de Hermógenes.

—Ya te he exigido bastante —repuso Teodora—. Hazle sufrir algún tiempo, diviértete con él, pero sin comprometerte; es mucho mayor que tú y, esto te lo confío en el mayor de los secretos, su posición no es muy firme entre los consejeros del basileo. Es preciso que sepas escoger el buen grano...

La cortesana no recogió la alusión de la soberana, hasta tal punto estaba convencida de no poder contar con su protección. Sorprendida al descubrir en Teodora una enemiga en potencia, se juró a sí misma hacer causa común con Hermógenes. Siguió escuchando muy turbada las recomendaciones de su ama, sin reaccionar.

—Hermógenes no tardará en regresar: Justiniano ya se lamenta de su ausencia. Pero le conozco, el basileo es muy capaz de despedirlo ante la menor contrariedad. Utiliza a ese hombre como desees: engáñale o ámale, poco me importa, a condición de que no me creas ciega. Todo cuanto le exijo es que me obedezca y me tenga al corriente de sus gestiones diplomáticas. No olvides cuál es la auténtica fuente de tu felicidad: la confianza que te otorgo y mis pruebas de amistad. En lo sucesivo, espero más iniciativas de tu parte. A decir verdad, este viaje en compañía de Hermógenes debía decidir el lugar que ibas a ocupar en el seno de la corte imperial. Has triunfado en tu cometido y te conservaré con mis allegados entre los que, con ello no te descubro nada nuevo, cuentas con numerosos amigos.

Macedonia se inclinó ante la soberana, trastornada ante la posible ruina de su amante. Las palabras de Teodora se infiltraban poco a poco en su mente. La iliria hubiese deseado estrechar a Hermógenes contra su pecho, asustada ante la perspectiva de tiempos difíciles.

El relincho de un caballo sobresaltó a Macedonia. El jinete que la escoltaba por los bosques que dominaban el Bósforo le señaló una enorme encina. Hundió los talones en los flancos de su montura y el corcel franqueó en breves saltos la espesura hasta alcanzar un claro. Al pie del centenario árbol habían algunos carros desenganchados. Los soldados ociosos contemplaban el curso enfangado del brazo de mar que más abajo unía el Ponto Euxino con la Propóntide. Macedonia confió la bestia cubierta de espuma al cuidado de un esclavo y corrió hacia el lugar donde los hombres se habían agrupado.

—¡Macedonia!, ¿dónde vas tan de prisa? —exclamó una voz familiar—. ¿Acaso te pisa los talones la guardia del palacio sagrado?

La joven se detuvo con los ojos llenos de lágrimas; Hermógenes arrojó el timón que estaba examinando y la recibió con los brazos abiertos. La bailarina hundió la cabeza en los pliegues del manto del embajador, trató de dominar un temblor nervioso y buscó con avidez sus labios cubriendo seguidamente su rostro de besos furtivos. La pareja permaneció largo rato en silencio mientras los servidores se mantenían a cierta distancia.

—¿No ha sido seguido el esclavo que te envié? —murmuró Hermógenes.

—No, tranquilízate. Nadie está aún al corriente de tu llegada a las puertas de la ciudad. ¿A quién temes?, ¿a la emperatriz?

—Tal vez tan sólo quisiera verte antes de hallarme absorbido por mil tareas enojosas... —prosiguió el huno.

—Déjame que te informe: Teodora me ha exigido en varias ocasiones que le describa mi viaje y me ha sido imposible ocultarle nuestras relaciones.

Hermógenes la escuchaba con atención.

—¡Es preciso que desconfíes! —estalló Macedonia inesperadamente—. ¡Tan sólo piensa en poder manipularte como a todos los demás!

—Ha escogido una pésima espía —manifestó Hermógenes.

Macedonia no pudo contener la risa.

—Creo que comienza a darse cuenta de ello. ¿Regresas por lo menos con buenas noticias?

—Los godos no desean la guerra: están dispuestos a enfrentarse a los hunos para conservar la llanura panonia. ¿Quién sabe qué resultará de ese acuerdo? En cuanto a los hunos, mis hermanos, tan sólo las joyas de los cofres que ocultaba en mi carro han convencido a sus jefes de demorar el ataque contra Mesia. Espero que Justiniano comprenda la situación y refuerce la frontera del Danubio: esto costará muy caro al imperio.

—¿Es acaso un factor negativo para tu misión?

—Todo dependerá de Justiniano, mas confío en hacerle comprender el peligro de la situación. Teodora me parece mucho más imprevisible...

—No te tiene en ninguna estima: tan sólo espera verte convertido en un monigote esclavizado a mi persona.

—Estoy totalmente de acuerdo con ella —manifestó el maestro de oficios estrechándola con más fuerza.

Macedonia se apartó de él preocupada.

—Confía en mí, adviérteme de tus iniciativas y trataré

de adivinar lo mejor posible las reacciones de la esposa del basileo.

—No intentes algo irrealizable. Teodora puede burlarse de todos nosotros a su conveniencia. Soy el hombre encargado de administrar Constantinopla, millares de soldados me obedecen y, sin embargo, cada amanecer me repito a mí mismo que en cualquier momento puedo verme en las puertas de la ciudad convertido en un mendigo más. Confiemos, pues, en la protección divina mientras esperamos que lleguen épocas menos sombrías.

Macedonia se negaba a aceptar semejante fatalismo.

—La emperatriz no me ha amenazado, incluso me ha prometido un cargo de patricia.

—Que tienes bien merecido —comentó Hermógenes.

—Pero te repito que si te pone las zarpas encima te convertirás en algo insignificante, y presiento...

—Basta ya —la interrumpió Hermógenes—. Sé de qué se trata. Justiniano es el emperador, conoce perfectamente mis cualidades como maestro de oficios y diplomático y me defenderá de acuerdo con mis méritos.

Macedonia pareció abatida.

—Me temo que no te traeré buena suerte. Teodora jamás me perseguirá: me encuentro demasiado próxima a ella, juntas hemos superado muchas pruebas. Sin embargo, temo que despliegue sobre ti el odio que demuestra hacia los nobles.

—¿De qué le serviría un bárbaro entre todos sus trofeos?

—A la esposa del basileo sólo le gustaría ver a seres mezquinos al servicio de Justiniano a fin de aislarlo y someterlo a su merced.

—¿Y Belisario?

—¿Qué me dices de Antonina?

—Es cierto, la había olvidado. Vamos, por nuestra parte procuraremos desbaratar sus planes. Ahora debo entrar en la ciudad: Justiniano ha recibido mis mensajes hace varios días. ¿Dónde podremos vernos?

—Fuera de palacio. Teodora no resistiría el placer de separarnos para tenerme más sometida a su voluntad. Comienzo a comprender algunas reacciones que me habían sorprendido en ella.

Hermógenes ya no prestaba atención a las palabras de su amante y se disponía a organizar los preparativos de su embajada.

—Escúchame —le abordó Macedonia acercándose a él—, quisiera pedirte...

—No podría negarte nada, ni siquiera el matrimonio.

Macedonia se quedó boquiabierta y avergonzada de la petición que se proponía formularle.

—¡Hermógenes, te lo suplico, jura fidelidad a Teodora y viviremos en paz! ¡Súmate a sus consejeros y te recompensará!

A la iliria no le pasó inadvertido el disgusto que reflejaba el rostro de su amante.

—¿Te casarías con un esclavo, con uno de esos cortesanos dispuestos a lamer la suela de un calzado de púrpura?

La joven bajó la cabeza confusa. Hermógenes asintió.

—Muy bien, nuestros caminos podrían entonces correr a la par. Conozco tu pasado y comprendo tu actitud frente a la emperatriz, pero no me obligues a imitarte.

Un jinete de la escolta acudió a avisar a Hermógenes de que los carros ya estaban alineados en el estrecho camino forestal. Las trompas anunciaron la marcha. Protegidos con sus corazas, los lanceros abrieron el camino hacia la Nueva Roma. Hasta el instante de separarse Macedonia permaneció junto a su amante, en la linde del bosque.

Hermógenes se mantuvo obstinadamente silencioso, con las mandíbulas apretadas y fijando la mirada en el horizonte luminoso donde las olas rompían al pie de las colinas en la que se escalonaban las viviendas, entre las que sobresalían las cúpulas de algunas iglesias. Las terrazas del palacio sagrado componían una gigantesca escala que concluía junto al joyel plateado de la Propóntide.

Sobre las losas de mármol de la basílica de Santa Sofía resonó el rumor de unos pasos. Macedonia se volvió una vez más esperando ver aparecer por fin la silueta de Hermógenes. Por su lado pasó un hombre corpulento sin apenas reparar en ella. La cortesana suspiró decepcionada. Presa de creciente ansiedad, recordó el mensaje apremiante que un servidor de su amante le había entregado a primera hora de la tarde.

«¿Por qué tenemos que vernos aquí, a horas tan intempestivas, cuando él acude cada día a mi casa al caer la noche? ¿Habrá surgido algún problema? Justiniano le dispensó una excelente acogida a su retorno y le demostró su satisfacción ante el resultado de su embajada, y la propia Teodora se vio obligada a formular las consabidas frases de circunstancias... ¡Dios mío, tranquiliza mi tormento, que alcance por fin la paz y viva en ella hasta el resto de mis días!»

Macedonia alzó los ojos hacia la bóveda que coronaba el altar y aspiró el aroma embriagador del incienso que se había difundido por la nave durante el oficio precedente. Una muda plegaria animó sus labios, se cubrió la frente con el velo y otra vez se abstrajo en sus pensamientos. De nuevo percibió rumor de pasos —algunos fieles avanzaban hacia el coro— y seguidamente alguien se detuvo a su altura en la parte contigua del pasillo reservada a los hombres, aunque bastante próximo para hacerse oír por ella. La cortesana intentó serenarse adivinando la presencia de Hermógenes y pronunció quedamente su nombre sin atreverse a mirarle:

—¡Hermógenes...! ¿Qué sucede? ¡Me consume la impaciencia!

—¡Tenías razón! —musitó con voz ronca—. ¡Se ha salido con la suya!

Macedonia se irguió. Hermógenes fijaba su mirada en el vacío.

—Como maestro de oficios nada tengo que temer, pero

como hombre no puedo esperar nada, Macedonia. Tu ama sabe cómo destrozar un espíritu sin herir la carne.

—Por eso nos hemos encontrado aquí...

Hermógenes asintió.

—Teodora estaba al corriente de nuestros proyectos, ¿no es cierto? —prosiguió Macedonia.

Creía haber adivinado la trampa de la emperatriz.

—Teodora acepta que seas para mí un amante sin importancia, sin embargo se opone a nuestra unión.

—Pareces saberlo todo. Tras celebrar consejo en compañía de Justiniano la esposa del basileo me ha convocado a solas y me ha conducido a sus aposentos donde, tal como me temía, me ha propuesto un acuerdo: debía prestar juramento y convertirme en uno de sus sicarios, dispuesto a traicionar a Justiniano si por casualidad las decisiones del emperador llegasen a contrariar sus proyectos.

—Y, tal como me habías prevenido, ha recibido una negativa —murmuró Macedonia.

Hermógenes se exaltó.

—Justino me instruyó en la religión cristiana confiándome a los mejores preceptores sin ver jamás en mí a una criatura bárbara. Actualmente pertenezco a la casa de Cristo y vivo en el seno de la Nueva Roma. ¿Debía traicionar a su dinastía? Antes me sometería a tortura: por lo menos los hunos sabemos soportar el dolor. Y todo ello a fin de satisfacer las insensatas ambiciones de una mujer. Renunciar al servicio del imperio para entrar a formar parte de una camarilla de seres infames, en compañía de prostitutas y bandidos...

—Descríbeme la entrevista.

—Ella me tentó ofreciéndome oro, títulos... Todo fue en vano. Pero Teodora se reservaba una última baza: tú, tu porvenir. Esa perra ha sabido destrozarme sin darme ocasión de defenderme.

—¡Pero la emperatriz no puede disponer de mi persona; jamás me someteré!

Hermógenes mostró expresión de cansancio.

—Tu compañera de Antioquía no autoriza nuestro matrimonio por una excelente razón: ya ha escogido a tu futuro esposo.

—¿Qué dices? ¿Cómo se ha atrevido? ¡Supongo que no habrás creído en mi complicidad!

—No. Por otra parte tu ama no ha considerado oportuno facilitarme más información. Sin duda te comunicará en breve el nombre del feliz elegido.

—¿Y tú no has dicho nada? ¿Quién te obligaba a someterte si Justiniano no piensa destituirte de tu cargo?

—Me encontraba en un atolladero: había cerrado su trampa sobre mí y sobre mi hijo.

—¿Tu hijo...? Nunca me habías mencionado su existencia.

Hermógenes exhibió una tenue sonrisa.

—No es en modo alguno una criatura: en breve celebraremos su decimoséptimo cumpleaños. Su madre murió hace mucho tiempo.

—¿Y qué tengo yo que ver con él? ¡No será acaso mi futuro...!

Macedonia se había interrumpido aterrorizada ante semejante pensamiento.

—No, tranquilízate. Teodora abriga otras intenciones. Se ha ensañado con ese joven destruyendo de golpe sus proyectos de matrimonio. Por lo visto la emperatriz le destina a una de sus amigas.

Macedonia recordó la petición que una de sus cortesanas le había formulado en el parque de Hieria.

—¡Dios mío, era con semejante fin...!

—¿Estabas al corriente de ello? —se preocupó Hermógenes.

—Tan sólo asistí a la entrevista de una ambiciosa y de la emperatriz a propósito de un matrimonio inconvenientemente acordado, nada más. En aquellos tiempos no te conocía, ¿cómo iba a prever...?

—Es demasiado tarde. Teodora ha tenido la crueldad de proponerme la elección: renunciaba a nuestro enlace y mi hijo conservaba su libertad o tu protectora permitía que se celebrase nuestra unión que tanto anhelamos, por lo menos así lo dice ella, y mi hijo pagaba el precio de la afrenta experimentada por la soberana. ¿Qué hubieses hecho en mi lugar?

Estas últimas palabras llegaron a oídos de Macedonia como un eco lejano. La joven se había desplomado en el suelo, postrada, hundiendo la cabeza entre las manos. Hermógenes permanecía a escasa distancia, incapaz en su dolor de traspasar la avenida central de la iglesia. El hombre bajó los ojos angustiado por el dolor de Macedonia conteniendo a duras penas sus lágrimas. Algunos fieles que pasaban entre ellos dirigían furtivas e incómodas miradas a aquellos dos seres destrozados. El tiempo transcurrió sin que Macedonia recuperase los ánimos para levantarse. Hermógenes asumió la decisión de decidir el desenlace del drama.

—Sería inútil oponerse a Teodora, pero espero que Justiniano...

—No cuentes con ese cobarde —repuso la muchacha con la voz estrangulada por el llanto—. Teodora se ha adueñado de su espíritu desde hace años y él me detesta.

—Entonces sigamos las huellas de nuestro destino. Pienso abandonar el servicio imperial.

—¡No hagas nada de eso! —exclamó Macedonia—. ¡De ese modo no dispondrías de ningún medio para protegerte de sus servidores! ¡Sigue desempeñando tu cargo de maestro de oficios, sé fuerte como ella! Dios, en su sabiduría, no consentirá que persistan semejantes bajezas.

—¿Aún podemos creer en su piedad?

—No blasfemes. Él no es responsable de todas las villanías de semejantes diablos.

—Tú no podrás alejarte de la corte: la emperatriz no lo permitiría.

—¿Y dónde iba a refugiarme? ¿A Iliria, en la cabaña de tierra y ramajes de mis padres? No, soy una prisionera del palacio sagrado, por lo menos mi cuerpo pertenece a los soberanos que incluso pretenden gobernar nuestras almas.

Hermógenes la observaba con aire abatido.

—Teodora dispondrá de mis miembros y de mis labios puesto que tal es su deseo —prosiguió ella—. Pero te aseguro que este corazón que hoy se cierra te pertenecerá para siempre. Te suplico que no juzgues mis actos futuros sin recordar este momento. ¡Prométemelo aquí, en este lugar sagrado donde jamás compareceremos ante Cristo!

—Te lo juro.

—Ahora puedes irte: no volveremos a vernos.

—Teodora no ha exigido algo tan cruel. Incluso ha manifestado tanta doblez como para sugerir que una vez casada con el hombre que te ha destinado, tal vez sabrías conjugar el arte de esposa y el de amante.

—¡Cállate!

—Tienes razón, no hago más que aumentar su victoria. Dejemos pasar el tiempo que es el mejor consejero. Puedes estar convencida de que te guardaré eterna fidelidad.

Macedonia le hizo un breve signo con la mano. Los fieles que asistían al oficio nocturno comenzaban a instalarse en los bancos; en la basílica resonaban voces sofocadas. Hermógenes se apartó de repente alejándose de Macedonia con pasos precipitados. Algunas mujeres rodearon a la iliria y se arrodillaron a su lado procurando no alterar su aparente recogimiento.

A oídos de la cortesana, como en un eco lejano, llegaron los primeros cánticos de gloria y misericordia. Seguidamente su voz se unió al coro entonado por la multitud y en la bóveda resonaron las invocaciones a la clemencia divina.

Macedonia se sumergió en la devoción general: la imagen tranquilizadora de Irene invadió sus pensamientos y anheló tenerla a su lado. Sin duda la patricia le habría prodigado prudentes consejos. Una vez recobrada su lucidez, la amante de Hermógenes observó a las personas que la rodeaban, sin descubrir entre ellas ningún rostro familiar, y de nuevo se sintió sola en el mundo.

Prisionera del palacio sagrado y de sus amos, la cortesana comprendió hasta qué punto carecía de sentido su existencia.

* * *

La llanura de Bitinia sufría los efectos de un calor aplastante, los suaves efluvios de la brisa marina apenas superaban las costas asiáticas de la Propóntide. El inmenso desfile de soldados de infantería serpenteaba entre las colinas, en dirección a las mesetas desérticas de Anatolia. Narsés se proponía instalar un refugio de lona sobre una eminencia del terreno, desde donde los dignatarios de la corte podrían disfrutar del espectáculo de la compañía: los jinetes bárbaros habían precedido a la guardia de pesadas hachas y a continuación seguían los arqueros. Los cuerpos de élite encargados de la protección de la emperatriz, con sus cascos coronados por plumas rojas, cerraban la marcha del ejército.

—Son casi cuatro mil hombres —murmuró el eunuco pensativo contemplando las minúsculas figuras.

—¡Aún serían precisos más para que las gentes de estos países aprendieran a respetarme! —exclamó Teodora.

Las risas de sus acompañantes corearon sus palabras. La soberana hizo una seña e inmediatamente presentaron ante ella una litera arrastrada por caballos adornados con vistosos penachos. La esposa de Justiniano se dirigió a Narsés con aire preocupado:

—¿Aún nos encontramos lejos de los baños de Pitia?

—A pocos días de marcha, pero las cohortes se agotan bajo el sol.

—Utiliza el látigo si es necesario: un servidor castigado asimila mucho mejor las órdenes.

Narsés se inclinó. Algunos jinetes surgieron junto a él entre una nube de polvo con las espadas desenvainadas. Teodora asomó la cabeza tras el habitáculo velado por transparentes tejidos.

—¿Acaso nos amenazan los persas?

El eunuco la tranquilizó.

—Se enfrentan a nuestras tropas a varias semanas de marcha, más allá de las fronteras de Capadocia, pero aquí no tenemos nada que temer. Tal vez se habrán visto obligados a rechazar a algunos campesinos amotinados ante el paso del cortejo, ¿quién sabe?

—No me ocultes nunca la verdad o te dejaré abandonado en el desierto. Conozco perfectamente estas tierras salvajes: mi familia procede de un lugar perdido tras las montañas que se distinguen en el horizonte. Mi madre solía hablarme de la crueldad de sus habitantes y de cuán dura era la vida en estas provincias de Asia...

—Te aseguro, señora... Sabes cuánto me preocupa velar por tu existencia.

—Siento verdaderas ansias por llegar a los baños... Esas fuentes cálidas, el frescor que brindan los árboles... No recuerdo haber estado jamás tan ansiosa por llegar al término de un viaje.

—No olvides a los generales.

—¿Por quién me has tomado? Nadie me ha obligado a acudir a estos lugares para reunirnos con Belisario e Hypatius, los oficiales encargados de guerrear contra Persia: la idea partió de mí.

—No dudo de tu sabiduría, divina emperatriz, pero me pareciste cansada.

—Déjame utilizarlos y comprenderás por qué Justiniano me calificó de «don del cielo» en uno de sus últimos edictos.

Narsés se apartó momentáneamente de su lado al observar que el cochero se disponía a fustigar a los caballos del carruaje real. Teodora llamó de nuevo a su confidente.

—Dime, ¿dónde has instalado a la bella iliria? No recuerdo haberla visto todavía desde nuestra marcha.

—En uno de los carruajes donde viajan las damas de compañía. Si sus sirvientas no acudiesen a distraerla de vez en cuando, nadie se habría percatado siquiera de su presencia.

—¡Ve a buscarla!

Macedonia sintió oscilar las colgaduras de su litera y reconoció al punto a Narsés. El eunuco la saludó, la examinó un instante en silencio y seguidamente le ordenó que le siguiera. Al principio la cortesana, que acababa de despertar de un sueño profundo, fingió no comprenderle.

Macedonia observó el cielo sereno que se entreveía por el dosel calado: una vez más había soñado con el viaje realizado a Mesia en compañía de Hermógenes.

—¡Vamos, Teodora te aguarda! —insistió Narsés.

La iliria montó a la grupa con dificultades y se asió a la túnica del eunuco. El chambelán de la emperatriz galopó hacia la carroza de su ama que ya se había internado por un camino de piedra ascendiendo hacia una árida colina entre extensas rampas. La carrera del caballo había atraído la atención de la soberana que se dirigió a ella con expresión regocijada.

—¿Qué hacías sola y aislada, lejos de nosotros? No me gusta que la gente esté triste. Contempla este paisaje, las cañadas donde la gravilla da paso a los viñedos y los olivares que se extienden hasta donde alcanza la vista. ¡Todo me pertenece como emperatriz y también a mis amigos! ¿Acaso has olvidado la miseria de tu juventud, el proxeneta que se revolcaba sobre tu lecho? No me desesperes, mi dulce amiga...

Macedonia se dejó caer de su montura y permaneció indecisa, poco deseosa de dejarse ver y figurar entre el círculo de los cortesanos. Siguiendo las indicaciones de la soberana, contempló su entorno. El ardor del sol tan sólo podía compararse con la dulzura de la naturaleza que la rodeaba: huertos y cepas que crecían entre rebeldes arbustos en el mismo suelo componían un mosaico sutil, el entramado de una verde alfombra que se extendía en hileras regulares remontándose hacia las colinas.

—No conocía este país —logró balbucir finalmente la iliria—. Aquí se siente la dulzura de vivir.

Irritada por la indolencia de su dama de compañía, Teodora abrevió su contemplación. La esposa de Justiniano de buen grado hubiese abandonado a la bailarina en medio de aquel lugar entregándola a cualquier oficial solitario, pero las razones que impulsaban su viaje entrañaban unas necesidades imperiosas.

—Acércate a mí, me consta que te sientes desdichada. Entre mujeres nos entenderemos mejor. En breve llegaremos a los baños de Pitias. Allí celebraré una fiesta digna de la corte de Constantinopla en honor de los generales que tan valerosamente se enfrentan a las hordas procedentes de Persia. ¡Quiero que mis allegados rían y bailen, y tú no debes ser una excepción!

Las tiendas de campaña se extendían algunos centenares de metros en torno a las termas donde se habían instalado Teodora y su séquito. En una pequeña aldea, a escasa distancia, se albergaban los servidores vinculados al servicio de los baños de Pitias. Los contrafuertes de los montes anatolios rodeaban aquel puerto de paz y frescor, animado en tal ocasión con las idas y venidas del ejército. La emperatriz y algunos cortesanos se habían aventurado por un camino próximo al campamento; Macedonia avanzaba algo separada del grupo.

La soberana la aguardó a la sombra de un enorme rectángulo de lino blanco extendido sobre las pértigas que portaban cuatro esclavos. A una orden del chambelán, los servidores plantaron las estacas en tierra y abandonaron aquellos lugares en pos de los aristócratas. Teodora se dirigió a la iliria:

—Siéntate, tengo que tratar contigo de asuntos del imperio, el tiempo apremia.

Macedonia obedeció sin rechistar, sabiéndose impotente para decidir su destino que desde hacía meses ya había sido sellado.

Teodora no se molestó en fingir amabilidad.

—Te he ordenado que nos acompañases a Bitinia con el fin de concertar tu matrimonio. Justiniano y yo habíamos dispuesto tu enlace con un patricio importante mucho antes de que me fuesen reveladas tus relaciones con el maestro de oficios por un espía que se había infiltrado entre la escolta de Hermógenes. El aristócrata había dado su conformidad y era imposible volverse atrás.

Macedonia, que tenía la impresión de haber oído en sueños aquel discurso, permaneció inmutable: el nombre del elegido no parecía importarle. Teodora, que se había tomado una breve pausa, prosiguió irritada ante la absoluta indiferencia de su interlocutora:

—Se trata de Hypatius, sobrino del emperador Anastasio, a quien sin duda conoces. Junto con Belisario, le hemos nombrado general de uno de los ejércitos de Oriente. Me han informado de que se ha conducido con valentía frente a los persas y que nuestros enemigos retroceden más allá de Capadocia.

—Tú siempre sales triunfante —comentó Macedonia con acritud.

—Desengáñate, Hypatius sólo ha figurado al frente de la tropa para servirme mejor. Lejos de la corte y de Constantinopla, no corría el peligro de convertirse en jefe de los verdes, obstinados en mi ruina.

La cortesana se enfureció a su pesar.

—¿Y qué tendría que ver yo en un complot magnicida?

—Hypatius jamás ha manifestado intenciones culpables: nada tengo que reprocharle y eso es lo que más me intriga. Y, sin embargo, la dinastía de Anastasio concluye con ese príncipe.

—¿Y qué esperas? —exclamó Macedonia—. ¿Que mi vientre conciba los hijos necesarios para perpetuarla?

—¡No he dicho nada semejante! Por el contrario, esa familia debe extinguirse. Tú cuidarás de que ese aristócrata insignificante no abrigue ambiciones excesivas. Si sigue siendo mi fiel servidor, le cubriré de oro; de no ser así, me vengaré de él.

—¿Y si me niego a ello?

—Te cuidarás mucho de hacerlo: lamento no poder contar con tu amistad, por lo que me veré obligada a utilizar el amor que sientes hacia Hermógenes. Al menor paso en falso, me ensañaré con tu antiguo amante y con su descendencia.

Una sorda cólera invadió a Macedonia, que hizo un esfuerzo por dominar sus deseos de golpear a la emperatriz. Ésta la miró despectivamente. De pronto, entre la espesura apareció Narsés apoyando la mano en la empuñadura de su espada.

—¿Debo conducir a Macedonia a las termas? —preguntó.

—Sí, los generales no tardarán en presentarse. ¿Está dispuesto el banquete preparado en su honor?

—Las mesas han sido puestas y los cocineros se han

esmerado y podrán alimentar sin dificultades a un centenar de invitados.

—De acuerdo, puedes acompañarla.

Belisario se aproximó al trono instalado en medio del prado, se despojó de su casco y se volvió hacia los guardianes que se agrupaban ante la emperatriz, que le recibieron con una gran ovación y blandiendo sus armas en lo alto de tal modo que Macedonia y los patricios reunidos en torno a Teodora quedaron impresionados e incluso la cortesana llegó a advertir una expresión de temor en el rostro de la soberana que disimuló rápidamente afectando la expresión altiva que solía exhibir en semejantes ocasiones. Otro estruendo resonó entre las colinas de Pitias ante la aparición de una figura menos atlética que la de Belisario que acababa de aparecer entre las filas de los guerreros y a quien Macedonia advirtió que atribuían el nombre de Hypatius. También este lucía armadura guerrera y los miembros de su escolta se mantenían a respetuosa distancia permitiéndole avanzar solo ante la soberana. Desde aquel momento la desdichada compañera de Teodora sólo tuvo ojos para aquel hombre aún joven, de expresión afable, cuyos rasgos regulares y cabellos cuidadosamente peinados contrastaban con la ruda apariencia de los combatientes. Sus ropas cubiertas de polvo y su aspecto cansado más bien hubiesen recordado a un noble viajero perdido en la estepa anatolia que a un general triunfante, si su armadura y la espada que pendía de su cinto no delataran su condición.

Belisario se arrodilló al pie del trono imperial, símbolo irrisorio del poder del basileo en aquel apacible entorno, mientras Teodora escuchaba al oficial favorito de su esposo recitando la letanía de sus títulos honoríficos.

—Belisario, has hecho justicia a tu reputación —le felicitó finalmente—, los persas se han atemorizado. Justiniano ha podido apreciar una vez más tu bravura. El emperador te tiene preparado un triunfo a tu regreso a Constantinopla.

El general dio claras muestras de satisfacción. Hypatius se adelantaba a su vez. La emperatriz aguardó a que el sobrino de Anastasio se arrodillase junto a su compañero de armas y que se prosternase a sus pies. Los soldados vieron cómo su general besaba el calzado de púrpura de la señora del imperio. Un ominoso silencio reinaba entre los asistentes. Hypatius se levantó, incómodo con su impedimenta.

—Hypatius, tampoco tú has desmerecido, ni mucho menos. Me consta cuán valiosa ha sido tu colaboración. Te has hecho acreedor de una recompensa digna de tan esforzado ánimo. Belisario ya está acostumbrado a estos hechos, pero Justiniano le ha cubierto en exceso de oro para que pueda seguir apreciando tales beneficios en su justo valor.

Se interrumpió un instante con aire malicioso y reanudó seguidamente su discurso:

—De modo que, recordando la promesa que te había hecho hace ya mucho tiempo, he pensado ofrecerte un presente escogido. ¿Recuerdas la promesa que te hice?

El aristócrata vaciló un instante y trató de distinguir una silueta familiar entre el grupo de los cortesanos. Finalmente su rostro se iluminó al advertir la presencia de Macedonia.

—¡Cómo podría olvidarla! ¡Te estoy muy reconocido, divina...!

—No regateo mi odio ni mi amistad. Acepta a Macedonia en tu morada en prenda de la alianza entre la familia del difunto basileo Anastasio y los soberanos de Bizancio.

Un murmullo recorrió las filas de los allegados de Teodora. Macedonia, que se había sentido desfallecer ante las palabras de su protectora, trató de mantener un aire digno. Hypatius ya no la miraba: de nuevo se había inclinado ante Teodora y la saludaba:

—Mi compromiso con Belisario declara en mi favor. No contarás con servidores más fieles que los sobrinos de Anastasio, respondo de Pompeyo como de mí mismo. Todo el imperio se unirá para ayudarte a forjar el destino glorioso de la Nueva Roma.

Teodora no mostró ninguna atención hacia Macedonia. Dando una palmada anunció:

—¡Chambelanes, repartid vino de Frigia entre los soldados que tan merecidamente se lo han ganado! ¡Generales, olvidemos por un tiempo los problemas del imperio! ¡Os convido a un festín, en compañía de mis amigos! ¡Celebremos vuestro triunfo!

Los invitados se alejaron del trono dirigiéndose hacia las mesas que habían sido instaladas bajo los cobertizos. Los esclavos se afanaban en torno a los asadores donde se doraban las carnes chorreando grasa. Un olor de viandas asadas se difundía por el tórrido ambiente, a impulsos del viento cálido que descendía de las montañas.

Teodora instó a sus cortesanos a que ocupasen los mejores lugares y aguardó a la prometida que se había quedado tras la comitiva de sus allegados. Cuando Macedonia pasaba junto a la esposa del basileo, ésta le susurró con aire impasible:

—Te has portado con entereza. Mañana partiremos hacia Capadocia en un viaje que durará varias semanas.

* * *

—¡Qué extraño lugar! ¿Es un paraíso o el infierno, que han venido a instalarse en las tierras de los hombres? —se sorprendió Macedonia contemplando el término de su interminable cabalgada.

Narsés se encogió de hombros impresionado por los centenares de montículos de tierra coronados por piedras para evitar la erosión del subsuelo que se levantaban caprichosamente por los pequeños valles. Al final de aquella jornada sofocante, la luna se alzaba sobre la meseta quebrada de Capadocia, nimbando los conos de piedra con un halo lechoso, casi irreal, como dispuesto para seducir al viajero agotado tras haber atravesado las monótonas estepas.

La cortesana descendió del carruaje donde se había recluido desde que se hizo público su futuro enlace, asió un puñado de tierra gris entre los dedos y admiró nuevamente el circo erizado de afiladas rocas, más altas que edificios.

—Después de todo —comentó tras un prolongado silencio—, ¿no es normal apreciar un país infernal cuando se muestra capaz de imponer una unión tan bárbara?

Narsés trató de mostrarse conciliador.

—¡Teodora no te ha destinado a un cualquiera! Vas a casarte con un príncipe, sobrino de un emperador y, por añadidura, un hombre apuesto y muy instruido. Abandona tus ilusiones, todo aquel que vive en el entorno imperial debe renunciar a sus propios deseos.

—¿Los tienes tú, acaso? ¿O tal vez tu congénita habilidad te permite disimularlos?

—Yo soy un eunuco... Y pertenezco a Teodora.

Macedonia percibió la amargura que contenían aquellas palabras y renunció a seguir aguijoneándole.

La cortesana había estado preguntándose durante muchos días qué destino le reservaría la emperatriz, mas su fe cristiana la obligaba a rechazar la huida desesperada y fatal que en otro tiempo escogiera el coreógrafo Alejandro. Resignada a vivir, la protegida de Teodora había decidido abandonarse, desinteresándose totalmente de su propio destino. La esposa de Justiniano no había considerado necesario mantenerla a su lado y Macedonia debía limitarse a cumplir dócilmente su papel de esposa.

El ejército habíase instalado en sus campamentos habituales, en prevención de que, pese a la seguridad que parecía demostrar Belisario, las tropas persas apareciesen en cualquier momento. A Macedonia la preocupaba la presencia de la corte en las proximidades del enemigo y de su caballería.

—¿Qué se propone encontrar Teodora en estos lugares tan monstruosos, ella que teme la batalla tanto como sus amigas? Deberíamos regresar a Constantinopla... Hasta los propios habitantes de este país parecen ocultarse en grutas.

A Narsés parecían divertirle los temores de la joven.

—Es cierto lo que dices. Sin embargo, debes tranquilizarte: no buscan en ellas la presencia del demonio. ¡Fíjate!

Y dando una patada en el suelo hundió la gruesa suela de su calzado de soldado en aquella toba inconsistente.

—¿Para qué iban a cansarse levantando paredes? —comentó—. La roca es blanda: excavan cavidades en las que instalan sus residencias y viven a cubierto de los elementos.

—Responde a mi pregunta acerca de nuestra ama.

—¡Cuántas exigencias! Confórmate con esto: la esposa de Justiniano ha acudido a entrevistarse con un santo varón, un eremita. Los religiosos aseguran haber rezado en su compañía en una de los millares de grutas que existen en estas paredes.

—¿Acaso ha sido tocada por la gracia? —se burló Macedonia.

—¿No piensas darte nunca por vencida? ¡Deja de burlarte, aún podrían caer más desdichas sobre tu miserable destino!

La bailarina estuvo a punto de responder a los exabruptos de Narsés, pero se contuvo pensando en Hermógenes.

Su carruaje había quedado aislado, en el borde de una meseta. Macedonia observó que el resto del cortejo había desaparecido en un repliegue del terreno.

—¿Dónde se encuentran los demás? No me gusta ver caer la noche.

—Teodora no te dejará sola —repuso Narsés volviéndose hacia ella—, algunos jinetes se mantienen a cierta distancia... No olvides que Hypatius te aguarda.

—¿Aquí...? ¿Acaso la ceremonia no debía celebrarse en Constantinopla?

Macedonia se sintió enloquecer ante la proximidad de aquel instante fatal.

—Aquí, en este elevado lugar de la vida monástica, no escasean las iglesias ni tampoco los buenos sacerdotes —añadió el chambelán de la emperatriz—. Reanudemos la marcha, los cortesanos se han ido distribuyendo por las aldeas: tu punto de destino se encuentra a una o a dos horas de camino, junto a una célebre comunidad religiosa.

Tambores y flautas entonaron un himno gozoso, exclamaciones y vítores resonaban entre los áridos muros del desfiladero que aún seguía estando protegido de los ardientes rayos del sol. Macedonia apenas distinguía los contornos del valle a través del velo que cubría su rostro, que dificultaba asimismo su respiración. Una dama de la corte la guiaba cogida de la mano entre la ruidosa multitud. La iliria oprimió los dedos de su acompañante a fin de pedirle que se detuviera un instante entre el penoso camino hacia la iglesia subterránea donde debía celebrarse su enlace. La joven respiró a pleno pulmón el aire enrarecido y se esforzó por mantener la calma ante la proximidad de aquel instante tan temido. El sudor corría por sus mejillas y el maquillaje que las esclavas de Teodora le habían aplicado al amanecer se escurría por su rostro. Sintió que le tiraban del brazo y se vio obligada a reanudar la marcha entre la música que martilleaba sus sienes. El avance entre los invitados era sumamente dificultoso en el camino tallado a nivel por el acantilado que conducía hacia una entrada apenas visible en la roca.

Dos guardias allí apostados rechazaron a los artistas sin miramientos, se aproximaron a la futura desposada y la sujetaron ayudándola a descender los escasos peldaños que daban acceso a la capilla instalada bajo la colina. La protegida de la emperatriz sintió un agradable frescor en su frente al introducirse en aquel antro sombrío en el que apenas se distinguía nada.

—¡Quitadle el velo! —ordenó una voz familiar.

Macedonia descubrió entonces a Teodora que había precedido al cortejo en la pequeña iglesia: Narsés se encontraba a su lado, pero ni una sola cortesana había sido admitida en aquellos santos lugares. Algunos servidores aguardaban tras ellos. La amante de Hermógenes examinó el recinto donde la habían conducido en procesión. Una nave oblonga, excavada en la propia roca, mostraba en sus muros las huellas de los picos de los obreros; el altar estaba separado del resto de la gruta, instalado sobre unas piedras. Una enorme cruz pintada en color ocre adornaba el fondo de la capilla. De entre las sombras surgió un hombre ataviado con blanca túnica, al igual que los restantes miembros de la asamblea. Al resplandor de una antorcha, Macedonia advirtió que se trataba de Hypatius.

Sin sus atributos guerreros el hombre aún parecía más joven y delicado, los bucles que peinaba y la expresión de su rostro le conferían una apariencia afectada.

Macedonia le vio acercarse; Hypatius seguía siendo un desconocido para ella, al que no había vuelto a ver desde su llegada triunfal a las termas de Pitias. El sobrino de Anastasio se detuvo frente a su prometida y apartó sin apresurarse el velo que seguía cubriendo la frente de la joven. Ante aquella señal, un sacerdote se situó frente al altar y emprendió una letanía de monótonas plegarias en un tono casi inaudible. Hypatius no prestaba gran atención a la cantinela del religioso; observaba el rostro de su futura esposa y le sonreía.

Macedonia permanecía impasible contemplando aquellos ojos de expresión alegre, los rasgos delicados que componían una fisonomía en suma muy agradable, aunque sin gran carácter. La cortesana no experimentaba ningún sentimiento de cólera ni de repulsión: se contentaba con familiarizarse con el rostro de su nuevo amo.

El sacerdote ordenó a los novios que ocuparan sus puestos ante el altar.

—¡Ojalá este día persista para siempre en nuestra memoria! —exclamó Hypatius dirigiéndose por vez primera a Macedonia.

La iliria apretó las mandíbulas incapaz de murmurar palabra. Inclinó la cabeza y siguió al general hacia el coro de la iglesia, rodeada por los esclavos portadores de antorchas. El religioso se plantó ante ellos y los interrogó con gravedad:

—¿Estáis dispuestos a cambiar vuestros anillos ante Cristo y jurar de este modo vuestra fe en Dios? ¡Yo proclamaré vuestra unión absoluta y eterna, al contrario de los paganos que se entregan al pecado de la carne!

—¡Sí, quiero! —respondió Hypatius en voz alta.

—Que así sea con la misericordia de Nuestro Señor —suspiró Macedonia.

Mientras los asistentes reanudaban sus plegarias, Teodora pasó junto a sus asustados esclavos y se deslizó entre los esposos. El oficiante se sorprendió de su presencia, pero fingió no haber observado nada.

—Hijos del Señor, cambiad los anillos y ceñid vuestras coronas —ordenó a los contrayentes.

Teodora les tendió la mano mostrando en su palma sendos aros de oro engastados de piedras preciosas.

—¿Contravendría las normas establecidas que obsequiase a los novios con los anillos? —intervino.

—La verdad es que... —balbució el sacerdote.

La emperatriz se dirigió a la pareja:

—Conservadlos pensando que los soberanos de Bizancio conceden una atención muy especial a vuestros votos...

E hizo destellar las ricas gemas a la pálida luz de las antorchas poniéndolas seguidamente en los dedos de Hypatius y de Macedonia.

A continuación paseó su mirada del general a su prometida y añadió:

—¡Que mi gesto os llene de temor si uno de vosotros se propusiese romper esta unión que tanto complace al basileo!

—Ha llegado el momento de ofrecer la segunda muestra de fidelidad —propuso el sacerdote.

—¡Aguarda! —le interrumpió Teodora—, ¡déjame saborear la dicha de acoger a mi amiga entre la bienaventurada grey de las desposadas!

Macedonia volvió el rostro y pensó que gustosamente hubiera hundido un puñal en el corazón de su «bienhechora». Un esclavo se aproximó portador de sendas coronas de plata. Teodora depositó una de ellas sobre la cabeza de Hypatius.

—Recíbela en prueba de nuestra alianza y olvidemos los disturbios del pasado. Acepta esta mano sobre tu frente, que sostiene el mundo con tanta firmeza como la del propio basileo.

El sobrino de Anastasio hizo una señal de acatamiento a Teodora y se levantó recogiendo la segunda corona.

En tono jovial y expresándose en tono bastante fuerte

para que Macedonia se enterase perfectamente de sus propósitos, la emperatriz le confió:

—Obra de igual modo con tu prometida a fin de que ella tampoco pueda olvidar el derecho divino de su esposo para ordenar y obligar según los sagrados preceptos de la Iglesia.

Hypatius se volvió hacia Macedonia y depositó aquel presente sobre su larga cabellera. La joven creyó sentir el peso de un yugo mientras llegaban a sus oídos las órdenes de la soberana.

—¡La ceremonia ha concluido! ¡Los cortesanos nos aguardan!

Un esclavo volvió a abrir la puerta de madera que ocultaba la entrada de la iglesia; los restantes servidores rodearon a Macedonia.

Una mano femenina la empujó con firmeza hacia la luz cegadora que en principio le impidió distinguir la multitud de la que surgía una oleada de exclamaciones festivas y los sones de las trompas. Bajo un palio de lino, la esposa del patricio Hypatius, general de los ejércitos de Oriente, se mostró a la admiración de los nobles de la corte y del pueblo de Capadocia, reunidos en aquella ocasión.

El oficial contempló con aire satisfecho el cono rocoso que se erguía inmenso frente a él en medio del pequeño valle. Las aberturas de las viviendas lo horadaban por doquier, como huellas asombrosas de la vida que se escondía en aquella ciudadela natural.

El bizantino se había instalado sobre una elevación del terreno para vigilar el retorno del patricio Hypatius. El general del ejército de Oriente se había visto obligado a marchar precipitadamente a las inmediaciones de Cesarea, para acudir en auxilio de los habitantes de la ciudad que, al parecer, se habían visto rodeados por las tropas persas. La guerra se prolongaba desde hacía meses en aquella comarca de Capadocia sin que la suerte de las armas se decidiese a favor de ninguno de los adversarios.

El estrépito de los cascos de caballos resonó entre los blancos acantilados que rodeaban el desértico lugar. El oficial ordenó a sus centinelas que se mantuviesen en guardia. La fanfarria de las trompas bizantinas despertaba exclamaciones de alegría; en breve aparecieron por el desfiladero las pellizas de piel de los jinetes godos vinculados a la escolta principesca y los soldados se precipitaron a enterarse de las noticias. El sobrino de Anastasio se despojó de su manto de grueso paño: el aire fresco del invierno anatolio condensaba en pequeñas nubes de vapor el aliento de las monturas extenuadas por la marcha.

—¿Aún no han venido? —preguntó ansioso el general.

—¿Los persas? No —repuso el observador repentinamente consciente del peligro.

—¡Magnífico! Que no se preocupe mi esposa: bastante desespera ante esta situación. ¡Sígueme, vamos a palacio!

Algunas risas corearon la alusión de Hypatius a los refugios horadados apresuradamente en la blanda piedra del bloque que se levantaba en medio del valle en el que todos ellos habían tratado de encontrar un hueco donde dormir destinando una pieza de vastas proporciones como comedor. Los aposentos reservados al patricio y a su séquito habían sido instalados aisladamente, sin otra comunicación con el alojamiento de las tropas que un estrecho pasillo.

Hypatius se introdujo por una fisura de la roca, abierta al pie de aquel cono gigantesco. En el interior de aquel macizo se levantaba una escalera casi vertical. Los soldados se precipitaron por ella refunfuñando de la oscuridad del lugar. Un rayo de luz que se vislumbraba por encima de sus cabezas los guiaba hacia las cavidades excavadas en lo alto, que resultaban inaccesibles desde el exterior, hasta que alcanzaron un reducto en el que a un hombre le hubiera sido imposible mantenerse en pie. Algunos pasillos partían de aquel lugar y conducían a las cámaras de los oficiales.

—¡Apresuraos! —exigió uno de ellos—. ¡No soporto permanecer mucho tiempo en esta ratonera! ¡Se percibe un hedor insoportable! Después de todo, aún prefiero tolerar el frío de mi estancia. Por lo menos el agujero practicado en el tabique de la roca me permite distinguir un trozo de cielo.

Hypatius dio orden a las tropas de que se dispersaran y todos ellos rápidamente desaparecieron por los distintos pasillos. El patricio apartó una cortina que ocultaba el último de los pasadizos y se internó por él curvando la espalda. Una sensación cálida le anunció previamente el final del túnel donde rezumaba el agua antes de que se distinguieran las luces de las antorchas. Maldijo interiormente aquella roca y toda Capadocia.

«¿Será preciso que me arrastre por estas tierras salvajes para que los señores de Bizancio se dignen concederme algún mérito? ¿Cuándo ha combatido Justiniano contra los enemigos de la Nueva Roma? ¿En el lecho de Teodora? Si no hubiese tenido la suerte de ser sobrino de Justino seguiría siendo un oscuro oficial de la guardia del palacio sagrado. Se ha aprovechado de la fama del viejo defensor del imperio para elevarse a su vez hasta la gloria de los basileos. ¿De qué otro modo hubiera logrado imponerse a los ejércitos? En cuanto a mí, nada puedo esperar de ellos, como no sea la recompensa de mi servidumbre. ¡Si por lo menos su último presente, de carne y hueso en esta ocasión y que tanto alegra mi vista, pudiera distraerme durante este triste invierno vivido en un extremo del mundo!»

Recordando a Macedonia el sobrino de Anastasio pronunció instintivamente su nombre:

—¡Macedonia! Puedes estar tranquila, la gente de Cesarea ha debido de ver fantasmas o diablos, pero en ningún caso se trataba de los persas. Mis espías decían la verdad: los enemigos se han replegado hacia el sur en espera de nuevos enfrentamientos.

La esposa de Hypatius había oído los pasos del general y abandonado su labor para recibirle. Desde el día ya lejano de su matrimonio, el hombre se esforzaba por mostrarse amable y distraerla sin ofenderse por su aire ausente y respetando su aflicción. Hypatius apareció por fin en la estancia: algunas brasas seguían encendidas sobre una parrilla de hierro. Arrojó su capa sucia de barro y tendió las manos hacia la masa al rojo vivo. Una vez reconfortado, enlazó a su esposa por el talle. Macedonia le dejaba hacer conformándose con cerrar los ojos mientras la besaba y le rechazaba con suavidad esquivando su interrogadora mirada. Hypatius le cogió las manos y la contempló decepcionado ante tanto pudor.

—¿Cuándo te veré enlazando los brazos en mi cuello y recibiéndome con una exclamación de alegría? Incluso cuando nos fundimos en un abrazo jamás te he visto experimentar el menor sentimiento. ¿Será ésta la última venganza de la emperatriz contra el infortunado vástago de una dinastía maldita?

—¡Deja a Teodora entregada a sus manejos! —repuso Macedonia con exasperación—. Y entérate de que, al concertar nuestro enlace, intentó castigarme, aunque no deseo hacerte responsable de semejante condena.

—Y, sin embargo...

—¿Acaso no me hallas siempre dispuesta, fiel, decidida a satisfacer todas tus exigencias? Si encuentras un solo reproche que hacerme, dímelo y me arrojaré a tus pies.

El hombre palideció, lamentando haber molestado a la patricia.

—No pretendía inspirarte tales pensamientos, pero debes reconocer que siempre pareces ausente...

—¿Y qué puedo hacer? Nunca te he mentido. Si te dignaras molestarte en indagar un poco, no ignorarías nada acerca de mi pasado.

—No tengo el menor interés en ello.

—Obra según tus deseos, nada tengo que ocultarte. Te has casado con una cortesana, una perdida: te lo digo sin ambages.

—¡Vamos! —la interrumpió el hombre—. ¡No te cubras de oprobio! ¡La propia soberana...!

—¿Entonces...? ¿Acaso constituye ella un modelo de decencia? Pues aún hay algo más grave: creí que ya había concluido esta existencia que desprecio. Sin embargo alguien supo escucharme y a pesar de todo reconocer...

—¡Ya basta! —rugió Hypatius—. ¡He tenido que oír más de lo que deseaba! ¡Deja de recordar esos tiempos pasados!

—Has sido bien necio si esperabas obtener un valioso presente de parte de la emperatriz... —concluyó tristemente Macedonia.

* * *

Belisario asió una copa de vino y exclamó con voz atronadora:

—¡Alzo mi copa por todos vosotros, soldados de Bizancio! Los éxitos del ejército de Oriente serán descritos con todo detalle a Justiniano y su esposa, nuestros soberanos. Nadie ignorará en Constantinopla el relato de las victoriosas batallas que habéis librado entre el sofocante calor del desierto y por las montañas cubiertas de hielo. ¡Los persas han sido vencidos! ¡Larga vida al imperio de los romanos! Esos diablos jamás hubieran tenido que regresar de su retiro invernal, en las acogedoras costas de Siria. Nuestra caballería ha pisoteado a sus arqueros y la infantería de Bizancio se ha encargado de rematar a los sobrevivientes. Ahora la paz dependerá de los diplomáticos y de su astucia, pero hemos garantizado la seguridad de nuestras provincias.

Un clamor respondió como eco a sus palabras, que se extendió a lo largo de la mesa donde los oficiales acompañaban a los generales celebrando dignamente el final de la campaña en Oriente.

Hypatius observaba al coloso que se dedicaba a elogiar a sus lugartenientes. El sobrino de Anastasio se volvió hacia Macedonia.

—Dime —la interrogó—, ¿por qué no se ha reunido Antonina con su victorioso esposo, en estos momentos de gloria?

Macedonia sonrió ante las amargas palabras de su marido.

—Aquí Belisario se encuentra en su ambiente; en Constantinopla sería capaz de advertir ciertas vilezas que podrían hacerle hervir la sangre. En el campo de batalla el valor de un general no se mide por su perspicacia. Todos ellos sobresalen en sus artes y Antonina no hubiese querido echar a perder el triunfo de este zafio.

Contra lo que ella esperaba, Hypatius no pareció divertido ante sus observaciones.

—Te burlas de ese hombre —repuso algo tenso— pero ¿qué dirías de mí si no fuese tu marido? Yo apenas cuento comparado con el gran Belisario...

Macedonia se disponía a tranquilizar a Hypatius cuando Belisario se dirigió al sobrino de Anastasio.

—Pero mucho cuidaré de no olvidarme de aludir a mi valiente segundo, el patricio Hypatius, cuyos éxitos han despertado asimismo la benévola atención de nuestra señora que le ha recompensado regiamente otorgándole a su amiga Macedonia.

Belisario saludó a Hypatius con la copa en la mano. Su burlona expresión no había pasado inadvertido a sus convidados que aguardaron inquietos la respuesta del aristócrata. Los oficiales murmuraban, tratando de adivinar cuál era el papel de la cortesana junto a aquel caudillo guerrero.

Hypatius permaneció impasible mientras su esposa ansiaba verle tomar la palabra.

«¿Qué temerá? Belisario le ha provocado ante todo el ejército reunido. ¿Pasará por alto su ofensa? Si no se decide en este instante, su prestigio ha concluido. ¿Será éste el comportamiento que Teodora esperaba de Belisario?»

De pronto Hypatius se levantó aliviando la angustia de su compañera.

—Belisario, esos elogios superan mis sencillos méritos, pero te agradezco que me tengas en tal estima que supongo sincera. Me ha parecido un honor combatir a tu lado y...

El patricio se quedó de pronto lívido y sin palabras. A una señal de Belisario los soldados le ovacionaron mientras que el esposo de Antonina le miraba fijamente, sin pestañear.

Hypatius se derrumbó en su sillón crispando las manos en los brazos del asiento, lo que disuadió a Macedonia de intentar el menor acercamiento. Uno de sus fieles se deslizó tras él. Hypatius le rechazó sin miramientos, murmurando seguidamente en dirección a su compañera:

—Ese perro se arrastra a los pies de Teodora mientras que su mujer le escarnece públicamente en la corte, ¿y cuál es su única venganza contra su suerte? ¡Despreciarme cobardemente ante esa soldadesca!

—¿Por qué toleras...?

Hypatius hizo un esfuerzo por dominarse y, como si hablase consigo mismo, prosiguió:

—¿Tenía necesidad de afirmar su posición a costa mía? Su ejército le seguiría hasta el infierno. Yo he cumplido con mi deber: jamás he retrocedido en el combate. Mi espada ha cortado miles de cabezas enemigas y Belisario no ha guiado más eficazmente la maniobra de la caballería goda. ¡Teme mi presencia, ésa es la única razón de su animosidad!

Macedonia observó al hombre al que la emperatriz había unido su destino.

«Teodora debía saber hasta qué punto se sentiría extraño este patricio en el ejército y viviendo en los campamentos militares. Belisario le maltrata cada día más. Por fortuna concluye la campaña... —Advirtió la mueca decepcionada que exhibía su esposo—. Se diría que es un niño al que de repente han arrebatado del mundo que había soñado. ¿Qué puedo esperar de un hombre como éste?»

Hypatius no prestaba ninguna atención a los platos que le servían los esclavos. Cuando hubo comprobado que los invitados se lanzaban sobre las vituallas sin seguir preocupándose de las querellas de sus superiores, se levantó con deliberada lentitud, dirigió a todos ellos una desdeñosa mirada y abandonó la sala seguido de Macedonia y sus oficiales sin que las docenas de soldados sentados a la mesa se tomaran siquiera la molestia de saludarle.

La esposa de Hypatius iba de una a otra estancia vigilando a sus servidoras que acababan de ordenar sus efectos personales en unos cofres. El antro rocoso, desprovisto de cortinajes, lámparas y de todos los objetos que lo habían engalanado, parecía aún más deprimente a la cortesana. Macedonia pasó la mano por un muro en el que todavía se apreciaban las huellas de los instrumentos que habían excavado la roca y acudió a reunirse con Hypatius. Éste se encontraba en la sala rodeado de los fieles servidores que habían formado parte de su séquito con el ejército de Oriente.

Las antorchas impregnaban de humo el ambiente ya enrarecido. Hypatius se hallaba sentado en un trípode en el centro de la reducida asamblea, uno de cuyos miembros se había embarcado en violenta diatriba:

—¡Hemos quedado relegados en el flanco derecho, como veteranos incapaces de empuñar una lanza! ¡Ni por un momento he podido aproximarme a las primeras filas de la caballería persa, yo, un oficial de las guarniciones del Danubio, acostumbrado a enfrentarme a los godos desde hace veinte años! ¡Hypatius, heredero del trono de Anastasio, no me dirás que semejante ignominia ha merecido tu aprobación!

El patricio se esforzaba por tranquilizar al soldado.

—La emperatriz no me confió el mando del ejército —repuso contrito—. Belisario tan sólo distingue a sus protegidos, por ello te has encontrado tan alejado de los combatientes que se cubrían de gloria.

—Hypatius —comentó otro de los presentes—, no olvides el pasado de nuestro amigo: su militancia en las filas de los verdes durante el reinado del venerado Anastasio no ha debido de pasar inadvertida para aquella que ha tomado bajo su mando los destinos de nuestro desdichado imperio. Otros muchos han sido víctimas de su rencor: al pueblo no se le engaña fácilmente. Señor, a veces he creído leer en tu mirada un sentimiento de rebeldía ante semejante esclavitud, ¿me equivoco? El sobrino del basileo Anastasio no podía seguir ignorando a sus seguidores por más tiempo: cuenta con mi espada, te obedeceré ciegamente.

Hypatius pareció mostrarse indeciso. Paseó una mirada por su entorno y de pronto se envalentonó.

—Habéis adivinado mis pensamientos. Soy el heredero legítimo del trono de la Nueva Roma. Hasta el momento no me había parecido la ocasión propicia para manifestar mis pretensiones, pero puedo aseguraros que día llegará en que cambie la suerte y la hija del guardián de osos del Hipódromo pierda su soberbia. En mí encontraréis un caudillo capaz de restablecer la grandeza de Constantinopla... —de pronto se interrumpió pensativo—, y la dinastía de Anastasio recobrará sus derechos.

Los asistentes guardaron silencio imaginando abstraídos aquel futuro que adivinaban próximo.

—Acordaos del Hipódromo en tiempos de Anastasio —intervino un oficial—, entre la miríada de pañuelos verdes nadie agitaba un solo distintivo azul: éramos demasiado temibles.

—Creo recordar la afrenta sufrida por la madre de Teodora —rió sarcásticamente uno de sus compañeros—. ¡Cuánto reímos con aquel lamentable espectáculo! Si hubiésemos podido prever las consecuencias de aquel placer inocente...

—Dios ha querido someternos a prueba, esa mujer es un auténtico diablo —manifestó un tercero.

—¡Hypatius, presta atención a nuestro infortunio! No creas que carece de importancia comparado con los que han tenido que sufrir los mártires monofisitas o los inocentes perseguidos en la corte o en cualquier otro lugar. Todos confían en ti. ¡Si tú lo ordenas difundiremos el espíritu de la rebelión!

El patricio se irguió y examinó el rostro de sus amigos. Su aire exaltado apenas podía contener la emoción que experimentaba en aquel instante y revelaba una energía que Macedonia jamás había percibido en él. El hombre hizo un esfuerzo por serenarse.

—Nuestro destacamento marcha camino de Constantinopla desde el alba. El camino será largo, se prolongará durante semanas de dura cabalgada. Nada de todo esto debe llegar a oídos de oficiales desconocidos. Evitad reuniros: Belisario se rodea de múltiples espías al servicio de la emperatriz. Y, en cuanto a Justiniano, tal vez haya enviado otros. Reanudaremos esta conversación cuando hayamos retornado a nuestros hogares. ¡No perdáis vuestra confianza en mí, seré vuestro guía!

Hypatius fingió no advertir algunas muecas de despecho que acogieron sus instrucciones dilatorias. De pronto descubrió la presencia de Macedonia en el umbral de la estancia.

—Supongo que no deberé temer que mi esposa me traicione, ¿verdad?

—En estos momentos no creo que los soberanos me sigan contando entre los fieles de su entorno —repuso la cortesana—, no son tan ingenuos para no haber previsto las consecuencias de sus bárbaras actuaciones. No te oculto la magnitud de las dificultades con que te dispones a enfrentarte y de las que no me habías advertido.

Los soldados la observaron intrigados.

—No pienso extenderme en lamentaciones ni confidencias. ¡Que a nadie se le ocurra juzgarme por mi pasado!

* * *

Macedonia trataba de localizar a Hypatius sobre el puente de la drómona, el buque insignia de la flota bizantina de retorno a Constantinopla. Antes de que las murallas de la Nueva Roma surgieran por encima de las olas, los vigías habían divisado las colinas de la ciudad imperial y todos ellos, revestidos con sus trajes de ceremonia, se habían precipitado hacia la proa del navío. Las tripulaciones de los buques habían recogido sus velas; la patricia distinguió de pronto el recinto a ras de las aguas. Hypatius se acercó a ella.

—¿Qué significará la ausencia de Belisario? —comentó preocupado.

La esposa del jefe del ejército de Oriente respondió con aire cansado:

—Sin duda tratará de evitar un triunfo compartido. Seguramente Teodora le habrá sugerido que se quede en Capadocia. La emperatriz intentará aprovecharse de vuestra victoria, pero ¿cómo? No soy adivina, tan sólo te hago partícipe de mis pensamientos, aunque no me preocupa demasiado su presencia.

—No te enojes, poco me importa. Nuestros ejércitos han vencido y mi fidelidad a esos dos ambiciosos instalados en el trono parece inconmovible, de modo que...

—Todo parece demasiado fácil.

El buque se aproximaba a toda velocidad, la metrópoli se imponía por momentos y despertaba en ellos recuerdos familiares.

—Contempla esas torres —dijo Hypatius exultante—, son altas y orgullosas, dignas de los grandes emperadores de otros tiempos.

Macedonia contempló la ciudad que aplastaba en aquellos momentos las aguas de la Propóntide y sobre cuyas murallas se distinguían minúsculas formas humanas que se movían incesantemente. La tranquilidad de las tropas que se agrupaban a sus pies contrastaba con el bullicioso delirio del pueblo que permanecía algo apartado, sobre las fortificaciones.

La cortesana abandonó el espectáculo delirante de la plebe y se esforzó por reconocer a los personajes de altura que habíanse reunido en las escolleras del puerto militar hacia el que las drómonas avanzaban impulsadas por los remos de la tripulación. El son de las trompas y el retumbar de tambores ahogaban el resoplar de los marinos agotados en su lucha contra el viento procedente de las colinas de Tracia.

Hypatius se irguió arrebujándose en su capa de color de púrpura.

—¿Qué ejército podría llegar al encuentro de semejante joya situada en esta encrucijada marítima? He añorado tanto a Constantinopla durante esta campaña... Mis amigos, mi palacio... ¡Si supieras cuán amable es en ella la existencia...! —De pronto pareció asombrarse—. ¿Cómo has podido vivir en Antioquía, lejos de tu ciudad? Recuerda el puerto miserable de Cícico, en la costa de Asia, donde embarcamos, y admira estas orillas. ¡Toda la flota del imperio podría atracar sin dificultades al mismo tiempo!

Macedonia se encogió de hombros con indiferencia.

—Tú has vivido desde que naciste en una residencia real; lo primero que yo descubrí en Constantinopla fueron los tugurios de los proxenetas y las posadas populares donde infelices mujeres venden sus cuerpos a ávidos clientes a cambio de un plato de sopa y de un pedazo de pan. No guardamos los mismos recuerdos.

Hypatius había vuelto a sumirse en sus sueños; Macedonia le dirigió una despectiva mirada.

«¿Dónde te encontrarías actualmente si hubieras sido el hijo de un guardián de osos del Hipódromo? ¡Desde luego que no estarías en el trono imperial! Poco me importan tus proyectos gloriosos, puedes estar seguro de que no me dejaré arrastrar por tus fantasías de niño mimado. Teodora y Justiniano no tardarán en repartirse tus riquezas, sin duda encontrarán un nuevo amo para mí y todo volverá a comenzar, si Dios no lo remedia.»

Ambos guardaron silencio, impacientes por llegar a puerto.

—¡Los soberanos se encuentran presentes con la corte! —exclamó de pronto Hypatius.

Macedonia trató de localizarlos y acabó por distinguir una hilera de excubitores que llevaban al hombro la doble hacha. La drómona reducía su marcha; algunos marinos rodearon al general. Hypatius parecía alterado.

—Belisario hubiese tenido que acompañarme —exclamó—. Su ausencia me preocupa.

—¡De nada sirve tratar de adivinar los proyectos de nuestra emperatriz! —murmuró Macedonia—. Ella maneja a todo el mundo a su antojo. Más vale que aproveches sus elogios. ¡Escucha las aclamaciones que los ciudadanos dedican a tu persona!

Hypatius se estremecía de placer. El navío realizó una última maniobra que hizo crujir sus aparejos, se situó de flanco a la orilla y atracó con majestuosa lentitud.

Los oficiales se apresuraron a desembarcar en pos de su general. Macedonia cedió paso a las apretadas hileras de guerreros que franquearon la borda revestidos de sus rutilantes armaduras y con sus cascos coronados por penachos de plumas. Entre ellos reconoció a la mayoría de compañeros de su esposo que había visto en alguna ocasión en su residencia rupestre de Capadocia.

La cortesana se adelantó seguidamente por la pasarela, entre los delegados de las oficinas imperiales, personajes anónimos cubiertos con sus capas de lino, pálidas imágenes del poder imperial tras los oficiales que desfilaban. Antes de abandonar el puente del buque distinguió una fugaz visión: Hypatius acababa de atravesar la doble hilera de una impresionante guardia de honor. Justiniano y Teodora esperaban recibir el homenaje de sus soldados vencedores. El aristócrata se arrojaba en aquel instante a los pies de la pareja real y besaba humildemente los escarpines de púrpura de ambos monarcas que se inclinaban sobre él. Macedonia se abrió paso entre sus vecinos y alcanzó apresuradamente tierra firme para internarse a continuación entre los inmóviles excubitores. Una vez hubo llegado junto a su esposo descubrió multitud de monedas de oro diseminadas en la espalda del patricio. Unos esclavos seguían sosteniendo los sacos de cuero vacíos ante la sonrisa de Teodora.

Hypatius se irguió turbado y distinguió a su esposa que a su vez se arrodillaba evitando el beso de fidelidad; antes bien, la joven posó sus labios ostensiblemente en el sucio suelo levantándose a continuación sin aguardar indicación alguna pues se había jurado a sí misma no desfallecer ante la emperatriz. Macedonia se apartó de los soberanos y examinó a los presentes. De pronto descubrió un rostro familiar. Más allá de los guardianes, armados como verdugos, se encontraban los senadores con los rasgos alterados por el temor o el respeto. Entre ellos, Hermógenes se obstinaba en mantener una hosca expresión, pareciendo implorar interiormente el auxilio de la gracia divina.

La cortesana tuvo que hacer un esfuerzo para no ir a su encuentro, comprendiendo el peligro que le haría correr si seguía contemplándolo. Decidida a reunirse con él en otras circunstancias, le señaló con la mano la fíbula que sujetaba el manto que cubría su túnica, que representaba un grifo estilizado y que le había sido regalado por el propio maestro de oficios a su retorno de Panonia. En aquellos momentos ella había creído que se trataba de un obsequio de los hunos pero, con gran sorpresa por su parte, descubrió que el diplomático lo había adquirido un día en la trastienda ennegrecida por el fuego de la forja de un orfebre bárbaro instalado en una callejuela en la parte posterior de la Mesé.

¿Conservaría Hermógenes idéntico recuerdo de aquel instante feliz y se le ocurriría reunirse con ella en aquel lugar desconocido para los espías de palacio, intrigado por aquel signo de connivencia?

El anciano interrumpió el trazo de su estilete sobre el plato argentado y levantó la cabeza con una mirada de inteligencia. La mujer que se había detenido en el umbral de su sencillo taller acababa de asomarse por tercera vez durante aquella jornada ante su banco de trabajo. El hombre reanudó su delicada tarea despreocupándose de la intrusa y las virutas del precioso metal se desprendieron nuevamente bajo el acero manejado con singular destreza. Macedonia se sumergió en aquel antro de límites indefinidos, se sintió atrapada contra el muro, intentó resistirse y por fin se sometió al reconocer la voz de Hermógenes alterada por la emoción.

—¡Ya desesperaba de volver a verte! Creí haberme equivocado acerca de tu señal. Has escogido perfectamente nuestro escondrijo: este artesano es un huno perteneciente a mi clan y en su taller no acudirán a buscarnos los espías de los departamentos imperiales. Ven...

Sus labios se encontraron. La mujer le estrechó con fuerza hasta hundirle las uñas en los brazos.

—¿Ha dejado Teodora de perseguirte? —se interesó Macedonia interrumpiendo su silencio.

—¿Qué otra cosa podía hacer tras anunciar tu matrimonio a su regreso de los baños de Pitias?

—Eso no tiene importancia. Hypatius es inofensivo, apenas disfruta de mis encantos, pero el eco de mi reputación de cortesana altera su delicado espíritu. ¡Tanto mejor! ¡Olvídale, aleja de tu memoria la victoria de ese diablo de mujer y háblame de ti! Aunque hace tanto tiempo que no te veo, no dejo de pensar en el pasado.

—Justiniano me confirmó en mi cargo; Teodora no tenía nada mejor que proponerle. Pero sigue amenazando a mi hijo.

—¿No ha podido casarse con su prometida?

—Ella ha ingresado en un convento próximo a Santa Sofía.

—¿Cómo se ha hecho merecedor de semejante castigo?

—Insistiendo en su voluntad de desposarla. El padre de la joven también ha cometido la equivocación de no humillarse ante la emperatriz.

—¡Qué insensato!

—Unos marinos me dijeron que le habían visto huir en una embarcación, por la noche, hacia el Ponto Euxino. Después de esto nadie ha vuelto a saber de él.

—¡Teodora debió de ordenar que le asesinaran...!

—Los senadores tiemblan, sobre todo los más ricos, pues ese hombre poseía una incalculable fortuna en los depósitos del Cuerno de Oro.

—¡No lo comprendo! ¡Habría podido comprar su perdón!

—¡Teodora lo ambiciona todo! La guerra ha agotado los tesoros que dejaron Anastasio y Justino y necesita dinero. Cofres rebosantes afluyen cada día a palacio. ¿Quién será el próximo en pagar con su vida la grandeza de la nueva dinastía?

—¿Piensas pedir justicia al emperador?

—Temo la cólera de Teodora —murmuró en el límite de sus fuerzas—, no se equivocaba conmigo: soy un cobarde. No tengo vergüenza, se trata de mi hijo. Me consta que preferiría la muerte antes que desposar a una cortesana... ¡Perdóname!

—No tiene importancia. Y, en cuanto al patriarca, ¿qué dice? Hubo un tiempo en que creías poder contar con su amistad.

—Los fieles al papa de Roma y los monofisitas protegidos por Teodora disputan entre sí. Las iglesias en breve parecerán campos de batalla. Los monjes se insultan como vil soldadesca y excitan a la multitud.

—¿Ha abrazado la emperatriz la causa de los orientales?

—Ha cambiado: su antigua aversión hacia las cosas religiosas se ha transformado singularmente en una nueva devoción. En la apasionada fe de los monofisitas ha encontrado un vehículo capaz de hacerle expulsar sus propios demonios y acabará imponiendo a sus cabecillas al frente de la Iglesia de Constantinopla.

—Los monofisitas también eran clientes de los verdes perseguidos por Justiniano y Teodora.

—Confieso que es una curiosa mudanza. Todas estas intrigas se multiplican y confunden.

Macedonia apoyó la cabeza en el hombro del maestro de oficios y le acarició la mejilla.

—No creo que nunca podamos vivir juntos —comentó Hermógenes—. Sé prudente, no intentes nada que pueda comprometerte.

Ella asintió con gravedad.

—Ya no puede hacerme más daño. Me esforzaré por ser fuerte, pero no me exijas que considere definitiva nuestra separación.

Hermógenes no respondió. Al cabo de unos instantes añadió en un murmullo apenas audible:

—Justiniano me envía a Persia acompañado de Belisario para negociar con el rey Cabadés: sin duda Teodora desconfía de mí.

Macedonia recordó los temores de Hypatius y se sintió asqueada ante aquel patricio temeroso. Decidió alejarlo de sus pensamientos.

—¿Cuándo volveré a verte? —inquirió—. Persia está en el otro extremo del mundo.

—Nos reuniremos en las orillas del Éufrates. Allí puede ocurrir cualquier cosa... ¡Quédate un poco más!

—¡Toda la noche si lo deseas! Eres lo que más me importa en el mundo. Sabes bien que simulo prudencia con el solo fin de tranquilizarte.

Las estatuas erigidas en las gradas superiores del Hipódromo se recortaban contra el pálido cielo, insólitas presencias desde el hueco de la ventana. Macedonia aún no se había acostumbrado a su nueva residencia, el palacio de Hypatius, y se abstraía ante aquel espectáculo singular cuando atravesaba el lujoso salón de la principesca residencia. En aquella ocasión la esposa del general apresuró sus pasos. La emperatriz e Hypatius habían desaparecido por un pasillo, demasiado absortos en su conversación para advertir su presencia. Macedonia encontró la puerta cerrada, descendió por una escalera y llegó a un patio florido en el que los helechos rodeaban una fuente adornada de Cupidos. Desde el pórtico del piso superior llegaron a sus oídos las voces de Teodora e Hypatius.

—Ya puedes estar tranquilo: Justiniano anunciará tu nominación para el envidiable cargo de prefecto de Oriente. Tendrás a tu cargo las provincias anatolias, un hermoso filón, si sabes aprovecharlo.

—Jamás podré agradecerte bastante tantas pruebas de confianza, señora. Estoy seguro de que el difunto y venerado Anastasio...

La soberana le interrumpió bruscamente:

—¡Deja a los muertos en paz! Su estima carece de valor a mis ojos, sólo me preocupan los vivos, que me obedecen o tratan de perjudicarme. ¿En qué campo debo situarte, noble general?

—¿Cuál es tu juego?

—No lo tomes a mal. Si te mezclaras en una conspiración, me vería obligada a ordenar que te arrojaran al Bósforo dentro de un saco, eso sí, cosido en oro, nobleza obliga.

—¿Cómo puedes proferir semejantes amenazas? Recuerda mi campaña en Oriente.

—Me consta que allí combatiste. Pero ¿qué significa eso? Millares de hombres encontraron la muerte. Afortunadamente la caballería goda supo imponerse con arrojo evitando a tus soldados una vergonzosa huida.

—¿Quién te ha inducido a semejante error? ¡Todo eso deben de ser maquinaciones de Belisario!

—Belisario es un caudillo guerrero, no un espía, y, por añadidura, nada entiende de diplomacia. No, tengo mejores informadores en el seno del ejército. Tranquilízate, nada hay contra ti, los persas de Cabadés son excelentes guerreros y a Hermógenes le costará convencer a ese rey de la necesidad de establecer una paz duradera.

—¿Te refieres al maestro de oficios?

—Supongo que preferirás saberle en Siria que en nuestra ciudad, ¿no es eso? —concluyó Teodora riendo.

Macedonia se aplastó contra una columna. La conferencia se prolongaba en el piso superior.

—Ella no te traicionará —prosiguió la emperatriz—, demasiadas amenazas pesan sobre aquellos a quienes esa bella cortesana se obstina en amar. Otros asuntos me tienen más preocupada.

—¿Acaso se reanudará la guerra con los hunos?

—¡Quién sabe! El peligro siempre es inminente, está

en puertas... No finjas inocencia, ¿de verdad no sabes nada?

—Nadie se atrevería a mentirte, yo no podría guardar silencio ante tus verdugos. ¿Qué temes de mí?

—¡Bien, abordemos los hechos! El pueblo protesta, tiene hambre. El hombre de confianza de Justiniano, encargado de recaudar los impuestos necesarios para el tesoro imperial, pone tanto celo en su labor que temo una sublevación. También me preocupa ese Juan de Capadocia, ¿le conoces?

Hypatius intuyó la trampa que le tendía.

—No recuerdo haberlo visto... ¡Te lo juro!

—Bien, falta poco para que la plebe se encolerice y Justiniano no se da cuenta: se entrega absurdamente a sus sueños de gloria y conquista.

—¿Qué tengo que ver yo en este drama?

—¡Confórmate con seguir siéndome fiel! Los verdes figuran en primera fila entre los descontentos olvidando la protección que concedo a los obispos monofisitas, sus guías espirituales.

—Tal vez el hambre los haga olvidar...

—También yo conocí esas pruebas en Alejandría, hace muchos años —le interrumpió secamente la emperatriz.

—Dios se apiadará de la Nueva Roma.

* * *

El ermitaño se sentó, al parecer incómodo, entre los almohadones bordados con hilos de oro. Estiró un pliegue de su túnica de burdo paño tratando de cubrir sus descarnadas piernas, pero no se atrevió a dirigirse a la señora del imperio que, junto a él, se había instalado en su magnífico trono.

—Venerable y santo varón, toda la corte se siente tocada por la gracia en tu presencia.

Teodora se había inclinado hacia el viejo religioso que seguía postrado a sus pies. Sabas simuló no haberla oído. La emperatriz, sonriente, abandonó su pedestal y se acercó a su lado. Macedonia no la había visto obrar así desde su coronación y tuvo la impresión de encontrarse ante la actriz de otros tiempos: la soberana parecía haber olvidado el protocolo. Decenas de cortesanos rodeaban al anciano, que había acudido directamente desde Palestina a instancias de la esposa de Justiniano. A una señal de la emperatriz, los asistentes se arrodillaron aguardando la bendición del monje.

—Te he llamado para que acudas en nuestra ayuda, Sabas —prosiguió Teodora—, el imperio sufre enfrentándose a miles de demonios. Estoy convencida de que tus oraciones nos serán propicias y de que tus consejos me resultarán muy provechosos para guiar a la Nueva Roma por el camino de la sabiduría.

Por primera vez Sabas alzó los ojos hacia aquel personaje excesivamente engalanado que tenía frente a él. Su macilento rostro, cuyos ojos mostraban extraña fijeza, se animó repentinamente a efectos de la sorpresa.

—¿Tú que gobiernas el mundo suplicas mis consejos? ¿Qué puedo yo aportar a los humanos? Tras tantos años de reclusión en una gruta de los montes de Palestina, entre la miseria a la que mi cuerpo ha acabado por acostumbrarse, ni siquiera me acuerdo ya de vivir entre mis hermanos.

—Me han dicho grandes cosas de ti...

Los cortesanos profirieron un murmullo de aprobación. Macedonia se sentía intrigada por el anciano. De pronto sofocó un grito al advertir por un desgarrón de sus raídas vestiduras las llagas producidas por la disciplina que el ermitaño se infligía diariamente para mortificar su cuerpo.

Sabas pareció sumirse en profunda reflexión.

—El patriarca me ha llamado —dijo finalmente—, y he acudido en un acto de obediencia. Si lo deseas, oraré con vosotros y luego me permitirás que regrese a los páramos que constituyen mi refugio: allí renovaré el recuerdo de las pruebas a que Cristo debió someterse en el desierto y expiaré de nuevo mis culpas.

—¡No es posible que hayas pecado! —se sorprendió una mujer.

—¡Cállate! —exclamó Teodora lanzándole una fulminante mirada—. Sabas, escúchame. Tengo que hacerte una petición. Soy la soberana del reino de Cristo, Él guía mis pasos y mi obra, junto a Justiniano, para mayor gloria suya.

—Entonces olvida a este ermitaño consumido por los años y no le impulses vanamente al pecado del orgullo.

—¡Te lo suplico...! Todas estas mujeres han merecido disfrutar en su cuerpo de una bendición que a mí me niega el destino.

—Sólo cabe confiar en la misericordia del Señor.

—¿Quién pretende lo contrario? Mis oraciones han sido inútiles...

Macedonia se sentía asombrada por la aflicción con que se expresaba su antigua compañera de los escenarios de Antioquía, hasta que acabó convenciéndose de su sinceridad, lo que aumentó más su intriga. Teodora proseguía su alegato al parecer haciendo caso omiso de la presencia de sus cortesanos:

—¡En nombre de Eva la pecadora imploro tu intercesión cerca de Nuestro Padre!

Sabas se había arrodillado también y unía las manos en ademán de oración, atento a la expresión inquieta de la emperatriz, que confesó en un murmullo:

—¡Sabas, haz que mi vientre pueda seguir engendrando!

Los rostros de los presentes reflejaron el más profundo estupor, mas la soberana había olvidado dónde y con quién se encontraba: convertida en humilde criatura aguardaba la bendición del ermitaño. Un profundo silencio reinó en la sala.

La monótona voz del anciano alteró el recogimiento de las reunidas.

—Teodora, me concedes excesivos poderes: no soy un brujo pagano.

—¡Ruega por mí, es lo único que te pido!

—¿Has abierto tu corazón al Señor?

—¡En mil ocasiones! He pasado innumerables noches en vela entregada a la penitencia.

—¿De modo que jamás te ha dado el Señor la dicha de ser madre?

Teodora respiró profundamente y en tono desafiante exclamó:

—Sí, hace mucho tiempo. Mi hija ya es mayor.

—Justiniano nada tiene que reprocharte: si es padre, ese fruto de tu carne dará origen a los herederos del trono. Ten confianza en la clemencia divina.

—¿Qué dices? ¡Justiniano no es su padre! ¡Toda la corte lo sabe y es causa de irrisión!

Sabas vaciló un instante pero, por último, repuso con dureza:

—¿La has concebido entre el pecado y la impureza?

Teodora le examinó con aire cansado.

—Aquellos años de mi vida me perseguirán hasta la muerte. ¿Jamás perdonáis vosotros, los miembros de la Iglesia?

Macedonia cambió con ella una mirada desesperada y por un instante ambas recobraron los recuerdos perdidos de las similares circunstancias que las habían arrojado a Antioquía.

—¡Yo no tengo el poder de borrar los pecados, no blasfemes como una idólatra!

—¡De modo que te niegas a rogar por mí!

—No podría implorar a Dios reivindicando a Satán.

Teodora lanzó un grito terrible. Las cortesanas retrocedieron asustadas. La soberana se había levantado y descendía apresuradamente por los peldaños del trono.

Sabas retrocedía sin adivinar adónde le dirigían sus pasos y tropezó. Macedonia le sujetó cuando estaba a punto de caer.

—¡Ve a refugiarte a tu miserable pocilga! —tronó Teodora—. ¡Que la miseria te arranque gritos de dolor! ¡Regresad a vuestros aposentos! ¡No quiero ver a nadie! ¡Guardias, cerrad todas las puertas!

La patricia se llevó consigo al ermitaño en una fuga desesperada mientras que los soldados invadían la sala y empujaban sin miramientos a las damas de compañía de la emperatriz. Una vez se encontraron a salvo en los pasillos del palacio sagrado, la esposa de Hypatius abordó al agotado y tembloroso anciano:

—¿Te das cuenta de las consecuencias de tus palabras? ¡Está ciega de ira! Las calles de la ciudad no son seguras: si lo deseas, puedo albergarte.

El hombre exhibió una expresión agradecida.

—Te agradeceré que me acompañes a Santa María de la Fuente, en las orillas del Cuerno de Oro, donde me están esperando.

—Se hará como lo deseas, pero esa iglesia se encuentra a más de una hora de camino. ¿Lo resistirán tus piernas?

El ermitaño profirió una breve carcajada.

—Mis heridas y mi suciedad no deben inducirte a error. A veces debo dar pruebas de gran agilidad: las fieras del desierto no suelen reconocer a los servidores de Dios. Pongámonos cuanto antes en marcha; estos lugares no son de mi agrado.

Una vez franqueadas las puertas de la Chalcé, el monje se volvió hacia aquel edificio construido en los límites de la ciudad imperial y exclamó:

—¡Dios me libre de volver por aquí!

—¡Alejémonos cuanto antes: en estos parajes la prudencia es el mejor certificado para vivir sin problemas!

Sabas marchaba en silencio, meditando, sin prestar atención al estrépito de la multitud que frecuentaba los puestos de la Mesé. Aprovechando que se habían internado por una tranquila callejuela, el monje se detuvo un instante para descansar.

—Perdona que no me haya interesado por ti —inquirió—. ¿No corres ningún peligro preocupándote de tal modo de mí?

—Soy Macedonia, también conocida como la esposa del general Hypatius. Tranquilízate, Teodora no me hará ningún daño. Ahora te confiaré a uno de mis servidores: yo no sabría guiarte por ese dédalo de callejuelas del Cuerno de Oro. Las patricias solemos evitar tales lugares.

—Sin embargo, también allí moran las criaturas de Dios...

La cortesana anduvo errando por los callejones contiguos a las orillas del Cuerno de Oro, todos los cuales, muy similares, serpenteaban entre los ciegos muros de las viviendas de una sola planta. Algunos árboles indicaban de vez en cuando la presencia de un jardín. Macedonia distinguió un tejado algo más elevado que las casuchas de alrededor y pensó que debía de tratarse de Santa María de la Fuente. ¿Seguiría aún refugiado allí Sabas? Teodora hacía mucho tiempo que no le mencionaba, acaso lo hubiese expulsado de la ciudad, o peor aún.

Corrió por encrucijadas y callejones sin salida hasta llegar al porche de una capilla construida en ladrillo. La puerta estaba abierta. Macedonia penetró en la sombría iglesia. En el interior tan sólo se encontraba un hombre frente al altar que al oír los pasos de la intrusa abandonó su contemplación. La protegida de Teodora reconoció los rasgos demacrados del eremita, que aguardó a que se acercase a él sin dirigirle la palabra.

—¡Tú eres la dama de compañía de la emperatriz! —exclamó de pronto—. ¿Acaso te ha enviado en mi busca? Te advierto...

Macedonia se apresuró a tranquilizarlo.

—No, nadie está enterado de mi visita. Quería saber si seguías bien, eso es todo.

El anciano pareció aliviado.

—Echo de menos Palestina, pero mis amigos de este

distrito se empeñan en mantenerme algún tiempo con ellos y juntos elevamos nuestras oraciones, confieso este pecado de orgullo, pero no sé cómo partir sin que se sientan heridos. ¿Qué vienes a buscar en estos barrios de la ciudad?

Macedonia se limitó a guardar un vacilante silencio. Sabas creyó comprender.

—Más vale obedecer a los dictados del corazón que a un largo razonamiento. No nos quedemos aquí: Dios habita únicamente este lugar para recibir en él nuestras plegarias.

Sabas la condujo hasta un roble de frondoso ramaje y se sentó con dificultades sobre una gruesa raíz.

—¡Por lo menos no me pidas que obre milagros! —exclamó con aire divertido.

La esposa de Hypatius no sabía por dónde empezar.

—Santo varón, yo esperaba...

—¿Mi ayuda? Te la concedo en prueba de amistad. Habla sin rodeos. Existe un Señor al que no descubrirás nada nuevo: abre entonces tu alma.

—Verás —se animó la joven—, hace poco que fui admitida en la corte imperial. En otros tiempos, en Antioquía, entablé estrecha amistad con nuestra soberana; a mi regreso a Constantinopla el futuro que me ha deparado me llena de cólera y desesperación cuando otras quizá se sentirían llenas de gratitud.

—¿Y tú te reprochas rechazar sus artimañas y aceptar de mala gana un matrimonio sin amor?

—¿Cómo te has enterado?

—La vida de las cortesanas no tiene secretos para los servidores del palacio sagrado. También ellos acuden aquí a aliviar sus corazones de las villanías a las que se ven asociados y así es como a oídos de los sacerdotes llegan historias poco edificantes. Mas no importa: tu matrimonio no ha pasado inadvertido, Hypatius cuenta con fervientes partidarios en este distrito, el Cuerno de Oro es un hervidero de verdes.

—¿Y, por tu parte...?

—Yo no me ocupo de los negocios de los verdes ni de los azules. Las malas acciones de unos jamás me harán aceptar los crímenes de sus adversarios. Vamos, ¿qué deseas?

—He creído poder dominar mi destino, forjar proyectos hacia y contra la fuerza de los poderosos. Durante un tiempo me pareció que Teodora seguía el camino de la razón en un mundo de violencia... Después me sentí desengañada, o por lo menos fui incapaz de obrar de igual modo. No se trata de que desee aferrarme a una fe que hasta entonces apenas había tenido en cuenta, pero ¿debo seguir viviendo así, sin ninguna esperanza? Cada día, cuando me despierto, me avergüenza no sublevarme.

—Acepta la prueba de ese matrimonio y renuncia a tus sueños. Sabes bien que te costaría demasiados infortunios...

—Entonces Teodora habrá vencido y no habrá nadie en este mundo que se atreva a enfrentársele.

—No he dicho semejante cosa.

—Hypatius no es mal esposo, sin embargo temo que sea siempre un extraño para mí.

—Tiene su parte de pecado. Confía en otro destino, lejos de las infamias humanas.

—Sólo en la muerte hallaré mi liberación. Por las noches suelo soñar en ella. Una vez tuve un amigo, Alejandro... Él supo escoger.

—¡Apártate de ese demonio! ¡Dios te llamará a su lado cuando llegue tu hora!

—Si es un Dios de misericordia, ¿por qué la espera es tan larga?

—¿Nada acude a aclarar tus tinieblas?

Macedonia vaciló. Sabas apoyó la mano en su frente en señal de bendición y luego se arrodilló ante ella y se sumió en sus plegarias. Al principio Macedonia no se atrevía a molestarle, pero finalmente le preguntó algo incómoda:

—Sabas, ¿qué es lo que he hecho?

—Dios me ha puesto en tu camino para que te aconseje, no podía proporcionarme mayor dicha. Los cristianos tenemos a nuestro cargo las almas, es el fin de nuestra vida en esta tierra; hoy, gracias a ti, mi visita a Constantinopla tiene un sentido: ya no lamento haberme visto alejado del desierto.

—¿Me aconsejas que te siga?

—Eso es imposible, cada uno debe escoger su camino hacia Cristo, pero el tuyo no debe borrarse de tu memoria, ¡has llegado al borde de la luz!

—¡Prosigue, trato de comprenderte!

El ermitaño no apartaba la vista de ella. De pronto Macedonia creyó que no podría resistirlo: un ser humano le tendía la mano.

—Renunciarás a tu condición.

—Me esforzaré en ello.

—Nadie te obligará a cometer actos contrarios a las enseñanzas de Cristo.

Macedonia afirmó sin vacilar:

—Nadie me obligará a ello.

—No busques en los hombres la fuente de tu salvación.

Macedonia se inquietó ante las exigencias del religioso: nada le permitía esperar una suerte mejor.

—Te obedeceré, si Dios me da las fuerzas necesarias.

—Busca en la oración el perdón de tus antiguos pecados: Dios ha querido someterte a esas pruebas.

—¿Acaso debo retirarme? ¿Entrar en un convento?

—Tan sólo cuando te sientas dispuesta, si tal es la voluntad de Nuestro Señor. ¡Que a nadie se le ocurra dictarte tal elección; sería cometer un sacrilegio!

A su mente acudió con viveza el recuerdo de Irene y la segura certeza de su fe. Pensó en su encuentro con la patricia en las termas, en los tiempos que mantenía relaciones con Justiniano. Su amiga se había expresado en términos muy similares.

—Aguardaré —dijo Macedonia.

—No dudes jamás de que Cristo se acuerda de ti. Lleva una existencia cristiana y olvídate del mundo.

—¿Viviendo en la corte?

—Piensa en los mártires de épocas paganas, su luminoso recuerdo marca los jalones de nuestro camino.

Macedonia guardó silencio. Se sentía capaz de admitir el peso de su destino: ningún sentimiento de rebeldía alteraba su paz interior. La compañera de Hypatius pensó en la imperiosa necesidad que la había guiado hasta allí y se asombró al comprobar que su futura existencia le parecía menos difícil de afrontar. La revelación de Sabas la sumía en un abismo de perplejidad y, sin embargo, sugería un paso que creía familiar, como si aquella fe profunda se hubiese ido apoderando poco a poco de su ser, inconscientemente, muy lejos de las creencias de la sencilla campesina de las montañas que se enfrentara hacía ya tantos años a la corrompida ciudad de Constantinopla.

Macedonia observó al ermitaño, de nuevo abstraído en sus pensamientos y cuyo rostro reflejaba una intensa alegría. La cortesana comprendió que no añadiría nada más.

Se levantó lentamente, paseó por última vez su mirada por el jardín sumido en el mayor abandono y desapareció entre las sombras de la iglesia. Únicamente en el mármol labrado del altar persistía un poco de luz. Macedonia avanzó hasta él, se apoyó en la piedra y allí permaneció inmóvil orando, indiferente al paso del tiempo.

La iliria marchó hacia la encrucijada del camino. Las extrañas palabras del ermitaño aún resonaban con fuerza en su cerebro. Se sintió culpable de haber respondido a aquella llamada. ¿Tendrían algún sentido sus palabras? ¿Lo percibiría ella algún día?

Las puertas de los establos se abrieron y cuatro carros se precipitaron por la pista del Hipódromo de Constantinopla. Los aurigas de la facción de los azules saludaron a sus seguidores que se amontonaban en un flanco del inmenso edificio. Éstos los acogieron con una ovación haciendo ondear sus pañuelos azules en las graderías al tiempo que resonaban los primeros trompetazos en el recinto rebosante de público. Los aurigas de los verdes hicieron lo propio y algunos espectadores se levantaron para alentar con sus exclamaciones de merecido entusiasmo a aquellos que iban a enfrentarse en duelo épico, pero los millares de verdes que se amontonaban frente al *kathisma* no se movieron. El pueblo de Constantinopla fijaba sus ojos en la tribuna imperial: un silencio insólito reinaba en la mitad del Hipódromo. Los heraldos anunciaron las carreras, ofrecidas como de costumbre a la plebe por el basileo. Las trompas atronaron de nuevo anunciando el comienzo del espectáculo. Los aurigas de los azules ocuparon el extremo del eje de la *spina*; sus adversarios habían detenido los carros, interpelados por los verdes que se inclinaban sobre las balaustradas de piedra que los separaban de la pista arenosa. Gran número de espectadores se aglutinaban en las barandillas y todos parecían haber olvidado los juegos. Un ominoso silencio se había difundido por aquellas arenas y parecía extenderse hasta el extremo opuesto de la ciudad. El heraldo se irguió de nuevo en el *kathisma* y exclamó con voz potente:

—¡Ciudadanos de Constantinopla! ¡El emperador os invita a disfrutar de estas diversiones! ¡Exaltad su majestad proclamando tres veces el nombre del augusto!

Un clamor se elevó espontáneamente entre las gradas de los azules; el resto del Hipódromo permaneció mudo. Algunos indisciplinados fueron empujados por haber obedecido las exhortaciones del representante de Justiniano. Los azules comenzaron a prorrumpir en injurias; algunos alzaron sus puños, siendo imitados en breve por los verdes. El heraldo se había vuelto hacia el grupo de patricios instalados a la sombra del *kathisma*. Tras muchas vacilaciones se adelantó hasta la luz una figura en la que todos reconocieron el cuerpo robusto y la capa de púrpura del señor de la Nueva Roma. Los gritos se fueron espaciando. Justiniano transmitió una orden a su servidor, que arengó a la multitud:

—¡A nuestro divino soberano, en su infinita bondad, le preocupa vuestro decaimiento! ¿Qué pesares os atormentan hasta el punto de menospreciar las carreras de carros?

Los azules, incrédulos, observaban a los ocupantes de las gradas de enfrente. Algunos hombres se levantaron, arremangaron los pliegues de sus largos mantos, plegados con sumo cuidado, y se aproximaron todo lo posible al *kathisma* para hacerse oír mejor. Uno de aquellos ricos comerciantes y seguidor de los verdes gritó:

—No hay para menos cuando un consejero de Justiniano se atreve a crear un nuevo impuesto que por lo visto resulta repentinamente necesario para la buena marcha del imperio. Durante los reinados de Justino y del venerado Anastasio, los ciudadanos de Constantinopla vivíamos mucho mejor y la plebe no moría de hambre por el insensato derroche de la corte.

—¿Cómo te atreves a proferir semejantes palabras en presencia del basileo a quien acabáis de saludar con sus legítimos títulos? —exclamó el heraldo estupefacto ante la evidente osadía de aquellas frases.

—¡El emperador tiene que escucharnos! —intervino otro de los verdes—. ¿No fue aclamado en este mismo Hipódromo el día de su coronación por todas las facciones reunidas? ¿Dónde podemos proclamar nosotros nuestro infortunio? El pueblo tiene hambre, la anona no se distribuye regularmente y el pan está podrido. La harina de Egipto llega empapada de agua para aumentar su peso en las balanzas del puerto y enriquecer a ministros poco escrupulosos.

El encargado del protocolo estaba encolerizado.

—¡Id con cuidado! ¿Acaso queréis despertar la cólera de nuestro señor?

—¡Entréganos a Cappolodios, el gran chambelán, y le obligaremos a devolver todo aquello de lo que se ha apropiado indebidamente! ¡La harina desaparecida de la anona debe de encontrarse en alguno de sus depósitos del Cuerno de Oro!

—¡Justiniano, escucha nuestras súplicas!
El heraldo contempló consternado al basileo.
—Jamás se había comportado la plebe de tal modo en este lugar dedicado a reverenciar a los soberanos —murmuró.
—¡Tú, tres veces augusto, si eres el dueño de la Nueva Roma, entrega a los culpables de estas iniquidades!
Los gritos de los azules, escandalizados por la insolencia de sus adversarios, sofocaron por unos momentos las burlas de los rebeldes. Muchos trataban de localizar la figura de Justiniano, pero el esposo de Teodora se había refugiado entre los miembros de su camarilla. La cohorte de dignatarios, entre los que aquel día no figuraba ninguna presencia femenina ante la ausencia de la emperatriz, constituía una barrera infranqueable en torno al aterrado basileo.
El hombre no podía apartar sus ojos de la masa movediza del público: los verdes circulaban por sus gradas alzando iracundos los puños hacia el *kathisma*; nadie se preocupaba de los aurigas, cuyos carros abandonados se amontonaban junto a las estatuas de la *spina*.
Ni un solo soldado había hollado la pista del Hipódromo. Entre las filas de los azules, todos se asombraban de aquella ausencia de poder imperial. El portavoz de la corte intentó por última vez restablecer la prudencia entre los descontentos. El sector del Hipódromo ocupado por los verdes le respondió con silbidos impidiéndole proseguir su discurso. Sus dicterios alcanzaron incluso al emperador y todos pudieron escuchar horrorizados la humillante cantinela:
—¡Justiniano, eres un asno!
Los insultos cesaron al descubrir que los ilustres personajes habían abandonado el *kathisma* y que el basileo había huido por un pasadizo secreto que comunicaba con el palacio sagrado. Al verse desprovista del objeto de su cólera, la facción de los verdes siguió durante unos momentos respondiendo a los exabruptos de los azules y, por fin, el pueblo, cansado de vociferar su odio en aquella pista desierta, comenzó a afluir hacia las salidas.

Al amanecer del día siguiente del escándalo en el Hipódromo algunos nobles se agolpaban en las galerías del palacio sagrado que dominaba la plaza del Augusteón.

Hypatius se abrió paso entre los patricios, deseoso de alcanzar las primeras filas. Macedonia iba en seguimiento suyo y ambos descubrieron un espacio repleto de una bulliciosa marea humana mantenida a distancia por hileras de excubitores. Los soldados de la guardia escogida del emperador protegían una línea de patíbulos al pie de los cuales se atareaban los verdugos. De repente brotaron exclamaciones de alegría y algunos pañuelos azules se agitaron entre la multitud: las puertas del palacio sagrado acababan de entreabrirse para dar paso a una hilera de condenados y a su escolta.

—¡Helos aquí! —murmuró Hypatius—. Justiniano no se priva de su venganza, los verdes pagarán caro su atrevimiento...

Macedonia observó con atención a los cautivos que eran conducidos a suplicio.

—¿Los conoces? —preguntó a su esposo.

—¡Qué importa! Ellos no ignoran mi nombre y deben de maldecirme por no haber hecho nada para salvarlos en reconocimiento a la fidelidad que demostraron hacia mi tío.

—¡No podías hacer nada ante la cólera del emperador! Me han dicho que salió del Hipódromo enloquecido por la ira: incapaz de expresarse coherentemente, Justiniano enmudecía rabioso entre sus preocupados cortesanos. Los espías de palacio partieron inmediatamente en busca de los miembros influyentes de la facción de los verdes: no podía olvidarse una afrenta tan atroz.

—¡El cobarde...!

—Sí, pero aunque Justiniano no hubiese decidido castigar a la plebe, Teodora no habría permitido que esta provocación quedara impune. Sabe que el Hipódromo aclama a los emperadores y al día siguiente los precipita al fracaso.

Los clamores habían cesado, los condenados habían sido repartidos bajo los cadalsos y sus verdugos les despejaban el cuello y preparaban sus cuerdas bajo la vigilancia de los oficiales del palacio sagrado. Los excubitores apuntaban con sus lanzas hacia la multitud para sofocar cualquier intento de revuelta. Hypatius se sentía nuevamente invadido por sombríos pensamientos.

—En otro tiempo el emperador prestaba oído a las facciones: en el Hipódromo tenía ocasión de apreciar la justicia de sus reivindicaciones. Sin embargo, esos hombres morirán por haber hecho público lo que de todos es conocido...

Hubiese tenido que tomar partido por los verdes y presentar sus requerimientos al basileo evitando que se produjese esta explosión de cólera.

Macedonia observó a su esposo intrigada por sus remordimientos.

—Algún día te verás obligado a escoger entre los honores con que te distinguen los soberanos y tus ambiciones.

Y, recordando la visita que Teodora había hecho a su casa, añadió:

—Las promesas de Teodora te ciegan. ¿Aún piensas en las maquinaciones que tramabas con tus compañeros en la campaña de Capadocia?

El sobrino de Anastasio gritó encolerizado:

—¡Soy el último vástago de una estirpe imperial y en estos momentos me avergüenzo de encontrarme entre los cortesanos presenciando el espectáculo de un suplicio injusto!

—¡Ve con cuidado, podrían escucharte!

Un murmullo que recorría la multitud desde la parte inferior atrajo la atención de la cortesana: los cautivos subían al cadalso. La gente observaba sus rostros desencajados, su mirada febril. Entre los espectadores más próximos al patíbulo brotaron algunas exclamaciones de horror que Macedonia no logró descifrar. El rumor se difundió por toda la plaza. Los azules, que habían acudido a presenciar la ejecución de sus enemigos, protestaban.

—¡Dicen que han reconocido a algunos azules entre el grupo de los condenados! —se asombró un cortesano próximo a Macedonia.

—¡Es imposible! —se escandalizó otro—. El prefecto de la ciudad se ha encargado de investigar quiénes han sido los culpables entre los verdes; los azules han permanecido fieles a Justiniano, ayer no se los oía ni rechistar en el Hipódromo.

Algunos hombres se adelantaron hasta los excubitores y trataron de rechazar a los guardias, pero la hilera de lanzas les impedía cualquier aproximación. Desde las galerías donde los cortesanos asistían al suplicio brotaban gritos de rabia. Una exclamación de despecho acogió la caída del primer cuerpo en el extremo de la cuerda; apenas el desdichado había acabado de contorsionarse, agitado por un espasmo desesperado, que un segundo cautivo sufría idéntica suerte. Los verdugos precipitaban la ejecución a instancias de los oficiales.

Hypatius observaba la escena en silencio al igual que los restantes dignatarios de palacio entre los que se encontraba. Todos ellos contemplaban a la multitud presa de cólera. Los azules, a su vez, acababan de entregarse a un odio inexplicable hacia Justiniano.

Cuando los ajusticiados se balanceaban en los cadalsos un patricio exclamó:

—¿Cómo han podido cometer semejante error? ¡Ejecutar a los azules...! ¡Ha sido una locura!

Un silenciario familiar del basileo se abría paso bajo la galería, entre las filas de los aristócratas.

—¡Voy a avisar al emperador de que ha sido traicionado! —exclamó.

Los excubitores rechazaban a la multitud; algunos desdichados cayeron siendo inmediatamente pisoteados por la guardia. Los ajusticiados se habían quedado solos; los verdugos habían regresado a palacio. Algunos soldados vigilaban en la plaza del Augusteón, pero aún llegaban rumores desde las calles adyacentes.

—¡Vamos! —dijo Macedonia, tirando del manto a Hypatius—. Aquí ya no hay nada que hacer. El basileo acaba de cometer otro de sus crímenes.

El patricio no se decidía a abandonar aquel espectáculo de los cuerpos de los ajusticiados.

—El imperio ha caído en manos de los demonios. Nuestros compañeros tenían razón: el pueblo proclama su desesperación y nadie le escucha, ni siquiera yo. Es un aviso del destino: Justiniano se ha vuelto loco y elimina a sus súbditos más fieles...

* * *

El silenciario desapareció ante el cortejo de cortesanos que habían acudido a escuchar a Justiniano. Un oficial que vigilaba en la puerta les hizo señas para que se adelantasen. Macedonia distinguió a Justiniano, sentado en majestad; Teodora se encontraba de pie detrás suyo. Los pasos de los dignatarios resonaban sobre las losas de mármol; sus murmullos intrigados enmudecieron cuando Justiniano alzó la mano para imponer silencio. Todos se postraron a sus pies.

—¡Nobles familias de la Nueva Roma! —anunció el emperador—. ¡Ninguno de vosotros ignora la afrenta que me ha sido infligida por una facción de la plebe en franca rebeldía! Ha sonado la hora de imponer un castigo, los primeros culpables de la agitación han muerto ante vuestros ojos; otros expiarán su culpa del modo más horrible en los calabozos del palacio sagrado. De este modo el populacho sabrá quién es el dueño de Constantinopla.

Teodora se mantenía en silencio paseando su mirada entre los inquietos cortesanos.

—¡Nadie escapará a mi venganza! —prosiguió Justiniano—. ¡Ni pobres ni ricos; calafateadores o senadores! Os he pedido que acudieseis aquí para que de nuevo prestéis juramento de fidelidad a mi persona. ¡Levantaos!

Los presentes, hombres y mujeres confundidos, le obedecieron entre un frufrú de sedas. Justiniano ofrecía un aspecto impresionante, erguido sobre los peldaños del trono y sosteniendo entre sus manos el globo terráqueo coronado por una cruz.

—¡Jurando sobre este símbolo del mundo que me ha confiado Nuestro Señor, me aseguráis vuestra ayuda para restablecer a la normalidad este estallido de locura que ha invadido al imperio!

—¡Estaremos a tu lado, augusto! —clamó la multitud.

Justiniano observó largamente aquellos rostros tensos.

—¿Cómo puedo creer que los verdes se hayan lanzado a tan increíble arenga en el Hipódromo sin el estímulo de los dignatarios de la corte? —apostilló.

Los cortesanos se quedaron demudados: las últimas palabras del emperador dejaban entrever una amenaza. Justiniano se apartó de su trono aproximándose a senadores y patricios.

—¡Si supiese adivinar la mentira en vuestros ojos temerosos...! Pero estoy solo, amenazado por la cobardía de mis ministros y la envidia de toda la corte.

—¡Justiniano, han jurado! —exclamó Teodora que se había adelantado—. No te obsesiones por temores inútiles. Si uno de ellos te hubiese traicionado...

El basileo, conteniendo a duras penas su cólera, comenzaba a asombrarse de semejante calma, cuando el eco de un sordo golpe llenó la sala. Todos levantaron la cabeza y percibieron un gruñido lejano. Un oficial se precipitó al exterior. Pareciendo olvidar sus sospechas, Justiniano pasó ante un grupo de aristócratas y se detuvo frente a Hypatius. Permaneció unos instantes observándole a él y a su esposa y, a continuación, los abordó:

—¿Habéis oído los rumores que circulan acerca de las artimañas de los verdes?

Hypatius palideció.

—Estamos tan sorprendidos como tú —balbució.

Justiniano se dirigió al esposo de Macedonia que se mantenía algo retirado:

—¿Qué hubiese hecho el emperador Anastasio en mi lugar, general Hypatius?

El jefe del ejército de Oriente suspiró.

—¿Por qué me lo preguntas? El basileo asume la dirección del imperio: yo tan sólo soy un fiel lugarteniente tuyo.

—¡Así lo espero! No seáis ingratos: únicamente los necios muerden la mano que los alimenta —exclamó Justiniano dirigiéndose a todos en general.

Teodora acudió junto a él con aire imponente.

—Belisario acaba de llegar avisado por Antonina.

Una sonrisa burlona iluminó el rostro de Justiniano. El defensor del imperio se abría paso entre el grupo de cortesanos precedido por las adulaciones de los presentes. El hombre hizo intención de arrodillarse, pero el basileo le pasó el brazo por los hombros, como si se tratase de un compañero de armas, y se dirigió al soldado que le escuchaba asombrado ante tanta familiaridad:

—Belisario, tengo que confiarte una noble misión: ¡te encargarás de limpiar de escoria a la Nueva Roma!

—¿Contra quién debo combatir?

—Contra los súbditos que han osado sembrar el desorden, sin consideración alguna a su rango ni a su edad. Que tus soldados actúen a su antojo: te entrego la ciudad. Trátala como si fuese una ciudadela enemiga.

Entre los reunidos circularon algunas exclamaciones de sorpresa. Justiniano paseó por ellos su mirada tratando de encontrar abierta oposición, pero todos bajaron los ojos al suelo.

—Mis godos son temibles, pero la tropa apenas alcanza los tres mil hombres mientras que los excubitores se cuentan por centenares... —observó Belisario.

—El pueblo te teme. La sola mención de tu nombre le obligará a ocultarse en sus hogares. Que tu castigo les sirva de ejemplo: golpea sin consideración alguna. ¡Esto nos garantizará diez años de paz!

—¡Será como tú ordenas! ¿Qué me sugieres?

—Déjalos que acudan al Augusteón cuando se hallen ausentes nuestros soldados. Por cierto que ya llega a mis oídos el rumor de esa plebe alborotada. Y, a continuación, arroja contra ellos a tus bárbaros sin concederles cuartel.

El emperador volvió a instalarse en su trono con aire repentinamente sombrío y en tono cansado se dirigió a los presentes:

—Permaneced en palacio hasta que reine la calma: todas las puertas están custodiadas por los soldados. Podéis retiraros.

Los cortesanos se prosternaron de nuevo a sus pies humillando la frente en el suelo. Justiniano se solazó unos instantes ante aquellas muestras de docilidad y seguidamente abandonó la sala por una puerta excusada acompañado de Teodora.

Macedonia se encontró en la sala del consejo, tal como la recordaba del día en que se reunió por vez primera con Hermógenes, pero sin que se encontrase allí el maestro de oficios, que desde hacía varios meses había sido destinado a una misión en las orillas del Éufrates, para tranquilizarla. Otros grandes dignatarios del basileo rodeaban al monarca y le apremiaban con sus consejos. Desde el amanecer, Belisario habíase dedicado a difundir el terror por la ciudad. Teodora acudió a reunirse con Macedonia a la que había hecho llamar y la acompañó hasta donde se encontraban los ministros recibiendo las instrucciones de Justiniano. La iliria no pudo por menos de recordar aquel día ya lejano en que se vio obligada a enfrentarse con Belisario y Hermógenes; encuanto a los dos consejeros allí presentes, era la primera vez que los veía.

—Ese aristócrata distinguido es nada menos que Triboniano —le susurró Teodora al oído—, el cuestor y legislador. En cuanto a su compañero, de aspecto tan vulgar, procede de Capadocia, se llama Juan y Justiniano confía ciegamente en él y en sus dotes de financiero. Supongo que habrás oído hablar de él...

—Triboniano, pareces muy capacitado para redactar mis edictos, pero no has dado pruebas del más elemental sentido común. ¿Por qué diablos has ordenado que fuesen ejecutados los azules? ¿Acaso no descubriste el error del prefecto de la ciudad? —gritaba el basileo encolerizado.

—Es que... yo... no sabía... —balbucía, demudado, el hombre—. Los espías de palacio los señalaron como sospechosos y los detuvimos apresuradamente en sus hogares.

¿Cómo podía adivinar la confusión que se había producido?

Justiniano le obligó a callar con un ademán y se volvió hacia su ministro de finanzas. Juan de Capadocia se anticipó a sus críticas.

—Señor, tan sólo me ha preocupado servirte lo mejor posible. El tesoro imperial exige siempre tanto oro que imagino constantemente nuevos pretextos para llenar tus arcas.

—¡Hasta perder la razón! —censuró Teodora.

Juan le dirigió una mirada fulminante, que no reflejaba ningún temor. Era un hombre pequeño, robusto, de cabellos ralos y alborotados. El dignatario más temible del imperio se enfrentó a la emperatriz.

—Te gusta disponer de dinero, tus palacios se cubren de mosaicos de oro y tus posesiones en Asia son innumerables. ¿Cómo pagar todo esto?

—¡Arrodíllate e implórame perdón! —rugió Teodora.

—¡Basta ya! ¡No es momento de enfrentamientos! —encareció Justiniano.

Y, volviéndose hacia Juan, añadió:

—Tu condición de prefecto del pretorio no te autoriza a olvidar el protocolo. ¡Besa el pie a la emperatriz en señal de desagravio!

El hombrecillo vestido de verde le obedeció refunfuñando.

Aún no se había repuesto Macedonia de su sorpresa al descubrir tanto odio cuando apareció un dignatario en la entrada de la sala.

—Señor —anunció—, el patriarca te envía un sacerdote de la basílica de Santa Sofía.

—¡No deseo hablar de religión! —gritó el basileo—. ¡De todos modos, que pase!

El religioso entró apoyándose en dos guardias. Sus ropas desgarradas y su rostro herido atrajeron inmediatamente la atención de la emperatriz.

—¿Quién se ha ensañado de tal modo contigo? —inquirió—. ¿Desde cuándo el pueblo ataca a los representantes de la Iglesia?

El sacerdote tardó unos instantes en regularizar su respiración antes de responder.

—Los soldados de Belisario se han lanzado sobre la multitud en la plaza del Augusteón en el momento en que se celebraba el oficio matinal de Santa Sofía.

—Así lo he ordenado —le interrumpió Justiniano bruscamente—. ¡Continúa!

El hombre se interrumpió un instante incrédulo.
—Han atacado a mujeres y niños —prosiguió sin poder dar crédito a aquellas palabras—. Los gritos nos han atraído hasta el exterior y nos hemos encontrado con una terrible carnicería: los bárbaros remataban a los heridos y sus oficiales se reían viendo cómo exterminaban a familias enteras... ¡Dios mío!
Justiniano había apartado de él la vista. El sacerdote suspiró.
—Intentamos hacerles entrar en razón, pero se abalanzaron sobre nosotros y nos molieron a palos. Varios de mis compañeros resultaron gravemente heridos: la multitud los condujo al interior de Santa Sofía para que muriesen en recinto sagrado.
—¡Belisario es un idiota! —murmuró Teodora.
En aquel instante reapareció el dignatario.
—Un oficial del general Belisario desea ser recibido por el consejo —anunció.
El soldado revestido de su coraza empujó a un servidor y se arrojó a los pies de la pareja imperial.
—¡Divinos señores, el pueblo entero se ha rebelado! Los hemos expulsado de la plaza del Augusteón, pero los sacerdotes han tomado partido por ellos y la multitud desencadenada ha vuelto a la carga.
—¿Qué ha decidido Belisario? —exclamó el basileo con voz tonante.
—Sus mercenarios se ven impotentes ante semejante multitud. La plebe llega desde distintos distritos cada vez en mayor número. En proporción de ciento contra uno, quiebran nuestras lanzas como si fuesen de paja.
—¡Mantenedlos alejados! —exclamó Justiniano.
Un silenciario se adelantó a informarle:
—¡Santa Sofía y las termas de Zeuxippo han sido incendiadas; el Augusteón está rodeado por las llamas!
El sacerdote se desplomó sollozando.
—¡Qué heréticos! —murmuró Justiniano.
—Cristo misericordioso perdonará a esos desdichados que no aciertan a reflexionar sobre la gravedad de sus actos... Pero ¿quién es el culpable, basileo? —se rebeló el servidor de Cristo.
A una señal de Teodora los guardias hicieron desaparecer al sacerdote.
Un nuevo oficial se cruzó con los soldados reuniéndose

con el grupo; más allá de la puerta entreabierta resonaban gritos. El hombre llegaba sin aliento.

—Los rebeldes han penetrado en el recinto del palacio sagrado, han forzado las puertas de la Chalcé y entrado a saco en las salas próximas a la calle. Los excubitores les están dando alcance... —informó.

Macedonia no sabía a qué atenerse. Desde su llegada se preguntaba qué papel le habían asignado.

—Teodora, ¿deseas mi ayuda? ¿Qué significa la presencia de una cortesana en el consejo?

La emperatriz cruzó una mirada significativa con su esposo.

—¿Dónde se encuentra Hypatius? —le respondió secamente.

—Lo ignoro, tal vez combatiendo entre las filas del ejército.

Justiniano profirió una amarga risa.

—¿Nos crees tan necios como para admitir semejante bulo?

Teodora trató de tranquilizarle.

—Macedonia jamás nos ha traicionado, pero alguna vez podría ser la primera... Escucha, hermosa patricia: si tu corazón es puro, considera tu presencia entre nosotros como una prueba de las atenciones que te dispensamos: espero que habrás comprendido que los pasillos de palacio ya no son seguros. En caso contrario, debes saber que tu duplicidad no te reportará nada bueno: tu suerte se halla en nuestras manos. Hypatius acabará por saberlo. ¿Qué decidirá? Sólo un adivino podría preverlo.

Macedonia se sintió aterrada y avergonzada por no haber previsto la revuelta.

Algunos gritos airados obligaron a los reunidos a precipitarse en la sala del consejo donde se asomaron a una ventana que daba sobre el parque. La gente del pueblo huía a la desbandada cargada de vajillas y ropas. Los excubitores formaron un círculo a su alrededor y en breve los tuvieron al alcance de sus lanzas que arrojaron sobre ellos. Al cabo de unos instantes el grupo había sido exterminado, los cuerpos yacían entre los objetos robados y los soldados marchaban en busca de nuevas víctimas expiatorias.

* * *

Las tropas se precipitaron por las escalinatas de las callejuelas iluminando los muros con el macilento resplandor de sus antorchas. Macedonia e Hypatius corrían rodeados por los soldados de Belisario, vigilados por su jefe que había acudido a buscar al patricio y a su esposa a instancias de la emperatriz. Los guardias se mantenían a respetuosa distancia de Macedonia, pero la compañera del príncipe no apartaba los ojos de sus desenvainadas espadas.

—Apresurémonos —insistió el jefe del grupo—. Los saqueadores no tardarán en regresar a este distrito.

Hypatius estrechó a Macedonia contra él y, vigilando que el lugarteniente de Belisario no estuviese demasiado cerca, murmuró:

—¿Sabes por qué nos ha llamado Justiniano?

Su esposa eludió la respuesta, intentando en primer lugar enterarse de las razones de su ausencia.

—Estaba preocupada. Hace dos días que no has aparecido por casa. ¿Dónde te escondes?

—Vivimos momentos difíciles —repuso Hypatius con gravedad—, la ciudad y el imperio están a punto de desmoronarse si no contenemos al populacho. El sobrino del emperador Anastasio no puede permanecer inactivo: estuve reunido con mis consejeros.

—¿Qué estás maquinando? —se sorprendió Macedonia—. ¿Acaso los oficiales que conocí en Capadocia han logrado convencerte para que intentes derrocar al basileo?

Hypatius no respondió.

—¿Qué teme Justiniano? —la interrogó a su vez al cabo de unos momentos.

—Tiene miedo. Sospecha a la vez de todos y de ninguno. Me preguntó dónde estabas y Teodora me ha dado a entender claramente que me haría responsable de cualquier traición.

Hypatius pareció preocupado.

—Prefiero tenerte a mi lado.

El grupo avanzaba por callejuelas y estrechos pasajes, esforzándose por evitar encuentros peligrosos. Por fin alcanzaron los límites del palacio sagrado. El muro del recinto se había desplomado a consecuencia del incendio. La escolta se introdujo por una amplia brecha y seguidamente se internó por el parque. Algunos guardias que surgieron de la espesura les permitieron el paso al recibir el santo y seña. Cuando llegaron ante el salón del trono los mercenarios desaparecieron entre las sombras. Macedonia e Hypatius franquearon la imponente entrada. Un silenciario alzó una colgadura y ante sus ojos apareció el basileo rodeado de cortesanos, ninguno de los cuales pareció reparar en su presencia.

En aquellos momentos Juan de Capadocia, prefecto del pretorio, interpelaba a Justiniano:

—Justiniano, ríndete a la evidencia; el pueblo te vilipendió en el recinto del Hipódromo. Entonces creíste oportuno entregarnos a esos perros, como pasto, a Triboniano y a mí. En estos momentos hemos sido destituidos públicamente de nuestros cargos, pero aunque ya no somos nada sigo considerándome un súbdito fiel y te suplico que huyas mientras que aún estás a tiempo.

Triboniano se adelantó a su vez y, sin perder su dignidad, se dirigió asimismo al basileo:

—Los consejos de Juan son acertados. Las provincias te siguen siendo fieles: en ellas podrás reunir un ejército numeroso con el que aplastar a la ciudad de Constantinopla en una sola jornada y, tras imponer un severo castigo, a nadie se le ocurrirá volver a ofenderte.

Justiniano escuchaba apoyando la cabeza entre las manos. Un incómodo silencio sucedió a las palabras de los ministros: nadie se atrevía a distraer al emperador de sus sombríos pensamientos.

De pronto Macedonia observó sorprendida que Hypatius apartaba a los dignatarios y se adelantaba hasta el pie del trono.

—¡Hypatius!, ¿qué has estado tramando? —rugió Justiniano—. ¡Ni siquiera tu esposa sabía dónde te encontrabas!

—Te he servido con fidelidad en Oriente —repuso el patricio sin humillarse—. ¿Por qué temes continuamente ser traicionado?

—¡Los hombres son mudables y sus ambiciones crecen por momentos!

—¡Dame ocasión de demostrarte de algún modo mi fidelidad! —repuso Hypatius mirando abiertamente al señor del imperio.

Macedonia se había aproximado y observaba asombrada a su esposo que se mostraba confiado y sereno.

—Pompeyo, también sobrino del emperador Anastasio, acaba de prestar juramento y le he enviado a combatir a los verdes... —insinuó Justiniano.

A Hypatius no le pasó inadvertida la irónica sonrisa

del basileo. Haciendo un esfuerzo por contenerse, le respondió sin ambages:

—Tendrías que hallarte exento de toda culpabilidad para que me exigieses que asesinara a los súbditos que se han rebelado contra la crueldad de tus consejeros. Escúchame, jamás he perdonado a un enemigo en el combate, sin embargo estoy seguro de que Anastasio me maldeciría desde el paraíso si me envileciese con semejante acción.

—¿Acaso has venido a provocarme?

—No, a asegurarme simplemente de que el imperio estaba regido por un monarca perverso. Esperaba tu compasión, que tendieras la mano a los desdichados extraviados entre la tormenta, y sólo piensas en acosarlos.

Justiniano se levantó iracundo.

—¡Te he hecho venir para comprobar cómo se confirmaban mis temores! —gritó—. ¡Abandona este lugar ahora mismo o serás decapitado en el acto!

Hypatius retrocedió aproximándose a Macedonia.

—¡Quédate! —le aconsejó en un susurro—. He reflexionado y es la mejor solución. Si continúas a su lado, mostrándoles fidelidad, no se atreverán a ejecutarte, mientras que en caso contrario...

La esposa de Hypatius se había quedado boquiabierta al advertir la determinación del patricio. No tuvo tiempo de detenerlo: observó cómo se abría paso entre el grupo de cortesanos que volvieron a cerrar sus filas en el instante en que acababa de aparecer Teodora. La emperatriz se dirigió hacia el trono y ocupó su puesto junto a Justiniano. Estaba terriblemente pálida.

—¿Qué has decidido? —preguntó a su esposo—. Los generales aguardan tus órdenes.

El basileo vaciló un instante antes de responderle mientras seguía con la mirada las volutas de humo que despedían las antorchas.

—Está despuntando el alba —insistió Teodora—, el pueblo se ha enseñoreado de la ciudad. ¿Cuándo se había visto que la plebe reinase sobre la Nueva Roma?

—La corte embarcará con destino a las costas de Oriente... —anunció el emperador con voz débil.

Un murmullo de alivio recorrió las filas de los nobles allí reunidos. Belisario se adelantó hacia el soberano.

—Los navíos han sido amarrados esta noche en el muelle del puerto de Eleuterio. Mis hombres vigilan todos los accesos. Puedes llegar hasta allí sin temer los ataques de los sublevados.

Justiniano ordenó a uno de los miembros de su guardia:

—Los archivos oficiales deberán ser recogidos y guardados en baúles. Las joyas del tesoro y las reservas en oro se depositarán en el navío imperial. Belisario facilitará los mercenarios necesarios para mi escolta.

—¿Huyes ante los verdes por algunos insultos que han proferido contra ti en el Hipódromo? —le apostrofó Teodora dirigiéndole una mirada fulminante. Seguidamente paseó su mirada entre los asistentes y añadió—: ¿Merecéis ostentar vuestra categoría de patricios, ministros y nobles? Tan sólo veo ante mí a una asamblea de cobardes. ¡Cuán hermosa aristocracia!

Macedonia comprendió que se encontraba nuevamente ante la mujer ambiciosa y emprendedora que conoció en Antioquía. Teodora se arrancó su manto de púrpura que tendió a los estupefactos cortesanos.

—¡Por lo que a mí respecta, ésta es la mortaja que he escogido! —exclamó—. Prefiero morir aquí, a manos del pueblo sublevado, que huir... No en vano he llegado a la cima del imperio.

En los rostros de todos los presentes se leía el estupor. Justiniano se había quedado petrificado, incapaz de pronunciar palabra. Teodora aguardó unos instantes y exclamó:

—¡Belisario! ¡Narsés! ¡Acudid a recibir órdenes!

El eunuco surgió de entre las sombras, Belisario se separó del grupo de cortesanos.

—Narsés, te confirmo inmediatamente mis intenciones —ordenó Teodora con firmeza—. Busca a los jefes de los azules y atráetelos con el señuelo de una recompensa a cambio de su adhesión. ¡Gánalos para nuestra causa!

El servidor se inclinó ante ella y desapareció.

«De modo que todo lo habías previsto —pensó Macedonia—. El valor o la cobardía de tu esposo, la mudanza y la vergonzosa huida. Narsés debía de aguardar entre bastidores... Te odio por el mal que difundes, pero mereces la estima de los nobles. Hypatius no se hubiese comprometido tan abiertamente a una rebelión en tu presencia...»

La patricia se sorprendió al descubrir que la preocupaba la suerte que pudiese correr Hypatius, cuya actitud digna frente a Justiniano la había emocionado. Aunque no llegase a inspirarle amor, sí había conseguido conquistar su estima.

En aquellos momentos Teodora se dirigía a Belisario.

—¡Reúne a tus godos, que abandonen el puerto y los navíos! ¡Mientras que yo esté con vida, no embarcará ningún senador!

—¿Adónde deben acudir? Toda la ciudad se ha sublevado.

—¿Sabes cómo encontrar a los retóricos y a los aristócratas que encabezan la sedición?

—Según parece se han instalado en el recinto del Hipódromo. Cotidianamente, hacia mediodía, levantan a la multitud con sus arengas y seguidamente los amotinados se difunden por la ciudad.

—¡Pues bien, ya comprenderás lo que debes hacer!

Belisario estaba exultante.

—¡Mis godos se introducirán por los subterráneos que unen el palacio sagrado con el Hipódromo y una vez allí sorprenderemos a la multitud desarmada!

De pronto, al oír las frases del esposo de Antonina, Macedonia recordó a Hypatius y se decidió abandonar aquellos lugares, pero se encontró ante dos excubitores que acababan de cerrar las puertas de la sala y montaban guardia empuñando sus espadas. En aquellos momentos la emperatriz se dirigía a los presentes.

—Nadie podrá vanagloriarse de haberme traicionado: juntos aguardaremos el retorno de Belisario.

Macedonia, enfurecida, lanzó una mirada desafiante a su bienhechora y descubrió que Teodora la observaba con aire burlón.

* * *

Grupos de hombres y mujeres se apretujaban frioleros en las gradas del Hipódromo; la bruma marina se posaba en lo alto de los pasillos del recinto y el sol invernal aportaba escaso calor a sus transidos cuerpos. Desde hacía casi una semana los insurrectos de Constantinopla se habían adueñado de aquel lugar. Como cada día, millares de pañuelos verdes saludaron la aparición de los senadores de la facción. Los patricios ocuparon sus puestos en la curva del Hipódromo: el *kathisma* estaba vacío. Pese a la ausencia del emperador, nadie había osado instalarse en él. Un nombre corría de boca en boca entre la plebe reunida: Hypatius figuraba entre los jefes que encabezaban la revuelta.

Las gradas seguían llenándose, los presentes, cada vez más numerosos, agitaban sus enseñas verdes, mientras que los azules que se habían adherido a su causa se mostraban mucho más discretos.

Entre los espectadores reinaba una atmósfera relajada: la ciudad les pertenecía. Pero todos aguardaban los consejos de los dirigentes de la facción. Los incendios y saqueos habían dejado a muchos un regusto amargo.

—¡Ciudadanos de la Nueva Roma! —gritó un edil—. ¡El basileo no merece tal título! La cortesana que ha elevado al rango de emperatriz sólo ha abandonado el impío escenario teatral para aprovecharse de las riquezas del imperio.

El Hipódromo se había quedado semivacío, una masa humana se aglutinaba sobre el *kathisma*. La multitud también había desviado hacia ellos su atención. Centenares de hombres corrían en aquellos momentos a lo largo de los pasillos o descendían hacia la pista a fin de cortar cualquier posible retirada por aquellos conductos.

—¡Los soldados! —gritaron los verdes—. ¡Son los godos de Belisario!

Habían reconocido a los mercenarios por la abundante cabellera que les cubría las espaldas. Armados únicamente de una larga espada, los soldados se abalanzaban sobre el pueblo estupefacto.

Entre los asistentes sonaron algunas exclamaciones destinadas a estimular aquel enfrentamiento.

—¡Vayamos a su encuentro! ¡Acabaremos con ellos con nuestros puñales y garrotes!

En el Hipódromo resonó el grito de unión del pueblo:

—¡*Nika,* victoria!

Se formaron algunos grupos que interceptaron el paso a los soldados del emperador. Las mujeres y buen número de rebeldes se precipitaron hacia los huecos de las escaleras donde se pisotearon unos a otros, incapaces de escapar en su mayoría a la trampa en que habían caído.

Un oficial protegido por su armadura había aparecido en la tribuna del *kathisma*: Belisario contemplaba la escena e indicaba a sus hombres la táctica a seguir.

Los primeros godos acababan de alcanzar a los rebeldes que se habían decidido a emprender la lucha y con sus espadas despedazaban a adversarios ignorantes de las reglas de la lucha. Los cadáveres comenzaban a amontonarse en las gradas; en cuanto a los cabecillas de la rebelión, se habían refugiado en el centro de la multitud. Los azules se replegaban en lo alto del Hipódromo; los mercenarios avanzaron a su encuentro, pero se limitaron a rodearlos al distinguir el color de sus vestiduras y de los pañuelos que exhibían. En la parte inferior se organizaba la matanza. Entre el griterío y el tumulto, los soldados reunían a los verdes como si se tratase de un rebaño enloquecido. Sus oficiales, bajo la vigilancia de Belisario que seguía impertérrito en el *kathisma,* los exhortaban a que no flaqueasen.

El Hipódromo se había quedado semivacío, una masa humana se aglutinaba sobre un sector de la arena cuyas salidas habían quedado obstruidas por las víctimas que habían sido aplastadas por sus compañeros cuando intentaban la huida.

Los godos atacaban incesantemente, mutilaban a sus enemigos y avanzaban hacia el núcleo de aquella selva humana desforestando sus miembros vivos. Algunos suplicaban en vano; otros se resignaban y aguardaban como alelados el castigo del verdugo. Belisario se vio obligado a sortear distintos montones de cadáveres hasta llegar al punto donde se libraba el combate; de vez en cuando levantaba una cabeza ensangrentada, miraba en torno y proseguía su búsqueda sin preocuparse del resultado de la batalla, que consideraba seguía por buen camino. Examinó atentamente a los grupos que continuaban resistiendo y, de pronto, señaló a un individuo dirigiéndose a un miembro de su escolta. Los godos se precipitaron en aquella dirección y prendieron a algunos fugitivos que derribaron en el suelo apoyándoles sus espadas en el cuello.

El esposo de Antonina no tardó en reunirse con ellos.

—¿Aún os atrevéis a gritar *nika*? —los interpeló inclinándose sobre los caídos—. Vuestra victoria ha sido mera presunción. Justiniano es el emperador y seguirá siéndolo pese a vuestros insultos.

Los mercenarios estallaron en grandes risotadas. A un prisionero que intentaba levantarse le hundieron el acero bajo el mentón. El hombre se desplomó con un gemido. Belisario escaló las gradas donde habían quedado inmovilizados los jefes de la insurrección.

—Veo que los senadores se han conchabado con los mercaderes del puerto. ¡Tremendo error! —comentó—. Habéis traicionado la confianza del basileo... ¿Adónde irán a parar vuestras pobres cabezas?

—¡Intercede en nuestro favor y te cubriré de oro! —le suplicó un patricio.

Belisario movió la cabeza con aire burlón.

—¡Pero si ya no tienes nada! ¡En estos momentos tu casa se consume entre las llamas y tu oro se encuentra ya en las arcas imperiales! Sólo te queda la oración y el arrepentimiento.

El comandante de las tropas se interrumpió: no lejos de él se encontraba Hypatius. Belisario interpeló a su segundo en las campañas de Oriente:

—¡Patricio Hypatius!, ¿qué haces en tan mísera compañía? ¡Cegado por tus ambiciones, te has descarriado!

El sobrino de Anastasio le respondió con aire desafiante:

—Te niego el derecho de juzgarme: no eres más que el perro guardián de una dinastía deshonrada por toda la ciudad.

Un soldado levantó su espada con gesto amenazador. Belisario le reprendió ásperamente:

—Sobre todo, no quiero ninguna ejecución en estos lugares. Teodora deseará disfrutar de este espectáculo: nuestros señores tienen derecho a ser testigos de tan singular placer.

—No los merecen de otra clase —comentó Hypatius que ya había sido maniatado.

—No debías haberlos engañado: habían recompensado espléndidamente tu fidelidad al trono.

—Si los azules hubiesen luchado con nosotros esta mañana, jamás los bárbaros habrían podido vencer al pueblo unido —suspiró Hypatius.

Belisario se agachó junto al esposo de Macedonia y le susurró en el oído:

—¿Crees que Teodora ha permanecido inactiva mientras prodigabais buenas palabras a esta plebe crédula? En estos momentos los senadores de los azules se humillan ante la emperatriz, maldicen su cobardía y le juran eterna fidelidad. No me agrada Narsés, pero debo reconocer su habilidad: les ha dado la vuelta como a un guante.

—¿Y Macedonia? —exclamó Hypatius—, ¿qué destino le aguarda?

—¿Se encontraba aquí? —se inquietó Belisario.

—No, la hice desistir de seguirme... Además, ella jamás pareció interesarse por la causa de los verdes.

—Has hecho bien, de ese modo tu esposa salvará su vida. En cuanto a ti...

—Poco me importa, imagino perfectamente cuál será mi destino. La dinastía de Anastasio desaparecerá de los anales del imperio: ya no merece vivir. He tenido la debilidad de pactar con esos dos diablos instalados en el trono y, por consiguiente, mi rebelión ha sido inútil. El pueblo ha pagado demasiado cara su sedición para que yo pueda implorar perdón y salvarme.

—La soberana no te indultará aunque se lo pidas de rodillas. Tal vez Justiniano...

—Déjalos que se entreguen a sus crueles juegos. ¿Adónde vas a conducirme?

—Al palacio sagrado, debidamente escoltado.

Belisario se levantó y examinó a Hypatius: las gradas estaban cubiertas de cadáveres, los mercenarios se habían reagrupado y aguardaban órdenes.

—¡Soldados de Justiniano! —los exhortó—. ¡Habéis salvado el trono! El oro de la ciudad os pertenece. Diseminaos por las calles y tomad todo cuanto os apetezca. Hasta la puesta de sol nadie se atreverá a negaros nada con riesgo de su propia vida. ¡En nombre del basileo os entrego la Nueva Roma!

Un clamor invadió el estadio. Los godos se precipitaron hacia la pista desierta, espada en mano, ebrios de sangre.

La anciana corrió hacia la puerta atraída por unos golpes secos, abrió uno de los batientes y se encontró con un sacerdote... La sirvienta sofocó un grito: detrás de él se hallaban dos hombres portando una camilla. Sin decir palabra el religioso la apartó a un lado y penetró en el patio del palacio de Hypatius. Sus compañeros depositaron allí su carga disimulada por una sábana. Macedonia, que había oído ruido de pasos desde el piso superior, apareció en el pórtico y contempló a los desconocidos que habían irrumpido en su morada.

Desde hacía algunas semanas la cortesana se hallaba recluida entre los muros de su casa por orden del emperador. Cuando el general Belisario se presentó a anunciar su victoria ante la corte reunida en torno a los soberanos, Macedonia comprendió claramente el castigo que le aguardaba: el palacio del sobrino de Anastasio sería el lugar donde se vería internada. Sin apenas poder escuchar las ovaciones que los nobles dedicaban al jefe del ejército, los guardias se la llevaron fuera de la sala del trono. A partir de aquel día, sólo una esclava fiel había sido autorizada a velar por ella y los alrededores de su mansión estaban sometidos a constante vigilancia.

Macedonia se aproximó a la extraña comitiva que se había detenido en el patio. El sacerdote se acercó a ella y la interpeló:

—¿Eres Macedonia, esposa de Hypatius?

—¿A quién creías encontrar aquí? ¿No sabes que nadie más tiene derecho a vivir en esta casa?

El hombre calló, al parecer incómodo. Macedonia ya no le prestaba atención. Contemplaba temblorosa la forma humana que habían depositado en el suelo. Durante interminables jornadas había estado aguardando aquella visita, y temiéndola incesantemente. El religioso no sabía qué decirle.

—¡Vamos, habla! —murmuró la iliria con voz apagada—. Imagínate que acabas de liberarme de una prolongada pesadilla... Es su cuerpo, ¿verdad?

El hombre asintió sin palabras.

—Desde los primeros instantes de cautividad entre estos muros comprendí que no se haría esperar —prosiguió Macedonia—. El silencio y las noches en blanco me han permitido reflexionar... No esperaba nada de la misericordia divina y mucho menos de la piedad de los monarcas.

El mensajero del palacio sagrado contemplaba la camilla. Macedonia, repentinamente lívida, unió sus manos y preguntó inquieta al religioso:

—¡Dime!, ¿a qué tormentos le han sometido? Belisario le condujo con vida a palacio, ¿no es cierto?

El sacerdote retrocedió unos pasos.

—Yo ya he concluido mi misión —dijo—. Comprenderás que no puedo permanecer aquí por más tiempo. Uno de estos hombres es un partidario de Hypatius que fue capturado en su compañía y al que los jueces perdonaron la vida para que velase el cadáver y le adecentase antes de traerle aquí... Me tomo la iniciativa de dejarle a tu servicio: él te contará cómo concluyó la sedición. No intentes huir: han reforzado la guardia que custodia tu morada.

Macedonia advirtió que el sacerdote daba instrucciones a sus servidores. El más joven se alejó abandonando la camilla donde reposaba el cuerpo de Hypatius cubierto por la sábana. El anciano había permanecido sentado en un banco de piedra no lejos de allí. Macedonia le llamó.

—¡Ven...! ¡Descúbrele el rostro!

El hombre se aproximó con lentitud, se arrodilló y aguardó a que la patricia se inclinase para apartar el paño con delicadeza descubriendo el azulado rostro de Hypatius, cuyos contraídos rasgos revelaban las huellas del sufrimiento. Macedonia estalló en sollozos. La sirvienta encargada del cuidado de la casa corrió a su lado y la abrazó.

—Hypatius no fue maltratado por el general Belisario —le aseguró el compañero de infortunio de los verdes—. Él se limitó a cargarlo de cadenas a la entrada del palacio sagrado, antes de presentarlo a la corte entre los jefes de la rebelión.

—¿Quién ordenó su ejecución?

—Yo me encontraba con otros prisioneros en el exterior del palacio sagrado, custodiado por los godos. Hypatius me habló de su condena más tarde, cuando me condujeron a su mismo calabozo para que le sirviese. Estábamos solos, vivió con dignidad sus últimos momentos...

Macedonia se irguió, furiosa por no haber recibido respuesta a su pregunta.

—Señora, fue la emperatriz quien exigió su suplicio —confesó finalmente el hombre—. Pero ¿de qué sirve contarte estas cosas?

La esposa del patricio suspiró.

—Hubiese jurado que Justiniano...

—Hypatius me habló de cuán conmovido estaba el basileo. Me dijo que él estaba dispuesto a perdonarle, que la rebelión del pueblo le había impresionado, pero Teodora se sentía ciega de ira y deseaba saborear su victoria: Pompeyo también ha muerto y han perecido decenas de senadores.

—¿Por qué lo han devuelto a su morada?

—Después de colgarlo en la plaza del Augusteón ante los ediles de los azules, los consejeros del emperador debieron de considerar más prudente hacer desaparecer el cadáver. La sepultura de Hypatius hubiera podido suscitar testimonios de fidelidad...

—Teodora piensa en todo... Enterraremos a Hypatius en el jardín: prepara su tumba. Le revestiremos con las insignias de comandante del ejército de Oriente, aunque las deba a la protección de los soberanos.

Macedonia volvió a cubrir el rostro del ajusticiado y se sentó junto a su esposo. Hundió la cabeza entre los brazos y se entregó a su aflicción. La sirvienta hizo entrar al testigo en la vivienda y el difunto y su viuda permanecieron a solas en el patio.

Macedonia soñaba una vez más con el suplicio de Hypatius cuando sintió que alguien le rozaba el hombro y una voz murmuraba dulcemente:

—Señora, ha llegado la hora...

La patricia se había adormecido al llegar el alba, tras largas horas de insomnio. Sus pensamientos la habían arrastrado incesantemente hasta el fondo del jardín, donde desde hacía algunos días descansaba su esposo. No sentía ningún temor a comparecer ante la corte, como le había anunciado la víspera un mensajero del palacio sagrado. Su sirvienta le hizo notar que los guardias que esperaban en la puerta acabarían impacientándose y que de nada serviría diferir el instante de la partida.

La anciana la ayudó a vestirse una túnica de lino y,

tras trenzarle los cabellos, le cubrió los hombros con un velo negro.

Macedonia se contempló un instante en el espejo de bronce que sostenía en la mano. Por encima del hombro descubrió el rostro de la mujer y ambas cambiaron una sonrisa de complicidad. Bajo el chal escapaban unos mechones de sus cabellos en los que aparecían algunos hilos de plata.

—¿Aún sigo pareciendo una joven noble? —murmuró la viuda de Hypatius.

—Las pruebas a que te has visto sometida han madurado la expresión de tu rostro, pero nadie puede privarte de tu dignidad, señora. Estoy segura de que la emperatriz no se atreverá a intentar nada contra ti.

—¿Quién es capaz de prever los caprichos de los soberanos? Los espías del emperador me aguardan fuera y desde hace semanas vigilan todas las salidas de esta calle. Te confío la casa: cuida de que no entren ladrones en ella, pero en el caso de que intentasen forzar la puerta no arriesgues tu vida por algunos objetos.

La sirvienta asintió y Macedonia se apresuró a separarse de ella para evitar enojosas despedidas. Bajó corriendo la escalera, se detuvo unos instantes junto al túmulo de tierra, entre los helechos, que señalaba el lugar donde había sido enterrado su esposo, y franqueó el umbral de la mansión. Al principio la aturdió el ir y venir de los transeúntes. Unos niños corrían de uno a otro porche, los mozos de cuadra atropellaban a los curiosos.

—¡Macedonia! —exclamó un soldado aproximándose a ella—. ¡Tengo órdenes del basileo de conducirte al palacio sagrado!

La patricia examinó al servidor encargado de tan bajos menesteres. Su rostro rudo e inexpresivo que reposaba sobre un cuello robusto de toro inspiraba el temor. Macedonia pensó que podría hallar la muerte en sus manos sin que su verdugo experimentara la menor emoción.

—¡Vamos! ¡No intentes huir!

La arrastró consigo, seguido a cierta distancia de sus secuaces. Mientras atravesaban las calles ocupadas por los tenderetes de los artesanos, se percibía cada vez más próximo el ruido ensordecedor de la Mesé. Macedonia dudó unos instantes antes de sumergirse entre la multitud agitada de la gran avenida.

—¿Qué te sucede? —se preocupó el mensajero de

palacio—. No confíes en nadie: tus gritos sólo despertarían las burlas de los transeúntes.

Macedonia observaba aquella existencia tranquila que discurría ante sus ojos. Todos se hallaban entregados a sus ocupaciones cotidianas: nadie hubiese podido imaginar que pocas semanas antes la plebe enfurecida había atentado contra las riquezas y bienes del emperador.

El hombre pareció adivinar las razones de su inquietud.

—La sedición Nika no ha dejado grandes huellas; los comerciantes se apresuraron a recoger sus puestos. El dinero va tras el dinero. Pronto verás el Augusteón: todavía huele a cenizas.

La patricia siguió a sus guardianes, sin que la escolta la perdiese de vista. Los transeúntes eran cada vez menos numerosos, las ruinas de una iglesia atrajeron la atención de Macedonia. Por último llegaron a la plaza del Augusteón donde se encontraron con algunos soldados que circulaban entre los montones de escombros. La viuda de Hypatius trató de recordar los imponentes edificios que habían rodeado la explanada: de las termas de Zeuxippo solamente se alzaba un trozo ennegrecido de la fachada y algunas vigas calcinadas cruzaban una bóveda de piedra. Desde el extremo opuesto de la plaza surgían algunos gritos del único taller abierto: decenas de obreros recogían los adoquines que se amontonaban y cargaban con ellos los carros dispuestos en las proximidades: no quedaba nada de la basílica de Santa Sofía que erigió el emperador Teodosio. El servidor de la soberana confió a la cautiva:

—Desde que concluyó la revuelta, el basileo ha emprendido la reconstrucción de la basílica. Ha hecho llamar a los mejores arquitectos del imperio y están preparando los planos mientras que los peones desescombran las ruinas. ¡Jamás se habrá construido una iglesia de mayores proporciones!

—Algo muy necesario para hacer olvidar los pecados de Justiniano —se burló Macedonia.

—¡Ya hemos llegado! —anunció bruscamente el hombre—. Acude a presentarte a los guardias de la Chalcé que te conducirán ante Justiniano y Teodora.

Macedonia franqueó el umbral de palacio, los excubitores no parecían montar vigilancia. Comprendió que la muerte de Hypatius había sido inútil. Un oficial la estaba aguardando. La patricia se encontró en seguida en un ameno jardín con parterres cubiertos de flores primerizas. La corte se desayunaba sobre el césped, los lechos destinados al banquete rodeaban mesas de escasa altura. Los allegados de los soberanos se interpelaban ruidosamente, hombres y mujeres bromeaban rodeados de sus esclavos.

La aparición de Macedonia interrumpió el jolgorio, algunos depositaron sus copas sobre las mesas; las conversaciones cesaron.

—Nos faltaba una invitada escogida —intervino Teodora atrayendo la atención general—, la esposa del patricio Hypatius, aquella que hubieseis adorado en majestad en mi lugar si hubiera triunfado la rebelión de los verdes.

La compañera del general de los ejércitos de Oriente advirtió al punto el encarnizamiento de su antigua amiga. Teodora la invitó a acercarse, disimulando a duras penas su cólera con cierto aire divertido.

—Macedonia, no subestimo tu valor: me consta que eres capaz de recibir tu sentencia en nuestra compañía. Espero que comprendas que nada logrará mitigar mi ira: te agradeceré que te abstengas de llorarme o suplicarme.

—¿De modo que has temblado temiendo perder el trono? —se encolerizó la patricia—. ¿Acaso has olvidado los meses que pasaste conmigo en los escenarios de Antioquía? ¿Quién ambicionaba entonces más ávidamente riquezas y honores? Mátame si lo crees necesario para la grandeza de tu reinado, pero no te engañes: mi destino no es igual que el tuyo.

Los cortesanos contemplaban el enfrentamiento de ambas. Teodora pareció sorprendida.

—Hypatius nos traicionó: no te atreverás a negarlo.

—¿Quién ha pensado en ello? Ya le has ajusticiado: que descanse en paz. ¿De qué crimen vas a acusarme ahora?

—¡No ignorabas sus propósitos!

—He tenido siempre muy presentes las razones de mi matrimonio decidido por tu mediación con el sobrino de Anastasio: deseabas que me mezclase en su entorno...

—¡Basta! —la interrumpió Teodora—. No tengo nada que agradecerte en este sentido. Jamás has acudido a confiarme el peligro que amenazaba al imperio. ¿De qué han servido tus juramentos?

—¡Ése ha sido el precio de una servidumbre impuesta! Debía sobrevivir en la jaula dorada donde me habías encerrado y, por añadidura, esperabas mi reconocimiento... ¿Cuántos cortesanos te obedecerían sin temor ni interés?

Teodora paseó su mirada en torno: hombres y mujeres bajaron los ojos. Se mordió los labios.

—Eres valiente —reconoció—. ¿Es sinceridad o astucia lo que te impulsa a desafiarme de ese modo? —Y, volviéndose hacia su dama más próxima, le preguntó—: ¿Qué opinas, Antonina?

La esposa de Belisario se acercó a Macedonia y ambas cambiaron una larga mirada. En los ojos de la mujer, la iliria creyó que le transmitía cierto estímulo. Antonina se volvió hacia la emperatriz y, aludiendo a la cortesana, le respondió:

—Jamás te ha querido, por lo menos desde que yo la conozco. Tan sólo la preocupaban sus intereses. Pero Macedonia es incapaz de duplicidad para favorecer a los conspiradores. Tus espías la hubieran descubierto mucho antes de que pusiera en ejecución sus planes magnicidas.

Teodora examinó a su antigua protegida: la soberana había recobrado la serenidad. Se distrajo un instante con las risas de un grupo de cortesanos que cansados de aquel enfrentamiento se habían sumergido en sus fútiles conversaciones. De pronto la soberana se decidió:

—Esta mañana aún no sabía qué destino reservarte. Aunque fueses inocente, tu libertad te hace peligrosa. Estos nobles insensatos me han dado una idea... Puesto que Antonina reconoce tu rectitud y que esta corte y sus cortesanos no han tenido la fortuna de agradarte, voy a proponerte una existencia ejemplar.

Algunas damas de compañía de Teodora aguzaron sus oídos: la curiosidad las distrajo de sus banales ocupaciones. Consciente del efecto que producirían sus palabras, la soberana anunció:

—Desde hace varios meses estoy estimulando al prefecto de la ciudad para que se preocupe por la triste suerte de las prostitutas de los barrios bajos y él se encarga de comprarlas a los proxenetas. Así contribuyo a salvar sus almas y la mía ofreciendo a esas mujeres el asilo del convento de la Metanoia, un lugar donde arrepentirse... Hasta ahora no había encerrado tras sus puertas a ninguna rica patricia, pero pienso esforzarme por remediar ese olvido: el demonio no sólo frecuenta los tugurios. Macedonia, tu arrepentimiento te aportará la paz interior: he decidido imponerte la reclusión en ese santo lugar.

Los cortesanos escuchaban atentamente. Macedonia fijó su mirada en la actriz de Antioquía, convertida en la señora de la Nueva Roma, pero no llegó a discernir si la emperatriz obraba a impulsos de la piedad o de una refinada crueldad.

La condenada se volvió encontrándose con un servidor de Teodora a su lado. Cuando abandonaba la sala se detuvo sin experimentar ninguna amargura ante los aristócratas apenas repuestos del escalofrío que el anuncio de aquella sentencia les había producido.

* * *

El coro de las religiosas entonaba un cántico de gloria. Las bóvedas de la iglesia de la Metanoia devolvían el eco de las voces femeninas. Alineadas frente al altar, aquellas mujeres parecían reflejar un sincero arrepentimiento. El fervor de sus plegarias sólo podía compararse con la austeridad de aquellos lugares. La religiosa encargada de velar por el espíritu de sus hermanas llamó a su lado a la recién llegada.

—Macedonia, ¿conoces a estas hijas de Cristo?

La viuda de Hypatius vaciló. Hacía muy poco que había ingresado en el convento. Aún se sentía impresionada por la sombría fachada que había surgido ante sus ojos en una callejuela de aquel tranquilo distrito. Seguidamente la habían hecho pasar a un vasto y silencioso patio y, a continuación, la habían conducido hasta la iglesia desde donde llegaban a sus oídos las letanías del oficio.

—A decir verdad, no —repuso—. La emperatriz tan sólo me ha hablado de la fundación de la Metanoia...

La superiora la observó unos instantes y prosiguió:

—Debes olvidar el palacio sagrado: aquí tan sólo adoramos a Dios. Ignoro las peripecias que te han conducido hasta nosotras, pero debes considerarlas como una señal divina.

Macedonia recordó a Sabas y su intuición: la Metanoia no la asustaba. Ni por un momento había pensado en resistirse a los hombres que la habían obligado a seguirlos hasta allí. En ocasiones la iliria se había sentido seducida por los rigores de la existencia monacal. Cuando las reflexiones del ermitaño que conoció en la corte de Teodora la hicieron meditar, no se había anonadado ante la idea de someterse a una disciplina física y moral. La religiosa acudió a interrumpir sus meditaciones.

—Cada día, al amanecer, mis hermanas imploran en estos lugares el perdón de Cristo por las faltas que han cometido en sus carnes por causa de la lujuria. Supongo que debes de saber que todas han estado sometidas durante años al yugo de un proxeneta.

—Son unas pobres criaturas —murmuró Macedonia.

—¡Su existencia ha sido impura! —tronó la monja—. ¡Están condenadas!

La cortesana procuró abandonar aquellos pensamientos adivinando la determinación de la superiora encargada de velar por la expiación de aquellas vidas ignominiosas.

Al ver que concluía el oficio, la superiora prosiguió:

—Más tarde, cuando te hayas imbuido de mis recomendaciones, conocerás a las reclusas. No olvides jamás que estos muros constituirán tu última morada. ¡Sígueme!

Antes de que las asistentes hubiesen abandonado la iglesia, Macedonia había regresado al patio y, acompañada de su guía, se encaminaba hacia las celdas que se abrían a su alrededor. Más allá del espacio cerrado, un porche conducía a un patio rodeado de algunas piezas exiguas.

—Encontrarás pan y un jarro de agua —le informó la superiora con voz firme—. Reflexiona durante un día y una noche. No recibirás ninguna visita. No llames: nadie te escuchará... Reza y confía sólo en Él. Vendré a buscarte para asistir a los maitines. Dentro de algunos días serás admitida en las celdas de las monjas que dan al gran patio.

Antes de penetrar en la sombría estancia que le había sido destinada, Macedonia observó los alrededores y no pudo por menos de advertir que estaba totalmente rodeada por altos muros que se levantaban sobre un cielo sereno.

Una vez se hubo quedado sola, la patricia bebió un poco de agua y se sentó sobre un colchón de paja que estaba colocado en el suelo. Trató en vano de sumirse en sus oraciones y dejó errar su espíritu entre las sombras propicias a los sueños. Transcurrieron las horas y la luz del día se filtró por un tragaluz cerrado con un postigo de madera. Macedonia se sentía cómoda entre pasado y presente, sin tener que preocuparse por el futuro. Hermógenes, Hypatius y otros muchos personajes poblaban sus sueños, presencias inmateriales y fugaces. No se lamentaba de recibir únicamente sombras: se sentía agotada ante tantos infortunios.

El pan le supo bien y la noche transcurrió tranquilamente. Al amanecer se sorprendió aguardando la llegada de la religiosa. La espera la angustiaba mientras que la fatalidad con que había aceptado su suerte la había tranquilizado.

Sonaron unos pasos sobre las losas del patio y Macedonia tuvo que hacer un esfuerzo por permanecer sentada. La puerta se abrió y la superiora preguntó:

—¿Has encontrado paz y tranquilidad?

—Sin dificultades.

—Mejor así. Ya es hora de que sumes tu contrición a las oraciones de tus hermanas.

Macedonia se incorporó a las sombras fugaces que se deslizaban a lo largo de los muros del monasterio. La nave de la iglesia estuvo pronto llena y el sacerdote encargado de dirigir el oficio inició la primera alabanza destinada al Señor.

La patricia escuchó el murmullo de sus compañeras y descubrió a algunas mujeres de rostros desencajados y cabellos cortados casi al cero que fijaban sus miradas en el altar. El religioso se movía tras el presbiterio de piedra, prácticamente oculto a los ojos de las reclusas.

El eco de las plegarias se infiltró paulatinamente en ella y, arrebatada por el fervor común, unió su voz a las de sus compañeras. La monja que la había acompañado y guiado desde que entró en el convento no le permitió asistir a los últimos minutos de la ceremonia, recordándole nuevamente su deber:

—No olvides que aún no puedes mezclarte con las demás. Ten paciencia: tus modales y tu aspecto les recordarían demasiado la vida fácil que han olvidado. Despójate de esos recuerdos y te asemejarás lo suficiente a ellas como para poder confundirte entre todas.

De regreso a su celda Macedonia precedió en esta ocasión a su compañera. Cuando se disponía a abrir la puerta de la pieza, sintió que la mujer interrumpía su gesto con la mano. Se volvió y la monja le tendió unas tijeras sin decir palabra.

Macedonia se esforzó por alejar los pensamientos que la devolvían a su juventud, a la corte imperial y a las calles de Constantinopla. Los efluvios de la brisa marina se filtraban en la sombría cámara por las rendijas de la madera. La noche se anunciaba tranquila, similar a todas las que ya había vivido en el monasterio. La reclusa de la Metanoia se revolvió en su lecho, entre agitados sueños. Un grito interrumpió la paz nocturna y la obligó a erguirse. El corazón le latía apresuradamente. Macedonia permaneció alerta unos momentos. Un lúgubre lamento resonó de nuevo entre los muros: en esta ocasión apreció perfectamente que se trataba de un grito femenino. El estertor se estranguló en la garganta de aquel ser atormentado y Macedonia creyó percibir el eco debilitado de unos sollozos y más tarde resonaron por el patio unos pasos precipitados. Volvió a reinar el silencio, pero la viuda de Hypatius ya no logró descansar hasta el día siguiente.

Macedonia oyó a la superiora del convento que atravesaba el patio y cuando apareció ante ella observó que la monja llevaba en la mano una túnica de áspero paño. Mientras vestía apresuradamente la raída túnica, su compañera le explicó:

—Según la tradición, las novicias deben vestir la túnica de una hermana que haya sido llamada por el Señor.

Macedonia no respondió. La religiosa le ordenó que la siguiera. El cielo comenzaba a teñirse del resplandor del alba: la iglesia aún no llamaba a las monjas para que expiasen sus faltas. Se internaron por un pasillo oculto y, cuando la cortesana ya comenzaba a preocuparse, su guía la tranquilizó.

—Comerás algo más. El pan, el agua y los ligeros caldos que te he servido han contribuido a infligir penitencia a tu cuerpo, pero tu carne no se conformaría durante mucho tiempo. ¡Vamos al refectorio!

Penetraron en una sala de amplias dimensiones iluminada por las lámparas que pendían del techo. Una mesa inmensa ocupaba el centro de la estancia y varias docenas de mujeres se hallaban instaladas alrededor y se desayunaban con sopa, algunas, distraídamente; otras, se llevaban el cuenco de barro a los labios con voracidad.

—Las monjas te aguardaban —dijo la superiora señalándole un espacio vacío en un banco.

Macedonia se instaló en aquel lugar. Algunas religiosas la miraron y sus rostros se iluminaron con sonrisas de bienvenida. Se disponía la iliria a su vez a coger la tosca taza cuando su vecina dio fin a su colación y se irguió. Macedonia tuvo que esforzarse por contener una exclamación de sorpresa: acababa de descubrir a su compañera de otros tiempos, la que la tomara bajo su protección en la compañía del coreógrafo Alejandro... ¡La propia Pulqueria se encontraba en la Metanoia!

Macedonia y Pulqueria se quedaron boquiabiertas, sin poder disimular su asombro. La viuda de Hypatius sintió que su antigua amiga le estrechaba con fuerza los dedos hasta hacerle daño.

—¡Cuánto me alegro...! —gimió Pulqueria—. Aunque hubiese preferido encontrarte en cualquier otro sitio. —Y conteniendo sus lágrimas, añadió—: ¿También te han cogido?

—¿Por qué te han recluido en este monasterio? —murmuró Macedonia.

—No se puede escapar por mucho tiempo de los proxenetas: cuando te abandona un protector rico, no tardas en caer bajo su dominio. En Constantinopla sólo he podido sobrevivir ofreciendo mi cuerpo, como en los tiempos de nuestra juventud. Los senadores son aún más versátiles que los cortesanos. Aquel que me acogió bajo su techo, se cansó de mí y me despidió. No valía ni la cuerda necesaria para colgarlo. El proxeneta a quien me sometí seguidamente sin duda consideró aceptable la suma ofrecida por Teodora para liberar a las mujeres descarriadas y me entregó a los sacerdotes que andaban en busca de almas dispuestas a arrepentirse en la Metanoia.

—¿Desde cuándo te hallas aquí cautiva?

—Hace más de un año. Había oído hablar de ti y de Hypatius desde mi mísero cuartucho del Cuerno de Oro. Y, ahora, también tú...

—La rebelión de los verdes causó mi ruina. Sin duda habrás podido captar la magnitud de la rebelión. La venganza de los soberanos ha estado a la altura del pavor que han sentido...

—Aparte del estrépito de la multitud por las calles y el humo de los incendios ignorábamos todos estos acontecimientos —la interrumpió Pulqueria—. La Metanoia no pertenece a ese mundo... Ahora que me he enterado, lamento no haber sido arrancada de este suplicio constante por los rebeldes.

Macedonia observó a las mujeres reunidas en torno a la mesa, sus miradas se perdían en el vacío, sus bocas mascullaban oraciones y tuvo la terrible impresión de encontrarse con espectros en un mundo de seres vivos.

—Algunas aceptan o fingen aceptar su suerte —murmuró Pulqueria—. Muchas no se resignan a verse recluidas porque saben que este encierro será definitivo.

La iliria examinó a su amiga. Su hermosa cabellera negra tan sólo era un recuerdo: algunos mechones blancos descuidadamente cortados le cubrían las sienes y profundas arrugas surcaban sus mejillas. Tan sólo los ojos de viva expresión conferían una nota juvenil a aquel rostro demacrado. Le llamó la atención la superiora que al otro extremo de la mesa atendía solícita a una anciana.

Pulqueria sonrió.

—¿Reconoces a esa vieja?

—¿La he visto alguna vez?

—Estoy casi segura. ¿No me habías hablado de la cómplice del proxeneta que abusó de tu confianza cuando llegaste a Constantinopla?

—¡Sí, claro, Atenea...! Pero después de tanto tiempo sin duda habrá muerto.

—Nada de eso. Desengáñate: ese gusano se sienta en nuestra mesa. ¡Ella será tu compañera de desgracia!

—¡Dios mío!

Macedonia contempló a la vieja que balanceaba inconscientemente la cabeza y se golpeaba de vez en cuando la frente en la mesa. La superiora intentaba hacerla razonar murmurando algunas palabras en su oído.

—Está loca —susurró Pulqueria.

—¿Por verse recluida en este convento?

—Los demonios se apoderaron mucho antes de su cerebro. La Metanoia la ha acogido por caridad; de otro modo hubiese muerto de hambre por las calles. No le hables: no te reconocerá. ¡Si por lo menos nos dejase dormir...!

—¿Acaso los gritos que he oído esta noche...?

—No, se trataba de una prostituta que se halla encerrada en su celda desde hace meses. Viste todavía su túnica de seda hecha jirones y se niega a cortarse los cabellos y a hacer penitencia: no podrá salir de allí si no renuncia a esas manifestaciones de su anterior existencia. Las monjas han intentado conducirla a la iglesia, pero ha sido inútil.

—¿Qué será de ella?

—Permanecerá encerrada para siempre entre aquellas cuatro paredes.

Macedonia observó un extraño brillo en los ojos de su amiga que le confió en un susurro apenas audible:

—Pero yo no pienso pudrirme en este convento.

La patricia le dedicó una tímida sonrisa de consuelo: no imaginaba salida alguna de aquella pesadilla. Un gemido la sacó de su abstracción. Atenea se había levantado y crispaba las manos en el borde de la mesa. Sus compañeras trataban de tranquilizarla mientras la vieja profería ininterrumpidamente un sordo gemido. Atenea volvió la cabeza y fijó sus desorbitados ojos en Macedonia en inexpresiva mirada. La mujer se sintió aliviada: habíase esforzado por enterrar en lo más profundo de su memoria aquel recuerdo de su pasado y no deseaba verlo resurgir en tales momentos de aflicción.

—¿Por qué no habrá hecho encerrar Teodora a las viejas locas en nuestro lugar? —comentó Pulqueria—. ¡Sin duda Dios se lo reconocería mucho más!

—¡Deberías sugerirle esa idea a la monja que nos vigila con el celo de un cancerbero! —susurró irónicamente su vecina de mesa.

—¿Qué te propones? —se interesó Macedonia dirigiéndose a Pulqueria.

—Quiero huir de este infierno...

—No abrigues vanas ilusiones: si lograses franquear esa puerta, los soberanos enviarían en tu busca.

Pulqueria movió negativamente la cabeza.

—¿La puerta? Jamás se te ocurra, los eunucos vigilan entre las sombras. No se les ve en ningún momento pero, sin embargo, viven en este convento y nos vigilan.

—Entonces...

—Ten paciencia, es la única virtud que he cultivado en este lugar.

* * *

Desde su nueva habitación Macedonia divisaba el patio del monasterio y la iglesia de la Metanoia. La patricia oyó la llamada a la oración de la superiora. Interrumpió los remiendos de su túnica de lana y salió a la galería del piso donde se encontraba su celda. Pulqueria no tardó en reunirse con ella. Las religiosas subían apresuradamente la escalera de madera cuando Macedonia sintió que su amiga la obligaba a detenerse.

—¡Aguarda! —le dijo—. ¡Déjalas pasar! Me acompañarás al patio donde te albergaste las primeras noches que estuviste aquí: a nadie le sorprenderá semejante curiosidad por mi parte. Luego marcharás a la iglesia, pero sola...

A Macedonia no la sorprendió la propuesta de la cortesana, pero no se sintió con ánimos para disuadirla de ello. No obstante se mostró preocupada.

—¿Cómo piensas franquear el recinto? —se interesó.

—Por el tejado del patio. La cuerda de paja que he trenzado me permitirá alcanzar lo alto del muro y, una vez allí, ya me las ingeniaré.

Macedonia asintió. Mientras las restantes monjas se dirigían hacia el lugar del culto, ella abandonó la galería sin apresurarse. Unas sombras propicias comenzaban a invadir el patio y el coro iniciaba los primeros cánticos cuando, ya sola, entraba en la nave iluminada por algunas lámparas humeantes.

Macedonia sólo percibía el vago rumor de voces monótonas en aquel oficio. Concentraba totalmente su atención en el exterior, tratando de distinguir ruidos o gritos. La antigua dama de compañía de la emperatriz trató de distraerse de la angustia que la embargaba pensando en los seres queridos que había conocido. Recordó en aquellos momentos las palabras de Sabas que la había prevenido contra una reclusión forzada o azarosa y pensó:

«Tenía razón. ¿Qué significa mi presencia en este monasterio? No se me ha presentado otra opción; resignarme a ello sería cometer un acto sacrílego. No ofrezco otra cosa a Cristo que mi privación de libertad. Esta comunidad femenina se limita a fingir las apariencias de una existencia dedicada al Señor...»

Pese al ardor de su fe y a su apatía para luchar contra su sino, Macedonia se sentía como asfixiada en aquel lugar donde las reclusas expiaban forzadamente sus culpas. Su desesperación le resultaba cada día más insoportable; ningún sentido de superación acudía a aligerar sus dudas. Los primeros impulsos sinceros que había experimentado en la iglesia, junto a sus compañeras, constituían en aquellos momentos un amargo recuerdo.

El batiente de la puerta de la iglesia chocó contra el muro y los cánticos se interrumpieron. En el umbral acababa de aparecer un hombre que hacía señas a la superiora para que se acercase. La mujer salió y todas las reclusas se precipitaron en pos de ella. Tendida en el patio y custodiada por dos servidores, se veía una figura femenina en la que Macedonia reconoció al punto a Pulqueria.

—Montaba guardia en la calle cuando vi surgir a esta mujer encima del muro del recinto con una cuerda en la mano —informaba uno de aquellos individuos—. Asustada ante mis gritos y sin saber qué hacer, no supo encontrar otra solución a su huida y se arrojó a la calle, entre los transeúntes.

La superiora se mordió los labios sin responderle. Macedonia recordó la alusión de Pulqueria acerca de los eunucos: aquéllos debían de ser los hombres que tan celosamente custodiaban a las religiosas. Pulqueria gimió y Macedonia se arrodilló a su lado. La herida abrió los ojos y susurró:

—El muro estaba muy alto, pero cuando he visto pasar a la gente a mis pies, hombres y mujeres en libertad... Preferí encontrar la muerte entre ellos.

Una monja alzó su túnica y descubrió su pierna que sangraba copiosamente.

—¡Conducidla al refectorio! —ordenó la superiora.

La frustrada fugitiva asió con fuerza la mano de Macedonia, pero los eunucos la separaron de su amiga y se la llevaron consigo.

La noche caía sobre la ciudad. Las mujeres llevaron antorchas para iluminarse. Ninguna de ellas se decidía a encerrarse en su celda aprovechando la ausencia de la superiora que había desaparecido. El intento de Pulqueria había estimulado sus ansias de libertad. Macedonia oía sus conversaciones en voz baja y sonreía ante sus quiméricos proyectos, sin poder apartar de su mente a su amiga que había arriesgado su vida por intentar huir de la Metanoia.

—Tú la conocías, ¿verdad? —la abordó una vieja.

La patricia asintió en silencio irguiendo la cabeza con gesto desafiante.

—No ha sido la primera en intentarlo —prosiguió la monja—. Otras compañeras de infortunio se lanzaron por el mismo muro. Es una lástima que esa insensata no me advirtiese de sus propósitos. Desde hace cuatro años, cuando se fundó el convento de las Arrepentidas, siempre hay un guardián apostado afuera.

Macedonia se sorprendió.

—¿También a ti te vendió un proxeneta? —se interesó.

—Con mi hija...

La confidente de Pulqueria pensó en Teodora y la maldijo una vez más. Un hombre pasó por su lado rozándola, la iliria se sobresaltó y creyó reconocer en él al sacerdote que acudía diariamente a dirigir sus plegarias.

—No intentes semejante aventura por tu cuenta —murmuró el religioso.

Macedonia no respondió: recelaba de aquel desconocido.

—Ten confianza en mí —prosiguió el hombre—, debes saber que uno de tus amigos se ha propuesto salvarte. Los muros de la Metanoia no le impedirán sacarte de aquí. Aún no se ha decidido el momento, pero llegará ese día y entonces deberás seguir a quienes vengan en tu busca. Ellos no te han visto nunca de cerca y has cambiado mucho...

Macedonia se pasó la mano por sus cortados cabellos. Se sentía indecisa y estaba a punto de apartarse de semejante tentación temiendo que se tratase de un cómplice de los eunucos, pero el hombre la asió bruscamente del brazo y le dijo:

—No debería darte tal prueba de confianza... En una cárcel como ésta el simple anuncio de una posible huida bastaría para causar la felicidad de cualquier mujer, pero me consta que tú has sufrido las arbitrariedades de los soberanos. Graba estas palabras en tu memoria: «Vengo de parte de Juan...»

Los eunucos del convento se interpusieron entre Macedonia y su salvador, sin darle ocasión de obtener más informaciones. La mujer se recluyó en su celda, repitiendo incesantemente aquel nombre en voz baja, sin lograr identificarlo con un rostro o un recuerdo concretos.

Las monjas se sentaron a la mesa del refectorio para compartir el frugal alimento de mediodía. Macedonia se sentía preocupada por la prolongada ausencia de Pulqueria. Pensó que tal vez a la herida de la pierna se habría sumado una fractura ósea y recordó que el senador Teodosio se había visto finalmente afectado por la gangrena. Se volvió hacia la superiora que ocupaba el asiento contiguo a Atenea, la cual se mostraba más tranquila que de costumbre. La religiosa, pareciendo adivinar sus pensamientos, anunció en voz alta:

—Pulqueria debe expiar sus culpas. Durante un mes rezará en la penumbra de su habitación. El Señor juzgará su corazón y decidirá la hora en que debe pasar a mejor vida. ¡Somos sus humildes criaturas!

Macedonia renunció a solicitar noticias más tranquilizadoras. Sus compañeras de mesa cambiaron tristes miradas y concluyeron su colación.

—En el transcurso del oficio que vamos a dedicar a Cristo pensaremos en ella —añadió la superiora—. ¡Apresuraos!

Las monjas salieron en silencio y, sin apenas advertir el sorprendente calor estival que reinaba en el patio, penetraron en el sombrío templo. Una de ellas, que se había quedado rezagada en el pórtico del templo, exclamó asustada:

—¡Mirad el humo que aparece sobre el techo!

Las monjas corrieron a reunirse con la hermana que señalaba hacia la iglesia. La viuda de Hypatius sintió latir aceleradamente su corazón y recordó las palabras de esperanza del religioso llegando a la conclusión de que el incendio tal vez no hubiese sido fortuito.

Una voz masculina resonó por el patio:

—¡El convento está ardiendo!

Macedonia observó las densas volutas de humo que se levantaban en el cielo a impulsos del viento. La iliria buscó refugio en el patio por el que corrían los eunucos portadores de jarras de agua. Una reclusa gritó horrorizada y se precipitó hacia la iglesia; otras permanecían inmóviles fascinadas creyendo ver convertido su sueño en realidad. Macedonia sintió que alguien la empujaba con fuerza hacia el patio pequeño.

—¡No te detengas! —le ordenó el sacerdote—. ¡Escala el muro con ayuda de la cuerda que allí he atado y no temas! Te aguardan unos amigos para impedir que corras la suerte de Pulqueria.

La cortesana se precipitó sin reflexionar un instante y escaló el tejado de las celdas aprovechando las desigualdades de los ladrillos que formaban constantes puntos de apoyo. El recuerdo de Pulqueria le inspiró las fuerzas necesarias para llegar hasta el techo del recinto. Se volvió por última vez y observó el patio desierto. La calle estaba llena de curiosos, pero a nadie se le ocurría mirar hacia arriba: todos se dirigían al extremo opuesto del convento donde las llamas lamían los muros. Macedonia se sintió aturdida ante el vacío que se abría a sus pies, pero la distrajo de su sensación de vértigo las exclamaciones de unos desconocidos que la llamaban con voces apremiantes.

—¡Salta, no te demores! ¡Venimos en tu busca por orden de Juan!

La cortesana cobró ánimos al oír aquel nombre que ya le había susurrado el sacerdote y se lanzó al vacío. Unos brazos vigorosos amortiguaron su caída al tiempo que sofocaba un grito en su garganta. De pronto tuvo la visión fugaz de una muralla que la dominaba y sus cómplices la ayudaron a ponerse en pie instándola a emprender una agotadora huida por las callejuelas de los barrios bajos.

Macedonia les rogó que le permitiesen respirar un instante.

—¡Resiste unos momentos: estamos a punto de llegar! —le insistieron.

La patricia observó que uno de sus salvadores se separaba del grupo y corría hacia una puerta. El hombre la abrió y los tres se precipitaron en una pequeña estancia. Macedonia se desplomó en el suelo sintiendo arder sus pulmones.

A sus oídos llegó una voz masculina que despertó en ella recuerdos del palacio sagrado. El desconocido se agachó en el suelo junto a ella y le preguntó:

—Espero que por lo menos mis esclavos no se hayan equivocado. ¿Eres Macedonia?

La iliria asintió en silencio y al cabo de unos momentos le reconoció.

—¡Eres el prefecto del pretorio...! ¡Juan, eso es! ¡Juan de Capadocia!

—¡El sacerdote de la Metanoia no se había equivocado! ¡Tienes razón, soy el prefecto del pretorio!

Estalló en carcajadas y prosiguió:

—Aunque tan sólo desde hace unos días, puesto que el bueno de Justiniano no ha sabido prescindir de mis servicios. Pese al odio que la emperatriz me profesa, se ha visto obligado a restituirme la dignidad que perdí tras la revuelta.

Macedonia se sintió perpleja al oír mencionar a Teodora.

—¿Por qué correr tantos riesgos? No soy nadie en el imperio. La soberana me había condenado a estar recluida en el convento de las Arrepentidas. ¿Acaso eras amigo de mi esposo?

—Apenas le conocí. Como ves, siempre visto ropas de color verde, pero esta costumbre no revela ninguna adhesión hacia la facción de Hypatius.

La patricia no apartaba sus ojos de él.

—No he organizado tu huida movido por mis instintos bondadosos —explicó—. Las víctimas inocentes de Justiniano se cuentan por centenares. Yo mismo he hecho condenar a buena parte de ellos por mi cuenta. No, me interesas por otro motivo.

—Ya no tengo veinte años.

—Poseo más muchachas en mis tugurios del Cuerno de Oro que servidores en mi palacio —comentó Juan con aire burlón.

—No imaginaba que pudiera serte útil.

—Puedes estar tranquila: conoces a Teodora mejor que nadie en Constantinopla.

—No olvides al emperador.

—Es un patán. Está demasiado obsesionado por la religión para comprender la verdadera naturaleza del alma. Le sirvo porque me enriquece, pero su esposa ha demostrado más valor.

Macedonia comenzaba a comprender.

—Y necesitas una aliada para cuando te decidas a enfrentarte a ella.

—Sí, tú me explicarás más sobre las debilidades de ese diablo encarnado en mujer que todos mis espías.

—¿Has pensado que puedo negarme a ello?

El hombre pareció divertido.

—¿Tanto te agradaba la Metanoia?

—Teodora me ha causado mucho daño: ayudaría a quien fuese.

—No soy un cortesano cualquiera y la emperatriz ha cometido el error de olvidarlo. ¡Va a pagar mil veces las humillaciones que me ha infligido! ¡Pienso confundirla ante el basileo y tú me ayudarás a ello!

—Pero ¿cómo? No puedo presentarme ante la corte.

—Ya encontraremos el modo de conseguir nuestros propósitos.

—¡Que vengan! Deseo verme rodeado por las mujeres más hermosas de Constantinopla! —rugió Juan de Capadocia.

Dos cortesanas se precipitaron a su lado y le abrazaron sin ningún recato. El prefecto del pretorio se abandonó unos instantes a sus caricias y luego las rechazó y cogió una copa de vino de la mesa del albergue donde daba fin a una noche de desenfreno.

Una de las jóvenes trató de abrazarle de nuevo y deslizó su mano por la abertura de su túnica. El hombre rió ruidosamente y se levantó tambaleándose.

—¿Dónde está mi compañera de jolgorio? ¡La echo de menos!

Macedonia simuló no haberle oído. La viuda de Hypatius seguía al consejero del emperador desde hacía varias horas de uno a otro tugurio y en cada uno de ellos era testigo de las mismas escenas que la hacían sentirse asqueada.

Juan se había derrumbado en su silla, embrutecido por el vino y la buena mesa. Las muchachas se lo quedaron mirando dudando en mostrarse más atrevidas y decidieron dejarlo sumido en su aturdimiento de borracho. El hombre se quedó solo, desplomado sobre los restos de la comida. Macedonia aguardó a que los últimos clientes abandonasen la taberna. El proxeneta propietario del local, que era un amigo de Juan no hizo ningún intento de sacarle de su estado letárgico. La luz del amanecer iluminaba con un resplandor incierto las sucias mesas. El capadocio y su compañero permanecían inmóviles. Macedonia, que había pasado la noche en blanco, se prometió a sí misma que no volvería a acompañar a su protector en sus peregrinaciones nocturnas por lo más recóndito de los bajos fondos. Pero ¿cómo negarse a obedecerle? ¿Acaso no tenía su vida entre sus manos? Furiosa ante aquella evidencia, la patricia le sacudió con energía. El ministro de Justiniano abrió un ojo y gruñó mientras se ajustaba su verde túnica.

—¿Qué quieres ahora! No te he oído reír en toda la noche. ¡Vaya perdida estás hecha...! No me sorprende que tu proxeneta te vendiera tan rápidamente. Por lo que se ve no te gusta beber ni divertirte, e incluso es posible que te escandalicen mis costumbres. No te atreverás a decirme algo semejante, ¿verdad? —comentó Juan burlonamente.

Macedonia se irguió. Sentía deseos de gritar, pero se contuvo.

—No tenías por qué hacerme salir de la Metanoia; por lo menos allí no tenía que soportar estas escenas de desenfreno ni tu fétido aliento. Debía contarte cuanto supiese de Teodora y he cumplido mi palabra. Ahora decide cuál será mi destino y no me sigas llevando a rastras como un perro atado a su cadena...

Su cólera pareció divertir a Juan de Capadocia.

—¡Vaya, estás más animada! Te prefiero así: no me disgustas, ¿lo sabías? Los años no han alterado tu belleza.

Macedonia se contuvo para no arrojarle un vaso al rostro. El hombre se sentó, al parecer totalmente despejado de los efectos del vino.

—¡Eres como una monja! Me gustan demasiado las mujeres y el vino para hallar gracia a tus ojos. Poco me importa tu opinión... Duermo con una cortesana distinta cada noche y nadie se atreve a murmurar de mí entre el populacho que habita estas callejuelas pues saben que podría hacerlos prender por mi guardia y que sus amigos no volverían a verlos. ¡Si fuese un monstruo, incluso fingirían amarme!

—¡Hermoso modo de conformarte!

—Deja de zaherirme. Respetas mi poder; si no, ya habrías desaparecido. Me agrada confundirme con las heces de la sociedad para renacer renovado por la mañana. ¡Qué espectáculo cuando llego al palacio sagrado ataviado con ricas vestiduras! Todos los cortesanos, nobles senadores, acuden a suplicarme favores, cargados con bolsas de oro y a veces de rodillas.

—¡La ambición te ciega!

—Lo prefieres al desenfreno, ¿no es cierto?

—Comprendo mejor la razón de estar a tu lado, contra la emperatriz. Te debo la libertad pero a veces me pregunto cuáles son tus proyectos.

—No te impacientes, me has confiado secretos muy insignificantes. Es cierto que esperaba más de ti, pero no podemos hacer nada. Por lo menos estoy seguro de algo: la emperatriz es una pieza valiosísima: si fuese necesario arriesgaría mi vida por enfrentarme a ella.

Macedonia asintió pensativa.

—¿Por qué me humilló ante el basileo? —gemía el hombre—. Yo no quería arrebatarle la corona ni he acumulado mis riquezas en detrimento del tesoro imperial.

—Teodora no soporta que ningún ser humano ejerza influencia sobre su esposo —le advirtió Macedonia—. Sin que él se dé cuenta, le ha convertido en una especie de criatura que maneja a su antojo: lo descubrí nada más verlos, cuando los encontré a mi regreso de Antioquía.

Juan sonrió burlonamente: estaba al corriente de las relaciones que habían sostenido la bailarina y el sobrino de Justino.

—¿Crees tan simple a Justiniano?

De pronto su rostro se ensombreció.

—Razón de más para vengarme de esa cortesana —prosiguió—. Hasta ahora nadie se había atrevido a despojarme de tal modo de mis víctimas ni a privarme de algunas espléndidas fortunas cuyos propietarios se pudrían en las prisiones.

Macedonia observó despectivamente a su protector advirtiendo su aire decidido. De su rostro habían desaparecido las huellas de la disolución. La viuda de Hypatius consideró más prudente despedirse, sabiéndose incapaz de contener sus reproches: Juan era de la misma calaña que la emperatriz.

—No me agrada frecuentar las calles de la ciudad a la luz del día. Temo continuamente que me reconozcan. Permíteme regresar a tu casa.

El ministro de Justiniano movió la cabeza con aire despechado y señaló hacia la puerta de la taberna.

—Ya te dije que, siguiendo mis instrucciones, mis servidores han estado difundiendo la noticia de que descubrieron tu cadáver entre las ruinas humeantes del refugio de la Metanoia y que tus restos han sido enterrados en la fosa común, con las infelices reclusas. ¡Puedes pasearte sin ningún temor por Constantinopla, lo que te resultará muy beneficioso!

Macedonia llegó hasta el pórtico de la Mesé. La falta de sueño le producía vértigo y le dolía terriblemente el estómago a causa del hambre. Desde el amanecer había estado vagando ininterrumpidamente, ansiosa de libertad, estimulada por las palabras de Juan. La sombría puerta de un mesón se abría bajo un arco. Macedonia dudó un instante. Pero ¿por qué debía temer más aquel lugar que las principales arterias de la ciudad?

La patricia entró y se dirigió al primer banco. En breve se acostumbró a la penumbra, satisfecha de poder respirar tranquila lejos del tumulto de la multitud de transeúntes ociosos, cuando un hombre se sentó a su lado. Macedonia, que deseaba evitar cualquier encuentro, se sintió desfallecer al oír su nombre.

—¡Macedonia...! ¡Eres tú!, ¿verdad? ¡Respóndeme!

Guardó silencio dudando entre huir o fingir indiferencia. Permaneció largo rato como paralizada hasta hacer acopio del valor necesario para enfrentarse a la mirada de aquel intruso que se mantenía callado y la miraba obstinadamente. Sus temores desaparecieron al instante, la emoción la invadió y ya no pudo contener sus lágrimas.

—¡Hermógenes! —exclamó hundiendo su rostro en el pecho del hombre.

Ambos permanecieron silenciosos, el diplomático acariciaba de vez en cuando la cabeza de su compañera sin que los clientes del local prestasen atención a la pareja perdida en sus ensueños. Hermógenes le cogió las manos.

—Te distinguí de pronto en medio de la Mesé y te he seguido. A medida que te iba observando mis dudas desaparecían por momentos... Ven... salgamos de este lugar. No lejos de aquí conozco algunas calles muy poco transitadas donde estaremos más tranquilos.

Los antiguos amantes se introdujeron entre la multitud que poblaba las calles a aquellas horas del mediodía. Macedonia iba en pos de Hermógenes, pero el hombre que la precedía apenas le recordaba a aquel que ella había conocido en el esplendor de su vida. Avanzaba con la espalda encorvada y su cuerpo había perdido esbeltez. Lucía una espesa barba y parecía agobiado por las pruebas a que se había visto sometido en el transcurso de los años. Alcanzaron una callejuela desierta entre cuyos tranquilos muros no alcanzaban los ruidos de la ciudad.

—Cuando te vi pasar por la Mesé creí estar soñando —suspiró Hermógenes bajando los ojos—. Me habían dicho que perdiste la vida en el incendio de la Metanoia.

Ella le besó.

—Eso es lo que debía creer Teodora. Me siento muy dichosa de volver a verte.

El diplomático esbozó una triste sonrisa.

—He cambiado mucho, ya no siento deseos de vivir.

—Me han dicho que has perdido el favor de Justiniano.

—¿Quién te mantiene tan bien informada sobre la corte?

—Juan de Capadocia en cuya casa me refugio. ¿Tanto te aflige esa decisión?

—Se trata de mi hijo... Teodora le obligó a casarse con una de sus protegidas. Está desesperado y ha intentado suicidarse. Esa cortesana dilapida su fortuna, invita a sus congéneres y organiza escandalosas orgías en su propia casa... Ya no puede seguir soportándolo. Cada día que pasa, constituye una prueba para él.

Hermógenes se llevó la mano a los ojos para disimular su aflicción. Macedonia comprendió que el maestro de oficios estaba destrozado.

—¿Qué piensas hacer? —le preguntó interrumpiendo su silencio.

El hombre se encogió de hombros.

—Sólo soy un paria, un patricio a quien ya no se permite la entrada en el palacio sagrado.

—¿Y tu hijo?

—Me acusa de todos sus males, y no está muy equivocado.

—¡Que se levante contra sus verdugos y comience dando su merecido a su propia esposa! —se indignó Macedonia.

—No hablemos más de ello. Me propongo abandonar la ciudad.

—¿Y reunirte con los hunos?

Su compañero de otros tiempos más felices estalló en ronca carcajada.

—¿Crees que aún podría imponerme a los guerreros? En mi país, los ancianos prefieren la muerte a confesar su debilidad ante el enemigo o su incapacidad para dominar a su montura.

—¿Quién te acogerá? Los cortesanos no tendrán ninguna atención hacia ti: temen demasiado a los soberanos.

—Veo que no has olvidado mis lecciones... Un amigo, comerciante en Alejandría, se ha apiadado de mí y me ha ofrecido hospitalidad. Me ocuparé de sus negocios.

Estuvo a punto de reprocharle su huida, pero se arrepintió.

—No puedes seguir viviendo así —se preocupó Hermógenes—. En cualquier momento te reconocerán. Apenas has cambiado.

Macedonia sonrió ante aquel cumplido. Había vuelto a dejarse crecer los cabellos y sustituido su tosca túnica de lana por la toga de lino blanco característica de las mujeres acomodadas.

—No tengo deseos de perder todavía de vista la Propóntide y esta ciudad —susurró la antigua reclusa—. Esta mañana hubiese tomado el primer barco, pero nadie me apremia. Acaso Juan aún pueda necesitarme: estaba equivocada con él.

—¿Qué te propones? —se interesó Hermógenes acercándose a ella.

—Márchate sin temor: seguiré cultivando nuestros recuerdos e intentaré cobrarme mis deudas.

—¡Estás loca!

—Lo estaría a menos que... más vale que nos separemos. Voy a reunirme con Juan. Tal vez volvamos a vernos.

Hermógenes dio media vuelta. Macedonia le vio alejarse sin decir palabra. Había decidido vengarse de Teodora en el mismo instante en que él le confió sus pesares.

* * *

Los marinos del puerto corrían en todas direcciones. Uno de ellos tropezó con Macedonia sin tomarse la molestia de detenerse. La patricia se levantó murmurando, sujetó su velo y siguió buscando al prefecto del pretorio. Finalmente le descubrió rodeado de oficiales y dignatarios de la administración imperial.

El ministro de Justiniano consultaba los registros con aspecto distraído, levantaba de vez en cuando la cabeza y se dedicaba a inspeccionar cada uno de los panzudos buques amarrados en el muelle, cargados con las cosechas de las inmensas propiedades reales. Los navíos contenían bastantes provisiones de vino, aceite y cereales para abastecer al palacio sagrado durante un año. Juan de Capadocia vigilaba la descarga atendiendo fielmente al servicio del emperador. Macedonia aguardó paciente y a prudente distancia hasta que su protector la descubrió por casualidad. El prefecto del pretorio cambió con ella una señal de inteligencia y se sumergió nuevamente en sus negocios. Al cabo de una hora despidió a sus ayudantes. El consejero de Justiniano aguardó a que se perdieran de vista entre la multitud de mozos de cuerda y de miembros de la tripulación enfrascados en aquella interminable tarea de descarga. A continuación se aproximó lentamente hasta Macedonia y susurró:

—¡Tú, que no te atrevías a poner el pie en la calle! ¡La verdad es que no te falta aplomo!

—Necesitaba encontrarte: hace varios días que no vienes a casa.

—¿Acaso me controlas?

—Deseaba informarte de la decisión que he tomado.

—También yo —repuso enojado—, pero no pensaba confiártela en este lugar. Aunque, después de todo, ¿por qué no? Estamos obligados a confiar en la protección divina. Si te reconocen en la primera ocasión, mis proyectos se irán a pique.

—Estoy resuelta a vengarme de Teodora, con o sin tu ayuda, ahora mismo. ¿Puedo contar contigo?

—Más de lo que tú crees... ¿Has observado la flota imperial? Es un claro testimonio de la riqueza del basileo. En los primeros días de verano, en cuanto los vientos sean más propicios, esos grandes navíos van a cumplir otra misión.

—Te estaba hablando de Teodora.

—No pensarás enfrentarte a ella empuñando una daga. Esta escuadra se reunirá con múltiples barcos de guerra al mando de Belisario. Justiniano acaba de informar de ello a su consejo: el ejército zarpará hacia las costas de África.

—¿A Egipto?

—No lo comprendes... Belisario atacará Mauritania, el reino de los vándalos desde Cartago hasta las columnas de Hércules. Justiniano se cree el nuevo Augusto de una Roma restaurada en su grandeza y la integridad de su imperio. Le quita el sueño pensar que los bárbaros gobiernan las provincias de África, esa joya del imperio antes de que los invasores acudiesen a arrancarnos todo Occidente. Los obispos de África le han llamado en su ayuda: los vándalos son unos heréticos que persiguen a la Santa Iglesia.

Macedonia observó la flota amarrada en el puerto: los buques eran tan numerosos que ocultaban el mar.

—Belisario no partirá solo —prosiguió Juan—, le acompañará su esposa Antonina. Teodora desea estar al corriente de las andanzas del general del emperador. Tú también viajarás a bordo de otro barco.

—¿Para poder anunciarte la victoria?

—¡Poco me importa que Belisario sea descuartizado por los vándalos! Vigilarás a Antonina.

—¿Por qué te interesas por ella?

—Embarcará con su joven amante, un tal Teodosio, a quien Belisario considera como su hijo adoptivo.

Macedonia pareció divertida ante aquella noticia.

—Eso lo ignora la emperatriz —prosiguió Juan—. ¡Imagina qué sucederá si Belisario se entera de tales relaciones!

—¿No se apresurará a entregarme a los espías del emperador?

—Si accede a escucharte, y sus celos le impulsarán a ello, se convertirá en tu cómplice... Su silencio le unirá a nosotros para siempre.

—¡Que los santos del paraíso te escuchen!

—El general decidirá entonces repudiar a su esposa y maldecirá a aquella que la protege y Teodora se habrá ganado un nuevo enemigo. A Justiniano no le gustaría que el éxito de esta campaña, que constituirá la obra magna de su reinado, pueda verse en peligro por las artimañas de la emperatriz.

—¿Y tú? ¿Cuál será tu intervención en todo esto?

—Yo informaré al basileo de la desgracia de Belisario y más tarde le sugeriré que aparte a su mujer durante algún tiempo de los asuntos imperiales. Luego, sólo Dios decidirá lo que puede suceder: acaso me atreva a enfrentarme a la soberana debilitada. Me estremezco de placer tan sólo al pensarlo...

—¡Puedes contar con mi ayuda! ¿En qué barco debo partir?

—Uno de mis amigos capitanea una drómona en la que embarcarás simulando ser una esclava. La campaña promete ser larga y serán muchas las mujeres que acompañen a los ejércitos.

—Me encontré con Hermógenes: la última persona que me permitía abrigar alguna esperanza hacia un futuro mejor. Me dijo que iba a partir e ignoro si volveré a verle con vida. ¡Pídeme cualquier sacrificio, pues no retrocederé ante ningún obstáculo!

—La flota levará anclas dentro de diez días.

La cumbre de la isla se perdía en el horizonte, la inmensidad salpicada de espuma rodeaba por doquier a la flota. Un acre humo envolvía el puente del barco donde Macedonia se había instalado desde que zarparan, hacía varias semanas. La mujer se dirigió al capitán que había acudido a vigilar a un destacamento de mercenarios de Belisario.

—¿Dónde nos encontramos? —le preguntó.

—A decir verdad, lo ignoro. Los pilotos del buque de Belisario no se dignan informarme de ello. En breve nos encontraremos ante la costa africana y la provincia de Cartago. Así lo espero, si no esos bárbaros acabarán por incendiar mi drómona.

Contempló con torva mirada a los godos que se habían reunido en torno a una hoguera encendida en una tina metálica.

—¡Qué tragedia para el imperio de la Nueva Roma deber su grandeza a aquellos que en otros tiempos pisoteaba! —murmuró amargamente—. Belisario sólo ve por sus ojos: son sus predilectos.

—Bastantes pruebas de arrogancia dieron en el Hipódromo, contra los verdes.

El marino no pareció captar la alusión que encubrían aquellas palabras por lo que Macedonia comprendió que ignoraba el pasado de su cómplice. El hombre dirigió su mirada hacia el barco vecino y, dándole un codazo, comentó:

—Fíjate bien, es ella, ¿verdad?

—Sin duda —murmuró Macedonia.

Antonina contemplaba el mar desde la popa del navío escoltada a respetuosa distancia por un oficial que vestía armadura.

—Juan tenía razón: ese hombre sin duda es Teodosio. ¡Ese diablo de prefecto conoce la vida y milagros de todos los cortesanos! —comentó el capitán.

—Será necesario demostrar a Belisario de modo convincente la infidelidad de su esposa.

—No tardaré en tener más noticias —afirmó el marino señalando hacia una jaula que aparecía atada a un mástil.

Macedonia observó el enrejado de hueso que aparecía vacío.

—Ahí guardo a mi cuervo —prosiguió el marino—. Es

una de esas aves que parten a lo lejos en busca de tierra firme cuando nos extraviamos, pero ésta se conforma con volar desde el navío de Antonina hasta el mío, trayéndome los mensajes de una servidora de la cortesana. Así sabrás cuándo y dónde sorprender a los amantes. Luego quedarás en libertad de informar al marido engañado.

Un enorme estrépito atrajo su atención, el recipiente que contenía el fuego acababa de volcarse sobre el puente y los godos buscaban afanosamente cubos de agua para apagar las brasas extendidas por cubierta celebrando el incidente entre risotadas. El capitán se precipitó hacia la proa mientras Macedonia no perdía de vista a la esposa de Belisario.

La iliria sentía renacer su antiguo rencor:

«Pavonéate, hermosa! ¡Déjate abrazar por ese joven atolondrado, como él desea en estos momentos! Nunca has corrido mayor peligro: cuando Belisario se decida a castigarte le suplicaré que, en recuerdo del hijo de Hermógenes, me permita sostener la hoja que cercenará tu garganta.»

Sin embargo no pudo por menos de admirar la prestancia de aquella mujer ya madura y, aunque recordó de pronto la clemencia que manifestó hacia ella el día en que la emperatriz la condenó a ser recluida en el convento de la Metanoia, la viuda de Hypatius desechó cualquier sentimiento de indulgencia.

Los godos habían dejado de vagar de un extremo a otro del buque con aire hosco, como venían haciendo últimamente. La tripulación se había agrupado en un costado del buque.

—¡Son tierras de África! —exclamó un hombre—. ¡El mar no nos sepultará en su seno!

Uno de los bárbaros entonó un cántico viéndose coreado por sus compañeros que se sentían aliviados al ver que concluían aquellos dos meses de navegación. El capitán aprovechó la animación general para llevarse aparte a Macedonia.

—Antonina ha conseguido sus propósitos —exclamó blandiendo un pedacito de papiro con aire triunfal—. El oficial de Belisario no ha podido seguir resistiéndose a sus deseos, que han superado el temor al castigo.

—¿Acaso dudabas de sus encantos? Yo, no.

El marino leyó el mensaje:

«Los amantes han pasado toda la noche en el lecho de Antonina que, pese a sus súplicas amorosas, ha despedido al joven al amanecer.»

El hombre reía a mandíbula batiente.

—Idea el modo de situarme cerca del tal Teodosio y de Antonina —mascullló Macedonia.

—Voy a ocuparme de ello...

El capitán se fue a dirigir las maniobras. Los esclavos arriaban las velas. En el horizonte del golfo desierto donde se disponía a anclar la flota bizantina se recortaban las frondosas copas de las palmeras.

La drómona aminoró su marcha, el fondo arenoso de las aguas amenazaba con hacerla encallar, y Macedonia, junto con algunos godos encargados de proteger a la esposa de Belisario, embarcaron en dirección a la playa, donde arribaron entre una confusión de sacos, vasijas y caballos enloquecidos. El capitán había propuesto a aquellos soldados los servicios de su esclava a cambio de algunas monedas de oro y el acuerdo se había decidido en un santiamén. De este modo Macedonia podría espiar a su antojo en el entorno de la cortesana.

De pronto un bárbaro abrazó a la intrusa que intentó en vano desasirse de él. Macedonia, impotente ante aquel coloso, le mordió en el brazo hasta hacerle sangrar.

El hombre lanzó un grito y la soltó estupefacto.

—¡No se te ocurra volver a intentarlo! —gruñó Macedonia—. ¡Seré vuestra criada, pero cuídate mucho de abusar de mí!

El incidente había atraído a los compañeros del bárbaro. Macedonia se alejó preocupada cubriéndose la cabeza con un velo, se sentó en la cálida arena y aguardó a que los soldados se dispersaran. A escasa distancia se levantaba la tienda de Antonina. La viuda de Hypatius cogió una jarra y se aproximó a las improvisadas instalaciones.

* * *

De pronto unos jinetes irrumpieron en el campamento bizantino profiriendo gritos alborozados. Esclavos y mujeres buscaron refugio junto a las tiendas mientras que los guardias trataban en vano de contener a aquella horda.

—¡Son los godos de Belisario! —informó uno de los oficiales a sus hombres.

Uno de los bárbaros detuvo su montura ante el dignatario revestido de su armadura, soltó un saco que llevaba atado a la cintura y lo lanzó al suelo. El saco se abrió y una cabeza sanguinolenta rodó por el polvo. El bizantino retrocedió unos pasos: Macedonia, a quien todo aquello le resultaba nuevo, sofocó un grito. Una larga cabellera cubría aún aquel siniestro trofeo cuyos claros ojos fijaban su mirada en la tropa que se agolpaba ante las tiendas. El godo saltó del caballo y gritó:

—¡Ésta es la cabeza de un bárbaro, uno de esos guerreros que se creían los dueños de las provincias de África! ¡Más vale admirarle muerto que vivo! ¡Si los dioses no nos hubiesen puesto en su camino, en estos momentos se encontrarían aquí!

Antonina, que había salido de su refugio, se encolerizó:

—¿Qué dices? ¿Acaso Belisario te ha encargado que me traigas esa cabeza?

El godo exhibió una mueca de desprecio.

—Si no hubiese sido por mis soldados, esos vándalos ya te habrían capturado. Los godos acaban de salvar al ejército de la Nueva Roma. Belisario se ha internado hacia el norte, al encuentro de Gelimer, rey de los vándalos, maniobra que no ha pasado inadvertida para las tropas vándalas que se hallaban dispersas por las colinas del entorno.

—¿Y el ejército de Belisario? —se preocupó Antonina.

—Debe de seguir su camino: Cartago se halla a varias jornadas de marcha. Mis jinetes fueron a parar a un lago en cuyas orillas sorprendimos a los vándalos acampados, dispuestos a emprender el asalto a la flota bizantina que había fondeado junto a la playa. No hubierais podido sobrevivir: los vándalos habrían seguido a tu esposo y a su infantería hasta Cartago y los habrían hecho caer en una trampa.

—Te damos las gracias. Informaré de ello a Belisario.

El bárbaro volvió a montar a su caballo.

—Los godos no concedemos valor a las palabras de las mujeres —repuso indiferente—. Belisario lo comprenderá por sí solo. Si queréis más cabezas, las orillas del lago están atestadas de cadáveres: podéis ir a recogerlas. Antiguamente solíamos adornar con ellas las inmediaciones de nuestras aldeas tras las batallas, pero creo que los bizantinos no apreciáis demasiado ese género de trofeos. A Cristo jamás le ha agradado el fragor de las batallas.

—¿Tendremos que regresar a los navíos? —se interesó un oficial.

—No, ningún vándalo ha logrado salir con vida del campamento: todos sucumbieron a lanzazos y bajo los cascos de nuestros caballos y, por precaución, rematamos a los heridos. Parto a reunirme con el grueso de las tropas; otros ejércitos vándalos deben de estar dando una batida por los alrededores de Cartago. Nuestros hermanos de las estepas y de las rudas tierras del norte son valientes guerreros: nunca debieron establecerse tan lejos de su Germania natal, más allá del mar de los romanos... Cuida de las mujeres.

El bizantino pasó por alto la desdeñosa alusión y ordenó a sus guardias que se dispersaran mientras que los godos volvían a partir a galope hacia las áridas colinas. Antonina suspiró aliviada.

—Voy a descansar, que nadie me moleste —ordenó—. Enterrad esa cabeza: me produce deseos de vomitar.

El oficial volvió a introducir los restos humanos en el saco y lo tendió a un esclavo. Macedonia se volvió y se ajustó el velo que le cubría el rostro. Desde hacía varios días vivía en el entorno de Antonina, pero procurando permanecer entre los bárbaros, a quienes preparaba la comida y ordenaba su sucio refugio. Antonina se retiró e inmediatamente se apostó ante su tienda un centinela.

La viuda de Hypatius concluyó la tarea que había interrumpido ante la presencia de los mercenarios de Belisario. Se llevó un caldero a la playa para limpiarlo en la arena y una vez allí se abstrajo en sus pensamientos.

«Teodosio no está en el campamento; Antonina ha debido de atraerlo a su tienda. ¡Ahora o nunca es el momento de sorprenderlos! Si los vándalos pierden Cartago, se instalará en un palacio con su favorito y ya no podré espiarlos. Es preciso que entre, amparándome en cualquier pretexto... Si no le facilito alguna prueba, Belisario no creerá en mis palabras...»

Cogió un último puñado de arena y frotó el metal ennegrecido. De pronto arrojó aquel utensilio.

«Ya sabré encontrar las palabras necesarias para convencer a Belisario. No le ahorraré ningún detalle. ¡Hypatius reiría bien a gusto!»

La patricia avanzó decidida hacia el campamento y a su paso cogió una jarra.

—Mi señora se muere de sed bajo este maldito sol —informó al centinela con aire autoritario—. Voy a llevarle un poco de agua.

El hombre dudó un instante. Macedonia le apartó a un lado y levantó la lona con prudencia. En el interior reinaba una agradable penumbra. En torno a algunos cofres abiertos se veían prendas desparramadas. Aún no habían servido la comida. La iliria dudó un instante. De una especie de refugio dispuesto en el fondo de la tienda, protegido por una cortina de lino blanco, brotaban discretas carcajadas. La mujer depositó el jarro sobre una mesita y se aproximó cautelosamente. La oscuridad reinante no facilitaba su tarea, pero la tranquilizaba. A sus oídos llegó un murmullo. Macedonia se atrevió a avanzar un poco más y descubrió a los amantes tendidos sobre un colchón instalado en el suelo. Volvió a reinar el silencio. Antonina y Teodosio parecían dormitar. De pronto una silueta masculina se recortó tras la cortina que colgaba ante la litera. Macedonia se ocultó tras un baúl. Un rayo de luz se filtraba a través del techo e iluminaba el cuerpo desnudo de Teodosio que se sirvió una copa de agua. Macedonia observó que en el costado derecho tenía una cicatriz larga y rojiza. Por una rendija de la alcoba distinguió a Antonina que con aire lánguido yacía sobre el lecho luciendo únicamente un cinturón de anillas doradas. La viuda de Hypatius sonrió: los amantes se habían confundido en estrecho abrazo. Pensó que facilitaría a Belisario todos aquellos detalles íntimos.

Teodosio se vistió túnica y pantalones ceñidos, similares a los utilizados por los bárbaros, y se dispuso a salir. Macedonia se apresuró a adelantársele: temía que el centinela, preocupado, acudiese a Teodosio para informarle acerca de aquella sirvienta que con tal exceso de celo se había introducido en la tienda de sus amos. Tenía que huir cuanto antes para escapar de la trampa que no tardaría en cerrarse sobre ella. Antonina gimió llamando a su amante. Teodosio se echó a reír y volvió a su lado para dedicarle una última caricia. La iliria se levantó sin tomar la menor precaución y salió ignorando la presencia del guardián, tratando de localizar a los caballos que pastaban a su aire por los alrededores del campamento. La espía de Juan de Capadocia estaba decidida a llegar a Cartago.

Las puertas de la ciudad estaban abiertas y compañías de soldados iban y venían en busca de botín. Al pie de la muralla habían instalado un campamento y los tesoros arrebatados en las moradas de los vándalos nobles se acumulaban en torno a las tiendas bárbaras. Macedonia renunció a su montura: las estrechas callejuelas de la ciudad estaban atestadas de fugitivos y saqueadores. La mujer se sumergió a su vez en la ciudad apretando la daga que disimulaba en el cinto. Un godo que salía de un porche tropezó con la mensajera del prefecto del pretorio y el cofre que llevaba en los brazos cayó en el suelo. Antes de que tuviese tiempo de asir a Macedonia por la túnica, la hoja de una espada le atravesó el hombro. El hombre retrocedió lanzando un juramento mientras que la viuda de Hypatius desaparecía por una callejuela próxima. Macedonia corrió sin volver la espalda hasta perder el aliento, dejándose caer sobre una puerta destrozada. En el interior de la casa se encontraba una anciana encogida, indiferente al estrépito callejero.

—¿Dónde se halla el palacio de esta ciudad? —preguntó la iliria dulcemente.

La desdichada sonrió al oír a la extranjera, adivinando al parecer el sentido de aquella frase, y señaló hacia el extremo de la avenida. Macedonia distinguió los altos muros del edificio y comprendió que su insensata misión estaba tocando a su fin: Belisario se sorprendería al verla. La guardia estaba demasiado ocupada vigilando los alrededores de los edificios reales. A los oficiales los preocupaba la dispersión de sus hombres; algunos mensajeros abandonaban aquellos lugares a galope a fin de transmitir nuevas órdenes a los soldados que seguían en campaña. Precedida por un mayordomo, Macedonia se internó por un dédalo de pasillos y patios. Comprendió que Cartago nada tenía que envidiar a Constantinopla. Abandonó a su guía al distinguir varios gigantes hirsutos que montaban guardia ante la entrada de una sala. Pensó que había demasiados dignatarios portadores de consignas yendo y viniendo para atreverse a presentarse y se acurrucó en un rincón decidida a aguardar el momento oportuno.

Todavía aparecieron algunos soldados arrastrando a varios enemigos encadenados que fueron empujados a su paso hasta comparecer ante el estado mayor y poco después los pasillos se quedaron vacíos. Todos tenían prisa por apropiarse de parte del botín; sólo los guardias de corps de Belisario seguían charlando en su bárbara jerigonza, sin prestar atención a Macedonia que se atrevió a deslizarse en el antro del general. La cómplice del prefecto del pretorio reconoció al punto la imponente figura del esposo de Antonina. La coraza y las armas que lucía le conferían un auténtico aire de nobleza entre sus lugartenientes. Los jefes del ejército festejaban una victoria demasiado fácil pues Cartago apenas había ofrecido resistencia. Macedonia se mezcló con algunas cortesanas que habían sido invitadas para distraer a la élite del ejército de Belisario. Obsequió a los reunidos con afectuosas sonrisas y se acercó al general.

—Belisario, ¿no deberías preocuparte por la vida y milagros de Antonina? —susurró al tiempo que pasaba por su lado rozándole.

El hombre interrumpió la conversación que sostenía con unos compañeros y miró a Macedonia frunciendo el entrecejo.

—¿Cómo te atreves...? —murmuró.

De pronto se interrumpió al reconocer a la confidente de la emperatriz.

—No te equivocas —añadió la mujer bruscamente—. Soy Macedonia, pero tus sorpresas no han hecho más que comenzar. En estos momentos Antonina se entrega a uno de tus amigos, un tal Teodosio... Yo misma los he visto con mis propios ojos.

Belisario se quedó petrificado. Seguidamente llamó a un servidor. Cuando Macedonia ya creía desfallecer, el confidente de Justiniano susurró:

—Síguele, te conducirá a un lugar seguro. Aguárdame y no hables con nadie.

La intrusa aguardó varias horas, debatiéndose entre la esperanza de haber encontrado un aliado y el temor al castigo. Belisario apareció por fin en el saloncito de reducidas proporciones donde el esclavo la había confinado.

—¿Por qué diablos te has interpuesto en el camino de Antonina? —la interpeló bruscamente—. ¿Han sido insuficientes los muros de la Metanoia para retenerte...?

—No parecen haberte agradado mis noticias.

—¿Qué decías acerca de Antonina? Sólo ella me interesa: no hables a la ligera.

—Me has descubierto y nada tengo ya que ocultarte. Escucha, tú que llevas en África la antorcha del imperio: Antonina se solaza con ese hombre noche y día como una ardiente jovencita.

—¡Cállate! ¡Eso es falso!

—Entonces, déjame partir. ¿Por qué me escuchas?

—¡Acaba de una vez con tus chismes!

—¿Lleva siempre tu esposa una cadena en la cintura, como las bailarinas cuando salen al escenario? ¿O tal vez lo hace para parecer más seductora? En cuanto a Teodosio, sin duda poseerá otros encantos, pero la cicatriz que tiene en el torso no le favorece en absoluto.

Belisario palideció terriblemente.

—Sin duda los has visto en la intimidad. ¿Acaso fue en el campamento de la flota?

—Dentro de la tienda, en tu propio lecho.

—¡Es una ramera! ¡Le di mi nombre, he educado a sus hijos y ése es el pago que recibo...! ¡Y Teodosio, a quien había ordenado que cuidase de ella...! ¡No debía haber confiado en él!

—¿Y vas a quedarte así, lamentándote simplemente? ¿Tú, un general de Justiniano, aceptarás de este modo las afrentas que te ha infligido una cortesana?

—¿Qué quieres decir? Y, ante todo, ¿cómo explicarme tu abnegación? ¡No habrás olvidado que fui yo quien detuvo a Hypatius!

—Antonina no ha actuado por sí sola ni ha acudido a África para festejar tu triunfo: la emperatriz le ordenó que emprendiese este viaje. Ella hubiese preferido entregarse a Teodosio en Constantinopla. ¿Comprendes quién es la causante de tu desdicha?

—¡Teodora...! ¡Por lo menos estarás segura de estas calumnias!

—África me gusta tan poco como a tu esposa y la única forma de demostrarte las artimañas de que se vale Teodora era abandonando mi escondrijo.

—¡Me lo pagará con creces!

—¿Teodora? ¿Piensas enfrentarte a ella?

Belisario vaciló un instante, el tiempo necesario para recobrar su sentido común.

—No tengas tanta prisa. Me será más cómodo vengarme de Teodosio y de mi esposa que de la emperatriz.

—Si le revelases la influencia de Teodora, Justiniano te apoyaría.

—Hasta el día en que ella le obligase a escoger entre su fidelidad y mis leales servicios. Y yo no pesaría gran cosa, puedes creerlo. ¿Qué insensatas esperanzas te han estimulado a enfrentarte a tantos riesgos?

Macedonia se contuvo a duras penas: estuvo a punto

de mencionar el nombre de Juan de Capadocia. Belisario adivinó la inminencia del complot y la atajó:

—No hubieras llegado hasta aquí sin contar con la ayuda de alguien. Ignoro quién te está utilizando, pero no me arrastraréis a vuestro lado. Con ello perdería mi rango y mi futuro y eso bien vale algunas escoceduras de amor propio.

Macedonia se sintió perdida.

—Hypatius jamás te apreció. ¡Cómo lo comprendo!

Belisario se acercó a ella.

—Admiro tu valor. Tu esposo ya me había explicado cómo eras y creo que incluso te envidiaba. Ahora te toca escucharme: los que te aconsejaron son unos pobres estrategas que actúan cegados únicamente por el odio. Teodora reina en majestad en todo el imperio. En el futuro evítala y no te acerques a Constantinopla. Me has abierto los ojos a propósito de Antonina y Teodosio y te lo agradezco, por consiguiente guardaré silencio. Pero no sigas tentando mi codicia: Teodora se mostraría muy generosa si alguien la informase de que sigues con vida.

—Sólo la esperanza de vengarme me ha dado fuerzas para llegar hasta aquí.

Belisario se impacientó.

—No conseguirás perjudicar a Teodora: olvida tus insensatos proyectos. Al amanecer zarpa un navío de Cartago. Mi servidor te acompañará hasta el muelle. El barco recalará en Alejandría donde puedes iniciar una nueva vida. Adiós.

El apacible mar hacía adivinar a los marinos el final de su periplo. Las aguas se estrellaban suavemente contra los costados del navío bizantino. Macedonia se cubrió el rostro, cegados sus ojos por los reflejos plateados. La mensajera de Juan de Capadocia trató de distinguir en el horizonte la célebre torre de la isla de Faros que anunciaba el gran puerto de Alejandría.

«Belisario tiene razón; he sido muy temeraria al creer que renunciaría a sus privilegios para vengarse de Antonina: la necesita demasiado en la corte. ¿Acaso Juan de Capadocia se habrá convencido de ello? De todos modos, mi vida carecía de valor para él. ¿Por qué iba a privarse de esta ocasión de desplegar su complot?»

El hombre de confianza de Belisario encargado de conducir a Macedonia hasta Alejandría a bordo de su barco, se acercó a ella.

—Alejandría no es ciudad para ti, el pueblo no respeta a nadie y sus barrios portuarios son los peor afamados de todo Egipto. Tengo una casita, no lejos del lago Mareotis, si deseas acompañarme...

Conteniendo a duras penas su irritación Macedonia negó con la cabeza y se acodó en la barandilla. El importuno se alejó, disgustado al verse rechazado. La patricia maldijo su caprichoso destino que de aquel modo la proyectaba de uno a otro lado del imperio. La viuda de Hypatius ya no sabía qué esperar. Trató inútilmente de hallar razones convincentes para seguir viviendo sin pensar en su incierto porvenir. Aquellos últimos días pasados lejos de Cartago habían mitigado la decepción del fracaso, pero la iliria seguía consumiéndose por no haber podido vengarse de Teodora.

Macedonia pensaba incesantemente en Hermógenes con quien jamás había imaginado que volvería a reunirse tan pronto.

«Belisario debía de ignorar que Hermógenes se había refugiado en Alejandría. ¿Cómo podré encontrarle en una ciudad tan grande?»

Se sorprendió al recordar los días felices que habían vivido juntos. ¿Qué podía esperar de Hermógenes?

La exiliada lanzó una última mirada hacia el navío anclado en el muelle: la torre de Faros dominaba el puerto en toda su grandeza. La patricia decidió entrar en Alejandría por una amplia avenida que se abría ante ella. Macedonia se abrió paso entre los transeúntes y en seguida se detuvo intrigada al encontrarse ante hombres de piel casi negra cargados de cadenas. Jamás había visto una población tan heterogénea: los griegos se mezclaban con coptos de tez oscura y los sirios ofrecían chucherías a los nómadas del desierto. Algunas mujeres lucían prendas tornasoladas, otras iban semidesnudas. Un mercader trataba de atraer a la multitud ofreciendo en venta al grupo de nubios: comprendió que sin darse cuenta se había internado en un mercado de esclavos. Los habitantes de la ciudad se agrupaban en torno al negociante del país de Kuch y las pujas para adquirir a aquellos guerreros de cuerpos atléticos iban en constante aumento. Junto a ella se encontraba una joven nubia sentada en el suelo.

Comenzaba Macedonia a compadecerse de la suerte de aquellas gentes cuando se sintió empujada.

—Dime, ¿estás tú comprendida en ese lote? —la interpeló alguien—. Las africanas no me agradan; sin embargo una mujer como tú, procedente del norte, no me disgustaría en absoluto.

Macedonia miró con arrogancia a aquel hombrecillo que la examinaba con descaro. Antes de que tuviera tiempo de responderle llegó una voz a sus oídos que la hizo estremecer.

—¡Si estimas en algo tu vida, pasa de largo!

—Perdona mi atrevimiento —farfulló el egipcio—, pero al verla en este lugar me ha confundido.

Macedonia reconoció al cómplice de Juan de Capadocia, el capitán que había zarpado con la flota de guerra hacia Cartago llevándola a bordo de su navío cuando estaba decidida a vengarse de Antonina y Teodora.

El hombre seguía a su lado y sonreía con aire jovial ante la estupefacta Macedonia.

—Bien, has fracasado, ¿no es cierto? De otro modo no te encontrarías aquí. Eso no nos impedirá beber a la salud de Juan. Ven, conozco bien la ciudad, tengo un amigo que nos dispensará buena acogida.

Macedonia, todavía temblorosa por haber escapado de los peligros del mercado de esclavos, siguió a su guía en silencio, sin dejar de interrogarse sobre las razones de la presencia del emisario de Juan tan lejos de Cartago. Desde que desembarcaron en las costas del reino vándalo, Macedonia no había vuelto a verle. En aquellos momentos se sentía incapaz de desentrañar los misterios de una intriga cuyos alcances se le escapaban. Durante todo el trayecto a lo largo de concurridas avenidas, no cambiaron palabra. Los fugitivos franquearon la puerta de la ciudad: una masa oscura de agua se extendía ante sus ojos.

El capitán trató de sacar de su incertidumbre a la estupefacta Macedonia.

—Éste es el lago Mareotis que permite alcanzar el Nilo. Mi compañero reside cerca de la muralla.

Penetraron en un patio sombreado de palmeras y Macedonia recordó al marino que la había conducido hasta Alejandría. Se vio obligada a sofocar un grito: el dueño de la casa era precisamente el oficial de la flota bizantina, el fiel servidor de Belisario.

—Hubieras hecho bien en aceptar mi propuesta —la saludó.

El guía de Macedonia se anticipó a su pregunta.

—Los capitanes de los buques de guerra se conocen entre sí. Cuando acudí en tu busca al puerto de Cartago me enteré por nuestro común amigo de que, por orden del general Belisario, había embarcado una pasajera hacia Alejandría. Inmediatamente comprendí que habíamos fracasado y las razones de tu huida.

Macedonia aventuró una excusa sintiéndose cogida en una trampa inexplicable.

—Belisario no me dejó otra elección. Sin embargo sabes muy bien que estoy decidida a todo.

El enviado de Juan asintió.

—No tengo nada que reprocharte: Juan será tu único juez. Mi compañero me aceptó a bordo para que no perdiera tus huellas. Durante toda la travesía estuve velando por ti sin que lo supieras. Había prometido al prefecto del pretorio responder de tu vida a cambio de la mía.

Macedonia trató de dominar sus temores, pero presentía que su porvenir seguía siendo muy incierto.

—¿Qué esperas de mí?

—Volveremos a Constantinopla: Juan debe de estar impaciente por conocer de tu propia boca el resultado de la campaña. Entonces decidirá cómo reanudar sus proyectos. Mientras que aguardamos el momento de partir, nos alojaremos aquí.

—Considérate como si estuvieras en tu casa —añadió su anfitrión.

Macedonia recordó las advertencias de Belisario y se prometió a toda costa no volver a la capital del imperio comprendiendo que, una vez allí, se convertiría de nuevo en presa de los clanes que lucharan en torno del trono. Una vez más Teodora saldría victoriosa del enfrentamiento con los cortesanos.

La puerta de la habitación de Macedonia permanecía cerrada desde hacía dos días. Lo descubrió al levantarse la primera noche tras haber dormido apaciblemente. Pese a los gritos y los golpes que propinó incansablemente contra el pesado batiente de madera, nadie accedió a sus súplicas.

—Paciencia —distinguió confusamente una voz que se expresaba en tono burlón—. No te molestes en intentar nada ni sientas la tentación de huir.

Al caer la noche la iliria se desplomó en un rincón de la estancia. Ya no la distraía contemplar las terrazas de Alejandría desde el tragaluz practicado en la pared. Los ruidos de la casa llegaban hasta ella recordándole Cartago y la Metanoia. De pronto la inutilidad de su venganza se le aparecía con absoluta evidencia. La emoción que había experimentado al encontrarse con Hermógenes, fracasado y caído en desgracia, la había cegado. Macedonia seguía odiando con todas sus fuerzas a Justiniano y a su tiránica esposa, pero se sentía derrotada, incapaz de volver a enfrentarse a su antigua compañera. A sus oídos llegó el rumor de unos pasos sigilosos.

—Si me prometes dispensarme una buena acogida, te abriré —susurró el dueño de la casa detrás de la puerta—. Te traigo algunas frutas en lugar del pan que has estado comiendo hasta ahora.

—¡Pasa, por favor! ¡Bien venido seas! —exclamó Macedonia, aliviada.

Una sombra se deslizó por la puerta entreabierta depositando un plato en el suelo y buscó a la mujer a tientas entre la oscuridad. La prisionera sintió cómo el hombre le ponía una mano en el hombro y seguidamente se aventuraba por su túnica.

Cuando se disponía a atraerla hacia sí, se quedó petrificado y un estertor se ahogó en su garganta. Poco después caía en el suelo con un puñal clavado en el corazón. Sin pérdida de tiempo, Macedonia saltó sobre su cuerpo y bajó corriendo la escalera. El patio estaba vacío y la mujer se encontró en seguida en la calle desierta donde emprendió la huida al azar, tropezando con algunos transeúntes que pasaban por aquellos lugares. Su única esperanza consistía en Hermógenes: recordaba sus últimas palabras cuando se encontraron en la Mesé y le confió que proyectaba refugiarse en casa de un comerciante amigo suyo.

La mujer abordó a un desconocido.

—¿Dónde se reúnen los comerciantes de la ciudad?

—Muchos acuden a las termas, no lejos de aquí, pero ahora es demasiado tarde. Aunque tal vez se entretengan en alguna taberna de los alrededores. Sigue por esa calle... Pero ve con cuidado, cuando se pone el sol, las mujeres deben quedarse en sus casas.

Aunque los baños ya habían cerrado sus puertas, algunos rezagados seguían hablando en la escalera del edificio. Sin detenerse a reflexionar, Macedonia se acercó a ellos y los interpeló con voz suplicante.

—Busco a Hermógenes, un dignatario de la corte de Constantinopla. Tengo entendido que se refugia en casa de un rico ciudadano. ¿Acaso es uno de vosotros?

Los hombres interrumpieron su conversación. Parecían indecisos.

—Nadie alardearía de ello. Al parecer había caído en desgracia en la corte. La persona a quien te refieres hace más de dos meses que abandonó la residencia de su protector: no podía permanecer por más tiempo en la ciudad.

—¿Dónde se encuentra? —preguntó Macedonia, angustiada.

—Tranquilízate, probablemente se habrá refugiado en algún convento del desierto: hacia Poniente, a pocos días de marcha y más allá de los últimos palmerales se encuentran a docenas.

Macedonia observó que sus interlocutores parecían inquietos.

—Ten, toma esta bolsa de oro —murmuró uno de ellos—. Vas a necesitarla. En la Puerta de la Luna, en cuanto despunta el alba, podrás alquilar mulas y guías. Ármate de valor: el viaje será largo.

El egipcio tiró con insistencia de su mula, impaciente por apartarla de una vez del pozo de agua que se resistía a abandonar. El hombre aguardó a que la bestia se abrevase con avidez y por fin la obligó a abandonar aquel lugar tirando suave, pero firmemente, de la cuerda que pasaba por el cuello del animal.

Los palmerales se iban espaciando en torno a los últimos pantanos del delta del Nilo. Macedonia levantó una nube de arena revolviendo el suelo con su bastón y tosió molesta por el polvo.

—Me aseguraste que encontraríamos el desierto a los tres días de marcha y llevamos ya muchos más de camino sin haberlo alcanzado —se irritó—. ¿Tratas quizá de engañarme o no conoces en absoluto este país? Estamos rodeando sin cesar los ríos y los caminos se pierden por la espesura. ¡Quiero salir de una vez de este infierno!

El hombre le respondió con aire indulgente:

—La arena no miente. Fíjate en el suelo: no se ve ni una onza de tierra negra. Te prometo que esta noche acamparemos en las dunas.

—Así lo espero. ¿Aún no ha acabado de beber esa maldita bestia?

La mula se había levantado, su amo cargó los fardos en sus lomos y la pequeña comitiva emprendió el camino. Macedonia seguía a su compañero en silencio. Transcurrieron largas horas sin que el guía se volviese. El hombre estaba intrigado ante la voluntad de aquella mujer de entrar por sí sola y cuanto antes en el desierto.

La llanura perdía su espesa cobertura y el horizonte se transformaba poco a poco en una línea de ocres tonalidades.

—¡Ves como no te había mentido! —exclamó el hombre—. Nos encontramos en las puertas del desierto. Ten todavía un poco de paciencia y no tardarás en pasar las primeras dunas. Pero entonces echarás de menos los palmerales.

Macedonia observó su entorno con expresión decidida. El mulero refunfuñó.

—Por suerte ya he hecho provisión de bastantes odres. Aunque, de todos modos, sufriremos sed.

La pista serpenteaba entre las negras rocas semisepultadas bajo la fina arena. Desde hacía algún tiempo las sombrías paredes de una muralla habían surgido entre aquel caos inanimado.

—¿Conoces muchos monasterios perdidos en este desierto? —se impacientó Macedonia.

El egipcio se encogió de hombros.

—Más que monedas de oro tiene mi bolsa... Pero, en fin, he jurado guiarte a todos ellos. Sin embargo no esperes verme errar por aquí durante meses. Mi mula y yo no sobreviviríamos.

Y poco después añadió enfurecido:

—Si deseas vivir en el desierto como una ermitaña, dímelo. Te conduciré a una comunidad de santas mujeres y acabaremos de una vez. ¿Qué estás buscando?

—Trato de encontrar a un amigo y no cejaré hasta dar con él. Ten paciencia, tal vez después tendrás que acompañarme a Alejandría: ni él ni yo estamos seguros de quedarnos en este lugar.

—Por lo menos te quedará oro... —se inquietó el mulero.

Macedonia eludió la respuesta y señaló el edificio que ya se distinguía claramente.

—¿Está habitado? ¿Por qué no accediste ayer a detenerte cerca de aquella casa?

El guía recordó el refugio del ermitaño que habían encontrado después de dos días de agotadora marcha por la arena.

—El viejo que habitaba allí tenía mal de ojo —le confió—. En otra ocasión me echó un maleficio. Nadie hubiese accedido a compartir su morada.

El convento se levantaba ante sus ojos. El egipcio le hizo señas a Macedonia de que aguardase.

—Los monjes nunca reciben a las mujeres. ¡Espérame!

El hombre golpeó a la puerta inútilmente. El silencio tan sólo se veía turbado por los gritos de las cornejas que revoloteaban en lo alto de una torreta. El hombre no se desanimó.

—Se habrán retirado a sus grutas. Vamos a hacerlos salir de ellas.

Macedonia inspeccionó las colinas del entorno y observó algunos orificios practicados en las paredes rocosas.

—Ven —susurró su compañero—, el sol es perjudicial

para quienes lo desafían en exceso. Si no encuentras a esos religiosos chiflados, por lo menos contaremos con un refugio a la sombra hasta el anochecer.

Ascendieron por una pendiente que culminaba en una enorme roca.

—¡Cristo sea alabado! —exclamó alegremente el hombre—. ¡Aquí hay un ermitaño!

La mujer trató inútilmente de localizar una presencia humana entre aquellos bloques recalentados y finalmente distinguió en la penumbra a una figura masculina cubierta con un taparrabo. El viejo yacía recostado en la pared con un cuenco de barro a su lado.

El egipcio se arrodilló junto a él.

—Venerable anciano. Desde hace varias semanas estamos en camino para llegar a tu convento.

El religioso le miró con expresión apagada.

—¿Por qué tantos esfuerzos? —preguntó por fin dificultosamente.

Macedonia se disponía a interrogarle sin poder contenerse desde el umbral de aquel reducto, pero el mulero se adelantó.

—Busca a un hombre perdido en el desierto. ¿Se halla entre vosotros?

—Vivo en este agujero desde hace meses y un hermano me trae la pitanza... No tengo nada que ver con otras criaturas humanas.

Su rostro sombrío no reflejaba ninguna expresión.

—¿Vienes a recuperar a tu compañero en una comunidad de monjes?

—No —repuso Macedonia, indignada—, creo que se ha refugiado en el desierto por temor a los soldados, no por estar más cerca del Creador.

—¡Qué sabrás tú de ello!

—¡Lo conozco muy bien!

—¿Cómo puede sondear una mujer el corazón de un hombre? ¿Acaso el diablo sabría apreciar las aspiraciones de una vida de santidad?

—Al venerable Sabas eso no le habría preocupado: él me confiaba sus pensamientos.

El mulero, sorprendido al ver dialogar al ermitaño con Macedonia, se había retirado. De pronto el anciano pareció interesado.

—¿Has dicho Sabas? En otros tiempos nos visitaba...

—Entonces, ayúdame...

—No hay ningún monje nuevo entre nosotros, te lo aseguro. Ni la piedra más insignificante de esta tierra me es desconocida. Ve en paz y que Sabas te siga inspirando.

—¿Podemos dormir cerca del convento? —aventuró el guía.

—Está abandonado, no molestaréis a nadie. Era una existencia demasiado muelle para nosotros: sólo las rocas y las privaciones están a la altura de las faltas que debemos expiar.

Hacia el alba, cuando los dos vagabundos reanudaron su camino, la mula descendió cojeando. El compañero de Macedonia, preocupado, se inclinaba incesantemente sobre la pata del animal. La patricia le aguardaba a la sombra de una roca.

—¿Crees que llegará hasta el próximo monasterio?

El mulero asintió.

—Nos quedan dos o tres horas de marcha para alcanzarlo. Sean cuales sean tus propósitos, será preciso que nos detengamos varios días.

—No tengo prisa... Lo esencial era huir de Alejandría.

—Sube a esa colina, el convento ya debe de estar a la vista.

Macedonia ascendió la pendiente cubierta de rocalla. Se ajustó el velo y exclamó:

—¡Algo más lejos se ven una aldea y un oasis!

El egipcio asintió y ambos reanudaron la marcha. Los vacilantes pasos de la mula retrasaban su avance, pero Macedonia sabía que la compañía del hombre le era indispensable para que los monjes la recibieran. Descubrieron algunas casuchas míseras donde se refugiaba la comunidad monacal. El guía comenzó a golpear las puertas de las casas construidas con ayuda de losas planas y que a Macedonia le recordaban las cabañas de los pastores de su Iliria natal. En el interior no se advertía movimiento alguno. Recorrieron los alrededores y regresaron refunfuñando. La mula se había desplomado al pie de una muralla en ruinas.

—Acompáñame hasta el oasis —rogó el mulero a Macedonia—. No pueden estar lejos. Sus cuerpos debilitados por las privaciones no soportan excesivos esfuerzos.

Se habían internado por un torrente reseco. Al volver un recodo se encontraron con una docena de monjes ataviados con largas túnicas de burdo paño que les interceptaron el camino. Macedonia se cubrió el rostro.

—Os estábamos buscando —dijo apresuradamente el mulero.

Uno de los religiosos se dirigió a ellos sin darle tiempo a presentarse:

—¡Regresad a la aldea! ¡Este lugar se ha convertido en una tierra de tentación!

—¡Hemos vencido a Satanás! —intervino otro—. Pero estos alrededores están mancillados.

Los habitantes de la comunidad parecían terriblemente agotados. Uno de ellos anunció:

—¡Ha muerto sin renegar de su herejía! No ha habido modo de hacerle confesar su odiosa aversión a la Santa Iglesia, ni siquiera el castigo supremo.

Macedonia y su guía cambiaron una mirada. El grupo se alejó sin decir palabra. El último de la fila se volvió y les dijo:

—No le enterréis. Ha blasfemado en un acceso de extraña locura: para él Cristo sólo era un hombre. Dejad sus carnes a los animales carroñeros, Satán ya debe de estar buscando su alma.

Los devotos ascendieron por el sendero. Macedonia tuvo un repentino presentimiento. Echó a correr hasta el torrente seguida por el mulero. ¿Acaso Hermógenes se habría enfrentado a los ermitaños?

Sobre una roca plana yacía un cadáver. Sus ropas manchadas de sangre ocultaban sus heridas y su rostro resultaba irreconocible y estaba rodeado por una alfombra de piedras enrojecidas. Macedonia tendió su mano vacilante hacia la cabeza del difunto y entre sus dedos apareció un mechón de cabellos rubios. La mujer estalló en sollozos, el mulero creyó haber alcanzado el final de su peregrinación.

—¡Lo sabía, están locos! Hace dos años ya echaron a uno de sus compañeros por una oscura divergencia acerca de las Escrituras. Éste debía de vivir como uno de tantos y se le ocurriría confesar sus propias teorías heréticas sin alcanzar a comprender el peligro que corría.

Macedonia se irguió.

—No es éste el hombre que busco —dijo—. Ve a por tu mula y si es preciso arrástrala hasta el oasis, pero no regresaré con esos asesinos. Reúnete conmigo bajo la protección de los árboles. Cuidaremos a tu montura y abandonaremos cuanto antes estos parajes.

El guía pareció aliviado. La patricia señaló hacia una cavidad donde depositaron el cadáver encogido, tapando seguidamente la abertura con gruesas piedras. El egipcio se escabulló mientras Macedonia seguía contemplando la roca manchada de sangre.

El oasis ofrecía una barrera de troncos aserrados, las palmas vibraban en el aire sofocante. La iliria acabó de franquear las últimas pendientes y respiró aliviada al alcanzar los árboles.

El agua se deslizaba a sus pies. Se arrodilló junto a las frescas ondas y seguidamente siguió el curso del pequeño riachuelo. La verde bóveda se entreabría a veces dejando filtrar los rayos de sol hasta el suelo invadido por la vegetación. El oasis era más extenso de lo que ella había imaginado: en medio del palmeral, algunas cabañas de adobe rodeaban una charca. Macedonia se ajustó sus vestiduras, algunos instrumentos abandonados a lo largo de un canal de riego denunciaban la existencia de vida en aquel páramo perdido. De pronto la fugitiva distinguió la presencia de un hombre encorvado sobre una azada sin mango. Macedonia se adelantó: sus pasos hicieron crujir la arena y el campesino levantó la cabeza. La mujer se quedó como petrificada ante los sorprendidos ojos de Hermógenes.

* * *

Las sombras se disipaban bajo los árboles del oasis, el día renacía en el horizonte del desierto. Macedonia se quitó el velo que le cubría los hombros: había velado toda la noche, preocupada por la ausencia del mulero, pero principalmente deseosa de recibir las confidencias de Hermógenes. Pasaron largas horas ante la casucha donde se había refugiado el antiguo maestro de oficios. La patricia contempló largamente el cuerpo tendido junto a ella; Hermógenes habíase dormido poco antes del amanecer.

Su compañera rememoró las conversaciones que habían sostenido la noche anterior.

«¿Por qué le hizo vigilar Justiniano en Alejandría, donde se había refugiado con su amigo? ¿No podía dejarle en paz, a él que jamás había deshonrado al imperio? Es un milagro haberle encontrado con vida más allá de los pantanos y las arenas del desierto.»

Se inclinó sobre el dormido y le acarició la mejilla.

«Temía encontrarle tan asustado y desesperado como

en Constantinopla, pero aquí ha recobrado la confianza en sí mismo y sus ojos reflejan su antigua expresión burlona. Por fortuna estamos lejos de la capital... ¿Sin embargo cómo se le habrá ocurrido buscar la paz tan lejos, cerca de esos fanáticos?»

Un ruido la hizo estremecer. Alguien avanzaba hacia ella bajo los árboles. Macedonia buscó a tientas la azada. El mulero apareció ante sus ojos. Corrió a reunirse con él.

—He encontrado al hombre que buscaba. ¿Qué hacías?

—Los monjes me han interrogado. Les he dicho que ibas a reunirte con tu padre espiritual, pero no he podido librarme de una noche de oraciones.

Dirigió una mirada hacia el dormido.

—¡De modo que es él! Me preguntaba si estarías loca y si ibas en busca de un fantasma. Deberíais abandonar este lugar, os guiaré hasta Alejandría.

—Ten paciencia: no estoy segura de mi decisión. Ve a ocultarte al otro extremo del oasis. Si esta noche no me he reunido contigo, regresa a la ciudad sin preocuparte de nosotros. ¡Júrame que guardarás silencio!

—La charca es tentadora y mi mula se muere de sed...

Macedonia le empujó.

—Después de todo, tienes tus razones —gruñó el hombre—. En cuanto a este viaje, tranquilízate, nadie me creería. ¿Quién iba a imaginaros como Adán y Eva en un jardín del desierto?

Macedonia había vuelto a sentarse junto a Hermógenes. El sol ya estaba en lo alto cuando el hombre despertó. Cogió la mano de su compañera y la acercó a sus labios.

—Hace mucho que no dormía tan bien —comentó.

—Vives solo, ¿verdad?

—Sí, esos malditos monjes acudieron a visitarme. No debí interesarles porque me exhortaron a guardar penitencia y no he vuelto a verlos. Has tenido arrestos suficientes para venir en mi busca...

—¿Era preciso que huyeses tan lejos de Alejandría? ¿Te propones pasar el resto de tus días junto a este oasis?

Hermógenes la miró un instante en silencio.

—No lo sé —dijo finalmente—. Este sitio me agrada... En fin, estoy seguro de que nadie vendrá a molestarme.

Macedonia había temido descubrir en su compañero aquella indiferencia ante la vida que la había sorprendido cuando se encontraron en Constantinopla, pero Hermógenes le sonreía dulcemente. El diplomático se ausentó unos momentos para ordenar algunos objetos en la choza. Macedonia se quedó sola y pensativa ante la charca. En breve advirtió la presencia de Hermógenes junto a ella.

—¿Te he dicho cuán feliz me he sentido al verte? —murmuró el hombre—. ¡Es un día maravilloso!

Macedonia sentía deseos de abrazarle y de recibir sus caricias, pero se limitó a dirigirle una sonrisa.

—Alejandría es una hermosa ciudad y está bastante lejos del palacio de Teodora para que en ella puedas rehacer tu vida —se inquietó el exiliado—. ¿Cómo lograrás orientarte para seguir el camino del delta? Este caritativo cristiano que te ha acompañado hasta aquí parece haber desaparecido... No me has dicho nada acerca de tus proyectos.

—Ignoro qué ha sido de él —le interrumpió Macedonia como si la mentira fuese evidente y aguardó la reacción de su compañero y sus confidencias.

Hermógenes la dejó con el pretexto de buscar unas palmas secas para encender el fuego. Las horas de la mañana transcurrieron preparando los instrumentos necesarios para trabajar la tierra. La patricia estuvo observando a Hermógenes mientras afilaba un bastón y enderezaba el mango de una hoz de piedra tallada.

—¡Hermógenes, tú no has venido a parar aquí por casualidad! —exclamó por fin sin poder contenerse—. No me lo creería ni aunque me lo jurases.

El diplomático abandonó sus instrumentos y se sentó frente a Macedonia con aire resignado.

—¿Por qué iba a ocultarte la verdad? Cuando huí de Alejandría, no iba solo.

Vaciló un instante y prosiguió:

—Mi hijo se reunió conmigo en Egipto tras salir de Constantinopla cuando perdió su fortuna confiscada por los soberanos. Ésa es la razón por la que Justiniano me hizo buscar de un extremo a otro del imperio.

Macedonia comprendió la tranquilidad de Hermógenes y le abrazó. La continuación de su relato ya no la sorprendió.

—Después cuidé de él. En Alejandría, cuando logramos escapar de nuestros perseguidores, él estaba cansado de todo, dispuesto a renunciar a la vida, tan resignado como yo lo estaba en Constantinopla, y decidió retirarse a un convento que se encuentra a dos días de marcha de este oasis, hacia Poniente. Le acompañé y le dejé entre los religiosos que me había recomendado mi amigo el comerciante. Ignoro qué será de él, pero no pienso marcharme de aquí hasta saber que se encuentra completamente tranquilo.

Macedonia se acurrucó junto a Hermógenes que la rechazó suavemente.

—Éste no es lugar para ti, en medio del desierto...

—Cuando cabalgábamos por Mesia nunca se nos hubiese ocurrido que podríamos encontrarnos en un oasis.

—No, y jamás me atrevería a pedirte que te quedases en un lugar donde se vive con tantas dificultades. Sin embargo puedes estar segura de que nada me apartará de mi tarea, ni siquiera el afecto que siento por ti.

Macedonia asintió. El hombre apenas podía controlar el temblor de sus manos. La patricia pensó que quizá las pruebas a que se había visto sometido habían sido mayores de lo que ella imaginara. Se sentía reconocida ante su determinación, que los ayudaría a soportar futuras dificultades.

—Hermógenes, el sol está ya en lo alto, ¿no querías ocuparte de las tierras?

—Los canales se están obturando en el otro extremo del oasis. Acompáñame y regresaremos por la tarde.

El hombre se levantó y recogió algunos utensilios en un saco. Macedonia recordó al mulero y se sintió preocupada.

—Aguarda —le dijo—. El arroyo que alimenta la charca está atestado de hierbajos y si nos quedamos sin agua...

—Conoces muy bien los alrededores... Después de todo, si prefieres trabajar cerca de aquí...

—No olvides mis orígenes, mis antepasados siempre han vivido en el campo.

—Tengo mucho que aprender, el arroyo me parecía bastante limpio.

Macedonia se adelantó.

—Creo que nos ocupará hasta la puesta de sol.